La canción del mañana

La Era de Huesos

La canción del mañana

Samantha Shannon

Traducción de Jorge Rizzo

Rocaeditorial

Penguin
Random House
Grupo Editorial

Título original: *The Song Rising*

Publicado por acuerdo con Bloomsbury Publishing,
un sello de Bloomsbury Publishing Plc

Primera edición: mayo de 2024

© 2017, Samantha Shannon-Jones
© 2024, Penguin Random House Grupo Editorial, S. A. U.
Travessera de Gràcia, 47-49. 08021 Barcelona
© 2024, Jorge Rizzo, por la traducción
© 2017, Emily Faccini, por el mapa

Printed in Spain – Impreso en España

ISBN: 978-84-19283-47-4
Depósito legal: B-4.586-2024

Compuesto por José María Díaz de Mendívil Pérez
Impreso en Liberdúplex, S. L.
Sant Llorenç d'Hortons (Barcelona)

RE 8 3 4 7 4

Para los silenciados

Solo el silencio nos da miedo.
En la voz hay redención...

EMILY DICKINSON

Índice

REPÚBLICA DE
**SCION EN
INGLATERRA**
*también conocida como
República de Scion en Gran Bretaña*

Inverness

TIERRAS
ALTAS

Edimburgo

TIERRAS BAJAS

ÚLSTER

Belfast

CONNAUGHT

NOROESTE

NORESTE

LEINSTER

Leeds

Dublín

Mánchester

MUNSTER

Feirm na mBeach Meala

TIERRAS
MEDIAS

OESTE

Birmingham

REPÚBLICA DE
**SCION EN
IRLANDA**

Cardiff

SURESTE

Bristol

Londres

SUROESTE

	Capital
	Ciudadela
	Pueblo natal de Paige

La Orden de los Mimos

La SUBSEÑORA, Paige Mahoney,
también conocida como Polilla Negra o Soñadora Pálida

Su CABALLERO, Nicklas Nygård,
caballero supremo, *también conocido como* Visión Roja,
y su DAMA Eliza Benton, *también conocida como* Musa Martirizada

LOS ALTOS COMANDANTES
de la Asamblea Antinatural

I Cohorte – Ognena Maria – Estrategia
II Cohorte – Lord Glym – Reclutamiento
III Cohorte – Tom el Rimador – Comunicación
IV Cohorte – Minty Wolfson – Proclamación
V Cohorte – Wynn Ní Luain – Médico
VI Cohorte – La Reina Perlada – Provisiones

LOS ALTOS COMANDANTES
de los Ranthen

Terebellum, Custodia de los Sheratan. Recursos
Arcturus, Custodio de los Mesarthim. Instrucción

NO HAY LUGAR SEGURO,
NO NOS RENDIREMOS

Preludio

2 de noviembre de 2059

*L*as luces me quemaban los ojos. Seguía dentro de otro cuerpo, de pie sobre el mismo suelo, pero todo había cambiado.

Él lucía una sonrisa en los labios. Aquel brillo de antaño en sus ojos, como cuando le traía buenas noticias de la casa de subastas. Llevaba un chaleco bordado con anclas doradas cruzadas, y un pañuelo de cuello escarlata. En una mano, enfundada en un guante de seda, sostenía un bastón de ébano.

—Veo que ya dominas la posesión a distancia —dijo—. No dejas de sorprenderme.

El mango del bastón era de porcelana y tenía forma de caballo blanco.

—Creo que ya conoces a mi nuevo supervisor general —dijo Nashira con voz suave.

Solté aire por primera vez desde que lo había visto.

Había intentado detenerme. Aquel bicho taimado me había tenido callada durante semanas, para evitar que le hablara al mundo de la existencia de los refaítas. Y, sin embargo, ahí estaba, con ellos, tan tranquilo, como si se sintiera en casa.

—Oh, querida, ¿se te ha comido la lengua el gato? —Jaxon soltó una sonora carcajada—. ¡Sí, Paige, aquí estoy, con los refaítas! ¡En el Arconte, vistiendo el Ancla! ¿Te has quedado sin palabras? ¿Tan escandalizada estás? ¿He herido tu frágil sensibilidad?

—¿Por qué? —susurré—. ¿Por qué demonios estás aquí, Jaxon?

—Oh, como si tuviera elección. Contigo como Subseñora, mi querido sindicato está condenado a la autodestrucción. Así que he decidido volver a mis raíces.

Ensanchó su sonrisa.

—Has escogido el lado equivocado. Únete a este, cariño —prosiguió, como si yo no hubiera dicho nada—. No sabes lo que me duele verte en manos de esos despreciables refaítas que se hacen llamar Ranthen. A diferencia del Ropavejero, yo siempre he creído que podrías salvarte de su adoctrinamiento. De la... seducción de Arcturus. Pensaba que tu sentido común te impediría obedecer al hombre que en otro tiempo fue tu señor.

Le lancé una mirada gélida y respondí:

—Es justo lo que me estás pidiendo que haga ahora.

—*Touché*. —En el pómulo tenía un morado reciente—. Para Terebellum Sheratan no eres más que un peón que le viene muy bien para desplegar su juego. Arcturus Mesarthim no es más que un gancho. El cebo para que piques. En la colonia penitenciaria te acogió bajo su ala por órdenes de ella, para que cayeras en la red de los Ranthen. Y tú, querida, te prendaste de él... Todos lo veían; todos menos tú.

Un escalofrío me advirtió de que algo iba mal. En otro lugar de la ciudadela alguien me había tocado.

—Esta es una lucha que no puedes ganar. No dejes el sindicato mutilado, querida mía —dijo Jaxon, con voz melosa—. No se creó para que fuera un arma de guerra, y tú nunca deberías haberte puesto al frente. Retrocede antes de caer al vacío. Lo único que queremos en el Arconte es protegerte, a ti y a tu maravilloso don. Si tenemos que arrancarte las alas para evitar que te lances al fuego, así se hará. —Extendió la mano—. Ven con nosotros, Paige. Ven conmigo. Todo esto puede evitarse.

Desde luego, aquello había sido una sorpresa. Ambos lo sabíamos. Pero si creía que podía asustarme tendría que esforzarse un poco más.

Otro escalofrío. Noté que iba perdiendo el control del onirosaje de aquel extraño y que volvía al abrazo del éter.

—Preferiría arder en el infierno —respondí.

Sentía que se me licuaba el cerebro, que me caía por los orificios de la nariz y por la frente. Tenía que salir, tomar aire...

Una mano me agarró del brazo. Alguien me estaba hablando, pronunciaba mi nombre. Me arranqué la máscara de oxígeno, abrí la puerta y salí del coche trastabillando. La brusquedad del movimiento me abrió los puntos del costado y la blusa se me manchó de sangre.

Jaxon Hall era muchas cosas, pero no podía creerme que se hubiera pasado al bando de Scion. Se había ganado la vida viviendo a su sombra, no lanzándose a sus brazos.

Las heridas que me habían hecho en el torneo me ardían como un hierro candente contra el torso, irradiando un calor pulsante que se me extendía por la espalda. Me adentré en la oscuridad, bajé los escalones cubiertos de musgo hasta la orilla del Támesis y me paré al borde del agua, donde me agarré la cabeza entre las manos y me maldije por mi estupidez. ¿Cómo podía ser que no hubiera previsto algo así? Debía de habérseme escapado alguna pista. Ahora se convertiría en nuestro enemigo más formidable, un activo vital para el Ancla.

«Encontraré otros aliados —me había dicho al acabar el torneo—. Te lo advierto: nos volveremos a ver las caras».

Tenía que haberlo matado en el Ring de las Rosas. Había tenido la hoja contra su cuello, pero no había reunido el valor necesario para acabar con él.

«Un aliado de mucho tiempo atrás —había dicho Nashira—. Uno que regresó junto a mí... tras veinte años de separación».

Un grito en la distancia detuvo el tiempo, o lo puso en marcha otra vez. Me agaché, acercando la cabeza al agua y agarrándome el vientre.

«He decidido volver a mis raíces».

—No —dije, jadeante—. No, tú no. Tú no...

Se le veía perfectamente cómodo junto a los Sargas. Para nada daba la impresión de alguien que acabara de verlos por primera vez unas horas atrás. Y había otras cosas que había pasado por alto, que no había visto, cegada como estaba. Él siempre había sido más rico que otros mimetocapos. Solo la absenta ya costaba una fortuna en el mercado negro, y él la bebía casi todas las noches. ¿Cómo había pasado de ser un pobre desgraciado a vivir con esos lujos? Desde luego no sería por su actividad literaria: los panfletos no daban dinero. Por otra parte, se había lanzado a rescatarme de la colonia sin tener un plan de huida, lo cual no tenía sentido. No era propio de él aventurarse a ciegas, nunca lo hacía. Pero si ya hubiera salido de la colonia antes... o si *supiera* que había un modo de salir, o si los Sargas le hubieran *permitido* que se me llevara...

«Un viejo aliado. Veinte largos años». Eran las únicas palabras que necesitaba para deducir quién había sido Jaxon Hall en el pasado, y quién era en la actualidad. No tenía ninguna prueba, pero sabía —algo en mi interior me lo decía— que mi instinto no me fallaba.

No era un simple traidor.

Era *el* traidor.

El hombre que había traicionado a los Ranthen veinte años atrás para comprar su libertad.

El responsable de las cicatrices en la espalda del Custodio. Y yo había sido su dama. Su mano derecha.

El sonido de pisadas sobre la grava se abrió paso por entre el ruido blanco que me flotaba en los oídos. Por el rabillo del ojo vi al Custodio, que se agachaba a mi lado.

Tenía que contárselo. No podía cargar con ese peso yo sola.

—Sé quién te traicionó hace veinte años —dije—. Sé quién es el responsable de esas cicatrices.

Silencio. Estaba temblando.

—Aquí no estamos seguros —dijo por fin—. Podemos hablar de esto en la sala de conciertos.

En mi cabeza, los pensamientos se me arremolinaban y se enredaban unos con otros, como alambre de espino. Era la marioneta de todos, atrapada entre mil hilos.

Nick acudió a la carrera y se asomó a la barandilla.

—¡Centinelas! —gritó— ¡Custodio, tráela aquí arriba!

Él se quedó donde estaba. Yo temía que no fuera capaz de leerme la expresión del rostro, que tuviera que pronunciar el nombre; sin embargo, a medida que pasaban los segundos, tuve claro que llegaba a la misma conclusión que yo. De repente, los ojos se le encendieron.

—Jaxon.

PRIMERA PARTE

Dios en una máquina

1

Subseñora

Mucha gente dice que la guerra es como un juego, y con razón. En ambos casos hay combatientes. En ambos casos hay facciones enfrentadas. Y en ambos casos se puede perder.

Solo hay una diferencia.

Todo juego acarrea incertidumbre. La certeza es lo último que deseas cuando empiezas. Si te garantizan la victoria, no hay juego.

En la guerra, en cambio, buscamos la certidumbre. Ningún loco se ha lanzado a la guerra sin contar con la férrea convicción de que podía ganar, de que ganaría; o, al menos, de que la posibilidad de perder era tan pequeña que compensaba el precio en vidas de cada movimiento. No inicias una guerra buscando la emoción, sino la victoria.

La cuestión es si cualquier victoria, cualquier resultado, puede justificar tus acciones.

27 de noviembre de 2059

El corazón del distrito financiero de Londres estaba en llamas. En Cheapside, Didion Waite, poeta del inframundo y rival acérrimo de Jaxon Hall, gritaba desesperadamente sobre los restos de una iglesia en ruinas, en otro tiempo un elemento de referencia en la capital y ahora convertida en una masa de escombros humeantes.

Con su peluca empolvada y su frac, Didion llamaba la atención incluso en Scion Londres, pero todo el mundo estaba demasiado absorto contemplando aquel drama como para fijarse en un loco escandaloso; todos salvo los que habíamos respondido a su llamada. Estábamos en la embocadura de un callejón, enmascarados y tapados hasta la nariz, contemplando lo que quedaba de St. Mary-le-Bow. Según los videntes de la zona, una explosión había hecho saltar los cimientos hacia la medianoche. Ahora varios de los edificios más cercanos estaban en llamas; la calle, cubierta de grafitos:

VIVA EL VINCULADOR BLANCO

EL VERDADERO SUBSEÑOR DE LONDRES

Al lado habían pintado una flor de un naranja encendido. Una capuchina. En el lenguaje de las flores significaba «conquista o poder».

—Saquemos de aquí a ese pobre hombre —propuso Ognena Maria, una de mis comandantes—, antes de que lo haga Scion.

No me ofrecí a ayudar. Didion había exigido que acudiera en persona, pero no podía arriesgarme a hablar con él mientras estuviera en ese estado. Debía de esperar que le compensara económicamente por los daños, y sabía por experiencia que no tendría ningún reparo en dejarme en evidencia delante de todos los presentes si me negaba. Mejor que de momento no me viera.

—Iré yo —dijo Eliza, ajustándose la capucha—. Lo llevaremos a Grub Street.

—Ten cuidado.

Caminó a paso ligero hacia Didion, que estaba soltando puñetazos a los adoquines y gritando frases incoherentes. Maria la siguió, y con un gesto les indicó a sus nimios que la acompañaran.

Yo me quedé atrás con Nick. Nos habíamos acostumbrado a llevar las capuchas de invierno que tan de moda se habían puesto en las últimas semanas. Podían llegar a cubrir casi toda la cara, pero a estas alturas yo ya resultaba tan reconocible que ni siquiera eso podía protegerme.

Tras el torneo —y después de que me enfrentara a Jaxon Hall, mi propio mimetocapo y mentor, por el derecho a gobernar sobre los clarividentes de Londres—, Nick había abandonado su puesto de trabajo en Scion y no lo habían vuelto a ver; apenas había estado el tiempo suficiente como para robar unas cuantas cajas de material médico y sacar todo el efectivo que pudo de su cuenta. A los pocos días, su rostro ya aparecía en las pantallas junto al mío.

—¿Crees que esto es obra de Jaxon? —dijo, señalando con la cabeza hacia las ruinas de la iglesia.

—De sus seguidores. —El calor del fuego me estaba quemando los ojos—. Quienquiera que los dirija está empezando a hacerse con un buen séquito.

—Es un grupo mínimo de alborotadores. No merecen que les dediques tu tiempo.

Su tono era convincente, pero era el tercer atentado contra un lugar de encuentro del sindicato en pocos días. La última vez habían lanzado un ataque contra el mercado de Old Spitalfields, asustando a los comerciantes y saqueando puestos. Los responsables de aquellas acciones consideraban que Jaxon era el Subseñor legítimo, a pesar de su llamativa ausencia. Incluso después de que yo les contara lo que había sucedido realmente, se negaban a creer que el Vinculador Blanco, glorioso mimetocapo del I-4, pudiera colaborar con Scion.

Mirándolo en perspectiva, aquello no era más que una molestia menor; la mayoría de los videntes me apoyaban. Pero el mensaje que lanzaba aquel ataque estaba claro: aún no había conquistado el corazón de todos mis súbditos. Aunque eso debía de ser algo que venía con el cargo. Mi predecesor, Hector de Haymarket, despertaba mucho odio. Los que le obedecían lo hacían por miedo, o porque les pagaba bien.

Maria y Eliza pusieron en pie a Didion, que no dejaba de aullar. Sus gritos quedaban ahogados por la sirena de un camión de bomberos de Scion. Quizá aún pudieran remojar los edificios vecinos, pero estaba claro que no había nada que se pudiera hacer por la iglesia. Nos retiramos, dejando atrás otro fragmento de nuestra historia que desaparecería para siempre.

En otro tiempo, quizá me habría dado pena. Había pasado muchas horas en el Juditheon, pagando cantidades exorbitantes de dinero de Jaxon para comprar espíritus que Didion no tenía derecho a vender. Sin embargo, desde la revelación sobre la verdadera naturaleza del que había sido mi mimetocapo, todos los recuerdos que tenía de mi vida como dama de Jaxon habían quedado cubiertos por una capa de cochambre que los emponzoñaba. Habría querido quitármelos de encima, echarlos en una fosa, cubrirlos de tierra y construir de nuevo sobre ese terreno.

—La casa segura más cercana es la de Cloak Lane —dijo Nick.

Nos adentramos en otra callejuela, alejándonos del calor que emitía la iglesia. Yo me encargaba de que nos mantuviéramos lejos de cualquier presencia. Nick controlaba que no hubiera cámaras de seguridad. Desde el torneo no éramos ya simples delincuentes antinaturales, sino revolucionarios en ciernes, y la recompensa que ofrecían por nuestras cabezas era cada vez mayor. Aunque aún no hubiéramos hecho ningún movimiento contra Scion, sabían cuál era nuestro objetivo.

No pude evitar preguntarme cuánto tiempo más podríamos sobrevivir en la capital. Estar en las calles tan tarde era peligroso, pero cuando Didion había preguntado por mí yo había querido ir, para convencerle de que estábamos en el mismo bando. A fin de cuentas, era el eterno rival de Jaxon, lo que lo convertía en un potencial aliado.

La casa segura de Cloak Lane era un estudio alquilado por un antiguo caminanoches que quería ayudar a la Orden de los Mimos en todo lo posible. A diferencia de la mayoría de nuestros edificios, disponía de calefacción, de nevera y de una cama de verdad. Sentir aquel calorcito era un alivio, tras una larga noche por las calles. En las últimas semanas, la temperatura había caído muchísimo y ahora nevaba casi a diario; la nieve tapizaba la ciudad con una capa blanca como la cobertura de un pastel de cumpleaños. Yo nunca había vivido un invierno tan implacable. Tenía la nariz y las mejillas rosadas constantemente, y los ojos me lloraban cada vez que salía a la calle.

Nick me ofreció la cama; como decliné la oferta, se echó él. Por lo menos así descansaría unas horas. La tenue luz de la luna se reflejaba en su pálido rostro, dejando ver la línea de expresión que le atravesaba la frente incluso al dormir. Me eché sobre el sofá, a oscuras, pero estaba demasiado inquieta como para poder mantener los ojos cerrados mucho rato. Tenía grabada en la mente la imagen de la iglesia en llamas, promesa de una futura devastación. Un recordatorio de que, aunque Jaxon Hall ya no estaba, no podíamos olvidarnos de él.

24

Por la mañana tomé un taxi pirata a la Harinera, una fábrica en ruinas en Silvertown. Era uno de los muchos edificios abandonados que habíamos ocupado recientemente en la ciudadela, y albergaba nuestra célula más numerosa.

Cambiar la estructura del sindicato para transformarlo en un ejército capaz de plantar cara a Scion no había resultado nada fácil. Había supuesto acabar con el sistema tradicional de territorio y guaridas, aunque yo intentaba mantener unidos a los miembros de las bandas en la medida de lo posible. Ahora los videntes del sindicato estaban organizados en células, y cada célula tenía su base en un lugar, conocido solo por los miembros de la célula en cuestión y por el mimetocapo del lugar, que recibía órdenes a través de un alto mando. A mis súbditos no les había gustado verse obligados a limitar el contacto fuera de las células, pero no había otro modo de sobrevivir. También era la única manera de evitar a Jaxon, que conocía a fondo el antiguo sindicato.

Ahora cualquiera que fuera capturado solo podría revelar al enemigo la posición de un determinado número de personas. Íbamos a entrar en guerra con Scion, y en tiempo de guerra no había que correr riesgos.

Cuando llegué a la Harinera, subí las escaleras. Leon Wax, uno de los pocos amauróticos que colaboraba con la Orden de los Mimos, estaba en el extremo del salón de la primera planta, en su silla de ruedas, distribuyendo paquetes de material esencial, como jabón y botellas de agua, a dos adivinos recién llegados. Leon tenía sesenta años y empezaba a perder el pelo; tenía la piel de un color marrón intenso.

—Hola, Paige.

—Leon —respondí, e hice un gesto con la cabeza a los recién llegados, que me miraban con curiosidad—. Bienvenidos a la célula.

Ambos parecían algo impresionados. Debían de haber oído muchas cosas de mí: la dama que había apuñalado a su mimetocapo por la espalda, la onirámbula con aliados procedentes del éter. Me preguntaba hasta qué punto coincidiría con sus expectativas: ahora probablemente lo único que veían era a una mujer con unas marcadas ojeras. Volvía a llevar el cabello de un rubio casi blanco, con un mechón de color negro en el flequillo. Las únicas señales evidentes de mi participación en el torneo eran los cardenales ya algo difuminados y la evidente magulladura en la mandíbula, en el punto donde me habían abierto la piel con un alfanje: una muestra evidente de que podía combatir y ganar, escrita en el rostro.

Una de los recién llegados —una pelirroja de piel pálida— incluso me hizo una reverencia.

—Gra... gracias, Subseñora. Es un honor formar parte de la Orden de los Mimos.

—No tienes que hacer reverencias.

Los dejé en las manos expertas de Leon y subí a la planta de arriba. Las heridas más profundas aún me dolían, pero teníamos medicinas suficientes como para mantener el dolor bajo control.

El centro de vigilancia estaba once pisos más arriba. Cuando entré, encontré a Tom el Rimador y a lord Glym —dos de mis altos comandantes— desayunando y analizando un mapa de la ciudadela que mostraba las posiciones de los escáneres Senshield recién instalados, nues-

25

tra mayor fuente de preocupación en ese momento. Sobre los papeles y entre los ordenadores portátiles había diversos numa: piedras de adivinación, llaves, un cuchillo y una bola de cristal del tamaño de un puño.

—Buenos días, Subseñora —dijo Glym.

—Tenemos un problema.

Tom levantó sus pobladas cejas.

—Bueno, ese no es modo de dar los buenos días. Aún no me he acabado siquiera el café. —Me acercó una silla—. ¿Qué pasa?

—Los seguidores de Jaxon han destruido el Juditheon.

Tom suspiró.

—Maria nos lo ha dicho. Son unos don nadie.

—Aun así, no es algo que podamos pasar por alto durante mucho tiempo. —Me serví un café—. Necesitamos consolidar el sindicato, y rápido. Para empezar, no estaría mal encontrar un sustituto para Jaxon —añadí, más para mí misma que para ellos—. ¿A vosotros cómo os va?

—Van llegando nuevos reclutas a diario —respondió Glym—. Necesitamos muchos más, por supuesto, pero de momento eso no me preocupa. Muchos videntes parecen ir aceptando la idea de la Orden de los Mimos, y cuantos más se unan a nosotros, más se animarán otros a seguirlos y unirse a nuestras filas.

Tom asintió.

—Anoche rescatamos a un par de médiums. Los habían atrapado con un escáner Senshield. Tuve la visión de que iba a ocurrir; Glym envió a los suyos al lugar donde sabíamos que estarían escondidos. —Se aclaró la garganta y miró a Glym—. Tenían una... historia interesante. Dijeron que el escáner se había disparado, pero que no lo veían. Solo oyeron la alarma.

Fruncí el ceño. Scion había empezado a instalar escáneres Senshield en el metro —una desagradable novedad—, pero eran tan grandes que resultaba bastante fácil evitarlos.

—Tendrían que haberlo visto. Son enormes. ¿Esto dónde fue?

—Aún no he oído todos los detalles.

—Envía a alguien a investigar. No me gusta.

Les robé un bollo de jengibre antes de marcharme, lo que hizo que Tom recogiera el resto de los bollos y los guardara en la caja para protegerlos.

Abajo, en la sala de entrenamiento, la luz del día penetraba por las ventanas rotas, iluminando partes del cemento y de las máquinas en desuso. El techo estaba medio hundido, y a través de él se veía el gris perlado del cielo. Había cuadriláteros para que los miembros de la célula pudieran practicar el combate físico y espiritual, así como un campo de tiro de cuchillos.

Por orden de Terebell, los Ranthen visitaban regularmente las células para ayudar a nuestros reclutas a perfeccionar sus habilidades. Pleione Sualocin estaba en el ring a la izquierda de la sala, enseñando combate espiritual a un grupo de videntes, que contemplaban absortos a su instructora.

—Cuando la bandada de espíritus contacte con el aura de vuestro oponente, los espíritus liberarán una insoportable secuencia de imágenes que lo desorientará. No obstante, una bandada débil puede ser desviada o desintegrada. Para que resistan, las bandadas deben de estar muy unidas. En vuestro idioma, la lengua siniestra, este arte se traduciría como «entretejido». —Lanzó hacia delante su mano enguantada, juntando una bandada de espíritus—. En este edificio tenéis espíritus suficientes para practicar. Adelante.

Los alumnos se dispersaron inmediatamente. Algunos de ellos murmuraban «Subseñora» al pasar a mi lado. Pleione se los quedó mirando mientras se alejaban.

—La Soberana Electa me ha pedido que te informe de que mañana hará una inspección de las células de la I Cohorte —me dijo.

—Bien.

Los iris de sus ojos emitían una luz tenue; tenía hambre. Me habían prohibido que los Ranthen se alimentaran con los videntes que estaban bajo mi cuidado, lo cual los obligaba a esperar a encontrar otros fuera del sindicato. Aunque eso no es que contribuyera a mejorar su temperamento.

—Terebell está decepcionada —añadió—, porque no has conseguido eliminar la influencia del gran traidor de Londres.

—Confía en mí, estoy en ello.

—Te aconsejo que lo intentes con más empeño, onirámbula.

Y se fue, sin un saludo. Ya estaba acostumbrada. Solo nos unía el odio que sentíamos por Jaxon, nada más. Ahora todos los Ranthen sabían que era el humano que los había traicionado la primera vez que se habían alzado contra los Sargas, la familia reinante entre los refaítas. Yo no estaba completamente segura de que no me consideraran culpable también a mí, por extensión. Al fin y al cabo, había trabajado

27

para el gran traidor, su enemigo acérrimo, durante tres años: les resultaría difícil creer que no me hubiera dado cuenta de nada, que no me hubiera enterado de ese sucio secreto.

Tenía videntes practicando cerca.

Un augur creó una bandada de espíritus y se la lanzó al otro instructor refaíta que estaba en el centro del ring.

El Custodio. Con un movimiento rápido de la mano desintegró la bandada y los espíritus salieron volando por todas partes.

«Arcturus Mesarthim no es más que un gancho».

Giró la cabeza ligeramente. Yo me quedé inmóvil, agarrando mi café con ambas manos.

«Todo el mundo lo ve, menos tú».

El augur suspiró y se retiró. Un momento después, el Custodio les indicó a otros dos videntes de la fila que se acercaran.

El primero era Felix Coombs, uno de los otros supervivientes de la Era de Huesos. Entró en el ring y llenó un cuenco con agua para hacer hidromancia.

Su rival era Róisín Jacob, una vil augur que tenía el cabello recogido en una trenza oscura, humedecida de sudor. Desde el momento en que había ordenado la liberación de los viles augures del barrio de chabolas de Jacob's Island, ella se había entregado en cuerpo y alma a la causa, y entrenaba a diario, durante horas. El Custodio se quedó observando, con los brazos cruzados.

—Felix —dijo, indicándole que empezara él, aunque se le veía inquieto en presencia del refaíta—, levanta la cabeza. Te aseguro que, aunque te agaches, los centinelas pueden verte.

Felix enderezó el cuerpo y se situó frente a Róisín, que le sacaba una cabeza.

—Róisín, lucha en serio, pero dale la posibilidad de poner a prueba su técnica.

—Una pequeña posibilidad —concedió Róisín.

Felix se aclaró la garganta e invocó varios espíritus, con los que formó una bandada. El Custodio se puso a caminar por el ring.

—Daos la espalda. —Lo hicieron—. Ahora dad tres pasos, alejándoos. —Lo hicieron—. Bien.

Convertía cada combate en un duelo, una danza, una expresión artística. Alrededor del cuadrilátero se concentró un corro de curiosos, animando a Felix y Róisín, que esperaban la señal.

—Tres —dijo el Custodio—, dos, uno.

Felix lanzó el brazo hacia abajo. Los espíritus salieron disparados, trazando un arco y sumergiéndose en el cuenco de agua, que tembló, tensando el éter. Yo levanté las cejas. En el momento en que los espíritus volvían a elevarse, arrastrando una cadena de gotitas brillantes tras ellos, Róisín puso fin al periodo de gracia que le había concedido y se le echó encima de un salto.

De un puñetazo le hizo levantar el brazo y lo lanzó contra las cuerdas. Luego le clavó los dedos en el hombro, provocándole una sacudida violenta que hizo que sus espíritus huyeran despavoridos. Él cayó al suelo, inerme, salpicando agua por todas partes.

—Me rindo, me rindo —gritó, entre las risas del público—. ¡Me has hecho daño, Róisín! ¿Qué has hecho?

—Ha usado su don para atacarte —le explicó el Custodio—. Róisín es una osteomántica de gran talento. Tus huesos han respondido al contacto.

—¿Mis huesos? —dijo Felix, echándose atrás.

—Exacto. Estarán recubiertos de carne, pero siguen respondiendo a la llamada de un osteomántico.

La victoria de Róisín recibió unos cuantos aplausos. Por mi parte, dejé el café y me sumé a los aplausos. El Custodio había conseguido transformar el poder osteomántico de Róisín en un arma, algo que podía usar para defenderse. Pero lo que Felix había hecho con la hidromancia también era algo nunca visto.

—Ya te decía yo que nunca tenían que haberlos liberado —susurró un suspirante. Trenary, me pareció que se llamaba—. Este no es sitio para los augures viles.

—Ya basta —dijo el Custodio, que seguía caminando por el ring—. La Subseñora ha prohibido ese tipo de comentarios.

Aquello sorprendió a muchos de los presentes. El refaíta lo había oído. Cualquier otro se habría encogido ante el tono de su voz, pero el susurrante reaccionó enseguida.

—No tengo que hacer lo que tú digas, refaíta —respondió, burlón, el suspirante. Felix tragó saliva y miró al Custodio—. Yo solo respondo ante la Subseñora, si es que alguna vez aparece por aquí.

—Entonces escucha esto, Trenary —dije yo, y todos se giraron hacia mí—. No vamos a aceptar ese tipo de actitud. Si no puedes controlarla, llévatela a otra parte. Afuera, quizá, bajo la nieve.

29

Hubo un largo silencio y luego Trenary abandonó la sala malhumorado, dejando atrás a Róisín, que apretaba los dientes.

—Custodio, ¿a mí qué me puedes enseñar? —preguntó Jos Biwott con su voz cantarina, aliviando la tensión del momento—. Yo solo sé cantar.

—Ese no es un mal don. Todos vosotros tenéis la posibilidad de usar vuestra clarividencia contra Scion; no obstante, hoy se me ha acabado el tiempo. —Un murmullo de decepción generalizada atravesó la sala—. Volveré la semana que viene. Hasta entonces, seguid entrenando.

Los vi dispersarse. Al otro lado de la sala, el Custodio estaba recogiendo su abrigo.

Hacía semanas que no intercambiábamos más que alguna palabra tensa. No podía retrasarlo más. Intenté quitarme de encima la aprensión y crucé la sala hasta llegar a su lado.

—Paige.

Su voz tenía en mí el mismo efecto que el vino: sentía un peso tras las costillas que me bloqueaba y entorpecía mis movimientos.

—Custodio —dije—. Ha pasado tiempo.

—Es cierto.

Hice como si observara el campo de tiro con cuchillos, pero no podía concentrarme. Era consciente de los muchos ojos que nos miraban. Observaban a la Subseñora y al instructor refaíta con curiosidad.

—Eso ha sido impresionante —comenté, con franqueza—. ¿Cómo has podido enseñarle a Felix a usar la hidromancia de esa manera?

—Nosotros lo llamamos fusión. Es una forma avanzada de combate con espíritus para determinados tipos de adivinos y augures. Tú fuiste testigo de cómo lo usaba la Dama Perversa durante el torneo —dijo, y se paró a observar a una médium que se dejaba poseer por un espíritu—. Algunos videntes pueden aprender a obligar a determinados espíritus a que transporten su *numen*. Es una técnica que puede usarse para manipular el fuego, el agua y el humo.

Eso podría darnos una gran ventaja. Antes de la llegada de los Ranthen, los adivinos y los augures solo sabían lanzar bandadas de espíritus contra sus rivales; ese era uno de los motivos de que Jaxon los considerara tan débiles.

—Ese ha hablado mal de los augures viles —constató el Custodio, señalando con la cabeza hacia el lugar por donde se había ido Trenary—. Y, menos abiertamente, ha hablado a favor de Jaxon como lí-

30

der legítimo de la Orden de los Mimos. Según parece, suele citar fragmentos incendiarios de *Sobre los méritos de la antinaturalidad*.

—Le diré a Leon que no lo pierda de vista. No podemos permitirnos ninguna filtración a Scion.

—Muy bien.

Se hizo un silencio breve e incómodo. Cerré los ojos un momento.

—Bueno —dije por fin—, tengo asuntos de que ocuparme. Discúlpame.

Ya había dado unos pasos hacia la puerta cuando me dijo:

—¿He hecho algo que te haya ofendido, Paige?

Me paré de golpe.

—No. Es solo que he estado... preocupada.

Soné demasiado a la defensiva. Era evidente que pasaba algo.

—Por supuesto —dijo, y, al ver que yo no decía nada, bajó el tono—. Tú decides las compañías que quieres frecuentar. Pero recuerda que puedes hablar conmigo cuando quieras, si alguna vez quieres pedirme consejo. O si simplemente necesitas a alguien que te escuche.

De pronto fui consciente de la línea dura de su mandíbula, de la llama del interior de sus ojos, del calor que desprendía y que notaba incluso desde aquella posición. También era consciente de la tensión de mi espalda y de las mariposas que sentía en el estómago.

Sabía por qué sucedía. Sabía qué era lo que me impedía abrirme. No era algo que hubiera hecho él. El Custodio me había aceptado como la mujer que había pasado años trabajando para Jaxon Hall sin darse cuenta de quién era en realidad. A diferencia de los otros Ranthen, no me había tratado de un modo diferente por eso. Había disculpado mi ignorancia.

Lo que me frenaba era la advertencia que me había hecho Jaxon sobre él. Aquellas palabras aún me bailaban en la mente. Y no podía decírselo; no podía admitir que Jaxon Hall, ese mentiroso compulsivo, había intoxicado la visión que yo tenía de él. Que Jaxon Hall me había hecho plantearme que quizá él no fuera más que un ejecutor de la voluntad de Terebell.

—Gracias. Lo sé. —Consciente del interés que estábamos despertando, me giré—. Hasta pronto.

Me pasé el resto del día haciendo inventario. Cuando salí, al atardecer, Nick y Eliza volvían a la Harinera; estaban buscándome. Ha-

31

bían recibido un informe urgente de una mimetocapo de la II Cohorte que estaba convencida de que había un escuadrón de centinelas vigilando una cabina de su sección.

—Dice que algunos de sus videntes han ido a hacer llamadas y que la mitad no han regresado —me dijo Nick mientras nos abríamos paso por la nieve—. Cuando lo ha hecho ella, todo ha ido bien, pero quiere vigilancia.

—¿No nos pasó algo parecido la semana pasada, con ese médium que entró en una farmacia y desapareció? —respondí.

—Sí.

—¿Has ido a ver la cabina en persona?

—Sí. Nada.

Agaché la cabeza para protegerme del viento.

—Pues no perdáis más tiempo con eso.

—De acuerdo. ¿Volvemos a la guarida?

Asentí. Llevábamos demasiado tiempo en la calle y teníamos que repasar nuestras finanzas.

Cogimos un *rickshaw* hasta Limehouse Causeway y seguimos a pie desde allí, manteniendo las cabezas gachas y envueltas en nuestras bufandas. Las calles ya estaban llenas de gente de fiesta, todos animados, en parte gracias al Floxy, abriéndose paso por entre los estibadores de la isla de los Perros. Los bares de oxígeno siempre se llenaban de gente en los días previos a la Novembrina, especialmente los baratos, más frecuentes en esta parte de la ciudadela. Eliza paró en un cajero automático y se sacó del bolsillo una tarjeta bancaria robada.

Las tarjetas robadas eran útiles, aunque solo duraban el tiempo que tardaban sus propietarios en darse cuenta de que las habían perdido. Terebell solía negarse a darme dinero, algo que en mi opinión le producía un gran placer. Nick miró por encima del hombro, por si alguien nos miraba, mientras Eliza insertaba la tarjeta en el cajero y daba unos golpecitos en el suelo con el pie.

De pronto sonó una alarma.

Nick y yo nos quedamos rígidos de golpe; Eliza se encogió, tomando aire. Aquella ensordecedora sirena atrajo las miradas de todos los que estaban cerca. Por un momento, nos miramos entre nosotros, sin saber qué hacer.

Conocía ese sonido.

Era el sonido que hacía un escáner Senshield cuando detectaba la presencia de un clarividente, un sonido que anticipaba una detención. Pero venía del interior del cajero automático. Y eso no era posible. Los escáneres Senshield eran unas máquinas aparatosas, de cuerpo entero. Se veían de un extremo al otro de la calle. Si estabas atento, podías esquivarlos sin problemas. Nunca estaban ocultos.

¿O sí?

Pensé en todo aquello en la fracción de segundo que tardé en reaccionar.

—¡Corred! —les grité a los otros.

Salimos huyendo a toda velocidad como si fuéramos una sola cosa.

—¡Antinaturales! —gritó alguien.

Una mano agarró a Nick del abrigo. Él se soltó, apartando al hombre de un manotazo. Me giré y vi un escuadrón de centinelas nocturnos que acudían a la carrera desde la orilla del río con sus pistolas de flux en ristre, rugiendo «alto» y «al suelo», con un tono que hacía que la gente saliera corriendo despavorida. Oí el chasquido y el silbido de un dardo de flux y me lancé rodando al suelo, arrastrando a Eliza conmigo.

El estupor me había disparado el ritmo cardiaco; ahora estaba atenazada por el terror y respiraba agitadamente. No me había sentido así desde hacía mucho tiempo, quizá desde el día en que me habían capturado y me habían llevado a la colonia de Scion. Nosotros tres éramos los miembros de mayor rango de la Orden de los Mimos; no podían detenernos.

Corrimos en dirección al poblado de chabolas de los estibadores del muelle; allí podríamos perdernos en el laberinto de barracas. Pero justo cuando lo teníamos a la vista, una furgoneta nos cortó el paso con un sonoro frenazo. Nos giramos, como animales acorralados, y nos encontramos cara a cara con el escuadrón. Sus uniformes eran una mancha difusa de negro y rojo.

—Oh, mierda —murmuró Eliza.

Lentamente, levanté las manos. Los otros me imitaron. Los centinelas formaron una media luna delante de nosotros, sus bastones eléctricos se encendieron y nos apuntaron al torso con sus pistolas de flux, sin duda cargadas con la última versión de la droga. Eché una mirada a Nick. Su aura estaba cambiando, adentrándose en el éter.

No podía penetrar en el onirosaje de nadie. En el torneo lo había dado todo. Estaba oxidada. Demasiado lenta.

Pero eso no significaba que no pudiera tirar a unos cuantos *centis* por el suelo.

Nick liberó su don con una cascada de visiones que los cegaron; Eliza los atacó con una ráfaga de bandadas de espíritus que los envolvieron en un torbellino de alucinaciones. Aprovechando la confusión, le solté un puñetazo en la barbilla a uno de ellos y le arrebaté la pistola de flux con la otra mano. La jeringa balística salió disparada e impactó entre las escápulas del comandante.

Nos movíamos con fluidez, como un equipo, tal como hacíamos antes cuando combatíamos contra bandas rivales. Nick se hizo con uno de los bastones eléctricos y reventó una nariz de un codazo. Se oyó un chisporroteo eléctrico y un centinela cayó al suelo. Eliza embistió a otro con el hombro y echó a correr, lanzando al aire una de nuestras preciadas bombas de humo. Nos envolvió un denso humo gris, pero yo disparé un dardo más y salí corriendo tras ella, sin soltar la pistola descargada. Enseguida oí los pasos de Nick tras los míos.

Superamos un murete de un salto y nos colamos bajo una valla cubierta de grafitos que marcaba los límites del poblado de chabolas; nos acercamos a la primera barraca que encontramos y levantamos la lona que hacía de puerta. Empezamos a atravesar viviendas ocupadas, entre los insultos de los iracundos estibadores, pero no bajamos el ritmo. No paramos hasta salir del poblado de barracas, por su extremo noroeste, junto a una franja de arena sucia de petróleo junto al Támesis. Me dolía un punto del costado, pero no era nada comparado con el terror que empezaba a instalarse en mi interior. Siempre habíamos ido con sumo cuidado, convencidos de nuestra capacidad para pasar desapercibidos. Pensaba que estábamos a salvo. Y, sin embargo, nos habían pillado por sorpresa, precisamente a nosotros tres, y poco había faltado para que sucumbiéramos.

—¿Qué demonios era eso? —dijo Eliza, sin resuello—. ¿Un escáner Senshield oculto?

Estaba demasiado agitada como para responder. Teníamos que movernos, pero mis huesos y mis músculos se negaban a volver a la acción. Nick meneó la cabeza, jadeando. Por fin recuperé el aliento lo suficiente y pude hablar:

—Venga, vamos. Tenemos que advertir a la Orden de los Mimos. Esto podría..., esto podría ser el fin.

2

Emergencia

Convoqué una reunión inmediatamente. Cuando llegamos a un refugio al norte del río, lord Glym, Tom el Rimador y Ognena Maria ya estaban sentados, peleándose por el resto de los bollitos de jengibre. Frente a ellos estaba Danica Panić, la otra componente de los Siete Sellos que se había quedado conmigo tras el torneo. En otras circunstancias, habría querido que mis seis comandantes asistieran a una reunión como aquella, pero no era conveniente que estuviéramos todos bajo un mismo techo.

Cuando entré se pusieron en pie. Al bajar el cuerpo para sentarme en una silla junto a Nick me dolieron las rodillas. El frío glacial no me ayudaba a recuperarme de las heridas sufridas en el torneo.

—¿Qué pasa, Paige? —dijo Maria—. ¿Es cierto lo que dicen? ¿Un escáner Senshield oculto?

Al otro lado de la mesa había una silla vacía.

—¿Esperamos? —preguntó Eliza, ocupando el sitio a mi izquierda.

—No —respondí, decidida.

La ausencia de Terebell resultaba cuando menos frustrante. Sabía a qué hora empezaba la reunión, y no podía haber nada más importante. Era de esperar que Scion aumentara el número de escáneres Senshield, puesto que ya habían anunciado que tenían intención de instalarlos, pero también esperábamos poder verlos.

—Gracias a todos por venir, pese a lo repentino de la convocatoria —dije—. Iré al grano. Hace un rato, Eliza ha intentado usar un cajero automático y se ha disparado una alarma. Da la impresión de que había un escáner Senshield... instalado dentro. —Hice una pausa para darles tiempo a que lo asimilaran—. Hemos escapado por los pelos.

Su asombro era patente. Glym bajó la cabeza y la apoyó en la palma de la mano.

35

—Esto podría tener unas implicaciones catastróficas para la Orden de los Mimos —proseguí—. Si no podemos ver los escáneres, no podemos esquivarlos.

—En un cajero automático —dijo Maria, pasándose una mano por el cabello—. Algo tan común...

—Eso podría explicar lo de la cabina misteriosa —murmuró Nick—. Y lo del vidente que desapareció en la farmacia.

Me había precipitado al no dar importancia a aquellos informes, era evidente.

—Esta es la mayor amenaza a la que se han enfrentado nunca los videntes —dije—. Dependiendo de cuántos escáneres ocultos hayan instalado, las tres primeras órdenes (los únicos que pueden detectar ahora mismo) podrían verse obligadas a permanecer ocultos durante un tiempo, hasta que nuestra fuerza cuente con un número de efectivos suficiente como para plantar batalla a los centinelas. Estar por la calle podría resultar demasiado peligroso.

—No. —Eliza me miró de frente—. Paige, no podemos ocultarnos, sin más.

—Como médium —dijo Glym, levantando el rostro—, estoy de acuerdo. A pesar del peligro, resultaría fatal dejar aparcada a la mayoría de nuestra infantería.

—También sería fatal permitir que Scion los capturara —repliqué—. Tenemos videntes de los otros órdenes que pueden hacer el trabajo de calle.

—No muchos.

—Los suficientes —dije, pero me daba cuenta de que no iban a aceptarlo. Maria meneó la cabeza—. Bueno, pues entonces más vale que aprendamos a esquivar los escáneres. Es hora de que afrontemos la amenaza de cara. Hector escondió la cabeza bajo el ala en lo referente a Senshield, pero nosotros tenemos que tomárnoslo en serio. Esto es como un dios en una máquina. Un ojo que todo lo ve.

—Y os va a costar mucho cegarlo —apuntó Danica.

Estaba sentada en el otro extremo de la mesa, incómoda, con los brazos cruzados. Su cabello era un manojo de rizos de color caoba, y tenía los ojos inyectados en sangre por falta de sueño. Al trabajar en el departamento de ingeniería de Scion, era nuestra mejor fuente de información sobre Senshield.

—Dani —dije—, ¿tenías idea de que pudiera llegar algo así?

—Sabía que tenían pensado instalar grandes escáneres por toda la ciudadela, y por eso intenté construir un aparato que bloqueara nuestras auras, pero ya sabéis que no lo conseguí. También sabíamos que con el tiempo los instalarían en los servicios esenciales. Lo que desde luego no sabía era que hubieran creado una versión que se pudiera camuflar.

—Pues entonces vamos al grano. ¿Tienes alguna idea de cómo podemos librarnos de ellos?

—Bueno, los grandes no se pueden destruir ni retirar a mano. Aparte del hecho de que, evidentemente, están vigilados, cada uno de los escáneres está anclado con soldaduras.

—¿Tú sabes cómo funcionan? —le preguntó Glym, directamente—. ¿Sabes algo de ellos?

—Obviamente.

—¿Y?

Ella le lanzó una mirada funesta. Si había algo que Danica Panić odiaba, era que le metieran prisa.

—Por lo que se dice entre los ingenieros, los escáneres se alimentan de una fuente central de energía que llaman «el núcleo» —dijo, con deliberada lentitud—. No sé lo que es, pero sí sé que todos y cada uno de los escáneres están conectados a él.

—Así pues, si eliminamos el núcleo, los desconectamos todos.

—Hipotéticamente. Sería como quitarles la batería.

Tom se frotó la barba.

—¿Y dónde se encuentra?

—En el Arconte, seguro —dije yo.

—No necesariamente —me corrigió Danica—. Senshield es un proyecto de ScionIdus, así que lo más probable es que esté en alguna instalación militar.

ScionIdus, el brazo armado de Scion, su ejército. Ya los había visto actuar en el pasado, trece años antes, cuando habían invadido Irlanda desde Dublín.

—ScionIdus —repitió Maria.

Me la quedé mirando. Con una extraña expresión en el rostro, se sacó una pitillera de cuero de la chaqueta.

—No sabía que Senshield fuera una creación del ejército. Eso es muy interesante. —Sacó un cigarrillo y lo encendió—. Si tiene que ver con los militares, se vuelve algo aún más siniestro.

Sentí un temblor en el abdomen. Habíamos implantado medidas de seguridad para protegernos de los centinelas y de los refaítas enemigos, pero no me había planteado que el ejército pudiera convertirse en una amenaza. La mayoría de las tropas estaban apostadas en los territorios de ultramar de Scion.

—Tengo claro que hay que ir a por Senshield, pero, si le echamos el anzuelo a la bestia, tenemos que estar preparados para un buen mordisco —dijo Maria—, y ese mordisco podría incluir a una tal Hildred Vance, comandante en jefe de la República de Scion y máxima autoridad de ScionIdus.

Tom murmuró unas palabras sueltas.

Vance... Ese nombre me sonaba.

—Vance —dijo Glym—. Fue quien lideró la invasión de Bulgaria.

—Esa misma. El cerebro de las campañas de Irlanda y de los Balcanes. —Maria soltó una bocanada de humo—. Puede que sea ella la que está fomentando la expansión de Senshield. Para usos militares.

La rodilla de Eliza no paraba de brincar.

—¿Y qué significa si esa tal Vance viene?

Con los ojos cerrados, Maria dio otra calada a su cigarrillo.

—Quiere decir que estaremos enfrentándonos a una de las estrategas más inteligentes e implacables. Una persona con experiencia en desmantelar grupos rebeldes estructurados en células.

Se hizo un largo silencio. Nuestro movimiento aún no era lo suficientemente fuerte como para enfrentarse al ejército.

—Bueno —dije por fin—, tenga o no que ver con Vance...

Dejé la frase a medias al ver aparecer al Custodio por la puerta, con su pesado abrigo negro. Los comandantes lo miraron con aprensión, contemplando el azul hielo de sus iris y su enorme complexión.

—Pido disculpas por la tardanza, Subseñora —dijo.

El color de sus ojos revelaba el motivo del retraso: había parado a comer.

—¿Dónde está Terebell?

—Esta noche está ocupada.

Seguí cada uno de sus movimientos hasta que se sentó junto a Glym. Su mirada me resultaba perturbadora, al recordarme lo que tenía que hacer para sobrevivir, pero no podía culparle por ello. Volví a explicar lo de los escáneres ocultos y la amenaza que suponían para que se pusiera al día.

—Nos iría bien tu ayuda —dije—, si queremos tener alguna posibilidad de desactivar Senshield. Tú has vivido con los Sargas. ¿Qué sabes de los escáneres? ¿De su fuente de alimentación?

—Conociendo a los Sargas, probablemente el núcleo se base en algún tipo de tecnología etérea que aprovecha la energía creada por los espíritus —dijo el Custodio.

—¿Tecnología que usa espíritus? —dijo Tom, levantando las cejas—. Nunca he oído nada parecido.

—La mayoría de los refaítas tampoco saben mucho al respecto. Los Sargas son la única familia que ha conseguido aplicar la energía del éter a la maquinaria humana. Muchos de los míos lo consideran algo obsceno —apuntó el Custodio—. Lamentablemente, no sé cómo funciona el núcleo de los escáneres Senshield.

Asentí lentamente.

—¿Crees que podría estar en el Arconte?

—Le preguntaré a nuestro agente doble si tiene alguna idea, pero imagino que, si estuviera allí, ya nos lo habría dicho.

Alsafi Sualocin, el espía más valioso de los Ranthen en el Arconte. Lo había conocido en la colonia, como brutal guardia leal a Nashira. Había sido toda una sorpresa descubrir que era Ranthen y que trabajaba en secreto para acabar con ella.

—Aunque no conozcamos la ubicación del núcleo, puede que sea hora de plantearse algo que sí sabemos de los escáneres —dijo el Custodio, mirando a los presentes—. Como todos sabéis, actualmente, los escáneres Senshield solo pueden detectar los tres primeros órdenes de clarividencia. Por mucho que lo han intentado, los ingenieros de Scion no han conseguido calibrarlos para que detecten los cuatro superiores.

Maria ladeó la cabeza.

—¿Cómo hacen esa... calibración, exactamente?

—Nadie lo sabe, pero sospecho que los exponen a determinadas auras. Sería lógico pensar que la red Senshield reconoce lo que ya conoce. —Hizo una pausa—. Es posible que quieran usaros a alguno de vosotros para mejorar su capacidad de detección.

Era lo que nos faltaba. Si recorriendo las calles no solo corríamos el riesgo de que nos detuvieran, sino también de aumentar el poder de Senshield, tendríamos que plantearnos realmente lo de mantenernos ocultos, aunque solo fuera como último recurso.

—En cuanto al núcleo... ¿Crees que podrían reemplazarlo fácilmente? Si lo destruimos, ¿construirían otro, sin más?

—Es poco probable —dijo el Custodio—. Al no ser un Sargas, no soy experto en la tecnología etérea, pero sé que es algo complejo, volátil y delicado. Si destruyerais el núcleo que tienen ahora, supongo que les llevaría muchos años devolverlo a su estado operativo actual.

Por su voz quedaba claro que aquello no era más que una suposición lógica, pero al menos era algo a lo que agarrarse.

—Otra cosa que hay que tener en cuenta —añadió— es que, si Senshield mejora, ello pondrá en grave peligro a la División de Vigilancia Nocturna. Si consiguen ajustarlo para que detecte a las siete órdenes, ya no serán necesarios los agentes con visión espiritista. Quedarán obsoletos, por lo que Scion los... eliminará, igual que ha hecho con otros antinaturales. —Me miró—. Algunos de ellos quizá se presten voluntarios a atentar contra el núcleo.

—Eso sí que no —replicó Glym, indignado—. El sindicato no trabaja con centinelas.

A mí siempre me había parecido que Glym era un bromista, como Tom, pero con el tiempo me había dado cuenta de que era muy disciplinado. Al menos se tomaba la revolución en serio, y eso era más de lo que se podía decir de otros miembros de la Asamblea Antinatural.

—Si no les tendéis la mano de la amistad —dijo el Custodio—, los centinelas nocturnos serán eliminados.

—Bien —dijo Glym.

—Son traidores. Decidieron trabajar para Scion —comentó Eliza, estirándose uno de sus tirabuzones.

Glym la miró con un gesto de aprobación. Tenía razón.

—Pero el Custodio está en lo cierto —dijo Maria, encogiéndose de hombros—. Son reclutas en potencia. ¿Por qué desperdiciarlos?

—Solo sería una alianza temporal —apunté—. Una vez que acabemos con Senshield, su puesto de trabajo ya no correrá peligro.

—Quizá solo nos haga falta una alianza temporal.

Se hizo el silencio, y yo me quedé pensando. Podía recibir todos los consejos que quisiera, pero al final la decisión tendría que ser mía. Empezaba a entender cómo había podido abusar tanto de su poder mi predecesor, Hector: los líderes del sindicato disponían de un gran poder. Los videntes de la asociación se sometían ante la fuerza, y en el torneo yo había demostrado la mía. Aunque eso no me convertía en una experta en organizar revoluciones.

El instinto siempre me había dicho que me mantuviera lejos de los centinelas, pero lo que podían ofrecernos quizá compensara las críticas que recibiría por darles una oportunidad. Además, supondría una merma de tropas para Scion.

—Es algo que conviene tener en cuenta —concluí—. Si nos encontramos en una situación en la que la ayuda de los centinelas puede llegar a ser vital para nuestro éxito, reconsideraremos el asunto. Hasta entonces, no creo que debamos arriesgarnos a contactar con ellos. —La respuesta pareció satisfacer a todos—. De momento, tenemos que decidir cómo obrar a partir de ahora. Dani, quiero que hagas todo lo que puedas para descubrir qué es el núcleo de Senshield y, sobre todo, dónde se encuentra. Esa es nuestra prioridad máxima.

—Un momento —dijo Tom, señalando a Danica—. ¿El Vinculador Blanco no sabe que trabajas para Scion? ¿No te importa seguir trabajando allí?

—No —respondió Danica.

Nick parecía preocupado.

—Es raro, pero no parece que la haya delatado. Yo no confío en él, así que dejé mi puesto, pero si en tres semanas no ha dicho nada...

No acabó la frase.

—El Custodio ya ha consultado al agente doble de los Ranthen —les expliqué—. Por lo que sabemos, Dani no está siendo vigilada. Él nos avisará si la situación cambia.

Tom relajó el gesto.

—Mientras investigamos cómo desactivar la red Senshield, quiero que todos informéis a vuestros mimetocapos con urgencia de la amenaza que suponen estos escáneres ocultos —añadí—. Quiero que os envíen informes de cada unidad que encuentren. Tenemos que enterarnos de en qué lugares los ponen, para poder informar al sindicato. Me encargaré de que los de Grub Street distribuyan planos con todas las ubicaciones conocidas. —Clavé el dedo en la superficie de la mesa—. Y tenemos que encargarnos de los pocos que aún apoyan al Vinculador Blanco. Hay que hacerles pasar por el aro.

—Dejarán de echarlo de menos cuando el I-4 tenga un nuevo líder —dijo Glym.

—A mí no se me ha presentado ningún candidato.

—Piensan que Jaxon va a volver —dijo Eliza—. Todos tienen demasiado miedo de ocupar su lugar.

Por supuesto. Incluso ahora que Jaxon se había ido, su sombra seguía proyectándose por toda la ciudadela, como había hecho durante décadas.

Normalmente, el único modo de que cambiara el líder de una sección era con la muerte del líder vigente, si su dama o caballero no reclamaban el título. Y entonces se producía una lucha por el poder en el seno de la sección, hasta que alguien se imponía y se presentaba como candidato ante la Asamblea Antinatural.

Yo no sabía si Jaxon había escogido una nueva dama antes de marcharse, y lo cierto era que no me importaba. Por otra parte, tampoco quería que se generara un caos interno mientras el sindicato decidía quién sería el mejor sustituto.

—Alguno de vosotros debe de tener *in mente* algún candidato. Me gustaría que los animarais a que se presentaran a la sesión de mañana para que podamos acabar con esto. —Me puse en pie—. Comunicaré órdenes en las próximas veinticuatro horas.

Los comandantes salieron del refugio entre murmullos de «buenas noches». Yo me quedé ordenando mis papeles mientras Nick y Eliza salían a asegurarse de que no había peligro.

El Custodio fue el último en ponerse en pie. Por primera vez desde hacía semanas estábamos juntos a solas. Mantuve la cabeza gacha mientras él se dirigía a la puerta.

—¿Te vas?

—Debo hacerlo —dijo—. Para hablar con Terebell de lo que acabáis de descubrir.

No podía soportar aquel ambiente raro entre nosotros. Se suponía que el cordón áureo —ese frágil vínculo que conectaba nuestros espíritus desde hacía meses— debía decirme qué estaba pensando, qué sentía, pero lo único que percibía era un vacío en mi interior donde resonaba un eco.

—Debes acabar con los seguidores que le quedan a Jaxon, Paige —dijo. Se había detenido—. Es deseo de Terebell. Si no lo consigues, te arriesgas a decepcionarla.

—Ya has oído lo que he dicho...

—No me refería a sus seguidores en general. Ya sabes a qué dos me refiero.

Zeke y Nadine. Lo miré por entre el flequillo.

—¿Le has dicho a Terebell que no los he expulsado del I-4?

—Aún no.

—Pero lo harás.

—Quizá no tenga opción. Me lo preguntará.

—Y tú se lo dirás.

—Pareces tensa.

—¿De verdad, Custodio?

—Sí.

Me froté el puente de la nariz.

—Terebell está obsesionada con la escasa minoría que sigue a Jaxon —le expliqué, con voz más tranquila—. Eso tiene que parar. Ya sé que le odia, sé que para ella es algo personal, como para ti, pero tener que pensar en eso me distrae de cosas más importantes, como Senshield.

—Ella interpreta tu falta de voluntad en buscarle un sustituto como una señal de que en realidad sigues siendo leal a tu antiguo mimetocapo. Que esperas su regreso. Si te niegas a expulsar a Zeke y a Nadine, solo conseguirás aumentar sus sospechas.

—Oh, por el amor de Dios —dije, poniéndome la chaqueta—. Ya me encargaré de eso. Dame unos días.

—Has retrasado el asunto por lo que Nick sentía por Zeke.

—Puede que sepas cómo piensa Terebell, Custodio, pero no supongas que tienes alguna idea de cómo pienso yo.

Guardó silencio, pero sus ojos eran puro fuego. Sentía el calor en la piel del rostro. Antes de que pudiera decir nada más, agarré el bolso y me dirigí a la puerta.

—Quizá pienses que estoy sometido a los Ranthen. Tal vez no te guste cómo respeto mi sentido del deber —dijo. Me detuve—. Terebell es mi Soberana Electa. Estoy a su servicio y le debo lealtad, pero no creas que soy un instrumento de su voluntad. Tengo conciencia, y te recuerdo que soy dueño de mí mismo. Acuérdate de que he desafiado a los Ranthen. Y sigo haciéndolo.

—Ya lo sé.

—Tú no me crees.

Sin poder evitarlo, resoplé.

—Ya no sé qué debo creer.

El Custodio me miró a la cara antes de tocarme suavemente la mandíbula por debajo, levantándome el rostro. El corazón me dio un vuelco en el pecho al mirarle a los ojos.

43

Aquel contacto despertó algo que había permanecido dormido durante semanas, desde la noche antes del torneo. Nos miramos, unidos por el mínimo contacto de la punta de sus dedos, y yo no supe qué era lo que quería hacer; lo que quería que hiciera *él*. Que me dejara. Que hablara conmigo. Que se quedara conmigo.

Mis manos se movieron como impulsadas por el instinto: recorriendo los músculos de sus hombros y apoyándose en su nuca. Él me acarició toda la espalda con las palmas de las manos. Lo busqué igual que buscaría en un mapa un camino que hubiera recorrido mucho tiempo atrás, buscando elementos familiares, aprendiendo de nuevo lo olvidado. Cuando nuestras frentes se encontraron, mi onirosaje se puso a bailar con las llamas que él prendía siempre en mi interior.

Pasó un rato sin que dijéramos nada. Mis dedos encontraron el hueco de su garganta, donde se le notaba el pulso, y me pregunté, como ya había hecho antes, qué necesidad tenía un ser inmortal de tener pulso. Intenté concentrarme en ese latido para calmarme, pero solo conseguí que se me acelerara el corazón a mí. Sus manos se abrieron paso por entre mis rizos; sentía su aliento sobre mi cabello, y el calor que se extendía por debajo de mi piel. Cuando ya no pude soportar más la separación, le rodeé el cuello con un brazo y cubrí el poco espacio que aún nos separaba.

Fue como encender un fuego tras haber pasado días bajo la lluvia. Presioné mi boca contra la suya, buscando una conexión desesperadamente, y él respondió con la misma urgencia. Primero noté el sabor del vino, luego una nota de roble, luego el sabor a él.

La tensión que había empleado en mantener las distancias durante todo ese tiempo casi me había partido por la mitad. Ahora que estaba abrazada a su pecho pensaba que esa tensión se aliviaría, pero solo deseaba que me agarrara con más fuerza, más cerca. Nos besamos con una voracidad que casi era dolor, un dolor acentuado por las semanas de separación. Busqué a tientas el pomo de la puerta, y no encontré ninguna llave o cerrojo que pudiera protegernos de ojos indiscretos, pero no podía parar. Necesitaba aquello.

Sus labios abrieron los míos. Nuestras auras se entrelazaron, como siempre hacían. El corazón me latía con fuerza al pensar que Terebell o alguno de los otros Ranthen pudieran presentarse de pronto, lo que haría saltar por los aires nuestra precaria alianza.

—Custodio —suspiré.

Paró de golpe. Sin embargo, ahora que lo había recuperado, no podía poner fin a aquello. Volví a tirar de él, dirigiendo sus manos a mi cintura. Mientras recuperaba el aliento, sus labios acariciaron la cicatriz de mi mandíbula, haciendo que mi piel se volviera delicada como el papel. Con suavidad, me abrió la parte superior de la chaqueta y me besó la garganta, rozando el colgante que pendía entre mis clavículas. Un escalofrío me recorrió el cuerpo y me hizo emitir un suave gruñido.

No percibí el onirosaje hasta que estuvo demasiado cerca. Con un respingo, me aparté y me dejé caer en la silla más cercana. Un momento más tarde apareció Maria.

—Me he dejado el abrigo. ¿Aún aquí, Custodio?

Él inclinó la cabeza.

—Paige y yo teníamos un asunto privado que tratar.

—Ah. —Cogió su abrigo del respaldo de una silla—. Paige, cariño, por tu aspecto... parece que tienes fiebre.

—Sí que tengo sensación de calor —respondí.

—Deberías ir a que te viera Nick. —Maria nos miró a los dos—. Bueno, no os entretengo.

Se echó el abrigo al hombro y se fue.

El Custodio se quedó donde estaba. La sangre me corría por las venas como un torrente, quemándome por dentro. Me sentía débil, como si su contacto me hubiera arrancado de golpe una armadura que no sabía siquiera que tenía. No había nadie más por ahí, no se acercaba nadie.

—Casi se me olvida lo peligroso que es estar contigo —le dije, intentando sonar despreocupada.

—Hmm.

Nuestras miradas se cruzaron un momento. Yo quería..., necesitaba confiar en que aquello era de verdad, pero me paralizaba pensar en el peligro y en Jaxon..., con esa risa burlona en los ojos.

«Arcturus Mesarthim no es más que un gancho. El cebo para que piques. Y tú, querida, te prendaste de él».

—Debería... dormir un poco. —Me puse en pie—. Mañana es el juicio de Ivy.

Su juicio por formar parte del mercado gris; por ayudar al Ropavejero a vender a videntes como esclavos.

—Tomarás la decisión correcta —dijo el Custodio.

Él sabía, de algún modo, que todavía no tenía claro qué debía hacer con ella.

—¿Terebell va a enviar a alguien para que asista al juicio?

—A Errai.

Genial. Errai era tan agradable como un puñetazo en la boca.

—No me mires así —me dijo el Custodio en voz baja.

—No te miro de ningún modo. Me encanta Errai —respondí, con una sonrisa que no duró ni un instante—. Custodio, yo..., no importa. Buenas noches.

—Buenas noches, pequeña soñadora.

Los otros tres no me preguntaron por qué había tardado tanto. Nick sabía lo del Custodio, y yo tenía la impresión de que Eliza lo sospechaba. Alguna vez la había pillado mirándonos a mí y al Custodio, claramente intrigada.

Echamos a andar por entre la ventisca. Mientras caminábamos enfrentándonos al viento, intenté no pensar en lo que acababa de ocurrir. Maria había estado muy cerca de descubrirnos; probablemente, no nos habría delatado ante Terebell, pero seguro que no resistiría la tentación de contárselo al menos a alguno de los otros comandantes. Nuestro secreto habría quedado expuesto. Por pesado que fuera el lastre que me había quitado solo con vivir aquel momento de intimidad, era demasiado peligroso.

Pero echaba de menos hablar con él. Echaba de menos el simple hecho de tenerlo cerca. Lo deseaba..., pero lo que deseaba quizá fuera una ilusión. Todo parecía mucho más simple antes de convertirme en Subseñora.

Cuando pasamos frente a una farmacia, al final de una serie de tiendas, Eliza se detuvo de pronto. Nick y yo nos giramos a mirarla.

—No pasa nada —dijo Nick, con suavidad—. Venga. Nos mantendremos apartados de...

—¿De todo?

—No te pasará nada.

Eliza vaciló un momento y luego echó a caminar a paso ligero. Nos situamos a sus flancos, como si pudiéramos proteger su aura con las nuestras.

Nunca nos quedábamos demasiado tiempo en una de nuestras casas seguras, pero la que más me gustaba era la adosada de Limehouse, a la que estábamos llegando ahora; tenía vistas al puerto deportivo.

Una vez dentro, Danica subió a su habitación, mientras que Eliza se retiró a la bodega. Me preparé una taza de caldo. Me palpitaba un lado de la cabeza. No sabía qué haríamos si no conseguíamos librarnos de los escáneres Senshield. La ubicación del núcleo debía de ser alto secreto, y era difícil que la información que podía sernos de ayuda pudiera acabar filtrándose al departamento donde trabajaba Danica. Era difícil no dejarse llevar por el pánico.

Me bebí el caldo casi sin notar siquiera el sabor. Estaba agotada de dudar de todo y de todos. De pronto, me di cuenta de que, hiciera lo que hiciera a continuación, tenía que poner fin a mi relación con el Custodio. Ya hacía tres semanas que las palabras de Jaxon se me habían clavado en la mente, inoculándome el veneno de la duda. Había empezado a cuestionarme los motivos del Custodio. A preguntarme si me estaría manipulando por orden de los Ranthen. Me habían elegido a mí para encabezar su rebelión, pero necesitaban tenerme dispuesta. Que fuera maleable. Quizá pensaran que sería más fácil influir en una humana enamorada, dominada por las emociones. Quizá pensaran que, si deseaba lo suficiente al Custodio, haría cualquier cosa por él.

En ese momento, la paranoia me atenazaba cada vez que lo veía. Muy probablemente fuera justo eso lo que Jaxon quería; y yo había caído en la trampa de mi enemigo. Solo podía hacer una cosa al respecto: podía contarle directamente al Custodio las acusaciones que Jaxon había lanzado en su contra. Darle la ocasión de defenderse. Haría falta valor, pero quería poder confiar en él.

En el salón, Nick estaba sentado frente al fuego, hojeando informes. Desprendía un olor a vino que llegaba hasta la puerta. Y hasta poco tiempo atrás siempre se había negado a tocar el alcohol.

—Le echas de menos —dije en voz baja, dejándome caer sobre el sofá, a su lado.

—Cada minuto —respondió con voz ronca—. Sigo pensando... que en cualquier momento levantaré la vista y estará ahí.

Mi conciencia no me había permitido expulsar a Zeke y a Nadine de Seven Dials. Les había ofrecido refugio, a pesar de lo que pudieran pensar de mí, pero no había recibido respuesta.

—¿Le has contado al Custodio lo que te dijo Jaxon?

Le miré a los ojos.

—¿Cómo lo sabes?

—Lo sé del mismo modo que tú sabías que estaba pensando en Zeke. Siempre lo sé.

Intercambiamos unas sonrisas cansadas.

—Ojalá fuera igual de fácil leerles la mente a los refaítas —dije, hundiéndome de nuevo en el sofá—. No, no se lo he dicho.

—No esperes demasiado. A veces, cuando nos decidimos a decir lo que queremos decir..., es demasiado tarde.

Nos quedamos allí sentados, juntos, en la penumbra. Él miraba el fuego como si buscara algo dentro. Yo siempre había pensado que conocía perfectamente el rostro de Nick Nygård, desde el hoyuelo de su barbilla a la punta de la nariz, que trazaba una pequeña curva descendente en la punta. Había memorizado la inclinación de sus pálidas cejas, que le daba una imagen de constante preocupación. Pero viéndolo a la luz de la chimenea percibí algo nuevo.

—No puedo dejar de pensar en lo que Jaxon habrá pensado hacerle —dijo—. Después de ver el daño que te hizo en el torneo...

—Zeke no intenta robarle su corona.

Por toda respuesta soltó un gruñido; entendía perfectamente que se preocupara.

—Terebell quiere que se vayan, ¿verdad? —dijo. Viendo que yo no respondía, meneó la cabeza—. ¿Por qué no lo has hecho?

—Porque no soy una desalmada.

—No puedes arriesgarte a mostrar simpatías por tu antigua banda. La banda de Jaxon —respondió, con un tono de voz cada vez más tenue, casi inaudible—. Haz lo que tengas que hacer. No quieras echarte mi lastre a la espalda, *sötnos*.

—Siempre habrá espacio para ti en mi espalda.

Nick sonrió y me rodeó con un brazo. No sabía qué habría sido de mí de no haberlo tenido a mi lado, si hubiera escogido a Jaxon, su amigo desde hacía once años, en lugar de a mí.

Ninguno de los dos queríamos quedarnos a solas con nuestros pensamientos, así que nos quedamos ahí, descansando frente al fuego. La noche se había vuelto un momento peligroso en el que pensaba en los innumerables caminos que habría podido o debido tomar.

Habría podido disparar a Jaxon en el Arconte. Habría podido cortarle la garganta en el torneo. Debería haber tenido el temple necesario para contarle la verdad al Custodio. Tendría que haberlo hecho mejor, haber hecho más, haberlo hecho de otro modo.

Debía pensar en lo que se había dicho en la reunión, pero estaba tan agotada que perdí el hilo y, al intentar recuperarlo, me dormí. Cada vez que me despertaba, pensaba que el Custodio estaba conmigo. Cada vez que me despertaba, el fuego daba menos luz.

«Arcturus Mesarthim no es más que un gancho. El cebo para que piques».

Recordé aquella larga noche, cuando nuestras formas oníricas se tocaron por primera vez. Lo fácil que había sido reír cuando bailé con él en la sala de conciertos.

«Y tú, querida, te prendaste de él».

Cuando me abrazaba, parecía algo real, pero quizá hubiera sido demasiado confiada. ¿Lo hacía todo por orden de Terebell?

¿Había sido una tonta?

En algún momento, Nick se durmió, y entonces fueron sus palabras las que resonaron en mi mente: «No dejaba de pensar qué habría planeado Jaxon para él». Yo también imaginaba cosas. Y la imaginación se convertía en mi némesis; mi mente creaba monstruos de la nada. Me imaginaba cómo nos castigaría Scion si encontraban nuestros refugios, nuestros nidos de sedición. El daño que le haría Nashira a mis seres queridos si conseguía echarles el guante.

Había enviado a alguien a vigilar el complejo de apartamentos donde vivía mi padre. Me habían informado de que había centinelas en el exterior. Quizá él estuviera dentro, en arresto domiciliario. O quizá estuvieran esperándome a mí.

Tenía un teléfono de prepago en el bolsillo de la chaqueta. Lo saqué con cuidado. Apreté la primera tecla, que encendió la pantalla. Mi pulgar acarició el número siguiente. Pero antes siquiera de apretarlo, volví a metérmelo en el bolsillo y bajé la cabeza. Aunque estuviera vivo, Scion le habría pinchado el teléfono. Era mejor que se olvidara de mí. Y que yo me olvidara de él. Así tenía que ser.

3

El juicio

—*E*l tribunal de la Subseñora reconoce a Divya Jacob, quiromántica del segundo orden, también conocida como la Jacobita.

—Señorita Jacob, está acusada de un crimen abominable: colaborar con el Ropavejero y con su red para la captura y venta de clarividentes a Scion, favoreciendo su detención, esclavitud y, en algunos casos, su muerte en la colonia penitenciaria de Sheol I. Díganos cómo se declara, y el éter determinará la veracidad de sus palabras.

La Reina Perlada, que dirigía el procedimiento, estaba de pie en el estrado, con un vestido de terciopelo negro brocado con perlas y un casquete sobre el peinado. Yo estaba sentada tras ella, y también iba más elegante de lo habitual, con una blusa de seda color marfil de largas mangas acampanadas; pantalones de corte elegante y una chaqueta sin mangas de terciopelo carmesí con ricos bordados de rosas y flores de lis en color dorado. Llevaba la rizada melena recogida en una especie de caos ordenado por encima de los hombros y me había maquillado. Me sentía como una muñeca en el escaparate.

Ivy estaba de pie, en el estrado, vestida con una americana apolillada. Una de las mangas le caía, vacía, al llevar el brazo recogido en un cabestrillo. El otro brazo lo tenía atado a un brasero con una cinta de color lapislázuli.

—Culpable.

Se oyó el garabateo de la pluma de Minty Wolfson en el libro de registro, que tenía el aspecto de no haber sido tocado desde hacía un siglo. Aparentemente, todos los juicios del sindicato debían quedar registrados para la posteridad.

—Señorita Jacob, por favor, cuéntele al tribunal cuál ha sido su relación con el Ropavejero.

Yo no había visto a Ivy desde el torneo. Había permanecido en una celda al norte del río, aislada para evitar ataques por venganza. Había ganado algo de peso, y el cabello, que le habían rapado en la colonia, empezaba a crecerle, suave y oscuro.

Sin perder la compostura, repitió la historia que había contado durante el torneo, de cómo había sido recogida de las calles por el Ropavejero, que la había convertido en su dama y que le había ordenado que le enviara a videntes de talento para «darles empleo».

El Ropavejero había desaparecido tras el torneo, igual que todos sus aliados. Ivy era el único cabo suelto. Nuestra última pista sobre su posible paradero.

Estábamos en otro edificio abandonado, un salón de conciertos próximo a Whitechapel que había sido clausurado por proyectar películas del mundo libre. Mis comandantes, mi dama y mi caballero estaban sentados a ambos lados de mi escaño, escuchando el relato de Ivy sobre las sospechosas desapariciones de los videntes. Errai Sarin estaba de pie en una esquina al fondo de la sala, mientras que, en la galería, por encima de nosotros, había dieciocho observadores que debían informar del juicio al resto del sindicato.

—Observó que esos videntes iban desapareciendo y se preocupó. Alertó a Caracortada, que era su dama principal en ese momento —dijo la Reina Perlada, con su característica voz canora—. Debía de confiar en ella. ¿Puede describirnos su relación?

—Habíamos sido íntimas. En el pasado —dijo Ivy—. Hubo una época en la que no podíamos vivir la una sin la otra.

—Eran amantes.

—Protesto, Reina Perlada —intervino Minty—. Eso es una insinuación que nada tiene que ver con lo que ha dicho. La acusada no tiene ninguna obligación de...

—No me importa —dijo Ivy—. Ella se enamoró de Hector cuando se unió a los Rastreros, pero sí. Antes de eso, habíamos sido amantes.

Minty le lanzó una mirada exasperada a la Reina Perlada, pero tomó nota del dato.

Recordaron la búsqueda de Caracortada por las catacumbas de Camden, donde había encontrado a aquellos videntes apresados; que después había ido a informar a Hector de Haymarket. Que la codicia de Hector le había impulsado a unirse al mercado gris en lugar de ponerle fin.

Desvié la mirada hacia Errai, que iba completamente vestido de negro, como solían hacer los Ranthen. Sabía que no tenía paciencia

51

para la política del sindicato, pero observé que estaba atento. Debía informar a Terebell de todo lo que se había dicho.

—¿Era consciente de que los videntes desaparecidos se vendían a Scion, con el consiguiente enriquecimiento de su jefe?

—No —declaró Ivy.

Minty siguió escribiendo a toda velocidad, como si la mano le fuera a salir disparada.

—¿Quién más estaba implicado?

—La Abadesa, obviamente. Sinrostro, Matarrocas, la Dama Perversa, la Reina del Invierno, Jenny Dientesverdes y Nudillos Sangrientos. Y algunos de sus caballeros y damas. Mediopenique no —añadió—. Él no sabía nada.

Un pequeño alivio. Mediopenique caía muy bien a la gente, y no quería verme obligada a desterrarlo.

—¿Vio en algún momento que el Vinculador Blanco, mimetocapo del I-4, tuviera alguna relación con el grupo? —preguntó la Reina Perlada.

—No.

Murmullos en la galería. Me agarré a los brazos de mi butaca. Me resultaba difícil creer que, después de dos décadas de asociación con los Sargas, Jaxon no supiera nada del mercado gris.

La Reina Perlada vaciló.

—Que usted sepa, ¿alguno de los participantes en el mercado gris tenía trato con el Vinculador Blanco o dijo algo de su implicación?

—Ojalá pudiera decir que sí —respondió Ivy, abatida—, pero no voy a mentir. Es posible que estuviera implicado y que yo no lo...

—Nada de especulaciones, por favor —la advirtió Glym—. Este es el tribunal de la Subseñora, no una de tus lecturas de manos.

Ivy bajó la cabeza.

—Por si vale de algo —dijo, con un tono algo más agudo—, lo siento. Debería haber hecho algo más. Y antes.

—Sí, deberías haberlo hecho, vil augur —le gritó alguien—. ¡Te has ganado tu calificativo!

—¡Escoria!

—¡Ya basta! —grité, dirigiéndome a la galería.

Algunos de ellos se callaron de golpe, pero, tras una pausa de unos cinco segundos, volvieron los insultos. El odio hacia los augures viles estaba muy arraigado, y no iba a desaparecer en cuestión de semanas: otra de las magníficas contribuciones de Jaxon al sindicato.

—Silencio —gritó la Reina Perlada, golpeando el mazo—. ¡No permitiremos interrupciones por parte de los observadores!

Oír la historia por segunda vez no la hacía menos inquietante; me preguntaba qué otras cosas no sabría siquiera Ivy. Por lo que decía, no había sido más que un peón en el tablero.

—Ahora el éter debe determinar si de los labios de la acusada ha salido alguna mentira —declaró la Reina Perlada.

Ognena Maria bajó del estrado. Era una piromántica, un tipo de augur que usaba el fuego para entrar en contacto con el éter.

Encendió una cerilla y la echó al brasero, que ya estaba cebado con leña y paja. Una vez encendido el fuego, dijo:

—Ven aquí, Ivy.

Ella se acercó al brasero. Maria le puso una mano sobre el hombro sano y tiró de ella.

El éter tembló. Maria se acercó tanto a las llamas que el labio superior se le cubrió de gotitas de sudor.

—No puedo ver gran cosa —dijo—, pero el fuego es intenso y vigoroso, y se ha encendido con facilidad. Sus palabras son veraces.

Le dio una palmadita en la espalda y se alejó. Ivy se separó de las llamas.

—Ahora los altos comandantes emitirán su voto —dijo la Reina Perlada—. ¿Culpable?

Ella misma levantó la mano. Un momento más tarde, Maria, Tom y Glym también la levantaron. No así Nick, Eliza, Wynn y Minty.

—Subseñora, el voto decisivo es tuyo.

Ivy mantuvo la cabeza gacha. Su tersa piel morena estaba surcada de cicatrices, las huellas de la crueldad refaíta. La recordaba claramente de la primera noche en la colonia, con su cabello azul eléctrico y sus temblorosas manos. Era la que más miedo tenía de todos nosotros, esa mujer que había colaborado para llevar a otros videntes a la esclavitud; que había estado a mi lado en los momentos más duros; que había sobrevivido y había sacado a la luz la corrupción.

Yo también me había pasado años trapicheando para un mimetocapo cuya verdadera naturaleza desconocía. Había ejecutado sus órdenes sin hacer preguntas. Si yo podía trabajar al servicio de un traidor y acabar siendo Subseñora, no tenía derecho a quitarle a Ivy un lugar en el sindicato por cometer el mismo delito.

—Tengo que declararte culpable.

53

Ella no se inmutó, pero Wynn dio un respingo.

—En tiempos de mis predecesores, un delito así habría conllevado la pena de muerte —proseguí. Wynn se puso en pie, haciendo resonar las patas de la silla contra el suelo—. No obstante..., concurren circunstancias excepcionales. Aunque te hubieras enterado del comercio con Scion y hubieras buscado ayuda, no la habrías encontrado en la Asamblea Antinatural. Por otra parte, creo que tus crímenes han sido castigados ampliamente con el tiempo que pasaste en la colonia penitenciaria de Sheol I.

El garabateo empezó otra vez. Tom se inclinó hacia mí.

—Subseñora —me susurró—, la muchacha ha sido valiente al presentarse, pero no emitir ninguna sentencia...

—Debemos enviar el mensaje de que cualquier colaboración con el mercado gris no quedará sin castigo —apuntó Glym—. La clemencia se interpretará como desinterés respecto al sufrimiento de tus videntes.

—Yo no iría tan lejos —dijo Tom, pasándose los dedos por las cejas—. Pero sí puede verse como señal de debilidad. Y eso no puedes permitírtelo.

—Hector podía cortarle la cabeza a la gente solo porque estaba de mal humor —señalé—. En comparación con eso, cualquier pena que dicte parecerá poca cosa. En eso no puedo ganar.

Glym lanzó una mirada a Ivy.

—La pena de muerte sería demasiado —dijo—, pero debe servir de ejemplo. Si eres blanda, tus videntes supondrán que tu respuesta ante cualquier delito será la compasión.

Wynn no dejaba de mirarme. Hiciera lo que hiciera, disgustaría a alguien, en el estrado o en la galería.

—Me gustaría que formaras parte de la Orden de los Mimos, Ivy —dije, y mi voz resonó en la sala—. Voy a darte otra oportunidad.

Ivy levantó la vista. Maria maldijo entre dientes, mientras Glym negaba con la cabeza y la galería estallaba en murmullos de protesta.

—Subseñora —dijo la Reina Perlada, temblando—. Esa es una decisión extraordinaria. ¿Debo confirmar a los presentes que no piensas imponer ningún castigo?

—Su confesión ha sido esencial para sacar a la luz el mercado gris.

La rabia en los rostros de los observadores ya estaba haciendo que dudara de mi decisión, pero no podía echarme atrás.

—De no ser por ella, la Abadesa y el Ropavejero aún tendrían influencia sobre esta ciudadela.

—¿Y a quién le importa? —gritó alguien desde la galería—. ¡Esa zorra nos estaba vendiendo!

—¡Colgadla!

—¡Que se pudra en la cárcel!

Aquellas personas serían las encargadas de comunicar al público el resultado de mi primer juicio como Subseñora. Si se iban tan insatisfechos, muy pronto el sindicato se manifestaría contra mi veredicto.

—Ognena Maria la considera honesta —dije—, y no veo motivo por el que la acusada debiera seguir siéndole leal al Ropavejero, pero el riesgo existe. Los próximos tres meses, al menos, permanecerá en arresto domiciliario en uno de nuestros edificios, o en compañía de un comandante.

Los comandantes parecían apaciguados, si no ya satisfechos, pero los observadores seguían pidiendo a gritos una sentencia más dura. Ivy, que parecía estar a punto de desmayarse, se recuperó lo suficiente como para mirarme y asentir levemente.

—El juicio ha acabado —declaró la Reina Perlada, golpeando con el mazo—. ¡Divya Jacob, el éter te absuelve!

Las protestas eran generalizadas. Glym cortó la cinta que ataba a Ivy al brasero. Al momento, Wynn bajó corriendo del estrado, envolvió a Ivy en sus brazos y se la llevó lejos de los gritos de la galería.

Bien pensado. Más valía apartarse a la espera de que se enfriaran los ánimos. Yo estaba a punto de ponerme en pie cuando de pronto se me acercó alguien desde un lateral de la sala, poniendo fin inmediatamente al escándalo desatado en la galería.

Reconocí su paso desenvuelto, aquellas botas de cuero con tacón, la capa verde bosque de seda con capucha. Solo podía ser Jack Hickathrift, el nuevo mimetocapo del III-1, que habitualmente estaba rodeado de admiradores. Tras el torneo había ocupado el puesto de Matarrocas. Maria chasqueó los dedos para llamar mi atención y se señaló a sí misma.

Jack Hickathrift hizo una profunda reverencia.

—Mi señora —dijo, con voz aterciopelada—. Con tu permiso.

—Por favor.

Con un gesto elegante levantó la mano y se bajó la capucha, dejando al descubierto un rostro anguloso y un cutis suave, blanco como la leche. Su espeso cabello color caoba le caía en un flequillo que le cu-

55

bría un ojo. El que se le veía era de un color avellana claro, más ámbar que verde, y estaba rodeado de largas pestañas. Sonrió a la galería.

—Gracias, Subseñora. Te vi por primera vez en el torneo; antes solo te conocía por referencias —dijo—. Pero estaba seguro de que tu belleza me dejaría sin palabras.

La sorpresa en mi rostro debía de ser evidente. Nadie me había hecho comentario alguno sobre mi belleza en toda mi vida, y mucho menos en un lugar tan público como aquel.

—Por lo que yo recuerdo, en el torneo, en efecto, te dejé sin palabras, pero no fue exactamente por mi belleza.

Las carcajadas resonaron en las paredes de la sala. Jack Hickathrift sonrió, mostrando que su perfecta dentadura no había sufrido daños en el torneo. Lucía unas cuantas magulladuras tras el combate, como cualquiera de los supervivientes, y todo el mundo sabía que había perdido el pulgar izquierdo.

—Jack, sabandija —dijo Maria, fingiéndose ofendida—. ¿Es que intentas seducir a la Subseñora para ganarte su favor?

—Nunca haría algo así, Maria —dijo él, llevándose una mano al corazón—. Estoy demasiado enamorado de ti.

—Eso me parecía.

En la galería sonaron algunos silbidos socarrones. Levanté la cabeza y los miré con gesto divertido.

—Cuéntame, Jack —dije—. En tus reuniones con Hector de Haymarket, ¿siempre te presentabas así?

—Podría haberlo hecho —replicó, sin inmutarse—, si Hector hubiera sido tan exquisitamente encantador como tú, mi señora.

Al principio me había pillado por sorpresa, pero ahora ya podía relajarme en mi escaño, intentando no sonreír ante sus picardías. Aquello no era más que una puesta en escena.

—Para no ofender a tu ego, dejaré que creas que tu zalamería ha funcionado —dije, fingiéndome hastiada—. ¿Qué es lo que quieres?

Más risas. Jack me guiñó un ojo.

—He venido a presentar mi candidatura antes de que lo haga otro —dijo—. Quiero dirigir el I-4.

—Ya gobiernas una sección.

—Soy ambicioso.

—¿Y qué te hace pensar que puedes controlar un territorio tan importante?

—He sobrevivido al torneo de una pieza. Eso debería ser prueba suficiente de mi fuerza. He dirigido el III-1 durante seis años, mientras Matarrocas se dedicaba a beber y a montarse fiestas. —Hincó una rodilla en el suelo—. Te seré leal a ti, Subseñora, y a tu causa. Maté a Mellafilos en el Ring de las Rosas para evitar que se te echara encima, consciente de que serías una buena líder para todos nosotros.

Eso era cierto. Aunque no me creía ni por un momento que lo hubiera hecho para protegerme, tampoco se había lanzado contra mí, ni siquiera cuando su mimetocapo iba como un loco por acabar conmigo.

—Déjame que te demuestre mi lealtad —dijo Jack—. Déjame poner orden en el I-4.

Miré a mis comandantes. Maria asintió con decisión y Tom levantó los pulgares, sonriente. Los otros se mostraban ambivalentes, lo que interpreté como que no tenían objeciones importantes. Me quedaría el problema de buscar a un gobernante para la sección que dejaba atrás, pero el I-4 necesitaba un líder con mucha más urgencia.

—Muy bien —dije—. Jack Hickathrift, te nombro mimetocapo de la I Cohorte, Sección 4, para que la gobiernes sin oposición mientras el éter lo permita. —En la galería resonaron los aplausos—. ¿A quién has escogido como dama o caballero?

—Eso tendré que confirmártelo más adelante, mi señora. No es que no lo haya pensado, pero barajo varias opciones.

—Hmm —respondí, arqueando una deja—. Estoy segura de ello.

Jack se fue directo al I-4 para comprobar cómo había cambiado desde la marcha de Jaxon. Siguiendo mis órdenes, prometió darles a Zeke y Nadine un ultimátum: trasladarse a una casa segura de la Orden de los Mimos y unirse a nuestra causa, o arreglárselas por su cuenta. En cualquier caso, tendrían que abandonar el I-4. Era una decisión que ya había postergado demasiado.

Cuando bajé del estrado, vi que varios de mis comandantes parecían contrariados. Esas últimas semanas había visto que la Reina Perlada y Glym eran los más severos, y los que más respeto mostraban por la tradición. Tom tenía más corazón de lo que aparentaba. Maria era bastante impredecible, mientras que Minty solía hacer lo que pensaba que molestaría a menos gente. Wynn intentaba proteger a los vulnerables.

Normalmente, el resultado era una buena combinación de puntos de vista diferentes, pero de todos ellos solo Wynn había mostrado su aprobación sin reservas al veredicto de Ivy. Me había cogido de las manos y me había prometido que mi acto de bondad no pasaría desapercibido.

En otros ambientes, la bondad no se consideraba una cualidad digna de admiración. Ahora mismo, la noticia se estaría extendiendo por todo el sindicato, y mis videntes empezarían a pensar que su Subseñora era débil.

No podía hacer nada al respecto. Ivy ya había sufrido demasiado.

De vuelta en el refugio, Nick se puso a preparar algo de cena mientras yo me curaba las heridas del torneo. El corte que tenía en el costado me picaba al cicatrizar y me ponía de los nervios. La sensación de ardor se extendía desde la axila hasta la cadera, siguiendo un rastro rosado que me surcaba la piel del costado. Recuerdo de mi antiguo mentor. El Custodio tenía cicatrices mucho más profundas del castigo recibido por traicionar a los Sargas, un castigo que de no ser por Jaxon nunca habría recibido. Yo no las había visto, pero había tocado el tejido cicatrizal que le cubría la espalda. Jaxon Hall había dejado su huella en la vida de todos nosotros.

Un día lo pagaría, y sería pronto.

Me puse frente al espejo y me quité todo aquel maquillaje del rostro. Debajo aparecieron mis labios, magullados, y mis ojos, cubiertos de sombras. Tras unas cuantas semanas viviendo de caldos y café, la piel se me había pegado a los huesos.

Ese no era el rostro de una líder.

Al girarme vi que algo brillaba en el espejo. Me llevé un dedo al collar que llevaba puesto, el que me había dado el Custodio, con aquel colgante en forma de alas; me había salvado la vida tras el torneo.

En el piso de abajo, Nick estaba ante la cocina de leña, revolviendo algo en una cazuela, y Eliza estaba concentrada leyendo un papel. En cuanto entré, levantó la vista.

—Vaya —dijo—, desde luego eres una mujer con suerte.

—Sí, a menudo pienso en la «suerte» que tengo. La suficiente como para que Scion me detuviera y me metiera en un penal durante seis meses. ¿Por qué no embotellamos mi buena suerte y la vendemos por ahí? Nos forraríamos.

Eliza frunció los labios.

—Nada menos que Jack Hickathrift ha flirteado contigo, y tú te quedas igual, como si nada. ¿Sabes cuánto tiempo hace que estoy loca por ese hombre?

Me senté.

—Si quieres, puedes presentarte candidata a hacerle de dama, pero tengo la impresión de que habrá cola.

—No, gracias. Yo lo que querría es tenerlo solo para mí —dijo, con voz melosa.

Sonreí al oír aquello, pero mi sonrisa desapareció cuando vi en qué estaba trabajando. Era una lista de todos los lugares donde se habían localizado los nuevos escáneres Senshield. Había informes de cajeros automáticos, cabinas telefónicas, taxis de Scion y accesos a bares de oxígeno, hospitales, escuelas, supermercados y refugios para sintechos convertidos en potenciales trampas mortales. A la larga, ningún vidente podría moverse por la ciudadela sin encontrarse con uno de esos escáneres.

Nick nos pasó una taza de té y un cuenco de sopa de cebada a cada una. Su rostro parecía aún más enjuto a la tenue luz de la lámpara de aceite.

—Hay descontento en el sindicato, Paige —dijo—. No les ha gustado el resultado del juicio.

Menuda sorpresa.

—Con Hector se acostumbraron a ver sangre —dije yo—, pero no tienen derecho a exigirla. Ivy necesita protección, no más castigos.

—Yo me alegro de que no fueras dura con ella. Solo te advierto de que algunos de tus videntes no están tan contentos.

—Bueno, si aguantaron las decisiones de Hector, y todos sabemos que eran de pena, pueden aguantar las mías.

—¿Tus decisiones de pena?

Le eché una mirada asesina y sonrió levemente. Era la primera vez que lo veía sonreír de verdad desde hacía muchos días.

—Perdona.

—No tiene ninguna gracia. ¿Cuándo regresa Dani de su turno?

—Hacia la una —respondió Eliza.

Miré el reloj. Las once y media. Las posibilidades de que Danica hubiera podido descubrir algo eran mínimas, pero era la única de nosotros que tenía acceso a Scion; además, si alguien tenía la fuerza de voluntad necesaria para descubrir dónde se encontraba la fuente de energía que alimentaba a Senshield, esa era Danica Panić.

—Errai vino a hablar conmigo después del juicio —dijo Nick—. Me dijo que Terebell quiere verte esta noche. A medianoche. Iré contigo.

—Genial. No veo la hora de que me denigre un poco. —Entre otras cosas, tendría que pedirle dinero a Terebell—. ¿Tienes las cuentas?

Eliza sacó el libro de contabilidad y me lo pasó. Eché un vistazo a nuestras fuentes de ingresos. Casi todo eran minucias, salvo por las considerables aportaciones de Terebell y los impuestos del sindicato. El único motivo por el que Hector era rico sin hacer ningún esfuerzo, suponía yo, era porque el mercado gris le había aportado unos considerables ingresos suplementarios.

Cerré el libro.

—Pongámonos presentables. Eliza, ¿puedes comprobar si la Asamblea Antinatural ha transferido ya todos los impuestos de los alquileres del sindicato?

—Claro.

Terebell quería vernos en un edificio abandonado de Wapping. Uno de nuestros motoristas nos recogió en la esquina. A los pocos minutos cobraron vida las pantallas de toda la ciudadela; nuestro glorioso Inquisidor estaba a punto de hacer una declaración. Le pedí al conductor que parara, y él frenó la moto junto a la acera. Frank Weaver apareció en las pantallas de transmisiones del otro lado del río: «Ciudadanos de la ciudadela, os habla vuestro Inquisidor —dijo—. Por motivos de seguridad, debido a una amenaza que no podemos revelar en este momento, se impondrá un toque de queda en la capital desde las ocho de la tarde a las cinco de la mañana, con efectividad inmediata. Los empleados de Scion en turnos nocturnos están exentos, pero deben ir de uniforme y llevar su identificación en los traslados. Os aseguramos que esta medida extraordinaria se ha adoptado para vuestra protección, y os agradecemos vuestra cooperación. No hay lugar más seguro que Scion».

Desapareció de la imagen, y en su lugar apareció el Ancla sobre un fondo blanco. De pronto, solo oía mi respiración dentro del casco.

—Nos volvemos atrás —dijo Nick—. Ahora mismo.

En el momento en que la moto volvía a ponerse en marcha, vi a gente por la calle que señalaba a las pantallas, con la rabia grabada en el rostro, pero poco a poco fueron volviéndose a sus casas.

Nuestro conductor nos llevó de vuelta a los muelles. La mente me zumbaba como una máquina al máximo de revoluciones, valorando todas las consecuencias posibles de aquel anuncio. El toque de queda, en combinación con los escáneres camuflados, podía hacer mucho daño al funcionamiento de la Orden de los Mimos.

Eliza levantó la vista de sus cuentas cuando nos vio entrar de nuevo.

—¿Qué ha pasado?

—Toque de queda —respondí—. De ocho a cinco.

—Oh, no. No pueden hacer eso... —Se fue corriendo a la ventana—. ¿No tenías que ir a encontrarte con los Ranthen?

—Eso tendrá que esperar.

Empezamos a cerrar las puertas del edificio, y Nick hizo la ronda de control final. Una vez aseguradas las puertas, vino con nosotras a la mesa. Aquello era un revés enorme; los tres nos quedamos en silencio, perdidos en nuestros propios pensamientos.

Mientras estábamos allí sentados, intenté pensar en cómo podríamos saltarnos el toque de queda. Sería especialmente difícil si Jaxon asesoraba a Scion sobre nuestros posibles movimientos. Él conocía nuestras rutas más secretas, al menos en la cohorte central. Podía enviar exploradores para que buscaran nuevos túneles, caminos que él no conociera, pero no habría muchos. Los conocimientos que había acumulado sobre Londres durante décadas eran mucho mayores que los míos.

Lo mejor sería moverse por los túneles subterráneos, pero los habitantes de las cloacas y los desagüeros nos impedirían llegar muy lejos. Eran londinenses sin techo, la mayoría amauróticos, que vivían rebuscando quincalla por los ríos, los desagües y las cloacas de la ciudad para luego venderla. Consideraban territorio propio la mayoría de los túneles y galerías del subsuelo; para ellos, las alcantarillas de las calles eran sus puntos de acceso. Existía un acuerdo tácito que reconocía todo aquello como su reino. Ningún sindi se atrevería a adentrarse allí.

Alguien o algo golpeó la puerta principal. Nos pusimos en pie de un salto, enjambres de espíritus revolotearon a nuestro alrededor.

—Centinelas —dijo Nick, ya en movimiento—. Podemos...

—Esperad —le interrumpí.

Dos golpes más. Los onirosajes que había ahí fuera no eran humanos. Lentamente, liberé mi bandada de espíritus.

—No. Son los Ranthen.

Nick soltó un improperio.

61

Crucé el vestíbulo y entreabrí la puerta, sin quitar la cadena. Vi unos ojos de color verde amarillento que brillaban en la oscuridad; un momento más tarde, la cadena salió volando del marco y la puerta se abrió de golpe.

Recibí un fuerte golpe en el hombro. Apenas lo había asimilado cuando una mano enguantada me agarró de la chaqueta y me aplastó contra la pared, provocando gritos de protesta de Eliza y de Nick. Por primera vez desde el torneo, mi espíritu salió disparado como una goma elástica, pero rebotó contra un onirosaje blindado y regresó de golpe a mi cuerpo. Un dolor incandescente me recorrió un lado del rostro hasta clavarse en el interior de mi sien.

—Ahora veo que fuiste una mala inversión, onirámbula —dijo Terebell Sheratan.

Varios de los Ranthen entraron tras ella. Nick les apuntó con la pistola.

—Soltadla ahora mismo.

El dolor iba en aumento. Intenté que no se me notara, pero los ojos me lagrimaban.

—Si fueras refaíta podría excusar tu falta de puntualidad, pero tú eres mortal —dijo Terebell. Tuve que hacer un esfuerzo, pero la miré a la cara—. Cada segundo que pasa es un segundo menos de vida que tienes. No intentes convencerme de que no sabes qué hora es.

—Hay toque de queda —dijo Nick—. Lo acaban de imponer. Tuvimos que volver atrás.

—Eso no te exime de la obligación de acudir a mi llamada.

—No estás siendo razonable, Terebell.

—Grandes palabras para una humana —dijo Pleione—. Vuestra especie es lo menos razonable que hay en el mundo.

En mi campo de visión aparecieron una serie de manchas negras. La mano de Terebell me apretaba con una fuerza tal que sin duda me dejaría magulladuras en la piel. Justo en ese momento vi que el Custodio entraba por la puerta. Vio la escena y al momento se le encendieron los ojos y le gritó algo a Terebell en *gloss*. Ella me tiró a un lado, como si fuera un saco de patatas, y caí en los brazos de Nick.

—¿Cómo te atreves? —la reprendió Eliza, airada—. ¿No te parece que ya recibió bastante castigo en el Ring de las Rosas?

—No le hables con ese tono a la Soberana Electa —le advirtió Pleione.

Eliza tensó los músculos. Yo me presioné la frente con las manos, esperando que así el dolor desapareciera.

—Paige —murmuró Nick—, ¿estás bien?

—Estoy bien.

—No finjas que estás enferma —dijo Errai, burlón.

—Por favor, Errai, ya está bien —respondí, aún conmocionada.

—¿Qué es lo que me has dicho, humana?

—Ya está bien —dijo el Custodio, poniendo orden—. No es momento de disputas estúpidas. Si no encontramos una solución, el toque de queda, sumado a los escáneres Senshield, limitará gravemente la actividad del sindicato. —Cerró la puerta—. La Orden de los Mimos es la unión de los Ranthen con el sindicato. Si no os queréis dar cuenta, es que sois todos idiotas.

Se hizo un silencio tenso. Tenía todo el vello de los brazos de punta; nunca había oído al Custodio hablando de un modo tan autoritario frente a otros Ranthen. Nick bajó la pistola.

—Si os habéis calmado todos un poco —dije—, quizá podamos iniciar la reunión.

Terebell se dirigió al salón, con los otros Ranthen detrás.

—Trae vino, onirámbula.

El rostro se me congestionó de la rabia.

—Paige, ya voy yo —se ofreció Nick, pero yo ya iba de camino a la cocina.

Terebell esperaba que replicara; no iba a darle esa satisfacción. Busqué bajo el fregadero y saqué una de las botellas que nos había dejado en custodia. Llené cinco vasos, derramando vino tinto por toda la encimera, y le di unos tragos a la botella.

El alcohol me quemó la garganta. Nick estaba en el pasillo, como un guardia de seguridad junto a la puerta del salón. En el momento en que nos disponíamos a entrar, Lucida Sargas nos cortó el paso.

—Sola —dijo.

—¿Qué? —preguntó Nick, frunciendo el ceño.

—La Soberana Electa desea hablar con la Subseñora a solas.

Eliza se le plantó delante, aunque era treinta centímetros más baja.

—Somos el caballero y la dama de Paige. Lo que tenga que saber ella, también tenemos que saberlo nosotros.

—No si queréis que sigamos financiando vuestra revolución.

—¿No quieres decir *nuestra* revolución?

—No te preocupes —dije, tocándole el hombro a Eliza—. Luego os lo contaré todo.

Ninguno de los dos parecía contento, pero se separaron. Yo le di un vaso a Lucida.

—No bebo —dijo, con algo que recordaba vagamente a una sonrisa—. Yo me libré de las cicatrices, ¿sabes? Observarás que ellos se muestran mucho más malhumorados sin vino que les alivie el dolor.

—Y yo que pensaba que eran así por naturaleza —comenté.

Ella ladeó la cabeza.

—¿Eso es una broma?

—En realidad, no.

Apoyándome en la cadera la bandeja con los vasos, abrí la puerta del salón. Seguía sintiendo un repiqueteo en la cabeza, y todo me daba vueltas. Normalmente tenía ocasión de calentar un poco antes de lanzar mi espíritu, pero el impacto del aura de Terebell contra la mía me había provocado una reacción inesperada.

Errai estaba de pie junto a la ventana. Pleione se encontraba tirada sobre el sofá (daba la impresión de que no podía estar sentada; ella siempre estaba tirada), mientras que el Custodio, en un rincón, era como una estatua, con la espalda contra la pared. Observé la presencia de una extraña: una hembra con el sarx de un plateado intenso y la cabeza calva, como Errai.

Terebell, que estaba de pie junto al fuego con su habitual postura rígida, cogió un vaso de vino y se lo llevó a los labios.

—Arcturus, deberías beber —dijo.

—Aguantaré.

Dejé la bandeja en la mesa con cierta violencia. Terebell dio cuenta de medio vaso de vino de un sorbo.

—Esta es Mira Sarin —dijo—. Otra Ranthen. Lleva muchos años en el exilio.

Incliné brevemente la cabeza para saludar a la extraña, y ella me devolvió el gesto. Sus ojos amarillo pálido, anchos y separados, como los de Errai, revelaban que se había alimentado recientemente de un sensor.

—Te he convocado para informarte de que nos vamos —dijo Terebell.

—¿Os vais? ¿Por cuánto tiempo?

—El tiempo que sea necesario.

—¿Por qué?

Se acercó a la ventana más cercana. Los otros Ranthen la siguieron con la vista.

—Hemos encontrado grupos de refaítas dispuestos a unirse con nosotros para enfrentarse a los Sargas, tanto aquí como en el Inframundo —respondió—. Nos han pedido que les demostremos nuestro compromiso con la lucha antes de apuntarse a nuestra causa. Para hacer eso tenemos que convencer a algún miembro influyente de cada una de las seis familias para que se una a nosotros, preferiblemente un Custodio, pasado o presente, dado que ellos son los cabezas de familia.

—Los que se fueron al exilio tras la guerra quizá vean con buenos ojos nuestra causa —dijo Lucida—, así que primero nos dirigiremos a ellos. Para empezar, buscaremos a Adhara, la proscrita Custodia de los Sarin; se rumorea que está a favor de los Ranthen. Mira conoce su posición en el Inframundo.

Cogí un vaso de vino yo también.

—¿Y si no funciona?

—Debe funcionar —respondió el Custodio.

Muy tranquilizador.

—Ayudaría a nuestra causa que pudiéramos convencer a nuestros aliados de que eres una socia leal y capaz —prosiguió Terebell—. A muchos de nuestros amigos les preocupa que debamos colaborar con humanos, teniendo en cuenta lo que ocurrió... la otra vez.

Su gesto se volvió aún más frío.

—¿Y cómo queréis que demuestre mi lealtad?

—Demuéstranos que estás dispuesta a hacer lo necesario para que este movimiento progrese. —Me devolvió su vaso vacío—. He oído que por fin has encontrado un reemplazo para el gran traidor. Supongo que también habrás expulsado a los miembros restantes de los Siete Sellos, tal como te ordené.

—Jaxon se ha ido, Terebell. No va a volver —dije, esperando que no se diera cuenta de que desviaba el tema—. Tenemos que centrarnos en la desactivación de los escáneres Senshield, o nos encontraremos con que no podemos ni salir de casa; así pues, de revolución, nada. El Custodio dijo que posiblemente se alimentaran con una tecnología etérea, y tenemos un listado de lugares donde sabemos que han ocultado escáneres, pero necesitamos más información —dije, pero viendo que nadie decía nada, fruncí el ceño e insistí—. Lucida, tú eres una Sargas. Debes de saber algo. ¿Sabes por qué están instalando los escáneres antes de lo proyectado? ¿Qué fuente de energía pueden estar usando?

Lucida giró la cara. Seguramente no le gustaba que le recordaran de qué familia procedía.

—Solo los soberanos de sangre saben cómo funciona la red Senshield —dijo—. Quizá también la comandante en jefe. En cuanto al motivo de que esté aumentando el número de escáneres, supongo que se deberá a que quieren reforzar el control de la capital como respuesta a la amenaza que supone la Orden de los Mimos.

—El núcleo de Senshield podría estar alimentado por una batería etérea: un duende en el interior de un contenedor físico —dijo Mira Sarin, con voz suave y fría—. La batería almacenaría y canalizaría la energía que crea el duende. Es una opción que cabe considerar.

Baterías etéreas. Las recordaba de la colonia. Los refaítas las usaban para alimentar unas vallas electrificadas que los videntes no podíamos tocar si no queríamos recibir una descarga, o para crear candados que no se podían abrir hasta que no se expulsara al duende. Intenté no pensar en Sebastian Pearce, cuyo espíritu habían usado en uno de ellos.

—Pongamos que es una batería etérea —planteé—. ¿Cómo se podría destruir? ¿Expulsando al espíritu? ¿Destruyendo el contenedor físico?

—De cualquiera de las dos formas, supongo.

—Sacrilegio —murmuró Errai—. Corromper la energía etérea con maquinaria humana... Los Sargas siguen trayendo la deshonra a nuestra raza.

—¿Qué tiene de malo la maquinaria humana? —pregunté.

—Envenena el aire e intoxica el suelo. Muchas de vuestras máquinas se alimentan de combustible hecho de materia putrefacta. Es vulgar y destructiva. Forzar la unión de esos artilugios con la energía del éter es profano.

Si lo planteaba así, yo no podía discutírselo.

—Lo que dice Errai es cierto. Apruebo tu propuesta de acabar con el núcleo de la red Senshield —me dijo Terebell—, pero espero que me pidas autorización antes de emprender cualquier acción.

—¿Y puedo esperar yo que me pidas autorización para las acciones que emprendas tú?

—No hasta que seas tú quien financie mis decisiones, como hago yo con las tuyas —dijo, y se dio media vuelta, dándome la espalda—. Puedes contactar conmigo a través de Lucida, que se quedará por aquí. El resto de los Ranthen se vendrán conmigo al Inframundo.

—El Custodio es nuestro mejor instructor —dije—. Preferiría que fuera él quien se quedara con la Orden de los Mimos. Y necesitaré que me ayude si quiero volver a ser capaz de penetrar en onirosajes ajenos.

—Tus entrenamientos con Arcturus se han acabado.

Miré al Custodio, y luego a ella, que seguía de espaldas.

—¿Qué?

—Ya me has oído. Si necesitas ayuda para practicar tu técnica, pídesela a Lucida.

El Custodio mantuvo la mirada fija en el fuego. Yo me notaba el pulso en las venas, fuerte y marcado.

—Lucida no entrena a videntes.

—Es cierto —dijo Lucida, con tono desenfadado—, pero en algún momento habrá que empezar.

—No sé cómo responderán mis reclutas a tu presencia. Sí sé cómo responderán ante el Custodio, sé que lo respetan, y necesito tener esa certeza. Aquí las cosas se van a poner mucho más duras, con el toque de queda y los escáneres Senshield. —Me giré hacia él—. Custodio, te necesitamos aquí.

Lo dije sin alterarme, pero igualmente sonó a súplica. Terebell le echó una mirada.

—Debo hacer lo que ordena la Soberana Electa —dijo el Custodio por fin.

Fueron apenas unas palabras, pero bastaron para dejarme sin fuerzas. Una sola mirada, y estaba en sus manos.

«Para Terebellum Sheratan no eres más que un peón que le viene muy bien para desplegar su juego».

Había reprimido esa voz durante días, pero ahora me resonaba en los oídos.

«Arcturus Mesarthim no es más que un gancho. El cebo para que piques».

No debía haber ido a su encuentro. Jaxon estaría encantado viendo cómo me ponían en evidencia, cómo perdía autoridad ante Terebell,

67

que se suponía que ostentaba una posición de mando igual en rango a la mía, y sabiendo los problemas que tendría para gestionar la Orden de los Mimos sola, mientras ellos se ocupaban de los asuntos de los refaítas.

—Nos iremos dentro de cuatro noches —dijo Terebell, y se puso en marcha.

Errai le abrió la puerta, y los Ranthen desfilaron por el pasillo, enfriando el aire a su paso. Mira Sarin me lanzó una mirada fugaz que no supe interpretar, y se fue.

Solamente se quedó el Custodio. Cerró la puerta, y ambos nos quedamos ocultos entre las sombras.

—Te sangra la nariz.

—Lo sé.

No lo sabía, pero de pronto noté el sabor de la sangre.

—Errai nos ha informado de que has nombrado un nuevo mimetocapo para el I-4, pero que la ceremonia fue informal y que a lo largo de todo el acto mostraste una actitud frívola e... impropia. —Me miró—. ¿Dirías que no fue así?

Estaba claro que Errai iba a encontrar algo que criticar.

—Con todo respeto, ninguno de vosotros sabéis nada sobre la política del sindicato. Es precisamente por eso por lo que necesitáis una socia humana.

—¿Cómo escogiste al sustituto?

—Del modo habitual. Se valora la idoneidad del primer candidato que se presenta voluntario ante la Asamblea Antinatural. En este caso, Jack Hickathrift se presentó como candidato, y me pareció una buena opción. —Levanté la barbilla—. Mira, si Errai calificó mi conducta de «impropia» es porque Jack se presentó flirteando conmigo.

Los ojos del Custodio adquirieron un tono más oscuro.

—Confío en tu buen juicio. Errai no.

—Si Terebell quería que hiciera un examen de aptitud a cada candidato, debería haberlo dicho. —Intenté mostrarme tranquila, pero por dentro estaba furiosa—. Conozco el sindicato. Sé cómo funciona.

—Eso no es lo único que le preocupa. Si descubre que no has expulsado a los Sellos...

Empezaba a perder la paciencia con todo aquello.

—Estoy un poco harta de tener que bregar con la obsesión de Terebell por Jaxon. Pido disculpas si traicionarlo públicamente no le parece suficiente demostración de que he renegado de él. O si haber arriesgado el cuello en la colonia no le vale como demostración de mi compromiso con la causa. Quizá se haya equivocado de humana, al fin y al cabo. —Le tendí un vaso—. ¿Un poco de vino, consorte de sangre?

—Para, Paige.

—A Terebell nunca le paras los pies, ¿verdad? —dije, haciendo un esfuerzo para no alzar el tono. Me temblaba la voz—. Maldito cobarde. Ella me denigra, me trata como su camarera, y tú no haces nada. No solo eso, sino que me haces quedar como una tonta delante de los Ranthen. Al menos ahora ya sé qué pensar de ti.

El Custodio bajó la cabeza, poniendo sus ojos a la altura de los míos. Un escalofrío me recorrió la espalda.

—Si te defiendo demasiado —dijo, con una voz que retumbaba en las profundidades de su pecho—, pagarás un precio mucho más alto que el de tu orgullo herido. Si crees que disfruto manteniendo la compostura, te equivocas.

No había alzado la voz, pero consiguió marcar las palabras aun manteniendo el tono suave.

—Yo no sé si disfrutas o no —repliqué, mirándolo fijamente—. Pero te necesito aquí. Ya sabes a lo que nos enfrentamos.

—Si insisto, puede que me prohíba verte, para siempre.

—No finjas que te importa, Arcturus. Ya sé lo que eres.

Entrecerró ligeramente los ojos.

—Lo que soy —dijo, a la espera de que yo añadiera algo más, que me explicara.

Tenía la acusación en la punta de la lengua. Estaba dispuesta a repetir cada una de las palabras de la advertencia de Jaxon.

«Gancho». «Cebo».

—Si lo único que vas a hacer es decirme lo mucho que no puedes hacer, ya te puedes ir —dije por fin—. Ocúpate de esos asuntos refaítas. Vete al Inframundo y deja que dirija mi organización a mi modo.

El Custodio se me quedó mirando. Le sostuve la mirada, pero el corazón me latía desbocado.

—No sé lo que crees que sabes de mí, Paige —dijo—, pero recuerda esto: los Sargas quieren que estés aislada. Quieren una Orden de los Mimos dividida. Pretenden sembrar discordia. No les des la satisfacción de demostrarles que humanos y refaítas no pueden unir sus fuerzas.

69

—Eso era una orden —dije, tiesa como un palo.

Se hizo un breve silencio, y luego el Custodio respondió:

—Como ordenes, Subseñora.

Cuando salió por la puerta, nuestras auras se soltaron. Me desplomé sobre una silla y me agarré la cabeza entre las manos.

4

Vance

29 de noviembre de 2059. Novembrina

*E*staba perdiéndolo. Poco a poco se alejaba de mí. Nosotros éramos el puente que unía al sindicato con los Ranthen, y, a menos que encontrara el modo de proteger nuestra relación, todo lo que habíamos construido juntos empezaría a desmoronarse. La Orden de los Mimos no sobreviviría.

Danica llegó a la una y media de la mañana, vestida con el mono de trabajo que se ponía para ir a trabajar; pateó el suelo con las botas de puntera para quitarse la nieve. Yo estaba descansando junto al fuego, aún con dolor de cabeza y con los ojos rojos.

—Dame buenas noticias —dije.

—Vale. Creo que he encontrado el núcleo de Senshield.

Levanté la cabeza de golpe.

—¿Lo dices en serio?

—Yo no soy muy de bromas. ¿También quieres las malas noticias?

—Aún estaba saboreando las buenas noticias. Adelante.

—Está bajo tierra. Y en un lugar que probablemente estará hipervigilado.

Fui a despertar a los otros; tenían que oír aquello. Unos minutos más tarde, los cuatro estábamos sentados en el salón. Danica se desató las botas y se soltó el cabello, que llevaba recogido en un moño.

—Vale. El caso es que el idiota de mi supervisor tiene algo que ver con la instalación de los escáneres grandes. Hoy le han comunicado que el núcleo requiere mantenimiento por primera vez desde hace un año. A mí no me han elegido para ir a revisarlo —se apresuró a añadir, respondiendo a la pregunta que yo ya tenía en la punta de la lengua—, pero le he oído hablar con el grupo de técnicos seleccionados. Sé dónde está.

—Sigue.

—Hay un almacén en el II-1; las instalaciones están debajo.

Aquella sección no me resultaba especialmente familiar, pero podría encontrar a alguien que la conociera bien.

—Una trampilla da acceso al núcleo. Durante las labores de mantenimiento, desactivarán las alarmas. Pero hay un problema: el trabajo solo llevará un día, y lo van a hacer inmediatamente. Hoy.

—¿Y sigues sin tener ni idea de en qué consiste el núcleo? —preguntó Nick.

Danica se encogió de hombros.

—Supongo que será algo volátil, y que por eso lo tienen bajo tierra. Aun así —añadió—, quizá sea vuestra oportunidad para descubrirlo. Si podéis ir hoy, mientras trabajan los ingenieros, Paige podría poseer a uno de ellos y verlo ella misma.

—¡Dani, eres brillante! —exclamé.

—La verdad es que cualquiera habría podido espiar a los capullos de mi departamento —dijo, frotándose las manos manchadas de grasa en el mono—. Me voy a la cama. Mañana tengo turno matinal.

Se fue al piso de arriba, y nos quedamos escuchando el crujido de las escaleras mientras nos planteábamos nuestras opciones.

—Tenemos que tomar una decisión rápida —dije—. Puede que no tengan que revisar el núcleo otra vez hasta dentro de unos años. Quizá sea nuestra única oportunidad.

Nick se frotó la barbilla.

—No lo sé. Me parece demasiada casualidad.

—No saben nada de Dani. El agente doble habría avisado al Custodio si tuvieran la mínima sospecha.

Teníamos una pista. Ahora debía contener la euforia y pensar con claridad, porque, si lo hacíamos, sería nuestro primer ataque directo a la infraestructura de Scion. Era arriesgado, pero podría ser decisivo para la Orden de los Mimos.

—Quiero que Maria y Glym participen en la decisión —dije, poniéndome en pie—. Y también Jimmy O'Goblin. Es su sección. Aseguraos de que esté sobrio.

Eliza se sacó el teléfono del bolsillo. Yo fui a la cocina y busqué un mapa detallado de la sección.

—Paige —dijo Nick—, ¿deberíamos pedir permiso a los Ranthen?

Me quedé pensando.

—No —decidí—. Si quiero que Terebell empiece a confiar en mí, tendré que demostrarle que puedo tomar decisiones sola, y que dan resultado. Ella no me pide permiso cuando decide hacer algo.

—Podría cortarnos el grifo si algo sale mal.

—No se atreverá. Ella también nos necesita —dije, yendo a por mis guantes—. Vamos.

Nos reunimos con los otros en el barrio de chabolas del puerto. Maria y Glym nos esperaban en una barraca vacía, y con ellos estaba Jimmy O'Goblin, mimetocapo del II-1. Estaba algo apagado, con el cabello revuelto, y olía ligeramente a alcohol, como siempre, pero al menos se mantenía en pie.

—Buenas tardes, Subseñora —dijo con voz rasposa.

—Son las dos de la mañana, Jimmy —respondí, y mi aliento formó una densa nube blanca al contacto con el aire—. Creemos que hemos localizado el núcleo de Senshield.

—Qué rápido —dijo Maria.

Les expliqué lo que nos había contado Danica. Glym escuchó con el ceño fruncido.

—Tenemos que ir enseguida —respondió—. Si podemos acabar con esa cosa, vale la pena correr el riesgo.

—Estoy de acuerdo —coincidí—. Jimmy, es tu sección. ¿Alguna vez has visto actividad de Scion en los alrededores de este almacén? ¿Algo destacable?

—Normalmente, no —dijo Jimmy, frotándose los ojos—. Pero desde ayer hay un enjambre de vigilantes por la zona.

Extendí el plano en el suelo, entre nosotros, y Jimmy nos describió lo que nos esperaba. El almacén, además de estar vigilado, estaba rodeado por una valla, y solo había una puerta de entrada. La valla era demasiado alta como para escalarla, los barrotes demasiado gruesos como para cortarlos, y en el espacio abierto de alrededor era fácil que nos dispararan al acercarnos.

—Pero hay una opción, Subseñora —dijo Jimmy, mostrándome sus dientes manchados de vino—. Se podría entrar sin ser visto..., pero habría que estar loco para intentarlo.

Me incliné hacia él.

—Pongamos que estoy loca.

—Vale. Sabes el frío glacial que está haciendo últimamente, ¿no?

Asentí.

73

—Hay una vieja escalera de servicio tras el almacén que baja al Támesis. Normalmente no se podría llegar hasta allí, pero con este tiempo el río está helado por esa zona.

Levanté las cejas.

—¿No estarás sugiriendo que caminemos por encima del hielo?

—Desde luego, es una locura —observó Maria, con cara de sorpresa.

—Será una locura —reconocí—, pero no es tan mala idea.

Junté las palmas de las manos y apreté los dedos hasta sentir el pulso en las yemas. Había luchado para ser Subseñora y poder tomar decisiones, pero ahora tenía que confiar en mi capacidad para tomar las correctas.

—Junto al extremo superior de la escalera hay un hueco que pasa por debajo de la valla. Los yonquis del barrio lo excavaron hace unos años —dijo Jimmy, apoyando un dedo mugriento en el punto correspondiente del mapa—. Puedo enviar a alguien de la zona que sepa exactamente dónde está. Será una locura, pero yo creo que es el único modo de entrar sin que os detecten.

La idea me estaba convenciendo cada vez más.

—Debería haber fiestas por todas partes por la Novembrina; Weaver tendrá que aflojar la mano con el toque de queda. Eso nos dará una amplia cobertura —dije, y todos asintieron—. Yo propongo que enviemos un equipo pequeño, armado, hoy mismo. Nos colamos en las instalaciones subterráneas, localizamos ese «núcleo», hacemos todo el daño que podamos (o al menos descubrimos qué demonios es) y salimos de allí.

—Cuando dices «nos»... —objetó Eliza.

—Yo encabezaré la expedición.

Se miraron unos a otros.

—Paige —dijo Nick—, recuerda lo que acordamos. Que debías mantenerte lejos de la primera línea.

—Dani dijo que podía poseer a uno de los ingenieros, y así ver en el interior de las instalaciones. Para eso necesito estar cerca.

—No has usado tu don desde el torneo. Si insistes en ir, deberías pedirle al Custodio que entrene contigo antes.

—No puede.

—¿Por qué?

Con la mirada le dije que ya hablaríamos de eso más tarde. Él apretó los labios, pero no insistió.

—Necesito demostrar que no uso el sindicato como carne de cañón —dije—, que no dudo en jugarme la vida yo también. No voy a llevar esto como Hector, desde la distancia. No puedo.

Nick no siguió discutiendo.

Lo siguiente era decidir quién iría conmigo. Maria fue la primera en presentarse voluntaria. Tres invocadores, para que pudiéramos pedir ayuda a espíritus poderosos en caso de que los necesitáramos, y otros tres videntes que hubieran recibido entrenamiento avanzado del Custodio. Un vidente de la zona, enviado por Jimmy, nos ayudaría a entrar y salir.

—Yo también voy —dijo Nick.

Eliza asintió.

—Y yo. Somos tu caballero y tu dama.

—No puedo arriesgarme a que os capturen a los dos —respondí, analizando la situación—. Eliza, creo que para esta misión será más útil un oráculo. Me llevo a Nick. Tú puedes coordinar nuestra salida.

Ella se cruzó de brazos, malhumorada.

—Vale —aceptó a regañadientes.

Llevaba semanas esperando una ocasión para destacar, pero yo no podía ponerla en el equipo solo por eso.

—Le pediré a Tom que busque augurios en el éter —dijo Glym—. Quizá nos sirvan de guía.

—Y mientras tanto yo intentaré localizar unos cuantos explosivos —apuntó Maria—. A ver si podemos hacerle un poco de daño a Vance.

Llegó la mañana envuelta en un manto de bruma. El sol brillaba como una moneda de plata tras su velo de nubes, y por todo Londres la gente cantaba al piano y se deseaba una feliz Novembrina. De todos los edificios colgaban banderolas con imágenes del primer Gran Inquisidor, James Ramsay MacDonald. Para las celebraciones, se había programado la visita del Gran Inquisidor de Francia, pero, según ScionVista, había caído enfermo. Yo pensaba que Ménard no se perdería un evento así a menos que estuviera en el lecho de muerte, especialmente después de la publicidad que se le había dado a su visita, pero no era el momento de pensar en eso.

Iban pasando las horas y nosotros nos íbamos preparando para nuestra misión. Glym, como comandante encargado del reclutamien-

75

to de efectivos, formó un equipo de infiltración, y los puso al corriente. Habría un grupo de refuerzo listo para organizar algún altercado que distrajera la atención si algo salía mal. Estudié la ruta por el hielo, basándome en lo que Jimmy nos había dicho.

Nick tenía razón con respecto a mi don. Quizá lo necesitara, y estaba muy desentrenada. Me tragué el orgullo e intenté tirar del cordón áureo. No hubo respuesta.

Si eso era lo que el Custodio quería, así sería. Aunque hubiera venido, quizá luego hubiera ido corriendo a Terebell a contarle nuestros planes. Me pasé un buen rato practicando sola, intentando introducir mi espíritu en los pájaros. Hacia el final del día conseguí poseer a una urraca, y Nick se divirtió viendo cómo la hacía posarse sobre su cabeza. Lo que no fue tan divertido fue el dolor de cabeza que me quedó después.

En cuanto oscureció nos pusimos en marcha. El equipo se reunió en el barrio de Vauxhall, en un bar de oxígeno cerrado que quedaba bajo un puente del ferrocarril. Nick nos entregó a todos monos de trabajo de Scion, de segunda mano.

76 —Todo acaba yendo a parar a Old Spitalfields —dijo, cuando le lancé una mirada extrañada.

En el momento en que me subía la cremallera de mi mono, llegó Maria.

—El cabrón del tratante dice que no le quedan explosivos —se lamentó—. Como ScionIdus nunca ha tenido bases en Londres, no hay muchas armas de uso militar en circulación.

—¿Así es como funciona? —pregunté mientras encajaba las perneras del mono en el interior de las botas.

—Es la única ventaja. Si tienes *krigs* cerca, les puedes robar el equipo. Eso, a su vez, permite que los rebeldes se militaricen. Te alimentas de un ejército para crear otro.

—¿*Krigs*?

Agitó una mano, como quitándole importancia.

—Soldados. De *krig*, la palabra sueca para «guerra». Tal como Nick sabrá, en Suecia hay muchos. —Cogió su mono—. Tendremos que usar fuego, directamente.

El fuego era su *numen*. Serviría. Teníamos a otra piromántica —la pelirroja de la célula de la Harinera—, así como dos capnománticos. Podrían usar humo para camuflarnos, si es que necesitábamos escapar a toda velocidad. Jimmy nos había enviado dos augures que se negaron a mostrarnos el rostro, y una vidente con aspecto de vagabunda y los labios teñidos de violeta, seguramente por el consumo de áster. También se habían presentado voluntarios tres invocadores; el más alto se presentó como Driscoll. Tal como habíamos acordado, ninguno de ellos dijo a qué célula pertenecía.

Esperábamos noticias de Tom, que había ido con nuestro equipo de adivinos a asegurarse de que no había malos augurios en el éter, pero al cabo de una hora decidimos que no podíamos retrasarlo más. Reuní al equipo de ataque.

—Esta es la primera campaña de la Orden de los Mimos contra Scion —les dije—. El plan se basa en una información robada que en principio parece fiable, pero no puedo garantizaros el éxito de la misión. Ni que todo salga bien. —Los miré a todos a la cara, uno por uno—. Ninguno de vosotros estáis obligados en absoluto a hacer esto. Solo tenéis que decirlo ahora, y podéis volveros a vuestras células.

El silencio se alargó unos cuantos segundos. La vidente se mordió las uñas, pero no dijo nada.

—Estamos todos contigo, Subseñora —dijo uno de los capnománticos.

El resto del equipo asintió.

Para cuando salimos de la casa segura, con Nick a la cabeza, estaba ya muy oscuro. Eliza se quedó sentada en un polvoriento taburete de bar, viendo cómo nos íbamos.

—Volveremos pronto —dije.

Ella sonrió.

—A por ellos.

Un viento helado aullaba a orillas del río. No había luz de luna que nos pudiera delatar. Nos acercamos al hielo, con cuidado de ir borrando las huellas que dejábamos en la nieve.

La silueta del almacén se alzaba, siniestra, sobre el Támesis. Que el río estuviera tan helado era algo excepcionalmente raro: según los registros, no había ocurrido desde hacía más de un siglo. Obviamente, la mayor parte de la superficie era demasiado frágil como para caminar encima, y por el centro el agua fluía como siempre, pero una franja de hielo más grueso se adentraba en el agua y pasaba junto al almacén, ofreciéndonos una posibilidad de acceso. Cuando lo tanteé con el pie, apareció una telaraña de hebras plateadas alrededor de mi bota. Adelanté el otro pie y vi que tenía a Nick a poca distancia.

—En una escala de «uno» a «letal» —susurré, de modo que solo él pudiera oírme—, ¿qué nivel de peligro le ves a esto?

—Creo que hemos hecho cosas más peligrosas. Quizá. —Él también se situó sobre el hielo, repartiendo el peso—. Es un plan, Paige. Es más de lo que han tenido cualquiera de nuestros predecesores.

Me giré hacia el resto del equipo.

—Vamos —dije—. Será mejor que os separéis todo lo posible.

Nos pusimos en marcha. A cada paso se me disparaba el pulso. Si el hielo cedía, moriríamos de frío; y si el frío no acababa con nosotros, se encargaría de ello la corriente. Lo que estábamos atravesando era una antigua arteria de Londres, y no era conocida precisamente por su clemencia. La vidente, que era la que mejor conocía el lugar, iba en cabeza, moviendo los pies con suavidad en las zonas con menos hielo. Al cabo de un rato que se me hizo eterno, vi a lo lejos la oxidada escalera casi colgada de la pared; le faltaban varios peldaños. Nos fuimos acercando, pero de pronto Driscoll pisó en un punto donde el hielo era más fino. La bota atravesó el hielo y se sumergió en el río, pero enseguida otro lo agarró y tiró de él. El impacto hizo temblar la capa de hielo, y nos quedamos paralizados como estatuas. Cuando tuvimos claro que no íbamos a acabar en el agua, los otros adivinos fueron corriendo a ayudar a Driscoll.

Ya a la sombra del almacén, Nick alzó a la vidente para que subiera a la escalera, lo que hizo que apareciera de pronto una red de grietas en la pared. Yo fui la siguiente. El alivio de haber dejado el hielo atrás casi bastaba para calmar los nervios.

Una vez en lo alto de la escalera, la vidente se agazapó junto a la valla. Cuando encontró el hoyo que habían cavado por debajo, perfectamente oculto bajo una plancha de metal corrugado, se coló por él. Salvo por un par de guardias de seguridad en la puerta principal, que estaba cerrada con cadenas, el lugar estaba desierto. Examiné los alrededores. El almacén se encontraba rodeado de una enorme extensión de cemento donde solo se veía un vehículo de SciORI aparcado y vacío, en el que supuestamente habrían transportado el equipo necesario para reparar el núcleo. Había huellas en la nieve a su alrededor. Me concentré en el éter, dejando que mi sexto sentido borrara todo lo demás.

—No hay nada aquí abajo —le dije a Nick—. Ningún onirosaje. Ninguna actividad.

—Si no detectas nada bajo tierra, quizá es que no hay nada que detectar —señaló él, tragando saliva—. Podría ser una pista falsa.

—Tanto el Custodio como Mira dijeron que probablemente el núcleo usaba algún tipo de tecnología etérea —dije—. Scion podría haber ocultado toda la instalación en el éter, evitando que los videntes pudieran detectarla.

—Podría ser.

Sentía la piel fría y húmeda por debajo del mono. La vidente nos hizo señas desde el otro lado de la valla. Uno a uno, nos colamos en el hueco y nos abrimos paso por entre la nieve hasta el otro lado, empapándonos las manos y las rodillas. La pelirroja y los capnománticos montarían guardia en el exterior mientras los demás entrábamos a investigar.

Con la cabeza agachada, echamos a correr. Cuando estuvimos bien cerca del almacén, le hice un gesto a la pelirroja para que viniera, y le dije que esperara a que Nick le hiciera una señal con la linterna desde la puerta. Un destello querría decir que podía enviar a los otros miembros del equipo; dos destellos, que debían volver al hielo y salir del distrito.

La vidente nos llevó hasta el almacén. Justo en el momento en que entrábamos, empezaron a caer copos de nieve.

Nuestras pisadas resonaron cuando penetramos en el edificio. Por lo que se veía, no había vigilancia alguna. Una ráfaga de aire me dio en la cara, trayéndome un olor rancio a cigarrillos y áster púrpura. Nick, a mi lado, encendió la linterna. Mientras avanzábamos por el almacén, Maria dio un golpe con la bota a una botellita etiquetada como láudano, y todos dimos un respingo. La botella salió rodando por entre hebras de áster seco, desplazando varias bolsas de plástico.

La vidente se paró al llegar al final del almacén. En la pared que tenía delante vimos una enorme pantalla de transmisiones.

—Mirad —dije.

Nick enfocó con su linterna. Allí, hundida en el suelo, frente a la pantalla, había una trampilla.

—Paige, ten cuidado —me advirtió, pero yo ya estaba agachada.

No encontré ningún cerrojo o pestillo, por lo que agarré de la manija y tiré.

Debajo no había nada más que cemento.

Nada.

Me quedé mirando aquel lugar, donde tendría que haber una escalera. Tardé un momento en caer presa del pánico. No era una trampilla, sino una trampa. Me giré para advertir al equipo, para decirles que corrieran, pero antes de que pudiera decir palabra me encontré colgando boca abajo, por encima de las cabezas de los demás, atrapada en una red. La sangre me inundó las venas de todo el cuerpo, con un latido que me resonaba en el interior de los oídos y me presionaba tras los ojos, ahogando los gritos procedentes del suelo. La red que me envolvía me apretaba tanto que tenía las rodillas presionadas y los codos se me clavaban en la cintura. Apretando los dientes, alargué los dedos hacia el cuchillo que tenía en el interior de la chaqueta, pero el mínimo movimiento de brazos o piernas me provocaba un dolor agónico.

Mientras me debatía, la pantalla de transmisiones se encendió y un fondo blanco iluminó el almacén, proyectando nuestras sombras. Cuando conseguí adaptar los ojos a aquel nivel de luz, me encontré delante el rostro de una mujer.

80   Debía de tener al menos setenta años. La piel, grabada por el sol, estaba surcada de líneas de expresión. Una nariz fina, una boca como un corte horizontal y una melena blanca, peinada hacia atrás, dejando a la vista un rostro esquelético. Sus ojos me produjeron un escalofrío que me recorrió el cuerpo. Eran negros como pozos sin fin.

—Bienvenida, Paige Mahoney.

Hablaba con calma, marcando las palabras con precisión. La sensación que me provocaba no se parecía a nada que hubiera experimentado antes. Pérdida de contacto, aturdimiento, seguido por un pavor que me recorría los huesos. El modo en que pronunció mi nombre fue muy raro, marcando cada sílaba, como si estuviera decidida a no dejar escapar ni un sonido.

Maria parecía hipnotizada por la pantalla. Le veía el blanco de los ojos alrededor de los iris.

—Soy Hildred Vance, comandante en jefe de la República de Scion en Inglaterra. Tal como seguramente ya habréis deducido, el núcleo de Senshield no se encuentra aquí —dijo, sin parpadear ni una vez—. Nunca permitiríamos que esa información cayera en las manos erróneas. No existe ninguna... instalación subterránea. —Nick dio un paso atrás, derribando un montón de escombros—. Este edificio está en ruinas. No obstante, esta noche lo hemos preparado para vuestra llegada.

Me había atrapado. Con un simple cebo, como a un animal. Pataleé con rabia, atrapada en la red.

—Mientras hablamos, estamos usando vuestro patrón radiestésico personal para recalibrar el sistema Senshield. Gracias por vuestra ayuda.

Un haz de luz blanca me iluminó desde arriba y me cegó. El éter tembló violentamente, atravesándome el cuerpo a sacudidas. Algo rozó el borde de mi onirosaje. El sudor se me iba acumulando debajo del mono, y yo seguía allí colgada, impotente, sintiendo el pulso en los dedos y detrás de las rodillas, y con el aura abriéndose y cerrándose como un puño, queriendo salir y encogiéndose alternativamente. Me hice un ovillo, como si me hubieran arrancado la ropa, convencida de pronto de que algo o alguien me estaba observando.

Un pitido tenue resonó en el edificio. Algo caliente me salió de la nariz y me mojó la frente.

—Dispara, Nick —gritó Maria—. ¡Paige, no te muevas!

—Ya has cometido un grave error viniendo hasta aquí. No cometas otro resistiéndote a la detención. —Vance parecía observarnos, impávida, desde la pantalla—. Puede que nos mostremos clementes con tus aliados si no ofrecéis resistencia y dejáis que mis soldados os pongan bajo la custodia del Inquisidor.

Sentía el sabor de la sangre en la boca. El aire era demasiado ligero, apenas me llenaba los pulmones. Estaba a punto de desmayarme.

Danica. Vance debía de saber quién era. Jaxon debía de habérselo dicho sin que Alsafi se enterara.

Una bala reventó el gancho que sostenía la red, y de pronto la presión que sentía en la cabeza desapareció. Apenas tuve tiempo de soltar una exclamación: de pronto, caí en picado; no me estrellé contra el suelo porque Nick paró mi caída. Soltó un «uuuf» contenido justo antes de que le fallaran las rodillas y ambos cayéramos en el cemento, con tanta fuerza que se me vació el aire de los pulmones y sentí de nuevo el dolor de las heridas del torneo. Maria ya me había agarrado de la parte de atrás de la chaqueta y tiraba de mí para ponerme en pie.

—No hay vía de escape para quienes desafían al Ancla —dijo Vance—. No hay compasión para quienes pervierten el orden natural.

Perseguidos por su voz, corrimos hacia las puertas abiertas del almacén, y de ahí a la nieve. Unos haces de luz nos enfocaban desde más allá de la valla, exponiendo nuestra posición, pero aún no percibía ningún onirosaje cerca; eso, hasta que mi sexto sentido vibró. Levanté la vista de golpe. De pronto aparecieron ocho sombras en el cielo, flotando sobre nosotros.

Tardé un momento en entenderlo. Maria fue la primera en reaccionar.

—Paracaidistas —dijo, agarrándome de los brazos—. ¡Deprisa, hay que volver al hielo!

La vidente ya estaba volviendo a la valla. La pelirroja nos esperaba en el otro lado, gritando: «¡Subseñora!». Mientras Driscoll y sus adivinos corrían hacia allí, el primero de los paracaidistas aterrizó en el tejado del almacén. Maria disparó al siguiente, rajándole el paracaídas.

—¡Paige! —gritó Nick—. ¡Venga!

Empezaron a llover disparos desde lo alto. Uno de los adivinos cayó ante mis propios ojos. Cuando alcanzaron al segundo, se me escapó un «no» ahogado. Maria tiró de mí y me lanzó hacia Nick.

—¡Vete! —me gruñó.

Ella pegó la espalda a la pared del almacén y recargó la pistola. Corrí como no creía que podría correr, sin perder a Nick de vista. Eran soldados amauróticos, inmunes a las bandadas de espíritus, pero podría cubrir a Maria. Mi espíritu no era como el de los muertos. Podía colarse en la mente de cualquiera.

Noté calor en la espalda. Eché una mirada por encima del hombro y vi una bandada de espíritus en llamas volando hacia uno de los paracaidistas que había aterrizado en la nieve, cerca de Maria. Antes de que el soldado pudiera apuntar, su paracaídas ya estaba consumido por el fuego. Maria se protegió tras la puerta del almacén. Driscoll aguantaba la posición junto a los dos adivinos muertos, disparando su pistola. La pelirroja volvió a pasar bajo la valla para ayudarlo. Cuando llegué al final de la explanada de cemento, Nick vino corriendo a mi encuentro y me cogió de la mano.

Habían ideado una trampa perfecta. Vance se había imaginado que notaría el engaño si veía a soldados cerca; creía que, si hacía caer del cielo a sus asesinos, no podría detectarlos hasta que fuera demasiado tarde.

LA CANCIÓN DEL MAÑANA

La nieve estaba teñida de rojo allí donde habían caído los adivinos.

—¡Maria! —grité—. ¡Ven aquí!

Ella disparó una vez más y acudió dando saltos por la nieve. Nick le disparó al soldado del tejado, pero estaban acorazados.

Me colé por el hueco que había bajo la valla, rozándome la cadera, y salí al otro lado. En algún punto detrás de mí, Maria soltó un grito. Instintivamente, lancé mi espíritu contra los paracaidistas. Noté que reventaba un onirosaje y que lanzaba a otro hacia el éter, oí el repiqueteo de un rifle al caer al suelo y vi unas letras grabadas en el lateral, pero mi cordón argénteo me devolvió a mi propio cuerpo antes de que pudiera tomar el control. Entre lágrimas de dolor vi a otro soldado acercándose desde la izquierda, apuntando con el rifle a la pelirroja, que estaba concentrada repeliendo al que había disparado a Maria. Intenté lanzar mi espíritu otra vez, pero era como si mi cabeza fuera un mecanismo con las ruedas dentadas completamente oxidadas. Estaba bloqueada.

Una ráfaga le atravesó el vientre.

Nick tiró de Maria, arrastrándola al agujero bajo la valla, y le rodeó el cuello con un brazo. Estaba pálida. Driscoll llegó justo a tiempo, antes de que los soldados volvieran a abrir fuego, y todos bajamos por la escalera velozmente.

Apareció un helicóptero en lo alto, lanzando un haz de luz que recorrió el río hasta llegar al hielo. Una voz en mi interior me dijo que me rindiera inmediatamente. Pensé en los tres videntes muertos que había dejado atrás, y en un impulso de rabia, jadeando, me giré, dándole la cara y abriendo los brazos. Con un gesto, le indiqué a Driscoll que se situara detrás de mí, y me aseguré de cubrir a Nick y a Maria. El cabello me golpeaba el rostro, agitado por la fuerza del viento.

—Paige —dijo Nick—, ¿qué estás haciendo?

—No dispararán —respondí, sin apartar la vista del helicóptero—. No pueden arriesgarse a romper el hielo.

—¿Por qué les iba a preocupar eso?

—Porque me quieren viva.

Nashira quería mi espíritu. Si caía al agua y el río me arrastraba, nunca lo conseguiría.

Estábamos atrapados. El helicóptero se mantenía inmóvil sobre el agua. Quizá no disparara mientras estuviéramos allí, pero nos seguiría hasta salir del hielo, y en cuanto llegáramos a tierra firme, me dis-

83

pararía para dejarme incapacitada y mataría al resto. Al imaginarme
la escena, me invadió un miedo atenazador. Quizá hubiéramos esqui-
vado a Vance de momento, pero nos tenía acorralados.

Percibí un olor acre en el viento y me arriesgué a mirar. El humo
iba cubriendo el hielo, arrastrado por una ráfaga de espíritus. Los capnománticos nos estaban cubriendo. Di un paso atrás, llevando a los
demás al interior de la nube de humo. El helicóptero se ladeó y desapareció de la vista.

Pero no sabía si la cobertura duraría mucho. Nos pusimos en marcha, más rápido que al llegar. Demasiado rápido. Cuando nos acercamos al final del hielo se abrió una profunda fractura bajo mis botas, y
se dividió, extendiéndose en todas direcciones. No había tiempo para
pensar. Empujé a Driscoll con el hombro, apartándole de la grieta en
el último momento, y un instante después perdí apoyo.

Por un instante, no sentí nada; pensé que había muerto.

Por algún extraño motivo resistí la tentación de aspirar mientras
me sumergía en la oscuridad del Támesis. Me hundí como un lastre.
Cuchillas de hielo se me clavaron en las costillas y me laceraron las
piernas, me abrieron en canal del ombligo a la garganta, pero me negué a que me entrara el agua dentro.

A medida que me hundía, mis pulmones reclamaban oxígeno cada
vez con más urgencia. Estaba quemándome sin calor, ardiendo sin llamas.
Luché contra la corriente, gritando por dentro mientras el río me fustiga-
ba la piel, pero mis piernas y mis brazos se habían vuelto de piedra.

«Londres no olvida a un traidor —me susurraba Jaxon desde mis
recuerdos—. Te engullirá, querida mía. Te sumergirá en sus túneles y
sus pozos de brea, en su oscuro corazón, donde se hunden los cuerpos
de todos los traidores».

Al infierno con Jaxon. Yo no moriría así. Escarbé en lo más profundo de mi ser y encontré una reserva de energía con la que hacer reaccionar los brazos. Rompí con las manos la tela del mono, liberándome, y las agité en las apestosas aguas, pero con aquella oscuridad era
imposible orientarse. Pateé y agité los brazos, desesperada, sin entender si subía o bajaba, hasta que impacté con la cabeza en la superficie de
hielo, reventándola. Respiré, y vi mi propio aliento convertido en una
nubecilla blanca de vapor. Una corriente rabiosa me zarandeaba, arras-
trándome con una fuerza a la que mis fatigados músculos no conseguían oponer resistencia.

Estaba demasiado lejos de la orilla. Tenía demasiado frío como para nadar.

Esta vez no me iba a librar. El río se estaba haciendo con el control de mi cuerpo y no me iba a soltar.

Fue entonces cuando sentí un aura junto a la mía, así como un brazo que me sacó de nuevo a la superficie.

Mis manos encontraron unos hombros a los que agarrarse. Entre toses y jadeos abrí los ojos y me encontré un par de ojos refaítas.

—Custodio...

—Agárrate a mí.

Apenas tenía fuerza en los brazos, pero conseguí pasárselos por detrás del cuello. Los músculos de su espalda se movieron acompasadamente, surcando las aguas del Támesis, nadando como si la corriente no fuera más que un suspiro.

Debí de perder el conocimiento por un instante; lo siguiente que noté fue que me sacaba del río y que mi cuerpo chorreaba agua. Cuando respiré, sentir el aire de la noche fue como si los pulmones se me llenaran de un escarcha que iba cubriéndome las costillas, congelándome cada centímetro de piel. Oí la voz familiar del Custodio, que me decía: «Paige, respira», y le hice caso. Me tenía apretada contra su pecho, dándome calor, envolviéndome con su abrigo, protegiéndome de la nieve, pero yo no dejaba de tiritar.

Se quedó conmigo hasta que llegó el resto del grupo. Nick se encargó de que no me durmiera mientras volvíamos en coche, hablándome, haciéndome preguntas. Mi mente oscilaba entre momentos de dolorosa claridad, como cuando vi a Driscoll romper a llorar, y fases más oscuras, cuando lo único que podía hacer era intentar mantenerme caliente.

Nos retiramos a una casa segura en la cohorte central. En cuanto entramos, Nick se puso en modo médico. Siguiendo sus órdenes, me quité la ropa que aún llevaba puesta y me lavé con agua tibia. Después de examinarme en busca de heridas abiertas y ordenarme que le avisara de inmediato si sentía náuseas o fiebre, me envolvió en gruesas mantas y dejó que acabara de secarme. Yo me hice un ovillo y me concentré en conservar el calor.

Me dormí un rato. Cuando levanté la cabeza me encontré un refaíta en un sillón justo enfrente, contemplando el fuego. Por un momento, pensé que estaba en Magdalen y me entró el pánico; creí que estábamos otra vez en la colonia penitenciaria, en aquella torre, cuando aún no podíamos fiarnos el uno del otro.

—Custodio.

Tenía el cabello mojado.

—Paige.

Sentía pinchazos por todo el cuerpo. Me apoyé en los codos para recostarme.

—Dani... —dije, con la voz pastosa.

—Está a salvo. No pueden saber que ha sido ella —me dijo—. Distribuyeron información falsa sobre el almacén por varios departamentos de Scion. No tienen modo de saber quién la ha filtrado.

Si era así, Vance debía de sospechar que tenía un infiltrado, pero nada más. Tiré de las mantas para taparme bien y observé que tenía las manos firmes. Yo quería que me temblaran. Deseaba sentir que mi cuerpo respondía a la inútil pérdida de vidas de mis videntes, pero había visto la muerte en la pantalla desde que era una niña: nos la iban mostrando semana tras semana, la introducían en nuestros hogares, impregnando nuestras vidas de crueldad, hasta que la sangre se convertía en algo tan común como el café, y con todo lo que había visto en los últimos meses daba la impresión de que había perdido la capacidad de reacción. Odiaba a Scion por ello.

—Me has sacado del agua.

—Sí —dijo el Custodio—. Tom me contó lo de vuestra misión. El equipo de adivinos había percibido un augurio, pero interceptaron a lord Glym por un escáner cuando iba a ayudaros, así que fuimos Pleione y yo.

—¿Glym está bien?

—Sí. Escapó.

Habíamos estado muy cerca de la muerte. De no haber sido por el Custodio, el río me habría engullido.

—Gracias —dije, en voz baja—. Por venir a por mí.

El Custodio asintió apenas, apoyó los codos en los brazos del sillón y juntó las manos por delante del cuerpo, postura que le había visto adoptar muchas veces en la colonia. Estaba claro que iba a decirme algo que no me iba a gustar.

—Terebell está furiosa porque he ido sin su permiso, ¿no? —dije, tras un silencio demasiado largo.

Él agarró una taza humeante que había sobre la mesa y me la tendió.

—Bebe esto —ordenó—. El doctor Nygård dice que tu temperatura corporal aún es demasiado baja.

—No me importa mi temperatura.

—Entonces eres una inconsciente.

La taza seguía ahí. La cogí y bebí un poco de salep, aunque solo fuera para hacerle hablar.

—Dime, Paige, ¿estás intentando provocar a Terebell deliberadamente?

Era una pregunta, no una acusación.

—Por supuesto que no.

—Decidiste ir sin pedirle permiso. Desoíste su orden de solicitar su aprobación antes de tomar cualquier decisión importante.

—Tenía una pista —dije—, y un tiempo limitado para seguirla. ¿Qué hubieras hecho tú?

Asintió levemente otra vez.

—Mientras dormías —respondió, tras un nuevo silencio—, tus comandantes recibieron un informe. Aproximadamente una hora después de vuestra excursión al almacén, detuvieron a una políglota. Según los testigos, su aura había activado el gran escáner Senshield de la estación de Paddington.

Yo no pensaba que pudiera quedarme helada otra vez, pero sí. Los políglotas eran del cuarto orden. Un orden que el sistema Senshield no debía de ser capaz de detectar.

—Por supuesto, podrían ser simples habladurías —prosiguió el Custodio—. No obstante, si es cierto, quiere decir que la tecnología ha mejorado espectacularmente.

Sentí un temblor sordo en el vientre. Apreté los dedos en torno a la taza.

—No son habladurías —dije, con voz ronca. La propia Vance me dijo que me había... atrapado para utilizarme como modelo para recalibrar los escáneres Senshield. —Me humedecí los labios—. Yo soy del séptimo orden. ¿Cómo..., cómo puede ser que me hayan usado de referencia para poder detectar al cuarto?

—No conozco esa tecnología lo suficiente como para dar una respuesta a eso.

—Dijo algo de mi... patrón radiestésico —apunté, respirando cada vez más rápido—. Esto es culpa mía. Terebell... —Casi sentía cómo iba

87

palideciendo al hablar—. No podemos perder vuestro apoyo. Sin él, la Orden de los Mimos desaparecerá.

—Es muy improbable que Terebell decida retirar nuestro apoyo económico por esto. Tiene tanto interés como tú en que la Orden de los Mimos siga viva —dijo, pero no consiguió consolarme—. Se abstendrá de emitir un juicio hasta que queden claras las consecuencias de tus acciones.

—Ya están claras. Caí en una trampa. Los ayudé a mejorar Senshield. Y perdí a tres personas. Habría podido salvar al menos a uno de ellos de haber estado más fuerte. —No podía ocultar el agotamiento, patente en mi voz—. Ya te dije que estaba desentrenada. Te llamé antes de ponernos en marcha.

—Estaba ocupado.

—¿Con qué?

—Estábamos encargándonos de otro emite. En la periferia.

La rigidez de mis músculos no tenía nada que ver con mi caída en el hielo. Mientras yo estaba obsesionada con Senshield, los Ranthen luchaban para evitar que se nos comieran vivos. Nos acechaban enemigos por todas partes.

—La guerra entraña riesgos —dijo el Custodio—. Puede que acabe demostrándose que ha sido un error estratégico, pero tomaste todas las precauciones posibles. Nadie sabía que Hildred Vance había vuelto a la capital, ni que te tendería una trampa. Ni siquiera Alsafi.

—Aun así, tres videntes han muerto para nada.

—Sabían que era posible que saliera mal —dijo, con el rostro entre las sombras—. Le he preguntado a Alsafi por el núcleo de Senshield. Él no sabe dónde se encuentra, y trabaja en el Arconte, así que cabe pensar que no está allí.

—Lo encontraré —dije, con la mirada fija en el fuego.

Un tronco cayó entre las brasas.

—No deberías haber ido al almacén personalmente —dijo el Custodio—. Si caes tú, se acaba la Orden de los Mimos.

—Siempre podéis encontrar a otro humano.

—Nadie que vaya a ser aceptado por el sindicato. No hay tiempo para otro torneo. —Hizo una pausa—. Y no hay ningún otro humano en el que confíe como confío en ti.

Le miré a la cara, buscando la verdad. Me estaba ofreciendo una oportunidad para que le dejara volver. Exponiendo una vulnerabilidad, una grieta en su inexpugnable armadura refaíta. Una puerta que necesitaba abrir.

—Tengo que hablar con los otros sobre Vance —dije—. Te... pondré al corriente de lo que hayamos decidido. Estoy segura de que querrás ir a informar a Terebell lo antes posible.

El Custodio me aguantó la mirada unos segundos antes de responder:

—Como desees. —Se puso en pie—. Buenas noches, Paige.

5

Viaje al pasado

Tenía demasiado grabada en la mente la imagen del rostro de Vance como para seguir durmiendo. Me vestí y me alejé del fuego, pero me llevé una de las mantas. Por lo que recordaba de la huida, la mayoría de los videntes del equipo habían vuelto a sus células, pero Maria y Nick se habían quedado, igual que Tom y Glym, que habían acudido a nuestro encuentro. Los encontré en la sala contigua. Maria estaba sentada, tomándose un caldo a cucharadas. Nick se puso en pie y me abrazó con fuerza.

—Paige —dijo—. Intenté llegar hasta ti, cariño. Lo intenté. Si el Custodio no hubiera estado allí...

—Pero estaba —respondí, dándole unas palmaditas en la espalda—. Estoy bien.

—Le salvaste el cuello a Driscoll, ¿sabes? —dijo Maria—. Se habría ahogado si no le hubieras empujado.

La miré de arriba abajo.

—¿Tú estás bien?

—Me ha rozado una bala. He pasado por cosas peores.

Volví a sentir aquel temblor en el estómago. Me senté junto a Nick, con la manta sobre los hombros.

—El Custodio me ha contado lo del informe —dije—. Que ya pueden detectar a los del cuarto orden.

—Es mejor que no adelantemos acontecimientos, Subseñora —respondió Glym—. El mimetocapo que nos lo ha contado aún no tiene claro si la vidente capturada era realmente políglota. Es más probable que fuera de uno de los tres órdenes inferiores.

—Tenemos que enterarnos lo antes posible de si es verdad. Si pueden detectar a videntes del cuarto orden...

—Aún no hay pruebas de eso —dijo Tom, intentando rebajar la tensión—. Desde luego sería... malo, lo admito.

—¿Malo?

—Sí, vale, muy malo, pero es lo que dice Glym: no será más que un error de información; una alarma sin fundamento.

—No estoy de acuerdo —apuntó Maria. La miré—. Conozco a Vance, y créeme, no mentiría a menos que fuera necesario. Le ha dicho a Paige que la estaba usando para transformar Senshield. Eso quiere decir que es verdad. —Hizo una pausa para coger aire—. Paige, si es ese el caso, y debemos suponer que lo es, el sindicato no debe llegar a saberlo nunca.

Se hizo el silencio. Tenía razón: si la gente se enteraba de que mi error había puesto en peligro a todo el cuarto orden, no había duda de que la Asamblea Antinatural votaría mi destitución.

—Cuéntame más de Vance —dije al cabo de un rato.

Ella cruzó los dedos de las manos sobre el vientre.

—Te diré lo que sé de ella, pero ella ya lo sabe todo de ti.

Por cómo me había mirado esa cara, pese a la pantalla que había de por medio, no tenía ninguna duda de que era así.

—Hagamos un poco de historia —dijo Maria—. Hildred Diane Vance se alistó en el ScionIdus a los dieciséis años y sirvió en las Tierras Altas durante cinco años. En ese tiempo, tal como recordará Tom, colaboró en la represión de diversos alzamientos en lo que en aquel entonces se llamaba Escocia.

Tom, que la había estado observando bajo la solapa de su sombrero, abandonó la oscuridad y dio un paso adelante.

—Lo creáis o no, yo soy algo más joven que Vance —dijo—. Recuerdo que la gente susurraba su nombre cuando yo era chaval, incluso en Glasgow. Como si tuvieran miedo de que pudiera oírlos.

—Da la impresión de que era muy joven para tener tanto poder.

—Igual que tú —señaló Maria.

Pensar que pudiera haber algún paralelismo me resultaba muy inquietante.

—Los superiores de la joven Hildred observaron la voracidad que demostraba en los ataques a los antinaturales y la premiaron por ello. Ascendió de rango a una velocidad meteórica. Ahora tiene setenta y cinco años, y es la persona que más tiempo lleva en un cargo de alto nivel en Scion.

Me pregunté qué relación tendría con los Sargas. Daba la impresión de que era la persona ideal para ellos.

—Cuando Vance lanzó su ataque contra los rebeldes de los Balcanes, conocía los nombres y el pasado de todos nuestros líderes. A los pocos días de pisar suelo búlgaro, ya había introducido agentes dobles entre nosotros. —Una sombra le atravesó el rostro—. Muy pronto se enteró de que la comandante de mi unidad, Rozaliya Yudina, era una de nuestras mejores oficiales. También se enteró de que Rozaliya había tenido un hermano menor que había muerto antes de que la familia abandonara Rusia. De algún modo, Vance supo que, a pesar de todo lo que Roza había sufrido, ese era su punto más débil.

»Cuando Vance tendió su trampa, los insurgentes de la zona ya habían perdido muchos efectivos. Sabía que la muerte de Rozaliya dejaría hundidos a los militantes que quedaban con vida. Así pues, los soldados de Vance encontraron a un chico, pero no a un chico cualquiera, sino a un chico que se parecía al hermano que había perdido Roza. Durante la campaña definitiva, dejaron a ese niño de diez años en la calle y le dijeron que llamara a Roza pidiéndole ayuda. Aquello hizo dudar a Roza. —Maria apretó el puño—. Al niño le habían dado un osito de juguete. En el interior había un explosivo plástico.

El poco calor que había recuperado mi cuerpo desapareció de golpe.

¿Cuánto sabría Vance de mí? Para empezar, habría consultado mi ficha oficial. No sabía si Jaxon habría caído tan bajo como para contarle cosas de mí, pero estaba claro que al menos sabía algo de cómo funcionaba mi don. Y sabía que tenía padre.

—Uno de los motivos por los que a Vance se la considera letal es por que no subestima a sus enemigos —prosiguió Maria—. Sospecho que hoy hemos conseguido escapar porque estaba convencida que no estaríamos tan locos como para lanzarnos a caminar por encima del hielo.

—Así que nuestra estupidez la ha despistado —concluí.

—Exacto. Pero ahora recordará que corriste ese riesgo —dijo llevándose un dedo a la sien—. Ya lo habrá registrado en su base de datos mental. Cuanto más sepa de ti, mejor se le dará predecir tus movimientos.

Todo aquello hacía que el resto de los oficiales del Arconte parecieran unos aficionados. Vance era una marioneta con cerebro, y eso la hacía mucho más peligrosa que Weaver, que no pensaba por sí mismo.

—Lo que tenemos que descubrir —dije— es si ha traído consigo más tropas, aparte de ese puñado de paracaidistas. ¿Nos enfrentamos a un ejército?

Glym hizo un gesto escéptico.

—No. ScionIdus no vendrá hasta aquí —dijo Maria, convencida—. Este es el corazón del imperio. En Londres nunca se ha declarado la ley marcial, ni se declarará. Tienen que dar la imagen de que en la capital hay paz; de lo contrario, la idea del imperio caerá por su propio peso.

—Entonces, ¿por qué ha venido Vance? —preguntó Nick, acercándose a mí.

—Para ocuparse de Paige, probablemente —propuso Glym—. Sin ella, el sindicato volvería a su estado anterior. Dejaría de ser una amenaza.

Era cierto. El sindicato podría sobrevivir si me capturaban, pero no volvería a ser la cuna de la revolución.

—Necesitamos otra pista —dije yo, frotándome las manos, en las que aún eran evidentes los signos del frío—. Nick, vuelve a hablar con Dani. Glym, ve a Paddington y confirma la veracidad del informe: tenemos que saber si son capaces de detectar a los videntes del cuarto orden. También tenemos que prepararnos para lo que sea que esté planeando Vance ahora, lo que significa, para empezar, que todos los miembros de la Asamblea Antinatural tienen que ir bien armados. Tom, quiero que negocies un acuerdo más satisfactorio con los traficantes de armas.

—¿Y tú dónde vas, exactamente? —preguntó Maria al ver que me levantaba.

—A asegurarme de que Jack Hickathrift ha expulsado a los miembros restantes de los Siete Sellos —respondí, abrochándome la chaqueta—. Más vale que le demuestre a Terebell que cumplo alguna de sus órdenes, si no ya todas.

—Hildred Vance te sigue la pista. No deberías ir por ahí.

—Si me escondo, habrá ganado. Para eso, ya podemos presentarnos en el Arconte y postrarnos ante los refaítas —repliqué, poniéndome las botas y atándome los cordones—. De momento, lo sucedido en el almacén debe quedar entre nosotros. Esta noche nos reuniremos con los demás en la Harinera.

No había vuelto al I-4 desde el torneo. La idea de acercarme a Seven Dials me resultaba demasiado dolorosa.

Los comandantes querían que llevara guardaespaldas. Yo me negué, pero accedí a llevarme a Eliza conmigo. Mientras esperábamos

93

bajo un farol a que llegara nuestro *rickshaw*, con las manos hundidas en los bolsillos para esconderlas del frío, Nick salió de la casa segura.

—Quiero ir con vosotras —dijo.

—Necesito que hables con Dani. Tenemos que saber si puede descubrir algo más sobre Senshield, aunque solo sea...

—Paige —dijo, con emoción en la voz—. Por favor.

Cuando lo miré, otra vez lo comprendí. Las ojeras bajo sus ojos eran como medias lunas oscuras.

—Sé por qué quieres hacerlo —respondí, suavizando la voz—, pero Vance va a por nosotros, Nick. Te necesito centrado.

—Tú crees que Zeke hará que pierda la concentración. —Meneó la cabeza—. ¿Significa eso que tú tampoco estás centrada?

Tardé un momento en entender a qué se refería, lo que acababa de sugerir delante de Eliza. Cuando entendí las repercusiones que tenía aquello, se me tensó la mandíbula. Hasta el propio Nick parecía sorprendido de sus propias palabras, pero era demasiado tarde: por la expresión de Eliza estaba claro que había entendido que escondíamos un secreto.

Di unos pasos, sin pensar, hasta la esquina de la calle. Le oí decir «Dame un momento», y al instante apareció a mi lado.

—Cariño... —dijo—. Lo siento.

—No puede saberlo nadie más —dije en voz baja—. Nick, cuando te hablé del Custodio, confié en ti. Tengo que poder confiar en ti, al menos. Si no puedo...

—Sí que puedes. —Me cogió una mano—. Lo siento. He estado a punto de perderte. Ya he perdido a Zeke. Me siento..., no sé. Impotente. —Suspiró—. No es una excusa.

«Impotente» era la palabra exacta. Así era como me había sentido en el río, y en el almacén, sabiendo que Vance había jugado conmigo. Era una reina a la merced de los peones.

El *rickshaw* apareció en un extremo de la calle. Nick parecía desolado. Nunca había discutido con él, ni una sola vez, y no quería empezar ahora.

—No pasa nada —dije, apretándole la mano—. Mira, si vemos a Zeke, seré todo lo amable que pueda con él. Y ya sabes que intentaré convencerle por todos los medios de que se una a nosotros.

Nick me abrazó.

—Lo sé. Toma esto —dijo, metiéndome una bolsa de gel caliente en el bolsillo—. Iré a hablar con Dani ahora mismo.

Mientras el *rickshaw* echaba a andar, traqueteando por la calle, agarré la bolsa de gel caliente, pero el frío lo llevaba en la sangre. La nieve caía flotando a nuestro alrededor, pegándoseme en las pestañas y en los mechones de cabello sobre las sienes.

—Paige, ¿qué ha querido decir Nick cuando te ha preguntado si tú tampoco estabas centrada? —dijo Eliza, y al ver que no encontraba respuesta, me dio un codazo en las costillas—. Más te vale no haberte acostado con Hickathrift a mis espaldas.

—No me atrevería.

Eliza sonrió, pero no era una sonrisa sincera. Sabía que me estaba guardando un secreto, y que era algo íntimo.

Un cielo rojo sangre nos dio la bienvenida a Covent Garden. Los compradores de primera hora de la mañana ya estaban esperando junto a los puestos y las tiendas a que empezaran las rebajas de después de la Novembrina. Me cubrí el rostro con la bufanda, mirando alrededor en busca de alguna pista de presencia militar. Mi imaginación recreó la imagen del viento llevando mi olor personal hasta Vance.

Atravesamos un cruce y oímos una alarma. Un grupo de centinelas estaba llevándose a una augur de un bar de oxígeno, esposándole las manos a la espalda mientras ella se debatía, llorando. Nosotras seguimos caminando lo más rápidamente posible, sin cambiar de dirección para evitar levantar sospechas. Al fin y al cabo, ambas sabíamos dónde podíamos encontrar a Jack Hickathrift. El mimetocapo del I-4 solo podía residir en un lugar, si quería que lo tomaran en serio.

Habían decorado Seven Dials con guirnaldas de luces rojas y blancas en ocasión de la Novembrina, y ahora las estaban retirando. No necesitamos ponernos de acuerdo para saber que debíamos pasar frente a la entrada y seguir adelante, hasta el pilar del reloj de sol.

Apoyé una mano en la piedra, de color hueso. Aquel había sido el centro de nuestro caótico mundo, el corazón del sindicato tal como lo conocíamos. Yo estaba delante de aquel pilar el día en que Jaxon me había nombrado su dama. Eliza lo rodeó, igual que yo, como para convencerse de que era de verdad. Detrás, en un edificio cercano, se veía una descolorida inscripción pintada en la pared:

LOS TRAIDORES NO SON BIENVENIDOS

Los trabajadores y los vendedores amauróticos miraban aquellas palabras con recelo. Nuestro mundo subterráneo era invisible para la gente que nos rodeaba, pero resultaba peligroso quedarse demasiado tiempo por allí. Eliza suspiró, se metió la mano en el bolsillo y sacó una llave de la que colgaba una etiqueta que decía PUERTA DE ATRÁS, escrita con la elaborada caligrafía de Jaxon.

Abrimos la puerta del patio y pasamos junto al árbol, que el invierno había despojado de flores y hojas. Al llegar al vestíbulo, pateamos el suelo para quitarnos la nieve de las botas. En el momento en que Eliza puso un pie en el vestíbulo, sus musas acudieron a toda velocidad y se pusieron a revolotear en torno a su aura. Pieter estaba especialmente contento, y no paraba de dar saltos en el éter, como chisporroteando.

—Ya está bien, chicos —dijo ella, entre risas—. ¡Oh, no me puedo creer que sigáis aquí; pensaba que Jaxon se os habría llevado!

Los dejé que disfrutaran del reencuentro.

—Eh, Phil —dije, al ver que también revoloteaba a mi alrededor, eufórico.

Pieter me saludó con apenas un gesto, algo hosco, antes de volver con su querida médium.

No podían volver con nosotros. Jaxon los había vinculado a la guarida mucho tiempo atrás, y a menos que pudiéramos encontrar y limpiar la sangre que había usado para vincularlos, estaban atrapados allí para siempre.

Subimos un piso y me paré frente a la puerta de mi antigua habitación, sintiéndome como si hubiera penetrado en un museo. Cuando entré, no encontré nada de todo lo que había ido acumulando durante mis tres años de trabajo allí. Mi precioso cofre de antigüedades y curiosidades del mercado negro; el estante con todos aquellos libros y discos prohibidos... Todo había desaparecido. No quedaba ni la cama. Las estrellas pintadas en el techo eran la única prueba de que allí había vivido alguien.

Noté un aura que rozaba con la mía. Me giré de golpe. Jack Hickathrift estaba de pie en la puerta, vestido con una camisa de poeta abierta hasta la cintura. Tenía una mano sobre el cuchillo colgado del cinto, pero lo soltó al momento.

—Subseñora —dijo, con una gran reverencia—, perdóname. Pensé que sería un intruso.

—Y como una intrusa me siento.

—Estoy seguro. Esto debe de ser muy raro para ti —dijo, abriendo más la puerta—. Por favor, pasa.

Me llevó a la habitación contigua, que había sido el despacho de Jaxon. Todo seguía en su sitio. Me senté en el extremo de la *chaise longue*. Jack se dejó caer en el sofá y dejó la silla del mimetocapo vacía.

—Por lo que oigo, hay alguien más abajo —dijo, justo en el momento en que entraba Eliza, seguida por sus musas—. Ah, la famosa Musa Martirizada. He oído hablar mucho de tu talento en el mercado —dijo, extendiendo una mano para coger la de ella y besársela—. ¿Puedo ofreceros algo de beber? He encontrado un brandy muy bueno en Covent Garden.

Eliza se sentó a su lado.

—Suena bien —dijo, sonriéndole.

Jack me miró y levantó las cejas, pero rechacé la oferta con un movimiento de la cabeza. Él fue a buscar la botella, observando al mismo tiempo a Eliza con interés.

—Bueno —dijo—, ¿qué puedo hacer por ti, mi señora?

—Me gustaría que me pusieras al día sobre lo que ocurre en la sección.

—Por supuesto.

—En primer lugar, ¿ha habido noticias del Vinculador Blanco?

—Ninguna —dijo—. Dudo mucho de que yo siguiera vivo si él estuviera por aquí.

—Y... —Me aclaré la garganta— ¿... qué hay de los dos Sellos restantes?

Jack frunció los labios y le sirvió a Eliza una generosa ración de brandy.

—Cuando llegué a la sección, me los encontré en el edificio. Les ofrecí refugio, como me pediste, pero Nadine lo rechazó, y Zeke no tuvo más opción que secundarla. Afortunadamente, la convenció para que se marcharan sin violencia. Ella dijo que irían a buscar al Vinculador Blanco. —Le pasó la copa a Eliza—. Parece ser que Nadine fue la que orquestó la destrucción del Juditheon, espoleada por los que la ven como la heredera legítima de Jaxon. Querían llamar su atención, que supiera que aún tenía seguidores fieles en la ciudadela.

Por eso, los objetivos éramos Didion y yo. Éramos los símbolos vivientes de que las cosas no siempre habían ido como Jaxon quería. Pensé en los grafitis en la pared exterior de la guarida.

97

—Parece evidente que este intento desesperado por hacerle venir ha fallado —dijo Jack, señalando la silla vacía—. Según mis fuentes en Covent Garden, ese pequeño movimiento lealista ya se ha desintegrado. Y ahora que no queda ninguno de los Siete Sellos en el I-4, no tienes nada más que temer, mi señora.

Nada más que temer de los seguidores de Jaxon. Y un poco menos que temer de Terebell.

—Gracias. Parece que lo tienes todo controlado..., y a todos.

Me puse en pie para marcharme, igual que Eliza. Jack volvió a besarle la mano, entreteniéndose algo más que antes.

—Ha sido un placer conocerte —le dijo, con voz melosa, y ella se fue con otra sonrisa irresistible en los labios.

Terebell estaría contenta de saber que se habían acabado las amenazas de los seguidores de Jaxon, y que los últimos miembros de los Siete Sellos se habían marchado —al menos en eso le había obedecido—, pero no había nada más que celebrar. Si Nadine y Zeke habían ido en busca de Jaxon, ya habrían caído en las garras de los refaítas.

Justo cuando me disponía a marcharme, Jack levantó un dedo y se metió la mano en el bolsillo.

—Casi se me olvida, mi señora. Zeke me pidió que le hiciera llegar esto a Visión Roja —dijo, entregándome un pergamino—. No hace falta que lo leas. Es una carta de amor, muy romántica, aunque salpicada del dolor de la separación.

—Sabes muy bien que es de mala educación leer el correo de otras personas.

Él sonrió.

—Considero que es mi responsabilidad, como mimetocapo, saber exactamente qué se cuece en esta sección.

Me metí el pergamino en el bolsillo interior y me aseguré de abotonarlo para que no se saliera. Quizá aquello consolara de alguna manera a Nick.

—Subseñora —dijo Jack, y yo levanté la vista—. Espero que no te parezca presuntuoso por mi parte que te haga esta oferta. —Me miró de manera provocadora, y no pude evitar levantar una ceja—. Todos los líderes del sindicato necesitan un poco de distensión. El cargo de Subseñora es muy agotador —añadió, apoyando la mano en mi cintura—. Si alguna vez deseas una... reunión privada, ya sabes dónde encontrarme.

Estaba tan cerca que percibía el olor a aceite especiado de su piel, y veía hasta el último detalle de su sedoso rostro.

Pero no era él a quien yo quería.

—Jack —dije, con tono amable, pero dando un paso atrás—, casi no nos conocemos. Me siento muy halagada, pero...

—Entiendo —murmuró—. Ya tienes un amante.

—Sí. No. Quiero decir... —¡Por el amor de Dios!—. Que lo tuviera o no, no cambiaría el hecho de que no voy a aceptar esa oferta. Pero aprecio tu lealtad. Y te doy las gracias.

Él sonrió, pero frunciendo un poco el ceño a la vez.

—¿Por qué, Subseñora?

—Por rebanarle el cuello a un hombre por mí —dije, mientras le besaba con suavidad en la mejilla.

—La Audiencia llama al Caballero del Cisne, mimetocapo del IV-4. ¿Qué deseas pedirle a la Subseñora?

Estábamos aún a media audiencia y los miembros del sindicato no dejaban de presentar peticiones. Los videntes se hicieron a un lado para dejar pasar al Caballero del Cisne, que había sufrido importantes lesiones de manos de una furia llamada Boina Roja durante el torneo; se acercó al estrado apoyándose en un bastón. Lo que venía a pedir era dinero, para reparar un edificio dañado de su sección.

Yo estaba sentada entre Glym y Wynn, escuchando. Una película de sudor me cubría las clavículas. Había prometido conceder esta audiencia, pero no veía la hora de volver a la calle, a buscar información. Necesitaba saber si el informe recibido era veraz. Y tenía que ver a Danica. Continuaba siendo nuestro mejor, y único, vínculo con Senshield, y no podíamos dejar de buscar el núcleo.

Una adivina se presentó a pedir comida. Wynn le prometió que la Reina Perlada la ayudaría. Otro solicitó que reubicáramos su célula, puesto que había un nuevo escáner en la zona y no quería pasar tan cerca cada día.

—Ya sé que soy sensor y que no corro peligro —dijo—, pero no soporto pasar por allí. Todos lo odiamos. Los videntes de los órdenes más bajos no pueden ni salir a la calle.

Le dije que me plantearía trasladar la célula a un distrito vecino. No era el primero que me lo pedía.

Me imaginaba cómo empeorarían las cosas si los escáneres empezaban a detectar el cuarto orden.

La última persona que se presentó fue Mediopenique, mimetocapo del II-5. Al igual que el Caballero del Cisne y Jack Hickathrift, había sido caballero de un mimetocapo implicado en el mercado gris y había alcanzado el poder cuando su superior murió en el Ring de las Rosas. Iba cubierto de tatuajes, y tenía las cejas teñidas de color dorado. Ya habíamos cruzado unas cuantas palabras en el pasado.

—Subseñora, lord Glym se presentó anoche en una de mis células y pidió voluntarios para una misión. Una misión en la que tú también estabas implicada —dijo—. Uno de mis invocadores se fue con él. Querría saber dónde está ahora.

Glym me miró intensamente.

—Me temo que no va a volver. Lo siento —dije—. Los paracaidistas lo mataron.

Murmullos. «Paracaidistas». Un término militar prácticamente desconocido en la ciudadela.

Mediopenique cruzó sus rollizos brazos.

—¿Qué es lo que ha pasado? —preguntó; al ver que yo no respondía inmediatamente, añadió con tono decepcionado—: Dijiste que serías diferente a Hector. Aquí no deberíamos tener secretos. Quiero saber exactamente qué hicisteis.

Era la primera vez que alguien me desafiaba en público. Tenía derecho a hacerlo, pero me tuve que controlar:

—No puedo revelar la naturaleza de todas nuestras misiones, Mediopenique. Nos enfrentamos a un imperio, a un imperio militarizado. Si alguien traicionara nuestros planes...

—Primero dejas libre a la jacobita —añadió, suscitando murmullos de resentimiento entre el público—, y ahora los provocas para que nos ataquen, en un momento en que ya sufrimos la grave amenaza de Senshield. ¿Por qué había paracaidistas en la capital, si no es por ti?

—Pero ¿tú te has oído? Da la impresión de que la Subseñora está siendo juzgada —intervino Wynn—. Ella no tiene por qué justificarse ante ti. Antes hacías todo lo que te exigía Hector de Haymarket, sin discutir nada, pero ahora que Paige es Subseñora, no dejas de quejarte y gimotear. ¿Cómo te permites faltarle así al respeto? ¿Quién te has creído que eres?

Aquello suscitó murmullos de acuerdo entre algunos videntes, pero parecía que a otros los incomodaba mucho ver a una vil augur hablando impunemente al lado de su Subseñora.

—En tiempos de Hector, hice todo lo que pude por cambiar las cosas —se limitó a responder Mediopenique—. Al menos en mi sección.

Wynn soltó un bufido de incredulidad.

—El Vinculador no habría puesto en peligro nuestras vidas —dijo alguien desde una esquina—. Y tú le traicionaste. ¿Quién nos dice que no nos vas a dar la espalda a nosotros también?

En el sótano de la Harinera, solo se oyó una exclamación contenida. Esperé un momento, y luego me levanté del escaño.

—Este sindicato es una monarquía —dije—. El poder de sus líderes se transmite no de padres a hijos, sino entre Subseñores y Subseñoras. La nuestra es una autoridad que se basa no en la sangre de nuestras familias, sino en la que derramamos sobre la ceniza del Ring de las Rosas. Esa sangre es nuestra promesa. Al recibir la corona, os prometí que solo haría lo que fuera mejor para mi pueblo, y ahora os prometo que volveré a derramar sangre por vosotros. Y espero hacerlo antes de que todo esto acabe. —Hice una pausa—. La audiencia ha terminado.

101

Salí del sótano sintiendo la nuca encendida. Mediopenique se había mostrado bastante razonable, teniendo en cuenta que le había roto la nariz durante el torneo.

Los otros altos comandantes —salvo por Minty, que estaba en Grub Street— me estaban esperando en la sala de vigilancia. Por sus caras era evidente que tenían noticias para mí. Cerré la puerta sin hacer ruido detrás de Wynn, intentando rebajar la tensión que flotaba en el ambiente.

—Paige —dijo Maria—, parece ser que el informe era correcto.

Esas pocas palabras acabaron con la poca confianza que me quedaba.

—¿Cómo lo sabéis?

—Esta mañana han detenido a un susurrante —dijo Tom, con un suspiro—. Yo lo conocía. Tenía el aura más amarilla que un limón.

Me quedé de piedra. No había querido aceptarlo, pero ahora no tenía elección. Los cuatro órdenes mayoritarios de la clarividencia eran visibles; los años en que podían recorrer las calles libremente habían llegado a su fin. Ahora éramos muy pocos los que podíamos movernos por Londres sin miedo a que nos detuvieran.

Y todo eso por entrar en aquel almacén sin comprobar antes la veracidad de nuestra información.

—Vance usó mi aura para mejorar Senshield —dije, manteniendo baja la voz—. Ahora tenemos que concentrarnos en controlar los daños.

Todos me miraban en silencio.

Si contaba la verdad ante todo el sindicato, muchos me culparían por nuestra nueva vulnerabilidad. Si les mentía y llegaban a enterarse, su reacción sería mucho peor. En cualquier caso, necesitaba que creyeran, como yo, que la revolución era crucial para nuestra supervivencia. Si debíamos soportar esa situación de peligro para cuatro de los órdenes, tal convicción sería de vital importancia.

—Tengo que hablar de esto ante la Asamblea Antinatural —dije—. Para advertirlos... Debería... contarles la verdad sobre cómo lo hizo Scion. No quiero gobernar con mentiras.

—Yo no lo haría, Subseñora —murmuró Tom.

—Tienen que saber que pueden confiar en mí. Si les miento...

—No estarías mintiendo —insistió—. Estarías pasando algo por alto, en aras de la convivencia.

—Quizá deberías tomarte el resto de la noche para pensar en ello, Subseñora. En cualquier caso, será difícil reunir a la Asamblea durante el toque de queda —dijo Glym—. Sería prudente esperar hasta el amanecer.

En eso tenía razón. Si les hacía salir en ese momento, solo conseguiría ponerlos en un peligro aún mayor.

—Quiero que estén todos en St. Dunstan-in-the-East a las cinco de la mañana, antes de que Weaver pueda hacer algún anuncio —decidí—. Les diré yo misma que el cuarto orden está en peligro, y someteremos a votación nuestra siguiente actuación: tenemos que decidir si nos ocultamos o si permanecemos en las calles. Cualquiera que sea el resultado de la votación, tendré que pedirle a los Ranthen que lo ratifiquen.

—Déjate de votaciones. Los que somos detectables debemos ocultarnos —dijo la Reina Perlada. Maria apretó los dientes—. Bueno, ¿qué otra cosa podemos hacer? Senshield penetra cada vez más en nuestras vidas. Personalmente, no tengo deseo alguno de que se me echen encima los centinelas si me acerco demasiado a un buzón. No pongamos el orgullo por delante del sentido común.

—Esta es una decisión que tiene que tomar la Orden de los Mimos. En conjunto —dije, con mucha más calma de la que sentía por dentro—. Nos vemos mañana. Os quiero allí a las cinco, ni un segundo más tarde.

Todos murmuraron sus buenas noches, y cada uno se fue por su lado; Maria me dio una palmadita en el brazo al marcharse. Subí las escaleras que llevaban a la planta baja con una máscara de despreocupación en el rostro y de camino a las puertas de salida me encontré con Nick. Estaba tan tensa que al verlo me encogí sin querer.

—¿Paige?

—Perdona, no te había visto. Es que... —Al verle la cara no acabé la frase.

—¿Qué ha pasado?

—Es Dani. Se ha ido.

—¿Se ha ido? —repetí.

—No hay ni rastro de ella: su ropa, su equipo, todo. Tampoco hay señales de lucha.

—Eso no significa nada —respondí, agarrándole del brazo—. Nick, puede ser que la hayan descubierto...

—Lo dudo. Se habrían quedado en el refugio, ocultos, esperando a sus aliados.

Si no la habían detenido, nos había dejado por voluntad propia.

Mi primera desertora, y era Danica, nada menos. Danica Panić, la última persona que huiría ante un problema.

Lo que tenía claro era que no habría ido con Jaxon.

—Eliza la vio antes, y no dijo nada. Creo que lo sucedido en el almacén la ha afectado mucho, Paige.

Aquello se me clavó en el corazón.

—Pues hemos perdido nuestro último vínculo con Senshield —señalé, y en el rostro de Nick vi el reflejo de mi intranquilidad—. Quizá sea el momento de acercarnos a los centinelas. Tal como decía el Custodio, quieren acabar con Senshield tanto como nosotros, y quizá dispongan de información. No podemos abandonar la búsqueda del núcleo. La única solución es acabar con él.

—Tendremos que ir con mucho cuidado.

—No hace falta que me lo recuerdes —dije, acercándome a él—. Nos han... confirmado el informe.

—Ya me lo ha dicho Tom —dijo él, apoyándome una mano en el hombro—. ¿Vas a contarles toda la verdad?

—Aún no lo sé. —Eché la mirada atrás y bajé la voz—. Mañana daré la noticia. Quería hacerlo esta noche, pero...

—No lo hagas, Paige. Si vas a hacerlo, tienes que saber qué vas a decir. Hay que planificarlo. Y deberías dormir un poco —añadió, suavizando el tono—. No tienes buen aspecto.

—Estoy bien.

—No eres una máquina. Date unas horas para pensar y descansar.

Yo habría querido discutir con él, pero tenía razón. Los músculos me dolían del shock posterior a mi caída al río. No me había lavado a fondo y no había comido bien desde hacía varios días. Además, las heridas me dolían porque se me había olvidado ponerme el ungüento.

Y tenía que ver a alguien.

Tenía algo que reparar. Y no solo por mí.

—Será mañana, pues —dije, y me metí la mano en el interior de la chaqueta—. Zeke le dio esto a Jack Hickathrift para que te lo diera. No lo he leído. —Le tendí el pergamino—. Se han ido de Seven Dials. Lo siento.

Lo cogió con delicadeza.

—Gracias, *sötnos* —dijo, y se lo metió en el bolsillo interior de la chaqueta, cerca del corazón, con la mirada perdida en la nieve—. Esperemos que no se crucen con ningún escáner... y que hayan encontrado algún lugar cálido.

No le dije que posiblemente se hubieran ido con Jaxon. Solo le faltaba eso. Parecía agotado.

—Mañana por la mañana lo sabrán todo —dije—. Allá donde estén.

Suspiró.

—Le he dicho a Wynn que le ayudaría a mejorar sus conocimientos médicos esta noche. Tú descansa, Paige. Son órdenes del médico.

—Claro.

Nick se adentró en las sombras de la Harinera. Yo me calé la capucha y salí a la nieve.

104

6

Reloj de arena

Ya eran las nueve cuando entré en el refugio de Lambeth, empapada y tiritando, con la piel del rostro helada. Me quité el abrigo y las botas, y tiré de mi cordón áureo.

No hubo respuesta.

Necesitaba verle. Ahora, antes de que se fuera al Inframundo. Podría tardar semanas en regresar. Para distraerme, encendí fuego y me hice lo más parecido a una cena que pude con nuestros limitados recursos de comida; luego herví agua y llené la bañera de metal. Me senté dentro y no salí hasta que tuve arrugadas las yemas de los dedos.

¿Habría ido Danica a contarle a Jaxon todos nuestros secretos? ¿Habíamos tenido una espía en casa todo este tiempo? ¿Habíamos caído en la trampa por su culpa? Ya dudaba de todo lo que creía antes sobre la gente que tenía más próxima.

Por otra parte, quizá simplemente hubiera perdido los nervios, y no podía culparla si había salido huyendo de Vance. Ella era una niña cuando Scion había invadido su país, igual que yo. Debía de tener fobia a todo lo relacionado con el ejército.

Me lavé los dientes y me curé las heridas. Al ver mi cetrino rostro en el espejo, entendí por qué Nick decía que tenía mal aspecto. Aun así, él tenía razón: con la barriga llena y el cuerpo limpio me sentía más despierta de lo que había estado en los últimos días. Ahora lo único que necesitaba era dormir más de dos horas seguidas.

Volví a probar a tirar del cordón. Nada. El Custodio no respondía. Fui al salón, me dejé caer en el sofá y me cubrí con una manta. Estaba demasiado agotada como para subir las escaleras. Pese a la fatiga, tenía la misma sensación que cuando pensaba en Jaxon o veía un centinela, y no podía quitármela de encima. Esa reacción instintiva de luchar o huir.

Cuando se abrió la puerta principal, me enderecé y me senté en el sofá. Le oí entrar en el vestíbulo, percibí su onirosaje, tan característico. Cruzó el salón y se sentó en el sillón.

Pasó un rato sin que nos miráramos directamente. Al final hablé yo:

—¿Le ha parecido bien a Terebell que vinieras?

—No le he pedido permiso. —La nieve se le fundía en el cabello—. ¿Qué necesitas de mí, Paige?

Pese a todo lo sucedido, aún me gustaba oírle pronunciar mi nombre. Me encantaba cómo sonaba dicho por él. Le daba un peso específico, como si yo fuera la única persona en el mundo que pudiera llamarse así.

—El informe era correcto —dije—. Los escáneres han sido modificados y ya reconocen el cuarto orden. Ahora la mayoría de nuestros reclutas son detectables. —Tragué saliva—. Mañana lo comunicaré ante la Asamblea Antinatural.

Guardó silencio un momento.

—Hasta que los escáneres Senshield sean completamente portátiles y funcionales respecto a los órdenes que puede detectar, la Orden de los Mimos puede sobrevivir —dijo—. Debes centrarte en reclutar y entrenar a más tropas, preferentemente sacándolas de las filas de los centinelas. Luego podemos iniciar nuestra campaña contra el Arconte. Contigo como líder, el movimiento crecerá.

—Lo crees de verdad.

—Siempre lo he creído.

Había una botella de vino a medias sobre la mesa; debía de haberla dejado allí Nick. Alargué la mano para cogerla.

Tenía razón. Vance nos había asestado un golpe terrible, pero aún teníamos tiempo: pasarían semanas antes de que hubiera suficientes escáneres como para acabar totalmente con nuestra movilidad.

—Esperemos que el sindicato no descubra que Vance me utilizó a mí —dije.

—Entonces has decidido no contar toda la verdad.

—Solo provocaría más discordia.

No hizo comentarios. Me levanté y cogí una copa de la alacena. Luego volví al sofá.

—Custodio, te debo una explicación —dije—, y querría que la oyeras antes de marcharte.

—No me debes nada.

—Sí.

Le llené la copa y se la pasé. Sus ojos, ahora oscuros, eran casi humanos.

Tuve que intentarlo varias veces antes de conseguir hablar. Me humedecí los labios, aparté la mirada y lo miré de nuevo.

—La última vez que lo vi —dije por fin—, Jaxon me quiso convencer de que eras... un cebo para mí. Que en la colonia me habías escogido por orden de Terebell, no por voluntad propia. Y eso me hizo pensar que todo era mentira, que lo del Consistorio había sido... —De pronto, sentía calor en las mejillas—. Que no era más que un truco para que confiara en ti. Que en realidad no lo sentías.

—Un cebo —repitió.

—Lo que dice es que te ordenaron que me sedujeras, para beneficio de los objetivos de Terebell.

Eso hizo que sus iris se encendieran como llamas.

—Y tú te lo creíste.

—Pensé..., empecé a pensar que todo sería una treta. Que me habías convencido de que te importaba tanto que desoirías las órdenes de Terebell para estar conmigo. De modo que, a cambio, yo hiciera todo lo que me pidieras.

La confesión quedó flotando en el ambiente un rato. El Custodio hacía girar el vino en la copa.

—¿Y te he seducido?

El calor del fuego empezaba a secarle el cabello. El reflejo de la luz mostraba unos tonos castaño oscuro que no había observado hasta entonces.

—Aún no lo he decidido —respondí.

Nos estudiamos mutuamente durante un rato.

—Mira, sé lo paranoide que suena esto, pero he vivido con Jaxon tres años sin enterarme de en qué bando estaba. Seguro que se rio de mí cuando le hablé de los refaítas. Cuando le pedí que me ayudara. —Devolví la botella a su sitio—. Ahora... no sé con cuántas personas más habré quedado como una tonta.

Él respondió con suavidad:

—Has oído a otros refaítas llamarme «traidor». Es normal que te preguntes por qué he escogido este camino, si buscaría algún beneficio. También es comprensible que dudes de los que tienes más cerca, ahora que Jaxon ha mostrado su verdadero rostro.

107

—Entonces, ¿por qué?

—¿Por qué te escogí en la colonia, o por qué te besé la noche del Bicentenario?

—Ambas cosas —respondí, sosteniendo la mirada.

—La respuesta a la primera pregunta no te gustará.

Los refaítas no solían revelar sus emociones. El Custodio se había mostrado ambiguo a la hora de decir lo que sentía por mí, pero esta era la primera vez que se mostraba dispuesto a dar algún tipo de información.

—En la oración, hace veinte años, había un joven con el cabello caoba, ojos negros y gesto desafiante. El resto de los humanos agachaban la cabeza, pero él no apartaba la mirada.

—Jaxon —murmuré.

—Ese año fue el prisionero de Nashira. El único que tuvo a su cargo.

—¿Nashira fue su guardiana? —pregunté, aunque en realidad eso no me sorprendía.

—Sí. —Hizo una pausa—. Tú me miraste del mismo modo, veinte años más tarde. Me miraste directamente a los ojos, sin acobardarte.

Recordaba perfectamente aquella noche.

—Durante los años siguientes a la llegada de aquel tipo, yo ya sospechaba que el favorito de Nashira era el traidor. Aquello puso a prueba mi fe en toda la humanidad. Sin embargo, cuando vi aquel reflejo de él en ti, tuve la sensación de que tendrías el valor necesario para encabezar la rebelión; que solo yo podía ser tu guardián. También despertaste el interés de Terebell, pero ella no me ordenó que me hiciera cargo de ti. Más bien al contrario. Pensaba que era idiota por darte tanta confianza. —Sus dedos repiqueteaban contra el brazo del sillón—. Decidí llevarte a Magdalen y ocultarle tus progresos a Nashira. Ella veía tu aura roja. Sabía que intentaría robarte tu don.

—Así que lo hiciste para protegerme.

—No fue solo por altruismo. Si Nashira llegara a tener el poder de introducirse en los onirosajes de los demás, se volvería mucho más poderosa, y eso supondría un obstáculo insalvable para los Ranthen.

Resultaba inquietante oírle hablar de Nashira.

—Pero en principio me escogiste porque... te recordaba a Jaxon.

No respondió. Intenté no mostrarle el daño que me hacían sus palabras.

—¿Hasta qué punto era íntima vuestra relación? —me preguntó. Pensé en ello un momento.

—Normalmente, la relación entre un mimetocapo y su dama o caballero es más íntima de la que nosotros teníamos. En algunos casos son amantes, pero Jaxon no tiene ningún interés en el sexo. Yo era su protegida. Su proyecto.

El Custodio raramente interrumpía, como haría un humano para mostrar interés, pero tampoco apartaba la mirada de mi rostro.

—Dime, Paige..., ¿Jaxon sabe que en otro tiempo estuviste enamorada de Nick?

—Nunca se lo dije. Pero quizá lo adivinara. ¿Por qué?

—Por lo que Jaxon te dijo en el Arconte. Parece que juega con algunos aspectos de tu pasado y de tu personalidad. Sabe que no soportas que alguien intente engañarte..., y sabe, probablemente, que la primera persona de la que te enamoraste no te quería —añadió—. Jaxon ha intoxicado la imagen que tenías de mí. Sabe que temes ser vulnerable. Y así, ahora soy alguien que podría tomarte el pelo, a quien no le importas, y que solo quiere usar tu don en su propio beneficio..., otra de las cosas que más temes.

Desde luego me conocía bien, y yo seguía sabiendo muy poco de él.

—Sabe usar sus malas artes. Nashira debe de estar encantada de tenerlo de nuevo a su lado —dijo el Custodio, con fuego en los ojos—. Yo no tengo manera de demostrarte que no soy lo que él dice. A menos que me rebele públicamente contra Terebell, lo que causaría tensión en el seno de los Ranthen. Quizá sea eso lo que Jaxon espera que haga. Que sacrifique la posibilidad de que colaboremos juntos para poder recuperar tu confianza.

Volvió a mirar el fuego.

—Con una falsedad, pensada para atacar lo que él considera tus puntos débiles emocionales, ha demolido los cimientos de nuestra relación. Apenas han pasado nueve meses, y ya estás perdiendo la confianza en mí.

Si aquello era cierto, quería decir que Jaxon había pensado en todo. Aquello era una guerra psicológica. Y el único modo de combatirla era negarse a hacer lo que esperaba que hiciera. Confiar en que el Custodio era mi aliado.

—No voy a pedirte disculpas por haberme negado a atender tu petición ante los Ranthen, pero sí por el daño que te pueda haber hecho

—dijo el Custodio—. Volvería a optar por seguir las órdenes de Terebell por encima de las tuyas, si así se garantiza nuestra supervivencia y que la Orden de los Mimos siga unida. Ocultar lo que siento por ti, verme obligado a no apoyarte en público... Es el precio que tengo que pagar por el cambio. Y todos debemos pagar un precio. —Recostó la espalda en el sillón—. Las malas artes de Jaxon habrán dejado cicatrices en mi cuerpo, pero no permitiré que afecten a la alianza que hemos forjado.

Parecía destinada a verme zarandeada de un lado al otro, atrapada siempre en una red de engaños. Sin embargo, de algún modo, confiar en el Custodio me parecía... lo correcto. Era una sensación que no podía negar, una certeza que no podría explicar.

—Tendría que habértelo dicho antes —dije finalmente—. He dejado que la duda me reconcomiera por dentro durante semanas, pero... por fin te lo he dicho. Y aún no sé si esto realmente puede funcionar, pero hará falta algo más que una mentira de Jaxon para que pierda la confianza en ti.

El Custodio levantó la cabeza.

—¿Firmamos la tregua, entonces?

—Tregua.

Habíamos pasado semanas evitando la verdad y, de pronto, sin más, había acabado todo.

Sentí un hormigueo frío entre las costillas. El Custodio dejó el vaso y me miró; sentí que su mirada me atravesaba. Apenas un paso nos separaba del contacto físico.

Miré hacia la puerta instintivamente. Le había oído girar la llave y echar la cadena al llegar, como hacíamos todos cuando cerrábamos por la noche.

El fuego crepitaba. Nos acercamos el uno al otro y me agarró entre sus brazos. Escruté la infinita profundidad de sus pupilas mientras él me reconocía el rostro con las manos. Debía de conocer hasta el último centímetro, pero resiguió mis rasgos como si quisiera descifrarlos.

—No deberíamos empezar otra vez —dije, apoyando la cabeza contra su pecho—. Quizá sea mejor que... lo dejemos.

El Custodio no dijo nada para contradecirme. Ni para reconfortarme. Ninguna mentira piadosa para hacerlo más fácil. Al fin y al cabo, sería lo mejor.

—Debes pensar en el riesgo. La Orden de los Mimos desaparecería si los Ranthen se enteraran de esto. Todo aquello por lo que tanto hemos trabajado...

Esperó a que continuara, pero yo no podía seguir.

—Para mí, disfrutar de tu compañía justifica el riesgo —me dijo, con la boca entre mi cabello—, pero la decisión es tuya.

Me eché atrás y observé su rostro una última vez. No podía hacerle más preguntas esa noche; no podía seguir poniéndome en duda a mí misma. El mentiroso era Jaxon, la serpiente oculta entre la hierba. El Custodio se había ganado mi confianza. Tenía que convencerme de que se la merecía, al menos por ahora.

Fui yo quien buscó sus labios. La decisión era mía.

Nos abrazamos a la luz del fuego. Tardé un rato en guiar sus manos hasta los botones de mi blusa. Interrumpió el beso para mirarme a los ojos, y la seda se fue separando, exponiendo la piel de mi vientre, desde la cintura a la garganta. Un escalofrío me recorrió el estómago y los pechos.

Me observó, y en sus ojos brilló un fuego tenue. Yo estaba perfectamente inmóvil, intentando adivinar qué estaría pensando. Cuando asentí, él me pasó los nudillos por la clavícula, y luego por el hombro y la garganta. Le rodeé el cuello con los brazos. Me dejé envolver por su aura. Su otra mano se deslizó por mi costado, donde aún se estaban cerrando las costuras de mi piel.

La tregua no podía durar si estábamos en guerra. Mientras lo tuviera para mí, quería tanto de él como fuera capaz de darme.

La encerrona de Vance me había hecho recordar mi mortalidad. Estaba cansada de mantener las distancias con él. Cansada de desear tenerlo cerca. Cansada de negar mi propia naturaleza. Le rodeé el rostro con las manos y le besé con fruición, como jamás había besado. Como si percibiera la necesidad en mí, me envolvió con sus brazos. Una especie de dolor suave se me extendía entre las piernas. Me temblaron y sentí la sangre latiéndome en las venas. Él bajó la cabeza hacia el extremo de la herida, junto a mi pecho, y me besó delicadamente la piel nueva. Yo me entregué a sus manos.

Tras besarme el costado, avanzó por mi piel hacia abajo. Sus labios se detuvieron sobre mi vientre, haciendo que me estremeciera, pero no fue más allá. Aún no. Aquello sería otra noche. Apoyó la cabeza sobre mi pecho y yo pasé los dedos por entre sus cabellos.

Quizá fuera una cándida, pero quería creer en aquello.

111

—Custodio.

—¿Hmm?

—Al final no me has dicho por qué me besaste, en el Bicentenario —murmuré—. Solo has respondido a mi primera pregunta.

Se quedó inmóvil.

—Así es —se limitó a responder.

Lo dejé estar. Ya era mucho que estuviera allí. Era suficiente estar a su lado, saber que estaba conmigo.

El siguiente beso fue más suave. Cambiamos de posición; apoyé la espalda sobre su pecho y nos quedamos así, iluminados por el fuego de la chimenea. Nos miramos un buen rato sin hablar.

La habitación era como un reloj de arena que aún no había dado la vuelta. Mi respiración y mi pulso se ralentizaron, sincronizándose con los suyos. Cuando estaba a punto de adormentarme, el Custodio me abrazó con más fuerza y bajó un poco la cabeza, apoyando la mejilla contra la mía. Me rozó la mandíbula con los labios, justo donde tenía la magulladura; eso me puso la piel de gallina. Pasé los dedos por entre sus nudillos.

112 —Habría una manera para demostrarte que estoy de tu lado. Algo que podría delatarme —dijo, con una voz que era más bien un murmullo sordo— si alguien que no fueras tú lo viera.

Estaba tan adormilada, tan hipnotizada por el fuego, que no se me ocurría de qué podía estar hablando.

—¿Qué es lo que puedo ver yo?

Se limitó a abrazarme con más fuerza. Encajé la cabeza bajo su barbilla e intenté mantener los ojos abiertos, para paladear aquellos frágiles momentos. En ese estado de torpor previo al sueño, me imaginé ese momento como si fuera algo eterno, ajeno al tiempo, como él. Me imaginé lo que sería que no llegara nunca el alba.

«Ciudadanos de la ciudadela, os habla...».

Abrí los ojos, aún adormilada. El fuego se había apagado, y sentía el frío en la piel. Aún no entendía qué era lo que me había despertado.

El Custodio todavía me rodeaba la cintura con el brazo, y tenía la mano apoyada en mi espalda. Se había sumido en un sueño pesado. Hundí la nariz en su pecho buscando su calor y me cubrí el hombro con la manta.

«... un problema de seguridad interna...».

Levanté la cabeza de golpe, tensando los músculos. No había llave en la cerradura; no se oían pasos en el pasillo. No había ningún oniro-saje cerca, salvo por el del Custodio y el mío.

Tardé un momento en entender que aquella voz impersonal venía de la tableta de datos de Nick, amortiguada por el cojín que le había caído encima. Aún atontada, la recogí del suelo. El Custodio se movió, aún dormido.

«No debemos dejarnos tentar por el cambio, cuando el cambio, por su propia naturaleza, es un acto de destrucción —estaba diciendo Frank Weaver—. El grupo de Mahoney, esa "Orden de los Mimos", ha sido clasificada como organización terrorista según la ley de Scion. Ha derramado sangre de nuestros ciudadanos y amenazado la paz del Inquisidor».

Me quedé inmóvil, a la espera.

«No obstante, no todo está perdido. Gracias a un reciente avance en la tecnología de detección radiestésica, hemos podido usar la anti-naturalidad de la propia Mahoney para recalibrar nuestros escáneres Senshield».

No. No, no, no.

«Ahora podemos detectar cuatro de los siete tipos de antinatura-lidad».

—Vance —susurré.

Era ella. Sería Weaver quien hablara, pero se veía su mano detrás de aquello, sus dedos tirando de las cuerdas.

Lo habían anunciado antes de que pudiera hacerlo yo, dejando cla-ro que era culpa mía. Si el sindicato los creía, no me lo perdonarían nunca.

Debería haber insistido en hablar ante la Asamblea Antinatural horas antes, con o sin toque de queda...

«Para asegurarnos de que la red Senshield se usa con el mayor ni-vel de eficacia posible, y para facilitar la labor de las fuerzas de segu-ridad —prosiguió Weaver—, no tengo otra opción que ejecutar la ley marcial, nuestro nivel de seguridad máximo».

El Custodio irguió el cuerpo apoyándose en los brazos.

«Se ha movilizado una división de ScionIdus, nuestro fiel ejército, para proteger esta ciudadela. Está encabezada por la comandante en jefe Hildred Vance, que está decidida a que antes del fin del año nuestra capital recupere el nivel de seguridad que tenía. Con la llegada de la Primera División Inquisitorial a la ciudad, se hace efectiva la ley marcial en todo Londres hasta que Paige Mahoney esté bajo custodia inquisitorial. Todos los ciudadanos deben permanecer a cubierto hasta nuevo aviso. No hay lugar más seguro que Scion».

La retransmisión acabó; en la pantalla quedó el Ancla dando vueltas. Ley marcial. Ya nos imaginábamos que acabaría llegando, pero oírlo de boca de Weaver lo convertía en algo inminente.

La agradable sensación de antes desapareció de golpe, como si me la arrancaran de la piel. Recogí mi blusa del suelo y dejé atrás el calor que flotaba en la sala: necesitaba aire, que el frío me hiciera reaccionar y me devolviera a la realidad. Cuando abrí la puerta principal, la noche impactó contra mi cuerpo como un grito impacta en el oído. El viento me escaldó las piernas y las mejillas. Algo se estaba tensando en mi onirosaje. Oía cosas que no había oído desde que tenía seis años. Disparos y gritos. El repiqueteo de los cascos de los caballos. Los gritos agónicos de mi primo.

El Custodio estaba de pie en el umbral. Respiré hondo.

114

—Necesito ver a los comandantes enseguida. El sindicato no sobrevivirá mucho tiempo a la ley marcial. —Aspiré el frío, haciéndolo entrar en mis pulmones, como si pudiera congelar el miedo, forzándolo a pasar por el interior de mi cuerpo hasta llegar al extremo de cada miembro—. Tú ve a hablar con los Ranthen. Y ven a verme en cuanto puedas.

Pasé a su lado y volví a entrar en el salón sin establecer contacto visual con él. Saqué el teléfono de entre los cojines del sofá, que aún conservaban la forma que habían dejado nuestros cuerpos, y me puse el abrigo y las botas mientras el Custodio se preparaba para contactar con los suyos.

Ninguno de los dos dijo nada, ni siquiera cuando salí por la puerta.

En caso de emergencia, nuestro lugar de encuentro siempre era la central eléctrica de Battersea, que estaba lo suficientemente cerca de la casa segura como para que pudiera ir a pie. Mientras corría, esquivando escuadrones de centinelas, abriéndome paso por entre la nieve recién caída, no quise pensar en nada. Muy pronto alcancé la valla que rodeaba las ruinas —el esqueleto de una central térmica que había quedado en desuso mucho tiempo antes— y pasé por debajo. Las estrellas brillaban por encima de sus cuatro pálidas chimeneas. Unas pisadas anteriores a las mías ya habían aplastado la nieve. Dentro encontré a Glym, Eliza y la Reina Perlada esperando, todos muy serios. Detrás de ellos estaba Maria, apoyada en un panel de control. El flequillo le brillaba sobre las cejas, y tenía una botella en una mano.

Los recuerdos me revoloteaban en la mente, como cuervos. Ninguno de ellos era claro, pero tenía la sensación de estar rodeada. Ahogada. Llegaron Tom y Nick. Luego apareció Minty Wolfson, con el vestido, las manos y la cara manchados de tinta.

—¿Dónde demonios está Wynn? —espetó Maria.

—Ya viene —dije yo.

Cuando Wynn llegó, se situó algo apartada de los demás. Por primera vez desde que la conocía, iba armada. Cuando se le abrió el abrigo, le vi la correa de cuero de una pistolera.

—¿Se ha informado a todas las células de que todo el mundo debe permanecer a cubierto, tal como quedamos? —pregunté. Todos asintieron—. Tenemos que actuar rápidamente para que nuestros videntes estén protegidos. ScionIdus está de camino, y su intención es acabar con la Orden de los Mimos. Con los Senshield pueden aplastarnos en pocos días, y desde luego no van a ser tan fáciles de esquivar como los centinelas.

—Quizá tengamos una oportunidad si no dejamos de movernos. O si nos escondemos bien. —Maria volvió a beber de la botella—. La Primera División Inquisitorial lleva años estacionada en la isla de Wight. Nosotros conocemos estas calles. Ellos no —dijo, y se limpió la boca con una mano temblorosa—. Podría bastar.

Pero no sonaba muy convencida.

—No funcionará. Ya no podemos ocultarnos en plena vista —respondí, y ella frunció el ceño—. Al final, Senshield nos habría obligado a escondernos igualmente. Pero esto... nos obliga a actuar antes de lo que esperábamos.

El silencio que siguió era casi doloroso; todos estábamos abatidos. Los videntes nunca se habían visto obligados a abandonar sus distritos, sus secciones, las calles que eran su casa. Nunca, en toda la historia del sindicato. Lo que yo estaba proponiendo —lo que estaba ordenando— era una evacuación.

De pronto noté algo en el éter; mi sexto sentido activó los otros. Nick me tocó el brazo, haciéndome dar un respingo.

—¿Paige?

—Espera —dije, y salí corriendo de la sala de control.

En uno de los muros de la central eléctrica había un andamiaje abandonado. Probablemente habían querido hacer obras, pero habían abandonado el proyecto por imposible. Trepé por los andamios, haciendo caso omiso a las llamadas de los demás. Una masa de onirosajes se acercaba desde el sur, pasando de largo a ritmo constante. En perfecta alineación.

—¿Paige?

Nick fue tras de mí, trepando por aquel laberinto vertical. Cuando llegué a lo más alto, corrí hasta la base de una de las cuatro chimeneas y me agarré a los peldaños de una escalera de mano. Nick estaba algo más atrás, en lo alto del andamio.

—¿Qué estás haciendo?

—Tengo que ver —dije, apoyando la bota en la escalera para comprobar la resistencia de los peldaños—. Se acerca algo.

—Paige, esta escalera tendrá unos cien metros.

—Ya. ¿Me dejas los binoculares?

Apretó los labios, pero me los entregó. Yo me los colgué del cuello y empecé a trepar.

116

Avancé moviendo los miembros como un engranaje de relojería, subiendo cada vez más por la chimenea de hormigón con desconchones de pintura. Cuando consideré que ya había subido lo suficiente, me giré para contemplar el panorama, salpicado de puntos de luz azul de las farolas: Londres en plena noche. Veía los rascacielos iluminados de la I Cohorte a lo lejos y los puentes más próximos a la central eléctrica, dos de los muchos que cruzaban el río. El más cercano era para trenes, pero el siguiente solía estar lleno de tráfico, incluso de noche. Separé una mano de la escalera y cogí los binoculares.

Un convoy de vehículos negros acorazados estaba cruzando el puente, procedente de una carretera principal cercana. Casi me quedé sin respiración cuando vi que también había tanques. Cada vehículo iba flanqueado por soldados de infantería armados. No se veía el principio ni el final del convoy; debía de haber cientos..., miles de ellos de camino al centro de la capital.

Sentí un nudo en la garganta. Oí el ruido del motor de un helicóptero y me pegué a la escalera. Llevaba la inscripción SCIONIDUS.

Bajé todo lo rápido que pude. Cuando me vio la cara, Nick no preguntó siquiera. Sin decir palabra, bajamos por el andamio. Los otros nos esperaban abajo.

—Están aquí —anuncié. Minty se llevó una mano a la boca—. Es un convoy enorme. Necesitamos evacuar a todos los videntes de los cuatro primeros órdenes. A todos los refugios disponibles, quizá incluso a alguna de las estaciones de metro abandonadas.

—Jaxon conoce todos esos sitios —dijo Eliza, que se rodeaba el cuerpo con los brazos—. Necesitamos algún sitio en el que él no haya estado.

—Maldición, ¡pensad! —ordenó Maria—. ¿Dónde podemos ir?

—Siempre nos queda el Nivel Inferior.

Era Wynn quien había hablado. Estaba junto a la ventana, con las manos metidas en los bolsillos del abrigo. Todos nos giramos a mirarla a la vez.

—Los canales subterráneos. Los túneles más profundos. Los colectores de aguas pluviales y las cloacas —dijo—. Las partes perdidas de Londres.

—Por todos los santos, Wynn, no seas idiota —estalló Maria. Wynn levantó las cejas—. El Nivel Inferior es territorio de los habitantes de las cloacas. Todos sabemos que no tienen ningún interés en tratar con los sindis. Protegen su reino de mierda como si fuera un filón de oro. Cada vez que nos hemos adentrado demasiado bajo tierra, nos han echado de malas maneras.

—Son una panda de matones —dijo la Reina Perlada.

—¿Y no podemos colarnos por la fuerza? —preguntó Tom.

—Enfrentarnos a ellos provocaría más muertes. No voy a masacrar a una comunidad para proteger a otra —repliqué, decidida.

Aun así, escondernos en las profundidades podría protegernos de Senshield, y de Vance.

Minty levantó tímidamente la mano.

—Me temo que el uso de la fuerza no es una opción —dijo—. El Nivel Inferior es territorio de los habitantes de las cloacas, en eso no hay debate. En 1978 se acordó que el subsuelo de Londres sería solo para ellos. El derecho a usar el Nivel Inferior está ratificado por la ley del sindicato. Y tal como dices, Maria, lo protegerían con uñas y dientes.

—Debe de haber algún modo de convencerlos —repliqué—. Es nuestra única salida. A ScionIdus no se le ocurrirá mirar ahí; ni siquiera Jaxon sospecharía. Si permanecemos por debajo de las calles, podremos movernos por la ciudadela sin activar los escáneres. Si la

Orden de los Mimos puede moverse por lugares a los que no pueden acceder los soldados de Vance...

Wynn se aclaró la garganta.

—Si me permitís acabar de hablar... Resulta que sé cómo podemos acceder al Nivel Inferior, sin usar la fuerza y con el permiso de los habitantes de las cloacas.

Todas las cabezas se giraron en su dirección. Maria tuvo la decencia de mostrarse ligeramente avergonzada.

—Hace unos años, los habitantes de las cloacas se dirigieron a nosotros, los augures viles, con una petición —explicó Wynn—. Querían acceder a un río perdido, el Neckinger; creo que allí había un tesoro. La entrada se encontraba en Jacob's Island, nuestro territorio. Les permitimos acceder y llevarse el tesoro. A cambio, su rey nos prometió que nos concedería un favor a cada vil augur. Y se da el caso —añadió— de que yo no llegué a pedir el mío.

La conclusión era evidente, pero no me atrevía ni a plantearla.

—Wynn —dijo Nick—, ¿nos estás diciendo que podrías conseguir que nos dejaran acceder al Nivel Inferior?

Wynn los miró fijamente a todos, uno por uno, y por último a mí.

—Debes saber una cosa, Paige Mahoney —dijo—. Si hubieras castigado a Ivy en el juicio, si le hubieras tocado un solo pelo de la cabeza, habría dejado que os pudrierais todos aquí, y lo habría hecho con mucho gusto.

Se hizo un silencio sepulcral.

Cuando conseguí hablar otra vez, dije:

—Avisad al sindicato. Nos vamos bajo tierra.

7

Bajo tierra

1 de diciembre de 2059

Enviamos un mensaje de aviso a la Asamblea Antinatural: debían prepararse para una evacuación. Esperar instrucciones. No se harían distingos: nos iríamos todos, desde mimetocapos a artistas callejeros y vagabundos. Debían llevar consigo solo lo esencial, y suficiente comida para una semana, al menos.

Scarlett Burnish, la Gran Anecdotista, ya había aparecido en las pantallas para tranquilizar a la población. A pesar de las instrucciones para que se quedaran en casa, las calles estaban llenas de gente que pedía explicaciones a los centinelas. Ellos, por su parte, tenían sus pistolas bien agarradas y hacían caso omiso a cualquier pregunta. Burnish estaba en todas las pantallas: su rostro pálido y ovalado, con sus rasgos perfectos y su cabello de color rojo sangre —el mismo rostro que les comunicaba noticias y anuncios— pedía ahora a todos los ciudadanos que se quedaran en casa a la espera de nuevas instrucciones. Eran muy pocos los que hacían caso. Aquello era Londres: aquí la gente no había visto a las tropas de ScionIdus en acción. Habían vivido siempre bajo un caparazón de libertad superficial, y no tenían la percepción de que ninguna protesta, pacífica o violenta, pudiera ser considerada traición.

Mientras los demás trabajaban en la coordinación de la evacuación, Wynn nos llevó a Nick y a mí a lo que en otro tiempo había sido el puente de Blackfriars. La seguimos escaleras abajo hasta perder la calle de vista.

—Wynn, ¿dónde nos llevas? —preguntó Nick.

—A la desembocadura del río Fleet.

—¿El qué?

Wynn chasqueó la lengua.

—Un río perdido. Acabó enterrado, pues fueron construyendo encima —dijo, sin dejar de caminar—. Scion no buscará forajidos ahí abajo. Al menos no de momento.

Miró hacia abajo desde la barandilla. El agua bañaba un saliente de hielo.

—Marea baja. Bien —dijo, y se arremangó las faldas. Luego bajó por una escalerilla de servicio—. Paige, espera a oír un silbido. Cuando lo oigas, baja y ven hacia mí.

—¿Dónde demonios estás yendo?

Me agarró del cuello de la blusa y tiró de mí para que me asomara.

—Mira.

Miré. Nick enfocó con su linterna, pero aun así tardé un rato en adaptarme a la oscuridad y ver la estrecha entrada a un túnel, oculto bajo el puente.

—Wynn —protesté—, no podemos meter a los videntes en un río durante meses.

—Esto no es más que una parte de la red de los habitantes de las cloacas. Usan el Fleet y sus canales pluviales para cruzar la ciudadela, como tendremos que hacer nosotros, si queremos evitar a Vance. —Inició el descenso—. Esperad aquí.

No tardó mucho. La vimos cruzar la orilla del río, cubierta de guijarros, y desaparecer en el túnel.

Oscuridad. Eso era a lo que se enfrentaba ahora el sindicato, con mi gobierno. Días, semanas, quizá incluso meses que pasaríamos enterrados en vida en lugares profundos, olvidados. Sabía que un día podría pasar algo así; me lo temía desde que vimos instalado el primer prototipo de Senshield, aun cuando yo no era más que la dama de Jaxon..., pero no me esperaba que ese día llegara tan pronto.

—Podría funcionar —murmuró Nick—. Si los habitantes de las cloacas pueden sobrevivir ahí abajo, nosotros también.

—Es nuestra única oportunidad —dije, sintiendo la caricia del viento en el rostro.

La pantalla de transmisiones al otro lado del río estaba apagada. Vance era una figura misteriosa, que raramente aparecía ante las cámaras; la mayoría no sabía muy bien qué aspecto tenía. Se mantenía oculta tras Weaver y Burnish; este, especialmente, sabía camelar a la gente, haciéndoles aceptar incluso la ley marcial, con su tono de voz meloso y su sonrisa amable.

Quizá fuera una táctica, un modo de tenernos asustados. Si Vance se convertía en alguien sin rostro, que solo se comunicaba a través de la brutalidad de sus soldados, la gente acabaría imaginándosela como un personaje sobrehumano.

El silbido llegó antes de lo que esperaba. Bajé por la escalera, con Nick siguiéndome de cerca, y nos aventuramos bajo el puente, sintiendo el hielo que se quebraba bajo nuestros pies.

Más allá de la entrada, la oscuridad era total. El agua brillaba con vetas irisadas en torno a nuestras botas.

Allí había dos onirosajes. Uno era el de Wynn; el otro pertenecía a un amaurótico. Nick encendió la linterna, y comprobamos que nos encontrábamos en una cámara con paredes de ladrillo y unas puertas de hierro al fondo. No dejaba de sorprenderme la gran cantidad de lugares abandonados que había en Londres, sitios que la gente pasaba por alto, que casi nadie veía, que casi nadie conocía.

La luz de la linterna se reflejó en los ojos de Wynn. El amaurótico que estaba a su lado estaba sin afeitar y cubierto de mugre. La suciedad se le había pegado incluso a los pliegues de la piel del rostro. Llevaba un impermeable, un casco, guantes y unas botas de goma altas agarradas al cinto con unas pinzas de metal.

Tenía en la mano una vara larga que debía de servirle tanto de bastón como de lanza.

—Esta es la cámara de desagüe del Fleet —dijo Wynn—. Y Paige, este es Styx, el rey electo de los habitantes de las cloacas. Styx, te presento a Paige Mahoney, Subseñora de la Ciudadela de Scion en Londres.

Nos miramos mutuamente. No tenía demasiado aspecto de rey, pero es probable que él tampoco esperara encontrarse delante a una joven flacucha de diecinueve años.

—Wynn me dice que queréis trasladar a todo el sindicato de videntes al Nivel Inferior —dijo, con voz ronca—. No veo por qué debería permitíroslo. De no ser por Wynn, no me lo plantearía siquiera.

Miré a Wynn, que se limitó a levantar las cejas.

—Porque hay soldados por toda la ciudadela. Y si no lo haces —añadí—, las calles se teñirán con la sangre de mis videntes hoy mismo.

—No lloraría esa pérdida. Tu sindicato ha sido siempre una herida infectada en la cara de Londres —dijo—, casi desde el momento en

121

que murió el primer Subseñor. Y me da la impresión de que vosotros ya habéis impuesto la ley marcial a los vuestros hace mucho tiempo.

Nick abrió la boca para protestar, pero le pisé para que no dijera nada.

—Le prometí a Wynn cualquier cosa por darnos acceso al Neckinger, pero no puedo permitir que penetréis en nuestros dominios si no tengo la seguridad de que no vais a hacer ningún daño a los nuestros —dijo Styx—. Los sindis nunca se han portado bien con los de mi gremio, aunque hayamos coexistido durante tanto tiempo. El pueblo del agua lleva aquí mucho más tiempo que vuestro sindicato. Los desagüeros ya peinaban el Támesis en tiempos de la reina Victoria. Los habitantes de las cloacas se movían bajo las calles antes de que en Londres se hablara de antinaturalidad. Sois los delincuentes con menos historia de la ciudadela, y aun así nos habéis machacado.

—Y no espero que nos perdonéis por ello —dije—. Lo único que puedo hacer es jurarte que no volverá a ocurrir mientras yo gobierne. Estaremos en deuda con vosotros. Nosotros no sabemos cómo movernos por el Nivel Inferior.

—No. Y corréis peligro de muerte si lo hacéis sin un guía. —Styx se apoyó en su lanza—. Me gustaría creerte, sabiendo que has liberado a los augures viles. Nuestros amigos. Hay muchos tipos diferentes de vida marginal en el Nivel Inferior..., pero el riesgo que nos planteáis es muy grande.

—No sería una situación permanente —dije—. Solo necesito refugio para mis videntes durante el tiempo que tardemos en mermar a ScionIdus.

—¿Y tienes un plan para eso? —respondió, escéptico.

—Sí.

Eso era casi verdad. Tenía fragmentos de un plan, aunque aún tenía que combinarlos.

—Styx —dije, dando un paso adelante—, no tengo tiempo para discutir ni regatear contigo. Cada minuto que pasamos hablando de esto tenemos a ScionIdus más cerca. —El esfuerzo que hacía para mantener la calma provocaba que me temblara la voz—. Necesito poner a mis videntes a salvo; no mañana, sino hoy mismo. Te lo pido como representante de un colectivo tan perseguido como el tuyo: deja que mi gente se refugie en el Nivel Inferior, de modo que no tengan que afrontar lo que les espera en la superficie. Habrá quien se haya comportado mal, pero también hay buena gente entre ellos. Si es dinero lo que quieres...

—A mí el dinero no me sirve de nada. El viejo Támesis ya se encarga de proporcionarnos todo lo que necesitamos.

—Entonces, ¿qué te puedo ofrecer?

—Una vida.

Fruncí el ceño. Aquel par de ojos hundidos me miraron fijamente.

—En 1977, un habitante de las cloacas fue asesinado por los sindis. Fue torturado y ejecutado cruelmente. Queremos una vida por la vida que nos robaron.

—¿Quieres ejecutar a uno de los míos por un crimen cometido hace casi un siglo? —dije, y a pesar de mis esfuerzos se me quebró la voz—. No lo dirás en serio...

Styx sonrió por primera vez, mostrando unos dientes podridos.

—No, lo cierto es que tengo mucha curiosidad por saber si serías capaz de hacer tal sacrificio, pero no soy tan déspota como alguno de tus líderes. No, lo que queremos es a un sindi para que se convierta en residente del Nivel Inferior.

—¿Con qué objetivo?

—Eso es asunto mío.

En cualquier caso, eso supondría condenar a alguien a una vida en la oscuridad, entre la mugre de los túneles subterráneos. Una vida a cambio de muchas.

—De acuerdo —dije, en voz baja—. Tendrás a uno de los míos, si a cambio permites que todos mis videntes se refugien en el Nivel Inferior, hasta que las calles vuelvan a ser seguras.

El rey de los habitantes de las cloacas se sacó un cuchillo largo del bolsillo y extendió la mano. Lentamente, yo le tendí la mía. Me rajó la palma, y luego bajó ambas manos, la suya y la mía, sumergiéndolas en el agua parduzca. Sentí un picor atroz en el corte. Su áspera piel presionó la mía, y mi sangre tiñó de rojo el agua del Fleet.

—El río es testigo de este acuerdo —dijo Styx—. En el día de hoy, tras mucho tiempo, nuestras comunidades vuelven a unirse. Si incumples tu palabra, o si los tuyos les hacen algún daño a los míos durante su estancia aquí, os echaremos, independientemente del daño que pueda haceros el Ancla.

—Entendido.

—Bien —dijo.

123

Nos pusimos en pie y me soltó la mano.

—El Nivel Inferior tiene muchas puertas, puertas de las que Scion ya no tiene llave. Estaréis seguros con nosotros, siempre que obedezcáis nuestras órdenes.

—Vosotros decidnos qué tenemos que hacer.

Nos encontramos con Maria y Eliza en el mercado de Old Spitalfields. Había cientos de amauróticos pululando por entre los puestos, intentando conseguir provisiones antes de que ScionIdus cerrara el mercado y los mandara a casa. Por lo que habían oído, podían pasar días antes de que les dejaran pisar la calle otra vez. Eliza llevaba una enorme mochila a cuestas, mientras que Maria iba repartiendo ropa impermeable y linternas a los videntes que vendrían con nosotros, gente que trabajaba en su sección.

—El rey de los habitantes de las cloacas nos da permiso para entrar —le dije—. Ya podemos ir.

—Genial —respondió Maria, lanzándome un impermeable—. Salgamos de aquí cuanto antes. ¿Dónde está la entrada?

—En el I-4 —dijo Wynn.

Aún había unos cuantos *rickshaws* disponibles, solo que los precios estaban por las nubes. Paramos un par de ellos y nos subimos a uno con la mitad del grupo. El sistema de pantallas repetía el anuncio de Weaver en bucle, alternado con el sonido de las sirenas; al mensaje anterior se había añadido el de que todos los ciudadanos debían vaciar las calles para dejar paso a los vehículos militares. Las tiendas que todavía no habían cerrado estaban hasta los topes, y la presión de los compradores que esperaban en el exterior hacía que las puertas automáticas no pudieran cerrarse. Se veían muchos taxis blancos de Scion llevando a gente a sus casas, pero nuestro conductor se abrió paso entre ellos.

Ya percibía los onirosajes de los soldados marchando por la ciudad. Demasiado cerca para mi gusto. Quizá no dispararan a discreción en la capital, pero no podíamos correr riesgos.

El *rickshaw* nos dejó cerca del viaducto de Holborn, un puente elevado que cruzaba una calle principal por la que nuestro grupo debía entrar en el Nivel Inferior. El atasco era tal que los coches prácticamente se tocaban. Los peatones se abrían paso por entre los vehículos, huyendo del aullido de las sirenas. Wynn nos reunió bajo el puente y se sacó una extraña llave de debajo del cinturón.

—La entrada es esa alcantarilla de ahí —dijo, señalando un tramo de la acera—. No podemos dejar que nadie nos vea bajar. Eliza, ven conmigo y ayúdame a levantar la tapa. Cuando os haga una señal, Paige y Nick, seguidme.

—No. Primero, Ivy y Jos —dije.

Hizo una pausa.

—Muy bien —respondió.

Miré alrededor por si había cámaras o escáneres a la vista, pero no los encontré. Wynn y Eliza cruzaron la calle a la carrera. Se agazaparon junto a la alcantarilla y dejé de verlas. Cuando Wynn volvió a levantarse y nos hizo un gesto, Maria empujó a Ivy y a Jos para que se pusieran en marcha. Jos estaba sudando bajo el impermeable y los guantes. Ivy le tapó la cabeza con la capucha y ambos echaron a correr. Scion los tenía fichados desde hacía mucho tiempo, tanto como a mí. Wynn esperó a que emprendieran el descenso por la escalerilla y luego los siguió. Mi sexto sentido se echó a temblar. En el momento en que Wynn desaparecía bajo el suelo, unos cuantos coches empezaron a dar media vuelta y a hacer vertiginosos cambios de sentido, subiéndose incluso a la acera. Otros se apartaron del centro de la calzada, como habrían hecho para dejar paso a una ambulancia o a un coche de bomberos. No tuve necesidad de analizar sus onirosajes para saber qué estaba ocurriendo.

—Venga, venga, tenemos que darnos prisa —gritó Nick.

De pronto me encontré corriendo por entre el tráfico. Un taxi de Scion estuvo a punto de empotrarme contra un camión. Sonaron bocinazos de protesta. Nuestras botas resonaban contra el asfalto. Vi la alcantarilla, la tapa abierta y la escalerilla dentro. Intenté empujar a Nick para que pasara delante, pero antes de que me diera cuenta ya tenía las piernas dentro, y luego los hombros. Mis manos chocaron con la escalerilla. Las botas resbalaron contra el hierro, pero enseguida encontraron apoyo. Bajé a toda prisa, peldaño tras peldaño, paso a paso, hasta pisar terreno firme.

Eliza iba detrás, jadeando por el esfuerzo de cargar con la mochila. Un momento más tarde oí un gruñido y vi que Nick también había bajado.

—¡Maria! —gritó—. ¡Baja!

125

Su silueta destacaba en lo alto, con las botas apoyadas en los peldaños.

—Dobrev, date prisa —dijo, cogiendo a uno de sus videntes por la mano y tirando de él.

Se agarró a la escalera y bajó a toda prisa. Ella le dijo algo en búlgaro, y él respondió atropelladamente. Sin dudarlo, Maria alzó la mano y cerró la tapa de la alcantarilla.

Quedaban seis videntes ahí fuera, y la llave la teníamos dentro. La oscuridad era total, pero oía sus pasos, percibía sus onirosajes sobre la calzada.

—¡Esperad! ¡No, esperadnos! —gritó una voz aterrorizada.

—¡Subseñora! —gritó otra voz—. ¡Maria, por favor!

—Apartaos de ahí, maldita sea —gritó Maria.

—Maria, ¿qué estás haciendo? —dije, agarrándome a uno de los peldaños.

—¡Están demasiado cerca!

Tenía razón. El convoy tardaría segundos en llegar allí, y enseguida verían la alcantarilla.

No hacer nada suponía dejarlos a la merced de los soldados. Pero si levantábamos la tapa, pondríamos en riesgo la única posibilidad de supervivencia que teníamos.

—Déjalos.

Mis palabras resonaron en la oscuridad. Apenas unos segundos después, los pasos de los videntes se alejaron.

El convoy pasó por encima de nuestras cabezas. El estruendo de ruedas y orugas reverberó en el túnel. Era como estar en la barriga de un monstruo telúrico. Toqué con las manos una pared mojada. Volvía a ser una niña pequeña, escondiéndome de los soldados detrás de una estatua. Los onirosajes que avanzaban en torno a los vehículos se movían más despacio. Soldados de infantería. Uno de ellos se paró a un par de metros de la alcantarilla. Maria permaneció inmóvil, aún agarrada a la escalerilla. Pensé en ordenar a todo el mundo que echara a correr, pero un chapoteo, un paso en falso, podría delatarnos a todos. Pasó casi un minuto, pero al final el soldado volvió a unirse al convoy.

Tardamos un rato en ponernos en marcha. La linterna de Nick se encendió, mostrando los rostros compungidos de todo el grupo. Jos estaba llorando, Ivy me miraba de un modo raro, y Eliza tenía las manos sobre la boca. Cuando el murmullo del convoy se alejó, el vidente

126

búlgaro bajó de la escalerilla. Maria bajó tras él y también encendió su linterna. Los dos haces de luz mostraron un angosto pasaje con paredes de ladrillo. El olor dulce a putrefacción se me coló en la nariz, mezclado con algo más desagradable.

—Bueno —dijo Maria—, así que esto es el Nivel Inferior. Hogar, dulce hogar.

Por la expresión de su rostro, nadie habría dicho que acababa a dejar atrás a varios de sus videntes.

—¿Por qué no les habéis dejado entrar? —nos dijo Jos, consternado—. Había tiempo.

Verlo así me encogía el corazón. Maria le acababa de pasar la linterna al recién llegado, Dobrev, y estaba hurgando en el bolsillo de su impermeable.

—Lo siento, Jos. No habrían llegado a tiempo —dije—. Los soldados los habrían seguido y nos habrían pillado a todos.

—No habría que dejar atrás a la gente solo porque no son lo suficientemente rápidos.

—Bueno, hemos tenido que hacerlo, chico —replicó Maria—. Si no, nos habrían matado a todos. Incluida a la Subseñora. —Se sacó un cigarrillo del bolsillo y se lo colocó entre los dientes. Le temblaban las manos—. Ellos saben que no los habría dejado atrás de haber tenido elección.

Yo la creía. Maria era uno de los pocos miembros de la Asamblea Antinatural que había hecho todo lo posible para demostrar a sus videntes que se preocupaba por su bienestar.

Jos tenía las mejillas cubiertas de lágrimas. Wynn agarró a Maria de la muñeca antes de que pudiera encenderse el cigarrillo.

—Aquí no —soltó—. Gas de alcantarilla.

—Oh, genial —dijo Maria, guardándose el cigarrillo—. Encontrarán otra entrada.

Podía ser, si conseguían contactar con otra célula.

Jos se animó un poco.

—Ahí está el río —dijo Maria, enfocando con su linterna hacia el agua verduzca—. No hay rastro de mierda. De momento.

—Hemos quedado con el contacto de Styx en el desaguadero —apuntó Wynn—. Seguidme.

Nos adentramos en la oscuridad, cargados con las pocas posesiones que habíamos traído. El río Fleet, críptico pariente del Támesis, discurría entre los muros. Wynn iba dejando marcas de tiza en las paredes según avanzábamos.

Aquello era el principio del fin. La venganza de Nashira se estaba haciendo realidad.

Una sospecha que me roía por dentro desde hacía días salió por fin al exterior:

—El sistema Senshield no se desarrolló de forma autónoma —dije, pensando en voz alta—. Desde el principio estaba pensado para facilitar el trabajo de ScionIdus. Los soldados no pueden detectar espíritus, así que necesitan ojos mecánicos para localizarnos. Habrán hecho coincidir la instalación de los escáneres por toda la ciudad con la llegada del ejército.

—Senshield detecta, ScionIdus destruye —dijo Nick, apoyándose en una pared para no caerse—. Entonces el Custodio tenía razón sobre los centinelas. Son superfluos, o muy pronto lo serán.

—No hasta que los escáneres sean portátiles, que es algo que supongo que está en programa —dijo Maria, enfocando con su linterna hacia la pared e iluminando la porquería en la que acababa de apoyar la mano Nick. Él hizo una mueca de asco y se la quitó de la mano—. Pero si eso ocurre..., sí, en ese caso los centinelas videntes están condenados. Los *krigs* no trabajan con antinaturales, y ya no les servirán de nada.

Por encima de nuestras cabezas, ScionIdus seguía marchando. ¿Cuántos miles de videntes del sindicato conseguirían acceder al Nivel Inferior? ¿Cuántos morirían intentando llegar, siguiendo mis órdenes?

Todo aquello podía ser para nada. Si el ejército localizaba una sola de las entradas, podrían acabar con nosotros con una bomba de humo, como si fuéramos una plaga de ratas.

Y allí abajo había muchas ratas. Salían corriendo cuando las enfocábamos con la linterna.

Remontamos un curso de agua casi sin corriente. No era muy profundo, pero con el peso de las provisiones nos costaba avanzar. Jaxon se partiría de la risa si llegaba a enterarse de aquello: el glorioso descenso de la Subseñora a las cloacas.

Wynn nos hizo bajar por otra escalerilla y llegamos al desaguadero, que estaba lo suficientemente seco como para sentarse.

—Nos vendrá a buscar uno de los habitantes de las cloacas —dijo, sentándose en el borde del túnel de modo que el agua solo le llegaba a las botas—. Nos van a llevar a uno de los refugios de emergencia de Scion. Los construyeron en los primeros años, para protegerse en caso de guerra o invasión, pero según parece cayeron en el olvido cuando se construyeron otros mejores.

Tendríamos que confiar en eso.

Ivy se pasó una mano por el pelo, tieso como un cepillo.

—¿Está seco?

Wynn se escurrió el agua de la falda.

—Eso dicen.

Nick, a mi lado, tenía las manos juntas y la frente apoyada en ellas. Estaba claro en quién estaría pensando.

Eliza metió la mano en su mochila y repartió paquetes de galletas. Compartimos una cantimplora de agua para acompañarlas. Jos aún tenía los ojos brillantes, pero muy pronto se durmió apoyado en Ivy, que lo rodeó con un brazo. Dobrev también decidió dormir, y no parecía que le importara mucho si se ensuciaba más o menos. Había partes del túnel cubiertas de lo que parecía papel higiénico usado, así que decidí apoyar la cabeza sobre las rodillas, que tampoco estaban mucho más limpias, e intenté aclarar la mente. Solo hacía unas horas estaba estirada con el Custodio a la luz de la chimenea. Tenía la impresión de que había pasado una eternidad.

El tiempo avanza de un modo extraño bajo tierra. Me había dejado el reloj en la guarida, pero ya debía de haber amanecido. Una de las linternas parpadeó y se apagó.

—¿No te recuerda al Poblado?

Ivy estaba apoyada contra los ladrillos. Los otros se habían dormido, dejando las linternas sobre la mochila de Eliza.

—Supongo que no pasarías mucho tiempo en él. Yo tampoco. Pero lo conocíamos. La suciedad. —Tenía la mirada puesta en el techo—. Estoy intentando entenderte, Paige. No te ha costado nada dejar atrás a esos videntes ahora mismo, pero no mataste al Vinculador en el torneo. Ni en el Arconte.

—Sí que me ha costado dejarlos atrás —respondí, y la voz me salió ronca—. Lo he hecho para protegernos. Estoy intentando proteger a todos los que quedamos. Los que hemos sobrevivido.

Ella respiró hondo, y al hacerlo se le marcaron aún más las clavículas.

—Sí —dijo—. Ya lo sé.

129

Ahora la adrenalina ya había desaparecido; sentía el ardor en la mano, en la herida que me había hecho el cuchillo de Styx. No dormí, pero fingí hacerlo, por si alguien se despertaba y me hacía hablar. Tenía demasiadas cosas en la cabeza. ScionIdus. El trato con Styx. Terebell, y cómo podría responder a aquel desastre. Senshield.

Pero, sobre todo, Vance. Ese inquietante e impávido rostro, con esos ojos que parecían atravesarme con la mirada. Por su culpa, en unas horas había pasado de Subseñora a rata de alcantarilla.

La red se iba estrechando en torno a mí.

Respiré hondo varias veces para intentar calmarme. No todo era culpa mía. Tenía que ser racional.

No todo, pero una parte sí. Y una parte ya era demasiado.

Dobrev se giró mientras dormía y derribó la segunda linterna, que cayó al agua y se apagó. La oscuridad era tan completa que daba la impresión de que se me colaba dentro cada vez que respiraba.

Pasaron varias horas antes de que llegara nuestra rescatadora: una amaurótica delgada con una lámpara en el casco, ataviada con el mismo tipo de uniforme que Styx. A la luz de la lámpara, se le veían algunos mechones de pelo de color caoba mal cortados, así como una marca de nacimiento color vino en el rostro.

—¿Te envía Styx? —preguntó Wynn.

La desagüera asintió y nos indicó con un simple gesto que la siguiéramos.

Fue una larga caminata. Styx había ordenado a la desagüera que nos guiara a un refugio a unos siete kilómetros del lugar por donde habíamos entrado al Nivel Inferior y al que ya habían llevado a otros videntes por los túneles del metro. Muy pronto nos acostumbramos al olor y dejamos de percibirlo. La oscuridad no era tan fácil de sobrellevar. Jos siguió al grupo sin quejarse, como siempre, pero enseguida se quedó sin fuerzas, así que Nick se lo cargó a la espalda. De vez en cuando, caía una descarga de agua de algún desagüe cercano, cosa que elevaba el nivel de la que nos rodeaba y nos recordaba que, si seguía creciendo, no habría modo de escapar. El agua subió por encima de nuestras rodillas, arrastrando consigo cosas que pensé que sería mejor no examinar muy de cerca. A la desagüera no parecía preocuparle la posibilidad de que nos arrastrara la corriente. Nos guio en silencio, parando de vez en cuando para escuchar los ecos de los túneles o para recoger algo del agua y metérselo en el bolsillo.

Wynn parecía cómoda. Aquello no era peor que la miseria de Jacob's Island.

Atravesamos una cámara, salimos del desaguadero y entramos en el conducto principal. Cuando llegó el momento de subir por la escalerilla, estábamos empapados. Maria se giró hacia la pared y tosió bilis.

La desagüera se paró un par de metros por delante de nosotros.

—¿Y ahora qué? —dijo Nick, que tenía una mejilla sucia.

—No podemos seguir contracorriente —respondió Wynn.

Maria se limpió la boca con la manga.

—No me dirás que tenemos que retroceder.

—No —dijo ella, señalando hacia una abertura en la pared—. Tenemos que pasar por aquí. Esto nos llevará al refugio.

Le entregó una linterna, con la que Maria iluminó el pasaje. Al verlo se me cerró la garganta. Por ahí apenas cabía Jos. Y tendríamos que avanzar a gatas, en una oscuridad casi total, el tiempo que fuera necesario para llegar al otro extremo.

Wynn se agachó junto a la abertura y siguió a la desagüera.

—Toma esto —me dijo, y me pasó la linterna.

Nick, a mi lado, seguía petrificado, atónito ante lo que teníamos por delante.

—No pasa nada —dije yo—. Iré delante.

131

8

Contrapunto

$\mathcal{D}$aba la impresión de que llevábamos años en aquel último túnel, una tubería tan estrecha y negra que no podía evitar sentirme como si estuviera en un ataúd. Oía a Eliza conteniendo exclamaciones de asco mientras gateábamos, con el agua hasta los codos, a través de un fango congelado, siguiendo la luz azulada del casco de la desagüera. Entre el dolor, el hedor y la sensación de ahogo, costaba recordar que existía la luz del día. Cuando la desagüera abrió una rejilla, los nueve caímos en un depósito con agua estancada fangosa y pesada. Temblando de agotamiento, me arrastré hasta unos escalones, tirando de Jos, que estaba tan cansado que se le cerraban los párpados.

Otro desagüero, que llevaba un farol de señales, nos esperaba en lo alto de los escalones. Sin decir palabra, nos condujo por un pasaje de paredes grises. Pasamos junto a una puerta con la palabra BAÑO grabada en el metal.

—Bueno —dije—, esto es civilizado.

—Oh, sí —respondió Maria, quitándose un trozo de papel del pelo—. Claro que cualquier cosa puede parecer civilizada cuando has estado revolcándote entre los excrementos de otras personas.

Giramos la esquina y encontramos otro baño. Miré dentro: daba la impresión de que todo lo que había allí funcionaba.

—Es increíble —exclamé—. ¿Por qué no teníamos ni idea de esto?

—No mucha gente lo conoce —dijo el desagüero.

Se paró y me mostró un diagrama en la pared:

REFUGIO SUBTERRÁNEO DE LA II COHORTE,

CIUDADELA DE SCION EN LONDRES

Dos túneles cilíndricos discurrían en paralelo, ambos divididos en dos niveles —superior e inferior—, con lo que disponían de más espacio, y estaban unidos en varios puntos por pasajes menores. No solo había baños, sino también túneles laterales con cantinas, almacenes, una enfermería, etcétera.

—¿Funciona algo de todo esto? —pregunté.

—Las duchas, pero no os paséis. El agua se almacena abajo, y no se irá a ningún sitio a menos que pongáis en marcha las bombas. Supongo que todo lo demás funcionaría si hubiera electricidad.

—Nos han dicho que algunos de nuestros videntes ya están aquí —dijo Wynn.

—Sí, la última vez que los he visto estaban escogiendo sus literas.

—¿Literas?

—Exacto.

El desagüero volvió a la escalera, dejándonos para que nos familiarizáramos con nuestro entorno. Después de haber perdido a la mitad del grupo en la entrada y de avanzar por el agua sucia durante horas, aquello era una buena e inesperada noticia.

Dejé a Jos en el suelo y me quité el impermeable, que apestaba. Quizá Alsafi pudiera volver a conectarnos la corriente, si conseguíamos comunicar con él.

—Deberíamos destinar un espacio a sala de reuniones para los comandantes —dije.

—Y buscar un sitio seguro para que te alojes tú, Paige —añadió Nick.

El breve momento de alegría pasó de pronto. No necesitaba que me diera más detalles: más de uno en el sindicato estaría exigiendo mi cabeza.

—Hay un cuarto de supervisor en el otro extremo del refugio. Debería ser seguro —apuntó Wynn, y pasó por delante de nosotros—. Voy a ver quién más ha llegado.

Aún embadurnada de suciedad, subió las escaleras a paso ligero, agarrándose las faldas empapadas con una mano. Esperaba que Vern y Róisín —su familia— hubieran conseguido llegar. Ivy dudó un momento antes de seguirla, y Jos, que solía ir tras ella allá donde fuera, lo hizo casi sin fuerzas.

—Vale —le dije a los que se habían quedado—. Antes de hacer nada más, propongo que nos lavemos.

La sugerencia fue recibida con gestos de aprobación. Si tenía que enfrentarme a las críticas, prefería hacerlo después de lavarme.

133

Unas cortinas con manchas dividían el baño en ocho cubículos para la ducha, y en cada uno de ellos había una toalla también llena de manchas. En cualquier otra situación, me habría dado asco, pero ya estaba cubierta de todo tipo de suciedad, así que tragué saliva y me desnudé. Tal como nos habían dicho, las duchas funcionaban más o menos. Cogí una pastilla de jabón que debía de tener un siglo de antigüedad y me froté la piel con rabia, limpiándome bajo las uñas y remojándome y escurriéndome el pelo hasta que conseguí que el agua saliera limpia. Me sequé con una esquina de la toalla y me puse ropa limpia de la mochila de Eliza.

Junto a la puerta había un espejo lleno de manchas de humedad. No disponía de maquillaje para disimular las ojeras, así que tendría que presentarme así ante mis súbditos, con la cara lavada. Me giré, dando la espalda a mi reflejo.

Tras unas horas en el limbo, había llegado el momento de dar la cara ante el sindicato.

Subimos las escaleras que llevaban al nivel superior. En el túnel resonaban los ecos de sonidos distorsionados. Gracias a los faroles que habían dejado en el suelo pude ver que de momento unos ochenta videntes, por lo menos, habían conseguido llegar hasta allí, más de los que me esperaba.

La sensación de alivio desapareció al momento, cuando vi lo que estaba pasando. Wynn estaba protegiendo a Ivy, que parecía muerta, mientras Vern libraba una pelea brutal con una sensor que tenía sangre en la boca.

—¡Para! —gritaba Róisín—. ¡Déjalo!

Estaban rodeados. Lancé una oleada de presión por el éter, haciendo que los atacantes se dispersaran. La sensor soltó a Vern y se llevó una mano a la nariz, ensangrentada.

Cuando vieron a qué se debía el cambio en el éter, el odio se hizo patente en sus rostros. Yo había querido creer que el descubrimiento de este refugio habría suavizado su ira, pero ahora veía que había infravalorado la rabia que sentían.

Nick me puso una mano sobre el hombro.

—Paige —dijo—, vamos al cuarto del supervisor.

Me lo quité de encima y me agaché junto a la litera. Ivy estaba consciente, pero poco más, y apretaba con fuerza el hombro de Wynn. La otra mano la tenía sobre el pómulo, pero por debajo le salía sangre que le caía por el cuello. Cuando le aparté la mano, me quedé sin aliento. Le habían hecho dos cortes en la mejilla formando una tosca «T». Jos estaba escondido tras ella, temblando.

—Eliza —dije en voz baja, para que la multitud no lo oyera—, llévatelos a la enfermería. Y atranca la puerta.

Me levanté y me enfrenté a mis súbditos. Al ver aquellas caras sedientas de sangre, me daban ganas de marcharme; sin embargo, si me retiraba ahora, si les demostraba que tenía miedo, perdería todo mi poder.

—¿Quién es el responsable de esto? —dije, sin alzar la voz.

Wynn abrazó a Ivy y rodeó a Róisín con la otra mano. Eliza se las llevó de allí.

—Lo preguntaré una vez más: ¿quién le ha hecho esos cortes a Ivy?

—Es una traidora —soltó una voz desde atrás—. Que todo el mundo lo recuerde. Que ella misma lo recuerde.

—No la queremos aquí. Que se la lleven los soldados —dijo la sensor, que escupió a Vern y se limpió la nariz con un gesto de rabia—. ¿De qué lado estás, Subseñora? Primero no castigas a la jacobita después de que nos haya vendido en el mercado gris. Luego nos echas encima al ejército, y resulta que los has ayudado a modificar el sistema Senshield. ¡Eres peor que Hector, y eso es mucho decir!

En el túnel resonaron gritos de apoyo.

—Cada sensor que detengan a partir de ahora..., será por culpa tuya, Mahoney. Llevarás su sangre en tus sucias manos irlandesas.

—¡Traidora! —gritó alguien.

—¡Traidora!

—Les has enseñado cómo detectarnos —gritó un susurrante—. ¡Claro, a ti te da igual, onirámbula! ¡Tú eres del séptimo orden! Estás muy por encima de nosotros, ¿verdad?

—¡Estás ayudando a Scion!

—¡Amiguita de los augures viles!

Fueron sumándose cada vez más voces, regodeándose con mi caída en desgracia. Alguien me tiró un cascote de la pared y me dio en la cara. Tuve que reprimir la tentación de lanzar mi espíritu contra el agresor. Debía estar por encima de eso. Ser fuerte. Nick les gritó que se echaran atrás, pero nadie le escuchaba.

Me vomitaron toda su ira, tan de cerca que me salpicaron de saliva, pero no me encogí. «Tirana. Asesina. Instigadora. Irlandesa. Trai-

135

dora. Traidora. Traidora». Sus voces se convirtieron en la voz de Jaxon: la rabia del grupo era su venganza. No podía ceder un centímetro, o sería mi perdición. El sindicato nunca se había sometido ante los cobardes.

—Nick —dije—, llévate a Jos al nivel inferior.

—Si crees que voy a dejarte...

—Hazlo. —Antes de que pudiera discutir, alcé la voz para que la turba me oyera—: No tengo tiempo para esto. Los únicos traidores que hay aquí son los que amenazan la paz. Si me perdonáis, tengo que preparar estas instalaciones para el resto de la Orden de los Mimos. Y después de este incidente, deduzco que voy a tener que destinar un espacio a calabozo. El próximo que haga daño a alguien se pasará un mes dentro.

Avancé por entre el mar de cuerpos. Cuando alguien se atrevió a agarrarme del brazo, lancé mi espíritu en su contra.

Nadie intentó volver a tocarme.

136   Con la luz de la linterna, avancé por entre las literas, por los diferentes dormitorios, por otra sala de curas vacía y frente a unos carteles que decían COCINA, CANTINA y ALMACÉN. Cuando llegué al cuarto del supervisor, abrí la puerta y la cerré a mis espaldas.

En el interior había una inerte pantalla de transmisiones, un escritorio sin silla y una cama plegada contra la pared. Bajé la cama y me dejé caer encima, dolorida y cansada de la caminata.

En el túnel, los gritos siguieron durante un buen rato. Apreté los puños hasta clavarme las uñas en las palmas de las manos.

No podía permitir que me pillaran por sorpresa otra vez. Allí abajo era esencial mantener la ley y el orden. Tenía que reunir a mis comandantes y decidir qué hacer a continuación, pero sentía que iba perdiendo confianza por momentos. En un espacio confinado y oscuro, donde nadie podía liberar tensión, una chispa de resentimiento podía bastar para prender la mecha de la revuelta.

Tenían razón en estar enfadados conmigo. Había lanzado toda la potencia del Arconte en nuestra contra. Esos videntes habían vivido toda la vida sin demasiados lujos, pero al intentar combatir a Scion de frente, algo que no había hecho ningún otro líder del sindicato, les había quitado lo mejor que tenían. Les había quitado las calles.

La mejilla me ardía en el punto en que me había alcanzado el cascote. Tenía que pensar, y rápido. Contábamos con un lugar donde escondernos, pero ahí abajo no podríamos aguantar indefinidamente.

El único modo de obtener la libertad para la Orden de los Mimos era que un grupo de nosotros saliera al exterior y usara todos los recursos disponibles para encontrar el núcleo del Senshield y destruirlo. Si lo conseguíamos, los soldados seguirían en las calles; pero si no tenían forma de detectarnos, podríamos arriesgarnos a volver a la superficie.

¿Dónde estaría? Dejé caer la mochila al suelo, la abrí y rebusqué en su interior en busca de mi mapa de Londres. Quizá hubiera un patrón en la posición de los escáneres, o algún lugar abandonado donde pudieran haber escondido el núcleo..., algo, lo que fuera...

Me quedé de piedra cuando lo vi. Un sobre, metido entre mi ropa, dirigido a mí. Era la caligrafía de Danica.

En el interior había una nota escrita a toda prisa:

Paige, como ya sabrás, me he marchado. Tras el torneo solicité el traslado a Scion-Atenas, y hace dos días me lo concedieron. La guerrilla no es lo mío, y teniendo que escoger entre Jaxon y tú, me ha parecido que es más fácil escapar de ti. No obstante, quiero dejarte un regalo de despedida. Tiene que ver con Senshield.

Nunca había tenido la intención de quedarse conmigo, pero estaba claro que no me había traicionado. Seguí leyendo:

En los años que hemos vivido juntas, habrás observado que no me gusta que me den lecciones de inteligencia. Vance me ha usado para tenderte una trampa, lo cual me ha herido profundamente en el orgullo, y me hace sentir responsable de la muerte de las personas que te acompañaban en la misión. Por lo que parece, tengo conciencia.

Observé la mancha en el lateral, donde había corrido ligeramente la tinta al apoyar el lateral de la mano. Debía de haberse sentido profundamente humillada para admitir todo aquello.

Así que he dedicado mis últimas horas en Londres a investigar más a fondo. He descubierto algo muy interesante, y esta vez no es información falsa. Me he asegurado.

Hace un tiempo te mencioné que Scion tenía pensado desarrollar un escáner portátil. En ese momento, tenía la impresión de que aún estaban en una fase de diseño muy preliminar. En eso también me equivocaba. Ahora mismo están fabricando escáneres portátiles para uso militar en una fábrica de Mánchester que es propiedad de un departamento del Gobierno llamado SciPAM, que la gestiona. Estos escáneres estarán conectados al núcleo, sea lo que sea y allá donde esté. Tengo la sensación de que querrás hacer una visita a Mánchester, en ausencia de mejores pistas.

Sentí las gotitas de sudor que se me iban formando en el labio superior. Escáneres portátiles, y antes de lo que pensaba. Me imaginé un ejército en el que cada soldado llevara uno. Esto no podía estar pasando.

Entiendo que necesitarás algún contacto en una ciudadela que no conoces, así que te doy otro dato: según los registros de SciPAM, uno de sus antiguos obreros, Jonathan Cassidy, está en busca y captura por robo. No sé si te puede ayudar, pero, si consigues encontrarlo, quizá acceda a darte más información sobre el proceso de fabricación.

138

Espero que esto compense mi error. Te diría adiós, pero desgraciadamente para las dos volveremos a encontrarnos.

Apreté el puño e hice una bola con la nota.

Escáneres portátiles. Una sentencia de muerte.

Se abrió la puerta. Eché mano del cuchillo escondido en la bota, convencida de que sería algún vidente dispuesto a matarme.

—Custodio... —dije, bajando el arma.

Se acercó, se sentó a mi lado y supe que había seguido el cordón para llegar hasta mí. Levantó la mano, me agarró la cara y tiró de mí suavemente para que me girara. Su pulgar me rozó el pómulo y se manchó de sangre.

—¿Qué ha pasado?

—Lo inevitable —dije, presionándome la herida con los dedos—. Este lugar es una olla de presión. No durarán un mes aquí abajo sin matarse los unos a los otros. O sin matarme a mí.

—Has hecho bien en organizar la evacuación —dijo, impávido como siempre—. Si conseguís renovar las provisiones, el Nivel Inferior puede ser una solución mejor que vuestras anteriores viviendas. Menos mal que te apiadaste de Ivy, si no la Orden de los Mimos no tendría dónde refugiarse. Tu compasión ha dado sus frutos.

—De momento. —Desdoblé la carta de Danica y se la pasé—. No podremos volver a la superficie en un tiempo.

La leyó sin inmutarse.

—Si no han empezado a distribuir los escáneres portátiles entre la tropa, lo harán muy pronto —dije, cogiendo el papel otra vez y metiéndomelo en el bolsillo—. Esto es culpa mía, todo esto. Si al salir de la colina hubiéramos vuelto a nuestras vidas, sin más, nada de esto estaría pasando. Todos seguirían con su vida al margen de la ley...

Me dolían la mandíbula y la garganta. El Custodio se levantó del catre y se puso delante de mí, agachado.

—No se te ocurra pensar que podías haber guardado silencio —dijo, con esa voz que le retumbaba en el pecho—. Si hubieras guardado silencio en la colonia, quizá seguiríamos allí los dos. Aunque no fueras Subseñora, el sistema Senshield ya estaba en proyecto. Es posible que los escáneres no hubieran estado operativos tan pronto, pero habrían llegado igualmente. No hay más opción que luchar.

Una lágrima me surcó la mejilla. Me la sequé con la manga.

—No tenía que haberme arriesgado a ir a ese almacén. Solo conseguí que Senshield ganara potencia.

—Lo hiciste. Hecho está —respondió. Bajé la cabeza—. Has hecho lo que tenías que hacer, Paige. Aquí estaréis a salvo. Alsafi reconectará la corriente en cuanto pueda.

Alsafi. Levanté la cabeza lentamente.

—Si consiguiera formar un equipo —dije—, ¿Alsafi podría encargarse de que llegaran a Mánchester?

Al ver que no respondía enseguida, proseguí:

—Es donde se fabrican los escáneres. Es el paso siguiente si queremos llegar hasta el núcleo. Y esta vez la información es fiable.

El Custodio se quedó pensando un momento.

—Yo no puedo contactar con Alsafi directamente —respondió—. Después de que le pidiera que os conectara de nuevo la corriente, nos dijo que cortáramos todo contacto con él, probablemente porque el riesgo que le supone recibir nuestros mensajes es ya demasiado grande. No obstante, creo que le ha comunicado las identidades de ciertas personas de su red a Pleione. Quizá ella pueda encargarse de facilita-

139

ros el trayecto. Si lo consigue, tendrás que escoger a alguien de vuestra confianza como suplente temporal.

—No he dicho que fuera a ir yo personalmente. Pretendo enviar un equipo. La líder de un sindicato nunca abandona Londres.

—Tradicionalmente. Pero tú no eres una Subseñora tradicional.

—Custodio, no puedo ir. Si ahora están cabreados conmigo, solo falta que me vaya para que se pongan rabiosos.

—Considera la alternativa. La Orden de los Mimos te culpa por la situación. Mientras estés aquí seguirán rabiosos. Muchos se negarán a cumplir tus órdenes. —Sus manos, siempre enfundadas en guantes, envolvieron las mías—. Contraviniste las convenciones al enfrentarte a tu mimetocapo, Paige. Puedes hacerlo otra vez.

Quizá tuviera razón. La tradición ya no importaba tanto.

—Te quedarás aquí y nos ayudarás, ¿verdad?

—No.

—Estarás bromeando, ¿no? —dije, mirándolo fijamente, al ver que no añadía ninguna explicación—. No irás a abandonarnos ahora...

—Necesitamos contar con el apoyo de los refaítas, Paige —respondió—. Ahora más que nunca. Terebell no piensa cambiar sus planes, y tras lo que ella considera una insubordinación por tu parte, quizá sea mejor que no os veáis en un tiempo.

Me imaginaba lo furiosa que se habría puesto al saber lo que Vance había hecho en el almacén.

—Bien —dije, apartando las manos y poniéndome en pie—. Tengo que hablar con mis comandantes.

—Yo también querría hablar con tus comandantes, si me lo permites.

—Para eso no necesitas pedirme permiso.

Me miró a la cara un buen rato. Me pregunté si entendería las emociones que bullían en mi interior: la amargura y la decepción, el miedo a lo que pudiera deparar el futuro.

Salimos juntos del cuarto del supervisor y tomamos el túnel paralelo hasta el otro extremo de las instalaciones, evitando las literas de los videntes. No quería que esconderme de mis súbditos se convirtiera en una costumbre, pero ahora convenía dejar que se calmaran. En el momento en que atravesábamos uno de los túneles transversales, las luces del techo temblaron, luego se encendieron del todo, y un murmullo eléctrico se extendió por todas las galerías.

—Alsafi —dije, apagando la linterna—. Ha ido rápido.

—Sabía que era urgente.

—¿Y está seguro de que Scion no se dará cuenta?

—Abandonaron estas instalaciones hace un siglo. Nadie se acuerda de ellas. Y ya se encargará él de que sigan sin hacerlo.

Ahora el entorno resultaba algo más acogedor. Ninguna de las bombillas brillaba con demasiada intensidad —Alsafi debía ser cauto con la electricidad—, pero daban algo de calidez al hormigón y al hierro forjado.

Los demás ya se habían acomodado en la planta de abajo. Era evidente que los augures viles se sentían lo suficientemente seguros como para no esconderse: Wynn y Vern habían ocupado una litera, Róisín estaba en la cama de arriba de la que había al lado, e Ivy en la de debajo de la siguiente. Tenía arriba a Jos, dormido entre dos mantas, y Maria había dejado su mochila en la litera enfrente de Ivy. Al ver la corpulenta silueta del Custodio, Ivy se encogió, situándose al fondo de su cama.

—¿Habéis encontrado sábanas? —pregunté.

—No muchas —respondió Nick—. ¿Estás bien?

—Sí, claro. —Vi una bolsa en el suelo—. ¿De quién es eso?

—Mío —dijo una voz ronca desde la entrada.

Me giré y vi a Tom y a Glym. Ambos parecían bastante fatigados. Era Tom quien había hablado, y estaba sonriendo, aunque estaba cubierto de mugre. Sentí tal alivio al verlos que fui a abrazarlos a los dos.

—Minty nos ha dado un mensaje para ti —dijo Glym, muy serio—. Ha decidido no entrar en el Nivel Inferior. Prefiere quedarse en Grub Street y ayudarnos desde allí.

Habría querido protestar, pero Minty Wolfson era el alma de Grub Street, y no podía imaginármela en ningún otro lado.

—¿Y la Reina Perlada?

—No sabemos nada de ella.

Cuatro de seis comandantes, el Custodio, mi dama y mi caballero. Más que suficiente para decidir cómo contraatacar. Me llevé a los otros a un túnel lateral vacío donde alguien había puesto una mesa y unas sillas. Una vez dentro, el Custodio cerró la puerta con llave y se sentó con nosotros.

—Es hora de pensar cuál será nuestro próximo movimiento —dije—, porque las cosas están a punto de ponerse mucho peor.

—Peor —repitió Maria—. ¿Peor que esto?

Le mostré la nota de Danica. La leyó y giró la cara, soltando un gruñido y agitando los puños en el aire.

—Escáneres portátiles. Para los soldados. Pues menos mal que nos hemos ocultado bajo tierra.

Tom le cogió la nota de las manos y se tomó un momento para asimilar lo que decía.

—Sé que no es una buena noticia —dije, mientras se iban pasando la nota, adoptando un gesto sombrío a medida que la leían—, pero nos da una nueva pista sobre el Senshield. —Levanté la barbilla—. Me voy a Mánchester. Si es ahí donde se fabrican los escáneres portátiles, quizá podamos descubrir cómo conectan con la red Senshield, y eso, a su vez, podría llevarnos hasta el núcleo. Es una posibilidad.

Eliza meneó la cabeza.

—¿Te quieres marchar? ¿Ahora?

—Sería una decisión sin precedentes —objetó Glym—. Ningún líder del sindicato ha abandonado nunca la ciudadela. Puede que no sea una medida muy popular...

—No me hice Subseñora para ser popular. Tom, Maria, ¿vendréis conmigo?

A Tom se le iluminó el rostro.

—Estoy contigo, Subseñora.

—Por supuesto —dijo Maria.

Era arriesgado llevarse a dos comandantes, pero tenía la sensación de que sus habilidades me serían muy útiles. Tom era un gran vidente y conocía el país más allá de Londres, mientras que Maria tenía experiencia en la insurgencia, así como una energía inagotable que nos sería muy útil en este viaje.

—Bien. Y Glym —dije—, ¿quieres ser Subseñor interino?

Se hizo un silencio incómodo. Glym parpadeó, pero enseguida bajó la cabeza.

—Sería un gran honor, Subseñora.

Glym era leal y gozaba del respeto de la gente, tenía años de experiencia como líder en el sindicato y no iba a aguantar tonterías en la Asamblea.

—Tu prioridad debe ser proteger la vida mientras nosotros no estamos —le dije—. Conseguir traer al máximo de videntes posibles a estas instalaciones. Poner en marcha las bombas y la ventilación. Enviar a los de las órdenes más altas a buscar comida y bebida para los de las órdenes inferiores. Preservar la paz. Y, sobre todo, asegurarte de que este lugar no corre peligro.

El Custodio había observado nuestra discusión en silencio.

—¿Qué es lo que querías decir? —le pregunté.

Él miró a mis comandantes.

—La Orden de los Mimos es una alianza entre nuestras dos facciones —dijo—. Todos habéis contribuido a su mantenimiento con vuestras habilidades y conocimientos. Ahora queremos daros algo a cambio.

—Oh, por fin —dijo Maria.

El Custodio le echó una mirada de soslayo antes de continuar.

—Ahora que el Senshield puede detectar a cuatro de las siete órdenes, todos los videntes de este país, lo sepan o no, están en una posición muy precaria. Sería el momento ideal para convencerlos de que se unan a nuestra causa. Deberíamos advertirlos de la situación en la capital y presionarlos para que se unan a la revolución.

—¿Y cómo propones que hagamos eso? —preguntó Maria—. Teniendo en cuenta la gran tolerancia que muestra Scion con la libertad de información...

Tom resopló, burlón. El Custodio no se inmutó.

—Yo sugiero que enviemos un mensaje por el éter —dijo—, un mensaje que llegue a muchos videntes a la vez, y en el que se los anime a colaborar con la Orden de los Mimos en su lucha contra Scion. —Se hizo un silencio generalizado—. Supongo que todos habéis asistido a una sesión de espiritismo alguna vez.

Todos asentimos. Yo había participado en unas cuantas cuando había sido dama de Jaxon; en ellas convocábamos a espíritus en grupo. Para ello era necesaria la presencia de al menos tres videntes.

—Con una sesión bien ejecutada se pueden amplificar los dones de los videntes. Yo propongo que celebremos una aquí. En primer lugar —dijo el Custodio—, yo puedo extraer recuerdos de supervivientes de ScionIdus que se presten voluntarios, recuerdos que ilustren la amenaza que supone el ejército. Luego Paige entrará en mi onirosaje y los experimentará conmigo. Inmediatamente después, penetrará con su espíritu en un oráculo que esté dispuesto.

—De acuerdo —dijo Nick, frunciendo el ceño.

—El planteamiento es teórico, pero yo creo que Paige debería ser capaz de transferir los recuerdos de mi onirosaje al del oráculo, con lo

143

que podríamos proyectaros al éter. Cuanto más tiempo podamos alargar la sesión, más lejos llegará el mensaje. Necesitaríamos a la mayoría de los miembros de la Asamblea Antinatural, preferentemente a todos, para que viaje lejos y llegue a todas partes.

Maria cruzó los brazos.

—Suena fantástico. ¿Por qué no lo hemos hecho antes?

—No contabais con un refaíta —dijo el Custodio—. Bueno, ¿quién ha tenido contactos con ScionIdus?

Maria chasqueó la lengua.

—Yo compartiré mis recuerdos. Son bastante escabrosos.

Todos se giraron hacia Nick, que estaba sentado sobre un cajón de suministros. Se humedeció los labios.

—Mi experiencia fue... personal. No sé si quiero hacerla pública.

—Usemos la mía —propuse—. Mis recuerdos de la incursión en Dublín.

—Eras demasiado pequeña —respondió el Custodio—. Puede que tus recuerdos no sean lo suficientemente claros.

Nick se masajeó las sienes con los dedos.

144

—Está bien. Si va a ayudar al país a entender lo que está pasando, contad conmigo —dijo, moviendo la rodilla con nerviosismo—. Pero no puedo proyectar las emociones en el recuerdo, claro. Solo imágenes.

—Con las imágenes debería bastar. Visiones de un pasado violento que son presagios de un futuro violento.

Nick asintió y apoyó la frente sobre una mano.

—Déjame que haga yo la proyección —se ofreció Tom, dándole una palmada en la espalda—. Tengo algo más de experiencia en eso.

Nick volvió a asentir.

—Está decidido, pues. Si conseguís convencer a la Asamblea Antinatural para que participen en la sesión, yo os ayudaré a reforzarla —dijo el Custodio.

Tom hizo una mueca.

—No pensaréis que todos los miembros de la Asamblea se darán la mano, ¿no?

—Sí que lo harán —dije yo.

—No les va a gustar, Subseñora.

—Puedo equivocarme —respondí—, pero no creo que a Scion le importe un comino si les gusta o no.

9

El precio

*T*ardamos dieciséis horas en reunir a los miembros de la Asamblea Antinatural necesarios para realizar la sesión de espiritismo. Estaban repartidos por toda la ciudadela, reunidos en diferentes segmentos del Nivel Inferior. Mientras los desagüeros los llevaban hasta nuestro hogar, los demás nos dedicamos a hacerlo habitable. Pusimos ropa de cama en las literas. Se creó un equipo para la reparación de las bombas y del sistema de ventilación. Los alimentos de que disponíamos se almacenaron en la zona de la cantina para su posterior distribución. Se requisaron todas las armas y se guardaron bajo llave.

Todo ese trabajo me impidió volver a hablar con el Custodio. A veces, nos cruzábamos mientras cargábamos cajas de sábanas de un sector al otro, y por un instante le veía el rostro en la penumbra, pero siempre evitaba el contacto visual.

Y, mientras tanto, no dejaban de llegar videntes. Algunos venían por un pasaje que conectaba con el metro, otros usaban las cloacas, y otros a través de un edificio en la superficie. Limpiamos la enfermería lo mejor que pudimos, compartiendo el material que llevábamos, y les entregamos las llaves a Nick y a Wynn. Wynn enseguida me llamó y me hizo sentar sobre un cajón. Llevaba el cabello recogido en una trenza.

—Déjame ver esa mano. Y la cara —dijo—. No podemos permitir que mueras por una infección antes de que te pongas en marcha.

Hacía mucho que el corte que me había hecho Styx había dejado de sangrar, pero, conociéndome, conseguiría que se me volviera a abrir si no me ponía puntos. Wynn me cogió la mano, se la apoyó sobre las piernas, sacó un frasquito de alcohol de un bolsillo de su falda y me echó un chorrito sobre el corte, en la palma. Luego me aplicó otro poco en la mejilla.

—¿Estás bien, Wynn?

—A estas alturas, ya estamos acostumbrados a que nos traten mal. —La palma de la mano empezó a escocerme—. Paige, tienes que escoger a alguien para que se quede con Styx, y has de hacerlo pronto. No olvidará vuestro acuerdo.

—¿Y qué hará si no le envío a nadie?

—Irá a hablar con Scion. Los desagüeros se toman los juramentos muy en serio. Por eso te hizo ese corte. Si el río es testimonio de vuestro compromiso, estás vinculada a él. Si te echas atrás, él no se sentirá obligado a protegernos.

—¿Te opondrías a que enviara a un vil augur?

—No, si el augur en cuestión está dispuesto.

—¿Y si no lo está?

Wynn se frenó un momento.

—Eso dependería.

Le dejé que me limpiara las heridas en paz un rato. Cuando quedó satisfecha con la operación, se sacó una aguja de su cárdigan y la lavó con el alcohol.

—Wynn, ya has visto que los videntes siguen rabiosos con Ivy —dije, y su cara se tensó—. Podría convertirse en un grave problema. Están pidiendo sangre.

Wynn me miró fijamente a los ojos.

—No te atrevas.

—Yo no la obligaría. —Bajé la voz—. Pero quiero darle la opción. Quizá esté más segura con los desagüeros que aquí.

—Sería para toda la vida. Eso es lo que Styx exigió.

—La sacaré de aquí —respondí.

—¿Cómo?

—Como sea. No se quedará aquí para siempre.

Ella tensó la mandíbula y volvió a centrar la atención en la palma de la mano. La aguja me penetró en la piel.

—Ya sabes lo frágil que es —dijo Wynn, con una delicadeza inusual—. No duerme. Tiene el estómago cerrado. Y deberías ver las cicatrices que le dejó su guardián. Ya ha recibido un castigo más que suficiente por lo que hizo. —Dejó caer los hombros—. Para mí, Ivy es como una hija. Todas las jacobitas lo son. Si la mandas con los desagüeros, yo misma iré a Scion a revelarles nuestra posición.

—Wynn. —Le agarré de la muñeca—. No lo harías. Acabarías con todos los augures viles que hay aquí, y con todos los demás.

146

Ella frunció los labios. Cortó el hilo y me vendó la mano con una gasa limpia.

—No sé qué es lo que haría. Ya sabes que no le tengo ningún cariño a este sindicato, Paige. Mi lealtad es solo para contigo. —Me ató el vendaje—. Ya puedes irte. Tengo otra paciente.

Su rostro se había vuelto pétreo, inexpresivo. Me fui.

La paciente siguiente estaba fuera. Ivy. Se encontraba de pie junto a Róisín, que parecía haber adoptado el papel de guardaespaldas.

—Paige —dijo Ivy, pero no hice caso. Me alejé, escuchando el ruido de mis pisadas, que resonaba al compás del latido de mi corazón—. ¿Paige?

Si se la entregaba a Styx, los videntes verían saciada su sed de sangre, y al mismo tiempo ella quedaría fuera de peligro. No dejaba de esperar que vinieran a contarme que alguien se había tomado la justicia por su mano; eso me asustaba.

Ivy era una superviviente. No obstante, mientras estuviera en Mánchester no podría protegerla. Querría verla asentada en algún lugar seguro, donde pudiera enmendar sus errores del pasado, donde se viera rodeada de gente que se preocupara por ella, y desde luego ese lugar no era el refugio subterráneo donde nos encontrábamos. En cualquier caso, si quería que tuviera esa oportunidad, debía resistir unas cuantas semanas.

De momento, la decisión tendría que esperar. Ahora había que celebrar esa sesión espiritista.

Me reuní con mi dama y mi caballero en el túnel transversal; esperamos, tensos y en silencio. Eliza no paraba de manosear un mechón de sus cabellos, mientras que Nick, de pie y cruzado de brazos, permanecía inmóvil como una estatua. Sabía que los treinta miembros de la Asamblea Antinatural que habían llegado al refugio habían sido convocados para que acudieran a un tramo vacío de la planta superior, donde había espacio suficiente para formar un círculo. Oía sus voces entremezcladas en aquel oscuro espacio. Debían de haber acudido por voluntad propia, pero aun así no tenía ni idea de qué recepción nos brindarían.

—Nick —dije, observando su gesto taciturno—, no tienes por qué hacer esto.

Él tenía la mirada perdida.

—Ya es hora de que lo afronte.

147

Otros mimetocapos fueron entrando en la cámara. Los observé desde lejos. No había ni rastro de la Reina Perlada.

Cuando los tres entramos en el túnel, sentí el impacto de sus voces como si me hubiera dado de bruces contra un muro: gritos exigiendo justicia para los videntes desaparecidos, pidiendo explicaciones, solicitando pruebas incontestables de que teníamos un plan para acabar con el ejército. Algunos de ellos gritaban que yo era una asesina y una chaquetera. Me quedé mirando aquella muchedumbre que chillaba y agitaba el puño, y Eliza y Nick se pusieron delante de mí llamando al orden. Sentí el temblor de unos cuantos espíritus listos para el ataque. Cuando una de las nuevas mimetocapos le dio un puñetazo a Jimmy O'Goblin, los puse a todos a raya con mi espíritu, que creó una onda en el éter que impactó con fuerza en el onirosaje de cada uno de ellos.

Se callaron de golpe, y miraron con gesto preocupado.

«Tienen que temerte, o nunca te respetarán —me había dicho Glym—. Basta con que les muestres lo que puedes hacer».

Varios de ellos lucían recuerdos del torneo: cicatrices en el rostro, quemaduras, dedos amputados. Otros tenían heridas más recientes. Localicé a Jack Hickathrift, que me sonrió con un lado de la boca.

—La Subseñora —anunció Nick.

Di un paso adelante. Eliza y Nick se pusieron a mi lado, ambos formando bandadas de espíritus para defenderme en caso de que fuera necesario.

—Miembros de la Asamblea Antinatural —dije—, como todos sabéis, nos enfrentamos a una crisis de dimensiones sin precedentes. Con la imposición de la ley marcial y la mayor presencia de escáneres Senshield, no me ha quedado otra opción que ordenar el traslado del sindicato al Nivel Inferior. —Se oyeron unos murmullos, pero todos me escuchaban—. Tras varios años amenazando con la llegada del sistema Senshield, Scion no solo ha instalado escáneres ocultos por toda la ciudadela, recalibrándolos para aumentar su efectividad, sino que además ha desplegado a ScionIdus, el ejército.

—¡Por tu culpa!

—¡Vete al infierno, onirámbula!

—No deberíamos haberte entregado la corona. ¡Con el Vinculador esto no habría pasado!

Otras voces se apuntaron a las protestas. Mis comandantes estaban en las últimas filas, tensos, observando el espectáculo, pero yo les había ordenado que no salieran en mi defensa. Necesitaba gestionar aquello sola.

—No gritéis y escuchadme —dije, decidida, elevando la voz para hacerme oír—. Hemos recibido información fiable de que hay una fábrica de sistemas Senshield en Mánchester. Pienso ir personalmente, con Tom el Rimador y Ognena Maria. Esperamos poder obtener información crucial sobre la fuente de energía que sustenta toda la red. Y cuando descubramos cuál es esa fuente de energía, os aseguro que la destruiremos.

La reacción fue inmediata y furiosa:

—¿Y cómo esperas hacer eso?

—¡Ah, de eso se trata! ¡Escurriendo el bulto ante la primera señal de peligro!

—¡Cobarde!

—Vas a poner en peligro otras ciudadelas, ¿eh, irlandesa? ¿Vas a dejar a otros videntes en manos de Scion?

Aquello no paró hasta que la Duquesa de Cristal gritó:

—¡Cerrad la boca y dejad que hable de una vez!

Gradualmente, las voces fueron acallándose.

—Esto iba a ocurrir de todas formas —dije, haciendo un esfuerzo por mantener la compostura—. Hector evitó afrontarlo, como todos los otros líderes antes que él, pero ahora sabemos que el único modo de salir adelante es resistir. Scion me ha usado a mí como excusa. Nos ha usado a nosotros como excusa, porque nos tienen miedo. Han temido el poder del sindicato desde el principio, el peligro que corren si los videntes estamos unidos en su contra. Por eso existe Senshield. Por eso estamos aquí. Si permitimos que el ejército se quede aquí, armado con estos nuevos escáneres portátiles, no descansarán hasta que acaben con el modo de vida de los videntes. Si queremos sobrevivir, tenemos que luchar. —Señalé hacia arriba—. Ahí arriba, Scion se está preparando para librar una guerra contra nosotros. Hagámosles probar su propia medicina.

Algo de lo que había dicho les llegó, porque se oyeron unos cuantos aplausos dispersos.

—¿Quieres declararle la guerra a Scion? ¿Tal como están las cosas? —replicó el Filósofo Pagano, con un ojo magnificado por su monóculo—. La Asamblea Antinatural es un cuerpo administrativo que facilita la actividad delictiva de sus videntes. Desde luego, no tiene capacidad para librar una guerra.

Empezaba a valorar la fuerza de voluntad de Hector al ser capaz de resistir la tentación de matarlos a todos.

—Son ellos los que nos han declarado la guerra —dije, cada vez con más fuerza—. Lo hicieron el día en que encarcelaron al primer vidente. ¡Nos declararon la guerra el día en que cayó la primera gota de sangre en Lychgate! —Vítores—. Sois los videntes de Londres, y no voy a permitir que acaben con vosotros. Vamos a recuperar nuestras calles. Vamos a recuperar nuestra libertad. Ellos nos han convertido en ladrones. ¡Así que vamos a robarles lo que es nuestro!

Las palabras me salieron de un lugar que no sabía que tenía dentro. Más vítores, más fuerte. Gritos de apoyo.

—Desde luego tienes valor, irlandesa —replicó Lenguaraz, y los gritos se apagaron—. Ninguno de nosotros se ha alistado para ser soldado.

—Yo sí —replicó Jimmy O'Goblin, arrastrando la lengua.

—Jimmy, espera a que se te pase la borrachera para hablar —dije, y el público aplaudió, entre risas. El propio Jimmy se río con los demás, pero luego se quedó pensando, confuso—. Sé que la perspectiva es abrumadora, pero tenemos el éter. Podemos luchar para recuperar las calles, porque contamos con los medios. La clarividencia, nuestro don. Tal como nos han enseñado los Ranthen, podemos usarla contra los amauróticos. Es cuestión de liberar todo nuestro potencial. De confiar en la fuente del conocimiento que nos une a todos.

»Si el Vinculador Blanco fuera Subseñor, él también os habría convertido en un ejército, pero no para luchar por la libertad. Seríais un ejército de mensajeros, difundiendo el mensaje del Ancla. Habríais sobrevivido, sí, pero... ¿a qué coste?

—Memeces —replicó Lenguaraz—. El Vinculador habría hallado el modo de que las cosas siguieran como siempre.

—Cuidado con lo que dices, Lenguaraz —le amenacé—. Sé que ayudaste a Campana Silenciosa a quemar el Juditheon. Y, si mal no recuerdo, tu antiguo mimetocapo estuvo implicado en el mercado gris. Espero que tú no compartieras sus mismos deseos.

Abrió la boca para replicar, pero Glym le agarró de la oreja.

—Háblale a tu Subseñora con respeto —dijo—, o te quedarás sin lengua con la que replicar.

—No tienes ningún derecho a darnos órdenes —protestó el Barquero. Era un augur enjuto de cabello blanco que solo conocía de vista—. Tú no te has enfrentado a una vida dura, muchacha. Eres del séptimo orden, no sabes lo que es verse expuesto al Senshield. Eres hija de un médico de Scion. Fuiste elegida por un mimetocapo rico al que traicionaste por el poder. Dame un solo motivo por el que debería ir a la guerra por ti. Has sido tú la que nos has metido en esto.

Su acusación levantó unos cuantos murmullos indistintos entre los presentes. Intenté buscar palabras para contestar, pero era como intentar verter agua de una botella vacía.

—Déjala en paz —replicó Tom con un gruñido.

—Desde luego, habla muy bien, pero me gustaría verla pasar un día en el arroyo. Y se marchó de Irlanda enseguida, en cuanto vio...

—Basta —repliqué, cortante—. No os estoy pidiendo que vayáis a la guerra por mí. Os estoy pidiendo que me esperéis. Y cuando regrese os pediré que os defendáis. Que recuperemos lo que es nuestro. —Me puse a caminar por delante de ellos, mirándolos a muchos a los ojos—. Cuando me convertí en líder de este sindicato, esperaba encontrar gente con agallas. Esperaba ver un deseo insaciable por conseguir algo más, el deseo que mueve nuestro mundo clandestino. Es lo que he visto en los ojos de todos vosotros (en los de los aprendices, carteristas, damas y caballeros, mimetocapos) desde que empecé a recorrer las calles. Un deseo que ha resistido a años de opresión, una llama que ha hecho que todos y cada uno de nosotros plante cara a un imperio que busca destruir nuestro modo de vida. Aunque hayamos actuado siempre en la sombra, todo lo que hemos hecho, en el siglo de vida que tiene el sindicato, ha sido un pequeño acto de rebelión, cuando nos atrevíamos a ofrecer nuestro don por unas monedas, o simplemente por el hecho de existir, de buscarnos la vida. —Paré un momento—. ¿Dónde está ahora ese deseo?

La respuesta fue el silencio.

—Siempre habéis sabido lo que valéis. Siempre habéis sabido que el mundo os debe algo y que tenéis que ir a por ello, cueste lo que cueste. Id a por ello ahora. Id a por más. —Aplausos. Jimmy dio unos puñetazos al aire—. No voy a permitir que esto suponga nuestra extinción. Hoy hemos tenido que sumergirnos en el subsuelo. ¡Mañana empieza nuestro ascenso!

Esta vez me respondieron con gritos de aprobación. Mediopenique, observé, fue uno de los que aplaudió, aunque no dijo nada. Y en medio de todo aquello, sin que los demás se dieran cuenta, el Barquero escupió en el suelo de hormigón.

151

—No voy a seguir a una irlandesa para que me lleve a la muerte —dijo.

Y con una reverencia burlona, se fue. Se me encogió el estómago, pero solo su dama le siguió. Seguí adelante.

—Ha llegado la hora de hablarles a los otros videntes del país de la causa de la Orden de los Mimos. Aquí y ahora, vamos a celebrar una sesión espiritista para enviarles un mensaje a todos los videntes de Gran Bretaña. Se multiplicará y se extenderá por el éter como las ramas de un árbol, hasta donde podamos hacerlo llegar. Y al final, verán... esto.

Señalé hacia una sección de la pared, donde Eliza había pintado nuestro grito de guerra.

YA PUEDEN DETECTAR CUATRO ÓRDENES.

¿CUÁNTO TARDARÁN EN VERNOS A TODOS?

OS NECESITAMOS A TODOS, O TODOS PERDEREMOS.

NO HAY LUGAR SEGURO, NO NOS RENDIREMOS.

Y debajo se veía volando una polilla negra.

En ese momento, el Custodio emergió de entre las sombras y se situó a mi lado. Su imponente presencia hizo que a Jack Piesligeros se le escapara una risita nerviosa.

—Formad un círculo —dijo el Custodio—. Y cogeos de las manos.

Aquello despertó exclamaciones de protesta y algunas risas.

—Yo no voy a cogerle de la mano —dijo alguien, y la mimetocapo que tenía al lado se mostró ofendida.

—Sobre todo, poneos junto a las personas cuya presencia os resulte menos desagradable.

Maria se sacó una vela del bolsillo. Yo me puse la máscara de oxígeno. Con ciertas reticencias, como niños a los que hubiera que convencer para que jugaran juntos, los miembros de la Asamblea Antinatural compusieron algo parecido a un círculo. Algunos cogieron las manos que tenían al lado con naturalidad; otros parecían casi histéricos ante la perspectiva de tocar a su vecino. Nick y Eliza fueron a integrarse en el círculo, y el Custodio me tendió la mano.

Entrecruzamos los dedos. Sentía el pulso de mis propias venas en las manos, en el cuello, en el interior del codo. El suave cuero me presionó las manos, adaptándose a la forma de mis nudillos, de mi muñeca. Nick me cogió la otra mano, y Tom se puso al otro lado del Custodio. El círculo quedó cerrado.

La Asamblea Antinatural guardó silencio, a la espera de que el éter se abriera a su alrededor.

Nunca pensé que vería algo así.

El Custodio murmuró algo en *gloss*. La luz de la vela brilló con fuerza. Los espíritus se vieron atraídos al círculo, donde revolotearon formando una cadena ininterrumpida de auras. Nick y Maria se habían rociado con salvia; ambos se balanceaban, apoyándose en un pie y en otro.

—Tom —dijo el Custodio—, el mensaje. Consérvalo en la memoria.

Tom miró fijamente la inscripción, frunciendo los párpados y articulando las palabras. Maria, situada muy cerca, echó la cabeza adelante, pero no soltó las manos. El aura del Custodio se desplazó.

—Ahora, Paige.

Mi espíritu saltó, penetrando en su onirosaje.

Ya había estado allí antes. El camino me resultaba familiar, por entre las cortinas de terciopelo rojo, sobre las cenizas de su zona soleada, donde encontré su forma onírica, junto al amaranto protegido por la campana de cristal. Él contemplaba el humo que se iba formando en su mente, como una nube de tormenta.

No había estado allí dentro mientras él usaba su don. Su forma onírica me cogió de la mano, imitando nuestra posición fuera del onirosaje. Y ahora que nadie más nos oía, le transmití un mensaje: «Ven a verme a medianoche, en el nivel inferior».

Su forma onírica asintió.

El cordón áureo vibró casi con violencia, tirando como una soga, al estar tan cerca el uno de la otra, en un mismo onirosaje. Poco a poco, el humo empezó a agitarse y a adquirir formas. Recuerdos.

Él la busca por el bosque, con los pies hundidos en la nieve, hasta los tobillos, sosteniendo una linterna del almacén de su padre. Era el recuerdo de Nick. No podía explicar cómo lo sabía. Veía a través de sus ojos, sintiendo lo que debió de sentir él, pero sin dejar de ser una mera observadora. Ocho pares de huellas serpentean por entre los árboles, apartándose del sendero. Los latidos de su corazón le resuenan en los oídos como un tambor.

Un nuevo recuerdo, el de otra persona.

La pistola debía de pesar al principio, pero ahora forma parte de su brazo, como un músculo más. La suelta solo para rebuscar en los bolsillos de la otra mujer. La sangre le gotea por la barbilla, empapándole el cuello de la camisa. No suelen temblarle las manos cuando registra a un cadáver, pero este es diferente. Este es el de Roza.

—¡Stoyan!

Sus manos buscan por entre la carne empapada, la tela y el hueso, hasta sacar dos valiosas balas manchadas de sangre. Una se la debe guardar para ella, la otra para Hristo.

Primero, la supervivencia. Luego, el dolor.

—Se ha acabado —dice Hristo—. Lo único que quieren es una rendición formal. Nos iremos a la frontera, a Turquía...

—Tú puedes intentarlo.

Todo el barrio está en llamas. Solo se oyen las ráfagas de las metralletas. Tienen casi encima a los soldados ingleses.

—Siéntate conmigo, Hristo —le dice ella—. Vámonos al infierno con algo de dignidad.

—Stoyan...

—Yoana. —Se enciende su último cigarrillo, con las manos cubiertas de sangre—. Si vamos a morir, por favor, aunque solo sea por esta vez, llámame por mi nombre.

Hristo se arrodilla delante de ella.

—Si tú no lo vas a intentar, yo sí, tengo que hacerlo. Mi familia... —dice, apretándole las muñecas—. Rezaré por ti. Buena suerte, Yoana.

Se marcha, y ella apenas se da cuenta. Sabe que no volverá a verlo. Los ojos se le van a la pistola.

Nick otra vez. Yo estaba paralizada, no podía dejar de mirar.

Ahora hay más huellas de las que podrían dejar ocho personas. Corre. Una patrulla ha atravesado esta parte del bosque.

En el claro, las tiendas están arrasadas. Un cartel informa de su ejecución.

Ella está hecha un ovillo, de lado, junto a las cenizas de la hoguera. Håkan está allí cerca, postrado, con el abrigo manchado de óxido. Ambos alargan los brazos, extendiendo las manos por encima de la nieve. La botella, situada entre los dos, está intacta; esa botella que deben de haber comprado en secreto, una botella de vino con una etiqueta danesa. Él coge el cuerpo de ella en sus brazos y grita con agonía.

El onirosaje del Custodio me soltó, y el cordón volvió a vibrar.

—Vete, Paige —me dijo.

Y mi espíritu se fue.

Me desperté jadeando, buscando desesperadamente aire que respirar. Nick estaba de rodillas, apretándome la mano con fuerza. Volví a lanzar mi espíritu, que abandonó mi cuerpo.

Conseguí ver lo suficiente del onirosaje de Tom como para darme cuenta de que había adoptado la forma de una granja. Me iba cayendo polvo encima, pero me lancé hacia su zona soleada, donde su onirosaje me tendía la mano.

El contacto entre dos onirosajes era una experiencia muy íntima, pero no había tiempo para los reparos. En cuanto conectamos, supe que el Custodio tenía razón. Los recuerdos saltaron entre nosotros como un rayo.

Ahora lo único que teníamos que hacer era aguantar.

Cuando volví a aterrizar en mi cuerpo, Tom apretó los dientes y proyectó los recuerdos como imágenes oraculares. Primero nos impactaron a nosotros; luego llegaron al resto de los miembros de la Asamblea, que se quedaron sin aliento. Yo no los vi como el Custodio, que los percibía como un sueño; para mí eran más bien como páginas de un libro pasadas a toda velocidad. El bosque y la calle en llamas invadieron mi campo visual.

—No os soltéis —ordenó el Custodio.

Los recuerdos se repitieron una y otra vez, cada vez más rápido, y los espíritus fueron llevándoselos, hasta que solo vi la polilla y el mensaje de la pared.

Aguantamos un rato, lo suficiente como para acordarnos. Luego todos caímos al suelo.

En el Nivel Inferior no existían la noche y el día, pero la sesión espiritista había dejado agotados a todos los miembros de la Asamblea. Las luces se apagaron para que pudieran dormir. Yo ya había observado la división en el seno de nuestras filas. La mayoría de los que me apoyaban se habían concentrado en el nivel inferior, mientras que los que me criticaban estaban en el superior. Solo esperaba que Glym consiguiera unirlos.

Me senté en la cama vacía junto a la litera de Eliza, con la mirada perdida en la oscuridad. No era fácil asimilar la idea de marcharme ahora que empezaba a recuperar su lealtad. Y aún más difícil me re-sultaba después de que Nick, que dormía, o fingía dormir, se hubiera pasado las últimas horas en su litera, sin responder a nadie.

Su recuerdo privado había servido de combustible. De propagan-da. El asesinato de su hermana pequeña.

—Vas a entregarme a Styx.

La voz era ronca. Su linterna emitía una luz temblorosa.

—Te oí hablando con Wynn. —Ivy estaba sentada en su litera, con las piernas cruzadas—. Quiero hacerlo.

Wynn le había cubierto la T de la mejilla con una venda cuadrada. No respondí.

—Ella no quiere verlo, pero tú sabes que yo aquí no duraré mu-cho. Alguien me cortará el cuello en cuanto me despiste. Si no me han matado aún, es porque tú estás aquí —apuntó—. Así que tengo que ser yo. Por el bien de todos.

Aspiré con fuerza por la nariz.

—Si te quedas con nosotros, te matarán —dije—. Pero si te envío con Styx, Wynn nos entregará a Scion.

—Hay otro modo.

La nueva voz tenía un acento irlandés. Ivy la enfocó con su linter-na. Róisín Jacob estaba despierta y nos observaba desde su litera. Te-nía el labio hinchado desde el ataque.

—Yo conozco a los desagüeros. Solía ayudarlos en sus búsquedas por nuestro tramo del Neckinger —dijo—. Me gusta Styx. Y estoy en mejor forma que Ivy. Envíame a mí.

—Ro... —protestó Ivy.

—Tú no estás en forma para pasarte el día reptando por los túne-les. Me entregarás a mí a Styx —me dijo—, y Wynn lo aceptará sin protestar, porque le diré que voy por voluntad propia.

—No te dejarán. Es responsabilidad mía. El delito lo cometí yo —dijo Ivy, y la voz se le quebró—. Además, Paige tiene que castigar-me; si no, algún otro se encargará de hacerlo.

Se hizo una pausa, y luego Róisín añadió, hablando lentamente:

—Ellos verán que recibes tu castigo. Serás elegida oficialmente, y luego me ofreceré yo para ir en tu lugar. Pero Ivy, la única persona que Wynn no soportaría perder eres tú. Ya sufrió bastante la primera vez.

Ivy hundió la cabeza entre los brazos.

—No lo sé —dijo, a media voz.

—Pues tienes que decidirte antes de mañana —dije yo—. Lord Glym anunciará que va a ser Subseñor interino en mi ausencia. También anunciará que Ivy Jacob ha sido sentenciada a una vida de reclusión en el Nivel Inferior por los delitos cometidos contra el sindicato. Róisín, si estás decidida, tendrás que dar un paso adelante e insistir en que vas a cumplir el castigo por ella. Y tú, Ivy, tienes que hacer ver que el hecho de que Róisín vaya en tu lugar es para ti un precio que pagar mucho mayor que ir tú personalmente.

Nunca me había oído hablar así, con tal aparente insensibilidad. Ivy se quedó mirando a Róisín, y luego me lanzó una mirada airada.

—Para eso no voy a tener que actuar —dijo, y se giró, dándome la espalda.

Yo bajé la mirada. Tensé la mandíbula. Róisín se quedó mirando un buen rato el bulto que formaba Ivy bajo las mantas.

—Lo entenderá —me dijo—. Wynn, quiero decir. Ella siempre ha querido que los augures viles pudiéramos tomar nuestras propias decisiones. Yo he tomado la mía.

Volvió a apoyar la cabeza en la almohada. Me levanté de la cama y eché a caminar en la oscuridad, ciñéndome la chaqueta.

La sensación de alivio competía contra la de autorrechazo. Estaba dispuesta a enviar a Ivy. Apenas llevaba un mes en el cargo de Subseñora y ya estaba convirtiéndome en alguien que no reconocía. Alguien que podía castigar a una persona que ya estaba destrozada. Alguien capaz de hacer cualquier cosa para conseguir sus objetivos.

Ahora solo un fino velo de moralidad me separaba de Hector de Haymarket.

El Custodio me esperaba en una zona de literas desierta. Me senté en uno de los catres, delante de él, y apoyé la linterna en el colchón.

—Te vas a Mánchester dentro de cuatro horas —dijo.

Me pasé los dedos por la venda de la mano.

—Lucida vendrá por la mañana. Se asegurará de que acepten a lord Glym como Subseñor interino, y de que no haya más episodios violentos. —Hizo una pausa—. Yo cruzaré al Inframundo al amanecer.

Por toda respuesta, me limité a asentir. Las dos literas estaban tan juntas que nuestras rodillas casi se tocaban.

Tenía la nuca sudada. Llevaba todo el día pensando en esas palabras, pero no podía decirlas. No podía siquiera mirarlo. Si lo hacía, no lo conseguiría.

157

—La otra noche cometí un error —dije por fin—. Debería haber convocado la Asamblea Antinatural enseguida, tenía que haberles contado que el Senshield podía detectar al cuarto orden. De modo que se enteraran por mí. Habría podido presentarlo de otro modo.

Mis palabras sonaban con claridad en el silencio de aquel lugar, un silencio ajeno a la música de la ciudadela.

—Podría haberme adelantado a Weaver. Pero dejé que me convencieran para esperar hasta la mañana, porque quería verte. Quería estar contigo..., ser egoísta, aunque solo fuera por unas horas. Fueron horas de ventaja que le di a Weaver.

Su mirada me quemaba el rostro.

—Soy la Subseñora, y tú eres... una distracción que no me puedo permitir.

Me costó mucho decir aquello, creérmelo.

—Me juré que sacrificaría cualquier cosa para acabar con Scion. Si con ello conseguía que los videntes fueran libres. No puedo permitir que la Orden de los Mimos fracase, Custodio, sobre todo después de todo lo que hemos pasado. No podemos arriesgarlo todo.

Pasó un rato hasta que por fin lo dijo:

—Dilo.

El cabello me ocultaba la cara. La levanté por fin.

—Tú mismo dijiste que el cambio tiene un precio —dije, mirándole a los ojos—. Tú eres el precio que me costará el cambio.

Nos quedamos sentados allí un buen rato. Habría querido retractarme; me costó mucho no hacerlo. Pasó lo que me pareció una eternidad antes de que él volviera a hablar.

—No tienes por qué justificar tus decisiones.

—No tomaría esta decisión si no fuera necesario. Si la situación fuera otra... —Aparté la mirada—. Pero... no lo es.

No lo negó.

Jaxon tenía razón con respecto a las palabras. Podían darte alas, pero también podían arrancártelas.

Ahora las palabras no me habrían servido de nada. Dijera lo que dijera, por mucho que intentara presentarlo de un modo que él pudiera entender, no tenía modo de explicarle a ese refaíta lo que supondría para mí rendirme después de batallar en aquella guerra que había empezado él, ni lo mucho que habría querido seguir disfrutando de aquellos ratos furtivos. Yo pensaba que aquellos momentos serían las velas que iluminaran mis días, a medida que fueran volviéndose más oscuros. Puntos de luz, de efímera calidez.

—Quizá sea lo mejor —dijo el Custodio—. Ya tienes demasiadas sombras en tu vida.

—Me habría adentrado en las sombras por ti —dije—. Pero... No puedo permitir que signifiques tanto para mí, ahora que soy Subseñora. No puedo permitirme sentir lo que siento cuando estoy contigo. Podemos luchar en el mismo bando, pero no puedes ser mi secreto. Y yo no puedo ser el tuyo.

Cuando se movió, pensé que iba a marcharse sin decir nada. Pero entonces, suavemente, sus manos agarraron las mías.

Si volvía a tocarlo alguna vez, llevaría puestos sus guantes. Sería de pasada. Por error.

—Cuando regrese, seremos aliados —dijo—. Nada más. Será... como si nunca hubiera pasado nada en el consistorio.

Debería haber sentido que me quitaba un peso de encima. Mi vida ya era demasiado peligrosa de por sí. En cambio, me sentí vacía, como si me hubiera arrancado algo que yo no sabía que tenía. Me lancé entre sus brazos y hundí el rostro contra su cuello.

Nos quedamos allí sentados, abrazados con demasiada fuerza y, aun así, insuficiente. Cuando saliéramos de aquel lugar, ya no habría más charlas junto al fuego. No habría más noches juntos, en las que pudiera olvidarme de la guerra y del sufrimiento que acechaba en el horizonte.

No habría más bailes en salones en ruinas. No habría más música.

—Adiós, pequeña soñadora —dijo.

Mi respuesta no encontró voz. Pero presioné la frente contra la suya y en la profundidad de sus ojos se encendió una llama. Su pulgar me acarició la mandíbula y registré la sensación que me producía el roce de sus manos sobre mi piel en un rincón oculto de mi memoria. No sabría decir quién fue el primero que acercó los labios a los del otro.

Duró demasiado para ser una despedida. Un momento. Una decisión. Un reflejo de la primera vez que nos habíamos tocado así, tras las cortinas rojas, en la cueva del enemigo, cuando el peligro acechaba por todas partes, pero sonaba una canción, la canción del mañana. Una canción que no estaba segura de poder silenciar.

Nuestros labios se separaron. Aspiré su olor una vez más.

Me puse en pie, di media vuelta y me alejé.

159

SEGUNDA PARTE

El motor del imperio

10

Mánchester

3 de diciembre de 2059

*E*l tren se deslizaba por el paisaje nevado de la campiña inglesa. No es que pudiéramos verlo —los cuatro estábamos escondidos en un pequeño compartimento de equipajes—, pero el contacto de Alsafi nos había proporcionado un rastreador por satélite, salvoconducto imprescindible que nos permitía comprobar cómo íbamos avanzando.

Nos habíamos encontrado con nuestro contacto frente a la estación de Euston Arch, y había sido ella quien nos había ayudado a colarnos en un tren directo, después de ponerme el rastreador en la mano. Otro miembro de la red de Alsafi nos llevaría a un refugio seguro en Mánchester.

Al final había decidido que Eliza también viniera con nosotros. Tanto Tom como ella llevaban un buen rato dormidos, pero Maria y yo estábamos despiertas.

—Bueno —dijo Maria—, el plan, de momento, es localizar a esta persona que Danica cree que puede ayudarnos...

—Jonathan Cassidy.

—... Localizar la fábrica donde se elaboran los escáneres portátiles e infiltrarnos en la cadena de montaje de los Senshield. Descubrir cómo los construyen. ¿Es eso? ¿Es ese el famoso plan?

—Bueno, es un inicio. Si quieres desmantelar algo, primero tienes que saber cómo se construye. Debe de haber un punto en el que una máquina normal se convierte en un escáner Senshield activo. —Suspiré—. Mira, no tenemos ninguna otra pista. Y nunca se sabe: quizá descubramos algo sobre el núcleo de la red Senshield, acerca de cómo se alimenta... o incluso dónde está.

—Hmm —dijo, mirando el rastreador—. Esperemos que esta vez Danica se haya asegurado bien, o podríamos meternos de cabeza en otra trampa. —La luz de la pantalla le tiñó el rostro de azul—. Aquí hay datos sobre «enclaves», pero no entiendo nada.

Se lo cogí de la mano y presioné la pantalla, sobre un simbolito con una casa. El rastreador decía:

ENCLAVE. BUSCAD EL ELÉBORO NEGRO.

—¿Qué es el eléboro negro? —preguntó Maria.

—Está usando el lenguaje de las flores —dije, al darme cuenta—. El eléboro negro sirve para aliviar la ansiedad. Debemos encontrar refugio y provisiones donde crece esta flor.

Alsafi debía de llevar mucho tiempo preparándose para una emergencia así. Qué curioso que hablara el lenguaje de las flores, el código que el sindicato había usado durante años para sus torneos. En la colonia, nunca me había caído bien, pero ahora su trabajo se estaba demostrando esencial para nuestra supervivencia.

Maria se durmió, y yo aproveché el rato para estudiar Scion - Gran Bretaña en el rastreador. Se extendía por los territorios en otro tiempo llamados Escocia y Gales, que ya no eran reconocidos como países independientes; para Scion, Inglaterra y Gran Bretaña eran prácticamente la misma cosa. La isla se dividía en ocho regiones, cada una de ellas con una ciudadela que actuaba como «capital» regional, aunque todas estaban supeditadas a las órdenes de Londres. En torno a las ciudadelas había ciudades, pueblos y aglomeraciones urbanas, todas bajo el yugo de los puestos de control de Scion. Nosotros nos dirigíamos a la región Noroeste, a su ciudadela —Mánchester, gran centro industrial—. Hacía diez años que no salía de Londres. La ciudad me había tenido atrapada demasiado tiempo.

Apoyé la cabeza en el lateral del compartimento y me dormí un rato, con el rastreador agarrado en la mano. Con todo lo ocurrido en los últimos días, tenía mucho sueño atrasado.

Poco después de la una de la mañana, el tren se detuvo, y me desperté de golpe. Maria me cogió el rastreador de la mano. Cuando vio nuestra ubicación, se tensó.

—Pasa algo. Aún estamos a sesenta y cinco kilómetros.

«Damas y caballeros, pedimos disculpas por el retraso en nuestro viaje a Mánchester. Estamos en Stoke-on-Trent».

Pegué la oreja a la pared, haciendo esfuerzos para oír lo que decía la voz.

«En virtud de las nuevas regulaciones impuestas por la comandante en jefe, todos los trenes Scionrail procedentes de Londres deben someterse a controles regulares por parte de la División de Metrovigilancia. Por favor, colaboren con los agentes que irán pasando por el tren».

El corazón me dio un vuelco. ¿Vance nos había vuelto a descubrir? Siempre iba un paso por delante; de algún modo, siempre nos la encontrábamos esperándonos.

Maria despertó a los otros. Recogimos nuestras cosas y nos acercamos sigilosamente a una puerta corredera por la que esperábamos poder salir sin que nos vieran los metrovigilantes. Apoyé la mano en una palanca con la inscripción DESBLOQUEO DE EMERGENCIA. Empujé, cedió y la puerta se deslizó hacia un lado. Entró una ráfaga de viento helado, y yo me asomé por si venían otros trenes. Afortunadamente, en el otro andén no había nadie.

—Ahora —susurré.

Los metrovigilantes se acercaban: los notaba. Eliza se giró con cuidado y bajó por una escalerilla hasta el balasto del suelo.

Se oyeron unos pasos por el andén, y alcancé a oír unas voces:

—...por qué cree Vance que van a estar aquí...

—Qué pérdida de tiempo.

Luego bajé yo, y Tom después de mí. Cuando Maria salió, se agarró a la puerta; al caer, la cerró.

—En cuanto se vayan, volvemos a subirnos —susurré.

Nos alejamos un poco por la vía, temblando al contacto con el aire gélido. Cuando los metrovigilantes entraron en el compartimento de equipajes, nos pegamos al tren, inmóviles, temiéndonos que alguno de ellos se asomara al exterior y nos viera. Al no encontrar nada de interés, enseguida se retiraron, murmurando algo sobre los *krigs* paranoicos que les hacían perder el tiempo.

Le indiqué a Maria con un gesto que podíamos volver dentro, y ella levantó el brazo para buscar la manilla de la puerta..., solo que no había manilla. Lo único que había era un lector de huellas digitales. Nos habíamos quedado fuera.

Los metrovigilantes abandonaron el andén y resonó un pitido.

Demasiado tarde. El tren se estaba poniendo en marcha. No teníamos mucho tiempo: enseguida quedaríamos expuestos por ambos lados. Les hice gestos desesperados a los otros; Tom tiró de Maria, apartándola de la puerta. Corrimos hacia atrás y nos escondimos entre la nieve, mientras nuestro medio de transporte se iba de Stoke-on-Trent sin nosotros.

Seguimos corriendo, con el crujido del balasto bajo nuestras botas. Hasta que no estuvimos a una distancia considerable de la estación no redujimos la velocidad para recuperar el aliento. Nos ayudamos los unos a los otros para pasar por encima de la valla y nos encontramos en una calle con una marquesina de autobús, donde nos refugiamos, agachando la cabeza para ver el rastreador, que nos daba un mapa de nuestra ubicación junto a unos cuantos datos sobre Stoke-on-Trent. Estatus: conglomerado urbano. Región: Tierras Medias. Ciudadela más cercana: Birmingham.

—No podemos quedarnos aquí mucho tiempo —dije—. Las comunidades de extrarradio son muy peligrosas. La gente se fija más en todo que en las ciudadelas.

Maria asintió.

—Tendremos que caminar.

—¿Con esta nieve? —objetó Eliza, que ya estaba temblando.

—Yo he cruzado países a pie para llegar a Gran Bretaña, cariño. Podemos hacerlo. Y afrontémoslo: no sería lo más alocado que hemos hecho esta semana. —Maria miró por encima de mi hombro para ver el rastreador—. Parece que habrá unas doce horas a pie hasta el centro de Mánchester. Quizá algo más, con este tiempo.

Tensé la mandíbula. Cada hora que pasaba suponía más peligro para la Orden de los Mimos.

—Hay un enclave más al norte —dije, señalando la pantalla del rastreador—. Caminaremos desde ahora hasta que salga el sol, pararemos allí y seguiremos adelante cuando vuelva a oscurecer. El contacto con el que teníamos que reunirnos deducirá que algo ha ido mal.

Maria le dio una palmadita a Tom en la espalda.

—¿Podrás caminar tanto?

Tom cojeaba un poco por efecto de una vieja lesión que tenía en la rodilla.

—No hay otra opción —dijo—, a menos que prefiramos quedarnos aquí y esperar a que los vigilantes nos encuentren por la mañana.

Me ajusté la capucha de modo que solo los ojos me quedaban descubiertos.

—Pues a estirar las piernas.

Aunque de noche Stoke-on-Trent estaba en silencio, la situación me ponía de los nervios. Hasta un forajido en busca y captura podía pasar desapercibido en la capital de Scion, pero no en lugares así. Me recordaba Arthyen, el pueblo donde había conocido a Nick. Los residentes estaban en alerta constante, buscando indicios de antinaturalidad entre sus vecinos.

Nos escabullimos por diversas calles, pasando junto a tiendas a oscuras, pequeñas pantallas de transmisión y casas en las que de vez en cuando veíamos alguna luz encendida. Maria iba delante, buscando cámaras para evitarlas. No conseguí relajarme mínimamente hasta que dejamos atrás las farolas y nos encontramos en pleno campo. No tardamos mucho en cruzar la frontera regional, señalizada con un cartel que decía BIENVENIDOS AL NOROESTE.

Nos arriesgamos a seguir un rato por la carretera; evidentemente, habían pasado la quitanieves. De vez en cuando aparecían iglesias en ruinas. Tom encontró una rama fuerte que usar como bastón. Para no pensar en el viento helado, me puse a contar estrellas. Aquí el cielo estaba más claro, y las estrellas se veían mucho más brillantes que en Londres, donde quedaban difuminadas tras el esmog, que adquiría un tono azulado por efecto de los faroles. Mientras iba desgranando los collares de diamantes del firmamento, buscando las constelaciones, me pregunté por qué los refaítas se habrían puesto nombres de estrellas. Me preguntaba por qué el Custodio habría elegido Arcturus.

Un camión pasó a toda prisa a nuestro lado e hizo sonar la bocina, lo cual nos obligó a lanzarnos bajo una alambrada que cercaba un campo, donde la nieve se amontonaba como nata montada. No dejaba de nevar; la nieve se me pegaba incluso a las pestañas. Teníamos el rastreador, pero estábamos tan desorientados, con el cielo negro en lo alto y todo cubierto de blanco hasta donde alcanzaba la vista, que al final nos arriesgamos a encender las linternas.

El mundo a nuestro alrededor había perdido todo color, y solo se veía el brillo de la nieve.

—No veo la hora de convencer a los norteños para que se unan a la Orden de los Mimos: «Uníos a Paige Mahoney para disfrutar de inesperadas travesías por la nieve y por la mierda de las cloacas» —comentó Maria, cuyos dientes castañeaban.

167

Quité la pátina blanca de nieve de la pantalla del rastreador por enésima vez.

—Nadie di-dijo que la revolución tuviera que ser glamurosa.

—Oh, no sé... Yo creo que en las grandes insurrecciones de la historia tenían bonitos vestidos y algún lujo que alternar con la miseria.

Tom soltó una risita.

—Si en las clases de historia francesa que recibí en Scion no me engañaron —dije, casi sin sentirme los labios—, los vestidos y los lujos fueron en p-parte lo que provocó esos alzamientos.

—No me quites la ilusión, aguafiestas.

Pasamos junto a una serie de torres de alta tensión, unos colosos de acero en el mar de hielo. Las líneas de alta tensión estaban tan cargadas de hielo que algunas casi tocaban el suelo. Busqué en un bolsillo, donde había guardado algunos de los paquetes de calor que me había dado Nick, y los repartí. Abrí uno de ellos y noté el reconfortante calor en el torso.

Aquellas condiciones extremas tenían una ventaja: impedían que pensara en nada que no fuera mantener el calor corporal. No me dejaban pensar en el Custodio, en si había hecho bien en decirle que se había acabado todo. Si pensaba en ese tipo de cosas, me sumiría en un camino todavía más oscuro que el que estaba recorriendo ahora. Así que pensé en una espléndida hoguera y me prometí que estaría ahí, al final de cada campo que atravesábamos, detrás de cada muro y cada valla que rebasábamos. Cuando el sol asomó por el horizonte, tiñendo el cielo de un rojo melancólico, tenía los músculos doloridos. Ya no sentía los dedos de los pies, y estaba tan cubierta de nieve que la parte trasera de mi abrigo y de mis pantalones eran completamente blancos.

La primera imagen que vimos del enclave que buscábamos era un refugio con un tejado de paja tan cubierto de nieve que parecía una tarta decorada. Apenas se distinguían las flores blancas en los alféizares de las ventanas.

—Ahí está —dije. Era la primera vez que hablaba desde hacía varias horas—. Eléboro negro.

—¿Dónde? —preguntó Maria, frunciendo los párpados.

Eliza se bajó la bufanda, descubriendo la boca.

—Sabías que el eléboro negro es blanco, ¿no?

—Por supuesto. N-nada de esto tiene sentido —respondió Maria, echando a caminar de nuevo—. Más vale que esta gente tenga chocolate caliente.

168

Aceleramos el paso, forzando las piernas para cubrir el último tramo algo más rápido. Debía de ser demasiado temprano como para que alguien hubiera empezado a limpiar la nieve de las calles del pueblo: los pocos coches que había aparcados estaban enterrados en la nieve, y no había ni rastro de calles o caminos debajo.

Algo me activó el sexto sentido, haciéndome parar de golpe mientras Eliza rodeaba el refugio hasta llegar a la puerta. De pronto, tuve la impresión de que había estado antes en un sitio así, aunque sabía que no había estado nunca en el Noroeste. No había espíritus. Ni uno. Pero algo me mandaba una señal de advertencia desde lo más profundo de mi estómago: «Aléjate, aléjate».

Fue entonces cuando Eliza soltó un grito que me activó de golpe, inyectando adrenalina en mis venas, dándome la fuerza necesaria para sacar el cuchillo del interior de mi bota y acudir a la carrera con Maria. Encontramos a Eliza junto a una valla, cubriéndose la boca con una mano. La nieve a sus pies estaba teñida de rojo carmín.

Un pájaro graznó y salió volando de entre los restos de un ser humano. La caja torácica estaba abierta en dos, las costillas asomaban bajo unas finas capas de carne y gran parte el brazo izquierdo había desaparecido, pero el rostro era el de una mujer, y estaba intacto. El cabello, oscuro, contrastaba con el blanco de la nieve. Los oídos me pitaban de la impresión. Había restos humanos tirados por todo el pueblo. Las víctimas habían sido decapitadas, desmembradas, arrojadas por todas partes, y aniquiladas cruelmente, atacadas con una voracidad extrema. Una pátina de nieve cubría los cuerpos. Una cabeza había sido arrojada a otro jardín de eléboro, salpicando las flores blancas de rojo. El frío había evitado que acudieran moscas, pero los cuerpos debían de llevar ahí un día, cuando menos.

169

—¿Quién ha hecho esto? —murmuró Maria.

—Un emite —respondí, apartando la vista.

—Enterrémoslos —propuso Tom, tragando saliva—. Pobres desgraciados.

—No tenemos tiempo de enterrarlos, Tom —dijo Eliza, con la voz quebrada—. Podrían volver.

Tom cruzó una mirada con Maria, que tenía la pistola en la mano. Pero no le serviría de nada. Quizá hubieran aprendido algo de los emim leyendo *La revelación refaíta*, y ahora sabían cómo podían dejar un cuerpo, pero no tenían ni idea de lo que sería encontrarse con ellos.

Siguiendo mi instinto, me aparté hasta llegar al confín con otro campo; las botas se me hundieron hasta el tobillo. Cuando encontré lo que me había provocado tanto malestar, tuve que hacer un esfuerzo para no salir corriendo. Cavé en la nieve con las manos enfundadas en guantes, hasta descubrir un círculo de hielo perfecto, demasiado perfecto para que fuera natural.

Por ahí había llegado el monstruo. Los Ranthen sabían cómo cerrar los accesos al otro lado, pero era un arte que no habían compartido nunca con sus socios humanos.

—Tenemos que irnos —dije—. Enseguida.

En el mismo momento en que lo decía, un grito espeluznante resonó por encima de los bancos de nieve. Un sonido idéntico a los gritos que debían de haber sonado en aquel pueblo al llegar la bestia, un sonido que me recorrió el espinazo y me puso de punta el vello de la nuca. Eliza me agarró del brazo.

—¿Está cerca?

—No lo puedo saber —respondí, aunque en realidad sabía que estaba a menos de dos kilómetros—. Pero volverá aquí, a su punto frío. Venga, venga —le grité a Maria, que parecía haberse quedado paralizada.

Y seguimos avanzando por el campo, alejándonos del pueblo de los muertos.

Nashira nos había dicho que Sheol I estaba ahí por un motivo: para atraer a los emim y apartarlos del resto de la población. Se sentían atraídos a la actividad etérea como los tiburones a la sangre. «Por cara que hubiera costado esa colonia, servía como polo de atracción —me había contado el Custodio—. Ahora se sentirán tentados por el enorme enjambre de espíritus que es Londres».

Londres y cualquier otro lugar, por lo que habíamos visto. Aquel emite debía de haberse sentido atraído por los videntes reunidos en el enclave.

No podía creer que Nashira tuviera razón: que al acabar con la colonia, hubiera puesto en peligro otras vidas. De ser así, el Custodio y yo podríamos ser los responsables de las muertes de todos los habitantes de aquel pueblo.

Una hora más tarde cruzábamos otro campo, con las cabezas gachas para protegernos del rugido del viento, agotados. Tenía la sensación de que unas astillas de cristal me cortaban los ojos. Lo único que nos mantenía en movimiento era el miedo a los emim, pero de momento no percibía su presencia. No nos habían detectado.

Oímos el coche que se acercaba mucho antes de poder verlo. El motor traqueteaba como el de un tractor oxidado, así que era poco probable que fuera un vehículo de Scion, pero no podíamos arriesgarnos. Sin mediar palabra, nos dirigimos hacia el seto que flanqueaba la carretera y nos agazapamos detrás. Unos minutos más tarde, vimos la luz de los faros enfocando el seto.

El coche paró muy cerca. Demasiado. Era un utilitario pequeño, cubierto de hollín. Quise pensar que estaría dando media vuelta, hasta que la puerta se abrió y apareció una silueta.

—¡Paige Mahoney!

Nos miramos unos a otros.

—¿Hola? —dijo la voz, y luego maldijo en voz baja. El recién llegado cruzó la carretera y miró por encima del seto—. Mirad, si no venís conmigo enseguida, os tendré que dejar a vuestra suerte.

A pesar de la insistencia, el tono era amable; tenía un curioso acento que había oído alguna vez en el mercado negro. Al principio, me quedé inmóvil. Vance no dejaba de tenderme trampas, y no tenía ninguna intención de dejarme atrapar otra vez. Pero solo había un onirosaje en el coche: no había centinelas acechando, ni paracaidistas en lo alto.

Me puse en pie, haciendo caso omiso a Maria, que me chistaba para que me agachara. Una linterna me enfocó.

—Ah, bueno, te encontré —dijo la voz—. Rápido, sube. No vayamos a cruzarnos con una patrulla nocturna.

Las palabras «patrulla nocturna» hicieron que los otros reaccionaran. Me metí en la parte trasera del coche con Tom y Eliza, y Maria se subió en la parte de delante. El conductor tenía veintitantos años, llevaba el cabello enmarañado y gafas; la piel, morena, con pecas y pequeños lunares, y lucía una barba de varios días.

—¿Subseñora? —Cuando levanté la mano, me miró por el retrovisor—. Soy Hari Maxwell. Bienvenida al Noroeste.

—Paige —dije—. Estos son mis comandantes, Tom y Maria, y Musa, mi dama.

—¿Tu... qué?

Busqué una alternativa que pudiera entender.

—Segunda al mando. Adjunta.

—Ah, vale. Puedo llamarte Paige, ¿verdad? No tendré que decir
«mi señora» o algo así... —preguntó, sin el mínimo sarcasmo en la voz.

—Solo Paige —respondí.

Una fina capa de polvo de carbón le rodeaba los ojos. Tenía el aura
de un cotabomántico, un tipo de adivino poco frecuente, de los que
usan el vino.

—Perdona, ¿cómo has dicho que te llamabas? —le preguntó a Eliza.

Ella tardó un momento en entender con quién hablaba.

—¿Yo? —dijo, ladeando la cabeza—. Musa.

—No suena a nombre de verdad.

—Mi nombre de verdad solo se lo digo a mis amigos.

Hari sonrió y giró, cambiando de marcha con fuerza. El motor ru-
gió y dio un tirón.

—Os he esperado en la estación, pero luego he pensado que más
valía salir a buscaros —dijo, una vez en la carretera—. Bueno, siento
haberos dejado solos tanto rato. ¿Qué ha pasado?

—Hicieron un registro en Stoke-on-Trent —dije—. Agentes de la
División Metropolitana.

—¿Y cómo habéis llegado hasta aquí?

—Caminando —dijo Maria—. De ahí que parezcamos muñecos
de nieve.

Hari resopló.

—Estoy sorprendido de que hayáis caminado tanto. Especialmente con este tiempo.

—No teníamos muchas alternativas —respondí, quitándome los
guantes—. ¿Qué es lo que te han dicho?

—Solo que os ayude en todo lo que pueda.

Fueron cuarenta minutos de viaje hasta el centro de Mánchester.
Hari puso algo de música. Era buena, así que debía de ser música prohibida. Los metropolitanos nos habían retrasado un día. Un día más
que los otros tendrían que pasar en aquellas instalaciones de emergencia. Otro día del que ScionIdus dispondría para dar caza a los que
no habían conseguido ocultarse en el Nivel Inferior. Antes o después,
Vance empezaría a preguntarse por qué los escáneres no detectaban a
tantos videntes como ella pensaba, y se marcaría como objetivo sacarlos al exterior.

—Hari —dije yo—, ¿las siglas SciPAM te dicen algo?

Tardó un rato en responder.

—Sí —dijo, y se aclaró la garganta—. Todo el mundo aquí sabe lo que es. Son fábricas. Quiere decir Scion: Procesamiento de Artillería y Munición.

—¿Artillería? —repitió Maria—. ¿Armas?

—Exacto. Cualquier cosa que pueda matarte. SciPAM lo fabrica. Pistolas, munición, granadas, vehículos militares..., todo lo que no sea nuclear. Eso no sé dónde lo hacen.

Maria me miró y levantó una ceja.

Aquello prometía. Encajaba con lo que había dicho Danica. Al fin y al cabo, el Senshield era un proyecto militar.

—¿Te suena un tal Jonathan Cassidy, antiguo empleado de Sci-PAM, buscado por robo?

—No, lo siento. El nombre no me dice nada, pero puedo investigar un poco. ¿Hay algo más que queráis saber?

—¿Te consta que haya alguna relación entre SciPAM y Senshield?

—No, pero no he trabajado nunca para SciPAM, así que quizá no sea la mejor persona a la que podáis preguntar.

—¿Y sabes a quién podemos preguntar?

—Personalmente, no. Pero qué curioso que os interese eso: acaban de establecer objetivos de producción en las fábricas de SciPAM. Antes los obreros podían birlar algún arma de vez en cuando, pero dentro de dos semanas el mercado negro se ha quedado sin... Yo nunca he querido un arma, pero muchos de los escurridizos las llevan, por si se encuentran con algún centi.

Observé que le asomaba el mango de un puñal por encima de la bota. Maria apoyó los pies en el salpicadero.

—¿Escurridizos?

—Los videntes de por aquí.

—¿Quién es su líder? —pregunté.

—Nosotros no tenemos un gran sindicato como vosotros. Solo tenemos a los escurridizos, y a la Reina Escurridiza. —Me miró atentamente, y observó mi aura roja—. Por cierto, ¿fuiste tú quien enviaste esas imágenes?

Así pues, habían llegado a Mánchester.

—No, fue Tom.

Hari sonrió y meneó la cabeza, admirado.

—Debes de ser el mejor oráculo de Gran Bretaña, colega.

—Conté con algo de ayuda —respondió Tom, complacido.

Me pasé el resto del viaje interrogando implacablemente a Hari sobre SciPAM. Afortunadamente, parecía dispuesto a hablar. Nos dijo que la industria armamentística llevaba décadas instalada en Mánchester, y que SciPAM fabricaba armas tanto para los centinelas como para ScionIdus. Siempre había sido una división secreta del Gobierno, pero más aún el año anterior, cuando la producción había aumentado exponencialmente. Ahora los obreros se veían obligados a hacer turnos de dieciocho horas; de lo contrario, se arriesgaban a perder el empleo, y se enfrentaban a la amenaza de una ejecución sin juicio en caso de ser acusados de robo o «espionaje industrial», lo cual incluía hablar con tu propia familia sobre tu trabajo. Hari sabía muy poco de lo que se cocía allí dentro, pero me aseguró que nadie se mostraría dispuesto a compartir conmigo la información que yo buscaba.

Muy pronto, los campos nevados dieron paso a los austeros edificios de la Ciudadela de Scion en Mánchester. Unos rascacielos de apartamentos se elevaban hacia el cielo, como toscos dedos grises, rígidos y monolíticos, con más de cien plantas cada uno. Las capas más bajas de la ciudadela se ahogaban en el esmog: apenas se veía el sórdido color azul de los faroles entre la polución. Unas casas chapuceras rodeaban las colosales fábricas, que vomitaban un humo negro.

Una chimenea de una fábrica había caído sobre una vivienda de un barrio de chabolas y la había aplastado. Allá donde mirara, todo estaba cubierto por una capa de hollín. La mayoría de la gente llevaba mascarilla o respirador, como los centinelas, que lo tenían integrado al visor. Eso nos ayudaría.

—¿Tenéis escáneres Senshield en esta ciudadela?

—Aún no —dijo Hari—. En la capital tenéis los prototipos, ¿no? ¿Son tan terribles como se dice?

—Peores —respondí—. Y ya no son prototipos. —Le eché una mirada—. No pareces preocupado.

—Es que creo que tardarán en instalarlos aquí. Es la gente de la capital la que les interesa. Scion quiere que se sientan seguros.

Sonreí, pero era una sonrisa cínica.

—¿La gente aquí no se siente segura?

—Bueno, veamos cómo os sentís vosotros. A ver si acabáis creyendo que «no hay lugar más seguro» que Mánchester.

Paró el coche en una calle con edificios de ladrillo rojo, la mayoría de los cuales albergaban tiendas de mala muerte donde se vendía comida: empanadas de carne, caldo de carne y pan del día, callos en vinagre. La calzada estaba limpia de nieve, y la que quedaba estaba pisoteada. Localicé un cartel oxidado que decía ESSEX STREET. Cuando abrí la puerta del coche, sentí una sensación desagradable en la garganta y un sabor nauseabundo me cubrió la lengua. Cubriéndome la boca con la manga, seguí a Hari a una tienda de comidas en la esquina, la Red Rose, que prometía comida tradicional de Lancashire. En el interior hacía buena temperatura; nos llevó hasta unas escaleras en la parte de atrás y entramos a la vivienda que había en el piso de arriba.

—Bienvenidos a la casa segura —dijo, una vez en el vestíbulo del apartamento. Cerró la puerta con varias cadenas—. No salgáis al exterior sin respirador. Tengo varios para dejaros.

Nos enseñó nuestras habitaciones. A los otros los distribuyó por la primera planta —Maria y Eliza compartirían la habitación más grande—, pero a mí me llevó por unas escaleras angostas hasta la buhardilla.

—Y aquí está la tuya —dijo. El suelo crujía bajo nuestros pies—. No es gran cosa, pero es acogedora. El baño está al fondo del pasillo, por si te quieres refrescar. Te pondré en contacto con la Reina Escurridiza.

—No hace falta —respondí, dejando caer la mochila al suelo—. Quizá en algún momento necesitemos ayuda local, pero deberíamos ponernos a buscar...

—Aquí no puedes hacer nada sin hablar primero con ella.

—¿Y si lo hiciera?

Hari parpadeó.

—No puedes —insistió, y al ver que yo levantaba las cejas, meneó la cabeza, con gesto incómodo—. Es que no puedes. Tiene que saber lo que pasa en su ciudadela. Si descubre que la líder de los videntes de Londres está en su terreno sin su permiso, habrá problemas.

De hecho, si la situación hubiera sido al revés, seguramente yo hubiera esperado la misma deferencia.

—¿Cuánto tiempo tardará en contestarte?

—Eso lo decide ella.

—No puedo esperar mucho, Hari.

—No puedes presionarla —dijo, y sonrió al ver que no conseguía disimular mi frustración—. Me encargaré de que os veáis pronto, no te preocupes.

Cerró la puerta. La buhardilla era pequeña, y por todo mobiliario tenía una cama, un reloj y una lámpara. Puse a secar el abrigo cubierto de nieve sobre el radiador y me senté al lado, calentándome los dedos. Sentía todas las articulaciones del cuerpo rígidas y oxidadas.

Teníamos que ir en busca de ese tal Jonathan Cassidy, salir a examinar las fábricas e intentar localizar la que producía los escáneres. En Londres podría estar pasando de todo mientras yo esperaba que esa Reina Escurridiza encontrara un hueco en su agenda para mí. Me sentía como cuando insistía para conseguir una audiencia con Hector de Haymarket. Me había acostumbrado demasiado al poder de la Subseñora, a poder presentarme en cualquier sitio sin anunciarme previamente. Aquí, en Mánchester, no contaba con tal privilegio.

Sin saber muy bien por qué, pensé en el cordón áureo. Por primera vez desde hacía meses, no percibía en absoluto al Custodio, ni siquiera su silencio. Normalmente, lo tenía presente, del mismo modo que era consciente de mi propia respiración: no llamaba mi atención, a menos que pasara algo raro. Ahora había desaparecido.

Eliza apareció en la puerta, vestida con un suéter demasiado grande y con dos tazas de té en las manos. Consiguió que dejara de pensar en él.

—¿Te puedo hacer compañía?

Di una palmadita en el suelo, invitándola a entrar. En otro tiempo, cuando vivíamos despreocupadamente en Seven Dials, me gustaba sentarme a charlar con Eliza al final del día.

Nos acurrucamos junto al radiador, dando sorbitos al té.

—Paige —dijo ella—, el pueblo..., los emim... ¿Eso va a suceder una y otra vez?

—A menos que los Ranthen sepan cómo evitarlo. O a menos que Scion construya otra colonia. —Soplé suavemente sobre la taza de té—. Parece que estamos atrapados: o devorados por unos monstruos, o gobernados por otros.

—Los Ranthen tendrán una solución. Ellos saben mucho más que nosotros del éter —dijo, pegando los pies al radiador; los llevaba envueltos en unos calcetines—. Durante el camino, no he dejado de pensar en la sesión de espiritismo. Nunca me dijiste que también habías tenido contacto con ScionIdus.

—Cuando tenía seis años, en Dublín. No recuerdo gran cosa.

—Lo siento.

—Os lo habría enseñado, en la sesión —dije—, pero ya oíste al Custodio. Era demasiado joven; mi recuerdo no habría sido útil.

—Supongo que sabe de lo que habla. Jax nunca escribió mucho sobre oniromancia.

En ese momento se me ocurrió, por primera vez, que quizá Jaxon hubiera aprendido lo que sabía sobre oniromancia del Custodio, observándolo. No hablaba de ello en la edición original de *Sobre los méritos de la antinaturalidad*, pero había aparecido en ediciones posteriores. Debía de haber investigado a fondo sobre los nuevos tipos de clarividencia que había descubierto en la colonia. No era de los que desperdiciaban las oportunidades.

—El Custodio es... interesante, ¿no?

—Desde luego, es el adjetivo que mejor lo define.

—Después de seis meses viviendo con él, habrás acabado desarrollando cierta... proximidad.

Me encogí de hombros.

—Es refaíta. Nadie puede acercarse mucho a ellos —respondí, mientras ella me observaba atentamente. Al ver que no decía nada más, cambió de tema.

—Paige, ¿por qué escogiste a Glym como Subseñor interino?

—Pensé que sería la persona ideal.

—Vale, pero.., ¿No debería haberlo sido Nick? Él es tu caballero. O, si no..., yo.

Había roto otra tradición del sindicato, y ni siquiera había pensado en ello. Por supuesto, el caballero o la dama de un líder siempre era quien ocupaba su puesto en caso de necesidad. Ahora entendía por qué Glym había parecido tan sorprendido. La gente tendría la impresión de que no confiaba en la competencia de mi dama y de mi caballero.

—No pretendía menospreciaros. Glym será justo, pero severo. Es lo que necesitan en el Nivel Inferior.

—No sabes cómo habría actuado yo. Empecé en lo más bajo del sindicato; sé lo duro que puede ser, lo duro que tienes que ser. No me infravalores, Paige, y tampoco infravalores mi lealtad. —Aparté la mirada—. No sabes lo que me costó dar la espalda a Jaxon en el torneo. Nick y tú siempre habíais estado juntos, desde que llegasteis. En mi caso, Jax era todo lo que tenía. Y aun así lo dejé. Me hiciste ver que era como los traficantes que me usaban como recadera. Vi que querías justicia para todo el que tuviera aura, no solo para los que considera-

177

bas superiores. Por eso te escogí. —La emoción era patente en sus ojos—. No te atrevas a quitarle importancia.

Debía de haber hecho acopio de valor para decirme algo así. Intenté pensar en algo que decir, lo que fuera.

—Eliza, lo siento. Es que...

—No pasa nada. Mira, ya sé que cargas con un gran peso sobre los hombros. Solo quiero que sepas que puedes confiar en mí. Para lo que sea.

Viendo su rostro, quedaba claro que necesitaba que lo entendiera, pero lo cierto era que confiaba en ella; siempre lo había hecho. Lo que pasaba era que nunca se me había ocurrido decírselo. Quizá había pasado demasiado tiempo entre refaítas; había perdido la costumbre de expresar los sentimientos. Antes de que pudiera responder, Hari apareció en el umbral.

—La Reina Escurridiza te recibirá esta noche —dijo—. Parece que va a moverse a tu ritmo, Subseñora.

Tenía que estar presentable. No elegante, pero sí presentable. Pasé junto a un automatista de camino a la ducha, pero no parecía que tuviera ganas de charla, lo cual a mí ya me iba bien.

El baño era un congelador. Me lavé a toda prisa, metiéndome en una bañera con agua sucia, y luego me puse unos pantalones grises, un suéter negro de punto con cuello cisne y un chaleco. El pelo era una causa perdida: tras tantas horas al viento, se había convertido en una maraña llena de nudos, y por experiencia sabía que, si me lo cepillaba, solo conseguiría empeorar las cosas. Cuando llegué al pie de las escaleras, Hari abrió la puerta empujándola con el codo, porque en la mano llevaba una bolsa de papel.

—Ah, bien —dijo, al tiempo que cerraba la puerta con el talón—. Aquí tienes algo de comer. Debes de estar hambrienta tras la caminata.

Le seguí hasta la cocina, que era pequeña y estaba en penumbra, como todas las habitaciones.

—Siento que no haya mucho espacio libre. Tengo a un tipo alojado arriba (probablemente lo hayas visto). Lo buscan por haber pintado una caricatura de Weaver en el consistorio. —Hari soltó una risotada y dejó sobre la mesa unos recipientes de cartón—. *Rag pudding*, especialidad típica —dijo, acercándome uno—. No tiene muy buen aspecto, pero está bueno.

En el interior había un rollito de carne picada bañada en salsa, una cucharada de puré de guisantes y unas cuñas de patata cocinadas con grasa de res. Hasta que no lo olí, no me di cuenta de que estaba muerta de hambre. Mientras comíamos, observé que tenía un panfleto bajo el codo.

—*La revelación refaíta* —dije, acercándolo y señalando la ilustración de la portada. Era el panfleto que había escrito para advertir al sindicato de los refaítas y de los emim; el Ropavejero lo había editado para introducir cambios favorables a los Sargas—. No sabía que había llegado hasta aquí.

Hari se tragó la comida que tenía en la boca.

—Los editores videntes de Withy Grove consiguieron una copia y publicaron más ejemplares. Tuvo mucho éxito. Luego hicieron una reseña en el *Querent*, y desde entonces...

—¿El qué?

Hari apartó unas cuantas cartas sin abrir y me enseñó un cuadernillo con el lomo cosido con la marca circular de una taza de café en la portada.

—Es un boletín informativo para videntes. Scion intenta frenar su circulación, pero siempre vuelve.

El titular estaba impreso en letras góticas:

SEGUNDA REVUELTA DE CENTIS EN EL HORIZONTE TRAS LAS
IMPRESIONANTES IMÁGENES ORACULARES DE LA ORDEN DE LOS MIMOS

Y en letras algo más pequeñas:

¡EL QUERENT DICE NO A LOS *KRIGS* EN MÁNCHESTER!
¡NO A SENSHIELD EN NUESTRA CIUDADELA!

—Segunda revuelta de centis —dije, leyendo. El pulso se me aceleró—. ¿Es que hubo una primera?

—La verdad es que muy pequeña. Un puñado de nuestros centinelas nocturnos se encararon contra los supervisores de una fábrica hace unos días. No duró mucho: enseguida los sometieron. Pero corre el rumor de que habrá más.

—¿Por qué?

—Han oído hablar de la expansión de Senshield en Londres y creen que van a perder su trabajo. Y que no harán falta, si la red Sen shield se extiende. Y si no hacen falta...

Se pasó el pulgar por el cuello. Le devolví el boletín. El Custodio tenía razón: los centinelas estaban a un paso de la revolución. Independientemente de lo que pudiera durar una alianza tan tensa, podríamos acudir a ellos mientras estábamos aquí, sin miedo a que nos traicionaran, especialmente si les decíamos que estaban a punto de conseguir que el Senshield fuera portátil. Eso supondría la muerte definitiva de sus puestos de trabajo. Y también la suya.

Tom entró en la cocina con Maria, que acercó una silla. Llevaba otra vez su habitual peinado *pompadour*, y se había pintado una línea azul aguamarina en los párpados.

—Interesante —dijo, tocando con la punta del dedo su *rag pudding*.

—Hari, cuéntanos, ¿quién es esa misteriosa Reina Escurridiza?

—Sí, yo había oído hablar de un Rey Escurridizo —dijo Tom, abriendo una de las cajas. A la tenue luz de la mañana se le veía la edad, el rostro demacrado y las manchas hepáticas—. Un tal Attard, ¿no?

—Sí, Nerio Attard. Es una familia antigua —respondió Hari—. Llevan dirigiendo la comunidad de los videntes de Mánchester desde hace cuatro generaciones. Intentaron crear un Consejo del Norte hace unos treinta años, para unir a un mayor número de videntes, pero no duró. Nerio fue decapitado por Scion hace un par de años, pero tenía dos hijas. Roberta es la que Nerio designó como sucesora: me da algo de dinero para mantener operativo este lugar. Ella es la Reina Escurridiza. Y luego está Catrin, la más joven, que es su mano armada. Pero la arrestaron hace unos días.

—¿Por qué? —pregunté.

—Por ayudar a los centinelas en su alzamiento.

Eso significaba que, si no estaba ya muerta, lo estaría muy pronto.

—Si necesitara la ayuda de Roberta —dije—, ¿tú crees que se mostraría dispuesta a cooperar conmigo, aunque solo sea compartiendo información?

Hari se frotó la nuca.

—La verdad es que depende de cómo te presentes cuando la veas. No le gusta la competencia, pero mientras no muestres indicios de que quieres quitarle el puesto como líder de los escurridizos o algo así, puede ser. —Echó un vistazo al reloj y dio un par de bocados más a su comida—. Ahora iremos al Viejo Prado. Más vale llegar pronto que tarde.

Me giré hacia Maria.

—¿Dónde está Eliza?

Maria hizo una mueca.

—Creo que la ha poseído algo. He oído ruidos. Cuando la he llamado, no me ha respondido, y la puerta está cerrada por dentro.

Eliza no habría querido perderse aquella reunión, pero después de un trance podía pasarse horas en la cama.

—Déjame ir a ver —dije—. ¿Tienes un refresco de cola, Hari? ¿Y la llave de su habitación?

—Ah, sí.

Me pasó una botella de vidrio de la nevera. La llevé hasta el primer piso y abrí la puerta. Eliza estaba tendida, inconsciente, donde la había dejado el espíritu intruso, con los labios teñidos de azul por el contacto espiritual. Al no tener tinta ni pinturas a mano, la musa le había hecho bosquejar un rostro en la pared rascando con las uñas. Las tenía todas rotas, y las puntas de los dedos estaban ensangrentadas. Le levanté la barbilla y comprobé que respirara bien, tal como me había enseñado a hacer Nick después de cualquier posesión involuntaria. Luego le limpié la mano y la cubrí con mantas. Ella seguía murmurando palabras incoherentes.

«El éter siempre se cobra un precio», solía decir la gente en el sindicato. Y era cierto. A mí me dejaba agotada y me hacía sangrar por la nariz; a Nick le provocaba migrañas; Eliza perdía el control de su cuerpo. Todos pagamos un precio al conectar con el mundo espiritual.

—¿Está bien? —dijo Hari, cuando volví.

—Ella sí. Tu pared, no tanto.

Frunció el ceño ligeramente, y a continuación me entregó un respirador que me cubría todo el rostro. Ahora veía el mundo a través de unos ojos de cristal. La máscara era incómoda, pero me ayudaría a pasar desapercibida. Me puse unas botas de nieve y me abroché un grueso anorak de plumas.

Seguimos a Hari a cierta distancia. No se veía ni una estrella a través del esmog. Cuando llegamos a una calle principal, nos metimos en un ascensor atestado con un cartel en el que se podía leer: MONO-RRAÍL DE SCION MÁNCHESTER. Nos dejó en el andén de una estación.

El tren llegó al cabo de menos de un minuto. En otro tiempo debía de haber sido de lo más moderno, pero ahora estaba viejo y traqueteaba. Entré y me senté en el vagón, que estaba desierto. Maria se sentó a mi lado y cogió un ejemplar del *Daily Descendant*.

Los demás se quitaron los respiradores. Aprovechando la invisibilidad que me daba el mío, examiné a la gente que nos rodeaba. A pesar de lo tarde que era, nadie iba vestido de calle. Había un hombre con el uniforme rojo intenso, de los que trabajaban en servicios esenciales, pero destacaba entre los pasajeros, puesto que la mayoría llevaban monos gris pizarra o negros. El negro era para el personal cualificado, pero no sabía qué quería decir el gris. Solo dos de los pasajeros llevaban camisa blanca y corbata roja, que era lo que más se veía en el metro de Londres por la mañana. Hari me dio con el codo y señaló hacia la ventana.

—Ahí.

Tardé un momento en verla entre la oscuridad. Tenía las paredes negras como el cielo.

Una fábrica.

A su lado, el monorraíl parecía de juguete. El estruendo procedente del interior se oía hasta dentro del tren, y me hizo vibrar los dientes. En un lado del edificio, unas enormes letras verticales ponían SCI-PAM, y al lado se veía un ancla blanca. Los trabajadores, vestidos con uniformes grises que prácticamente se confundían con el esmog, entraban y salían por unas puertas descomunales, apoyando un dedo sobre un escáner al entrar y salir. En las puertas había al menos diez centinelas armados, otros seis patrullando la calle, y no tenía duda de que habría muchos más dentro de aquellos muros.

—Ahí dentro llevan una vida terrible —comentó Hari, señalando el edificio con la cabeza—. El trabajo te mata. Manipulan material peligroso durante muchas horas y no cobran mucho; además, los multan por cualquier tontería. La mayoría tiene que afeitarse la cabeza para no pillarse el pelo con las máquinas.

Tom tenía el ceño fruncido. Recordé la fábrica de su onirosaje, la penumbra y el polvo.

—Desde que han introducido los objetivos de producción han empezado a aplicar castigos físicos. Si no lo alcanzas, por la mañana te enteras. —Hari señaló a un punto donde un escuadrón de centinelas escoltaba a numerosos obreros vestidos de gris—. No se escapan ni los niños.

—¿Tienen a niños trabajando ahí? —pregunté, sorprendida.

—Los niños cobran menos. Y al ser más pequeños pueden limpiar debajo de las máquinas.

Trabajo infantil. En Londres no lo tolerarían, aunque muchos niños no deseados acababan en la calle, trabajando para iniciadores, sin cobrar nada.

—Dado que queréis saber más de SciPAM, podríais intentar hablar con uno de los operarios (si la Reina Escurridiza os da permiso para investigar, claro), pero no será fácil. —Hari se subió las gafas con un dedo—. Quizá sería buena idea visitar Ancoats. Muchos operarios viven en ese barrio. La mayoría son irlandeses.

Me quedé mirando la fábrica hasta que desapareció de nuestra vista.

Cruzamos un puente sobre el río Irwell. En la superficie se veían peces muertos flotando como pelotas de playa.

Al cabo de un rato, las fábricas y fundiciones dieron paso a almacenes. Poco después bajábamos del tren; tras recorrer unas escaleras, llegamos a la calle. Al pisar una alcantarilla, la mente se me fue a la Orden de los Mimos y a la gente que confiaba en mí. Necesitaba convencer a Roberta Attard de que no suponíamos ninguna amenaza para ella; de que nos permitiera realizar nuestra investigación en paz, incluso debería ayudarnos. Una vez Didion Waite me había descrito como una «maleducada presuntuosa», justo cuando yo intentaba camelarlo, lo cual no era un buen antecedente para esta reunión, pero Attard y yo éramos líderes de nuestras respectivas comunidades. De algo tenía que valer.

A la sombra del monorraíl, una inscripción en un arco dejaba anunciaba que aquel barrio se llamaba Viejo Prado. El «prado» en cuestión era poco más que un parterre de césped rodeado por una verja de hierro. A la tenue luz de un farol, un grupo de niños daban patadas a un balón, bajo la mirada atenta de un galgo. Cuando nos acercamos, una niña silbó.

—¿Habéis venido a ver a la señora?

Hari se metió las manos en los bolsillos.

—Dile que estoy aquí, ¿quieres?

Ella tiró la pelota y salió corriendo por el césped.

—Danos cinco libras, Hari —dijo uno de los niños, un pelirrojo al que le faltaban los incisivos—. Para comprar algo de comer.

Hari abrió la cartera con un suspiro resignado.

—Tú deberías estar en la fábrica. Te morirás de hambre.

—Ah, que le den a la fábrica. Ya he recogido bastante basura —dijo el niño, tendiéndole una mano. Le faltaba la mitad del dedo ín-

183

dice—. Haznos un favor, colega. No quiero tener que volver a arrastrarme bajo de esas máquinas.

Hari le tiró una moneda, y él la agarró al vuelo, riéndose.

—Eres un buen tipo, Hari.

—Dale algo de comer también a ese perro. ¿De dónde lo has sacado?

—De casa de los McKays, donde cayó la chimenea. No tenía ningún otro sitio al que ir.

El chico se agachó a acariciar al galgo.

Tom meneó la cabeza.

—Pobres chiquillos —murmuró—. Míralos.

—Sí —dijo Hari, apesadumbrado—. Y mira el dinero que me cuestan.

—¿Son todos huérfanos?

—Sí.

Yo observaba la escena a través de mi respirador. En Londres nunca había visto a un niño al que le faltara un dedo. Quizá a los estibadores de los muelles y a los sindis, pero nunca a un crío.

La niña no tardó en volver.

184

—Venga, vamos —nos dijo—. La señora os recibirá.

11

Historia de dos hermanas

*N*os adentramos en el barrio siguiendo a nuestra guía. Yo me había movido por los peores barrios de Londres, pero nunca dejaban de impresionarme. En este no había vida, reinaba el silencio. Un onirámbulo estaba tirado en un portal, como una muñeca abandonada, con una mancha roja en la boca, mientras dos ancianas barrían la ceniza de la calzada, una labor sisífica como pocas. Tom tensaba el rostro cada vez más.

—Nunca se queda en el mismo sitio —nos dijo Hari—. Tiene varios refugios, y nunca sabes cuál va a escoger.

Así pues, estaba en su sano juicio. Era un buen inicio.

Pasamos bajo un gran plátano que de algún modo había soportado la polución lo suficiente como para alcanzar unas dimensiones notables. Aún conservaba bolas marrones de semillas, pero la corteza estaba perdiendo la dura batalla con la polución y se le iba tiñendo de negro. En la calle de al lado había unas casas viejas apretujadas una con otras como dientes en una boca. La niña señaló una puerta con una cerradura deslustrada; cuando Hari llamó con los nudillos, un sensor nos abrió. Tenía la nariz y la boca cubiertas por una tela de color amarillo vivo. La seguimos a un minúsculo salón donde ardía un fuego lento que iluminaba un colchón y a la mujer que contemplaba la chimenea.

Roberta Attard, la Reina Escurridiza, medía más de metro ochenta y era ancha de hombros: una presencia formidable. Su aura la identificaba como capnomántica. Debía de ser útil tener el humo como *numen* en estas condiciones.

—Hola, Hari —dijo, y su voz me hizo pensar en serrín. Y, sin mirarme, añadió—: Tú debes de ser la Subseñora.

Pronunció el título con una pizca de desdén. Cuando se giró hacia mí, vi que su piel tenía el tono sepia de las sombras de las viejas fotografías, y los labios del color de las moras rojas. Llevaba una gorra, y por debajo asomaba una melena de rizos negros. La gorra estaba ladeada, cubriéndole casi por completo el ojo izquierdo. A primera vista, habría dicho que tendría poco más de treinta años. Me quité el respirador.

—Y tú debes de ser la Reina Escurridiza —dije.

—Dos reinas del hampa en una misma ciudadela. En Scion se quedarían de piedra.

Nos estudiamos mutuamente un instante. Ella me escrutó el rostro, deteniéndose en particular en mi mandíbula. Sus pómulos eran un mosaico de finas cicatrices. Solo era un poco más alta que yo, pero aprovechaba al máximo esa diferencia de seis o siete centímetros para mirarme con un gesto de superioridad cuando se dirigía a mí.

—¿Quiénes son tus amigos?

—Estos son dos de mis altos comandantes. Tom el Rimador y Ognena Maria.

Tom se quitó el sombrero.

—He oído muchas historias sobre tu padre, Reina Escurridiza —dijo con tono suave—. Es un honor conocerte.

—Encantada —respondió ella.

No había dónde sentarse, así que nos quedamos de pie. Attard se apartó de la chimenea. Sus musculosas piernas estaban enfundadas en unos pantalones blancos manchados de hollín. Llevaba botas con la punta de latón y suela de madera, un pañuelo azul marino al cuello y varios cinturones sobre las caderas, todos con la hebilla reluciente y fundas para sus numerosos cuchillos.

—Espero que me perdones por exigir esta reunión —dijo—. Tenía la sensación de que te pondrías en marcha tras esa... visión. —Cerró los ojos brevemente, como si aún estuviera viendo las imágenes—. Pero no pensé que vendrías al humilde Mánchester. Vayamos al grano: ¿qué es lo que pretendes hacer en esta ciudadela?

—Hemos venido a investigar sobre Senshield —dije—. Con la intención de destruirlo.

Attard contuvo una carcajada.

—No lo dirás en serio...

—No he recorrido trescientos cincuenta kilómetros para contar chistes.

—Aun así, estás loca —dijo.

—Nos iría bien contar con aliados —insistí, sin perder la calma—. Estaría muy agradecida si pudieras pedirle a tu gente que nos ayudara en lo posible, y que colaborara con nosotros en caso necesario.

—Entonces, ¿enviasteis la visión para asustarnos y convencernos así de que os ayudáramos? Bueno, pues mala suerte —dijo, respondiendo ella misma a su pregunta—. Puede que ScionIdus llegue hasta aquí, pero, por lo que yo sé, la única razón de que estén en Gran Bretaña es la de aplastar el movimiento que has creado. Solo penetrarían en esta región si encontraran algún rastro de ese movimiento por aquí. Si os localizan. Si os ayudáramos, estaríamos firmando nuestra sentencia de muerte.

—No —repliqué—. Están tomando medidas contra los videntes y contra cualquier actividad de clarividencia, y va a convertirse en un problema nacional dentro de muy poco tiempo. Scion quiere eliminar la clarividencia organizada, y aquí es donde podríamos detenerlos, en el origen. Lo primero que quiero hacer es acabar con Senshield.

—Pues que te vaya bien.

—Oh, venga ya. Dentro de menos de un año los tendrás por tus calles —intervino Maria—. Ahora detecta cuatro órdenes. Se está expandiendo. ¿Vas a limitarte a esperar a que te atrape? Tú y yo somos augures. Conocemos el riesgo.

Attard se puso rígida. Era evidente que no estaba acostumbrada a que la gente le hablara de tú a tú.

—No hay ningún indicio de que vayan a instalarlos aquí —replicó—. Y si lo hacen, localizaremos las ubicaciones y los evitaremos. Así es como lo hizo siempre mi padre: apartándose del camino de Scion.

—¿Y cómo piensas quitarte de en medio con los escáneres portátiles que están construyendo? —pregunté—. Los fabrican en esta misma ciudadela.

Abrió la boca un momento y luego frunció los labios. Pasó un rato mirando fijamente el fuego con la mandíbula rígida.

—No sé de qué estás hablando.

—Tengo pruebas de que están construyendo una versión portátil de los escáneres Senshield en las fábricas de SciPAM —dije—. Necesito verlos por mí misma; descubrir cómo se alimentan, si es posible. Si pudiéramos localizar y neutralizar el núcleo...

—¿Y dónde están esas pruebas que dices que tienes? Yo no he oído que estén construyendo escáneres portátiles.

—Tengo una infiltrada.

—Si no veo pruebas, no me lo trago —se limitó a responder. Tenía la sensación de que no aceptaría la nota arrugada de Danica como prueba—. En cualquier caso, mis videntes no se van a acercar a esas fábricas. SciPAM cuenta con seguridad las veinticuatro horas. Nadie en esta ciudadela sería tan tonto como para intentar colarse, por mucho que los hayáis asustado con vuestras visiones. Esta gente ya conoce el miedo. Respiran miedo cada día en sus puestos de trabajo.

—Los jefes de las fábricas —murmuró Tom.

Attard asintió.

—Los supervisores —dijo ella—. Y, sobre todo, Emlyn Price, jefe de supervisores. Puño de Hierro, lo llamamos. Lo nombraron ministro de Industria el año pasado. Normalmente, vive en Londres, en su elegante mansión, pero ahora lleva meses aquí. Incluso se trajo a su mujer y a sus hijos. Viven en una urbanización en Altrincham.

—¿Y la gente que trabaja a sus órdenes no quiere rebelarse? —preguntó Maria—. ¿No quieren dejar de vivir este infierno?

Siempre me había gustado la capacidad de Maria a la hora de poner a la gente en su sitio, pero resultaba evidente que estaba sacando de quicio a Attard.

—No lo sé —dijo la Reina Escurridiza, mirándola fijamente. Maria se cruzó de brazos—. Ninguno de mis escurridizos trabaja como operario. Ese es exactamente el motivo por el que mi familia creó nuestra red: para que los videntes pudieran mantenerse alejados de las fábricas, para que no estén tan desesperados como para verse obligados a trabajar ahí dentro. Conseguimos dinero robando, o haciendo uso de nuestro don.

—Lo entiendo, Reina Escurridiza —dijo Tom, mucho más moderado—. Yo trabajé en una algodonera en Glasgow. Sé lo que es.

—Es peor de lo que recuerdas.

—Estoy seguro. Pero al menos deberíamos investigar lo que sospecha la Subseñora. Si es cierto, tendrá graves implicaciones para todos.

—No estoy de acuerdo. Y no voy a permitir que lo hagáis. —Pasó la mano por la hebilla de uno de sus cinturones—. No vais a entrar en una fábrica, con el riesgo que puede suponer para todos nosotros, esperando tener la suerte de descubrir cómo funciona la red Senshield. No dejaré que mi gente muera por una fantasía.

—¿Gente como tu hermana? —pregunté yo.

—No me hables de mi hermana —replicó, cortante.

Eché una mirada a Hari, que meneaba la cabeza.

—¿Estás diciendo que no permitirás que nos quedemos?

—Oh, podéis quedaros, Subseñora —respondió con una risita—. Quedaos todo el tiempo que queráis, pero no intentéis entrar en una de esas fábricas, u os enviaré a los escurridizos. Y os aseguro que no os va a hacer ninguna gracia.

Intenté pensar en cómo gestionaría aquella situación otra persona.

Nick le haría preguntas, intentaría llegar al motivo de su renuncia, para saber por qué no quería luchar, pero no tenía tiempo para eso. Wynn querría saber por qué se negaba a cumplir con el deber de cuidar a su gente, pero con eso solo conseguiría irritarla más. El Custodio hablaba con tono suave y firme a la vez, lo cual, combinado con un par de ojos hipnotizantes, que yo no tenía, solía bastar para que la gente lo escuchara.

Al final, solo me quedaba la opción de hacer las cosas a mi manera.

—Si no actuamos, con el tiempo desaparecerá la libertad de movimiento en tu ciudadela. Antes o después, los escurridizos tendrán que vivir ocultos. —Di un paso adelante—. Ayúdanos. Déjanos hacer lo que tenemos que hacer. Un solo soldado, provisto de un escáner Senshield portátil, podría devastar tu comunidad.

Estaba a punto de estallar. Tenía que controlarme.

—Mi sindicato ha tenido que esconderse bajo tierra; no pueden moverse por miedo a que los detecten. Si no contraatacamos rápidamente, la situación empeorará, y muy pronto. Jamás pudimos pensar que nos ocurriría esto. Miramos hacia otro lado durante meses, y ahora estamos pagando las consecuencias.

Attard respiró hondo.

—Eres su líder. Es responsabilidad tuya proteger a los escurridizos —dije, suavizando el tono—. ¿Quieres ver cómo acaban enterrados vivos?

Giró la cabeza de golpe:

—No creas que puedes venir aquí a pavonearte y poner en entredicho mi capacidad para dirigir a mi gente, londinense —replicó, mirándome con dureza—. Voy a protegerlos. Voy a protegerlos como hizo mi padre, manteniéndolos apartados del peligro. Si no nos involucramos, Vance no aparecerá por aquí.

Maria suspiró.

—¿Por qué no intentas dejar de mentirte a ti misma?

—Sois vosotros los que os mentís, si pensáis que provocando a Vance conseguiréis la paz —respondió, mirando a Maria con rabia—. Por como hablas, pareces búlgara. ¿Qué tal os fue a vosotros la rebelión?

Maria no respondió, pero le echó una mirada asesina a Attard.

¿Es que nadie quería abrir los ojos? El mundo que conocíamos estaba cambiando, llevándose por delante la seguridad de la tradición, y su solución era aguantar y esperar a que pasara. Podría quedarse esperando toda la vida.

—Si creáis algún problema en mi territorio, no viviréis para lamentarlo —sentenció Attard, y se dio media vuelta—. Y no contactéis con mi hermana. Ella no puede ayudaros.

Bajé la cabeza y me dirigí a las escaleras.

—Entonces supongo que aquí ya no tenemos nada más que hacer.

No tenía sentido perder más tiempo en un callejón sin salida. Roberta Attard no dijo nada al vernos marchar.

190 —Es igual que Hector —dije, rabiosa—. ¿De verdad se cree que los problemas se van a quedar en Londres?

Maria echó el humo del cigarrillo por la ventanilla del tren.

—Había cientos como ella en Bulgaria. Algunos creen que, si bajan la cabeza y siguen con su rutina, confiando en que no les pasará nada malo, no les sucederá. Ven que les pasan cosas a los demás, pero creen que ellos son diferentes, especiales, que a ellos no les ocurrirá nunca. Creen que no va a mejorar nada, pero que tampoco va a empeorar. Son cobardes, por una parte, porque no quieren luchar, pero también son valientes, porque están decididos a aceptar su suerte. *Glupava smelost*, lo llamábamos. Coraje estúpido.

Daba golpecitos en el suelo con las botas a un ritmo frenético, furiosa. En parte podía entender que Attard quisiera evitar a Vance, pero no podía aceptarlo.

—Hari —dije—, debe de haber alguien más que pueda ayudarnos a entrar en una fábrica de SciPAM.

—Attard tiene razón con lo de la seguridad. Sería una locura intentar colarse en uno de esos sitios.

—Yo estoy loca —dije, mirándolo fijamente a los ojos—. Tú trabajas para Roberta. ¿Me ayudarías si lo intento igualmente?

Hari hundió la barbilla en la chaqueta.

—Es cierto que trabajo para ella —reconoció—, pero no exclusivamente. Solo me da algo de dinero para mantener la casa segura, ya os lo he dicho.

—¿Es eso un sí?

Tardó un rato en responder:

—Me dijeron que os ayudara en todo lo posible. —Otra pausa—. Supongo que, si no se entera, no puede enfadarse.

—Buen chico —dijo Maria, dándole una palmada en el hombro.

Cuando llegamos de nuevo al barrio de Hari, el Red Rose estaba lleno de clientes. En el ambiente flotaba un olor a salsa de carne, nuez moscada y café que se mezclaba con el omnipresente hedor a humo de las fábricas que llevaban pegado a la ropa los parroquianos al entrar. Una suspirante con el pelo trenzado servía la comida, e iba pasando los pedidos con una voz musical. Percibir su aura me reafirmó en mi decisión. Si estuviera en Londres, podría ser detectada y correría peligro.

En la casa segura encontramos a Eliza, aún decaída, tomándose una cola.

—¿Cómo ha ido? —preguntó con la voz ronca.

—No ha servido de nada —respondí.

Ella frunció el ceño, y yo, sin decir una palabra más, me fui a la buhardilla y me senté en el alféizar de la ventana.

Una cetrina niebla gris desfilaba por delante del cristal. Me la quedé mirando y dejé vagar la mente.

Cuando sueñas con un cambio, ese cambio brilla con fuerza, como el fuego, y se lleva por delante toda la podredumbre de antes. Es algo impetuoso e inexorable. Clamas justicia, y se hace justicia. El mundo te acompaña en tu lucha. Pero si algo había aprendido en aquellas últimas semanas, era que conseguir el cambio nunca ha sido fácil. Ese tipo de revolución solo existe en las ensoñaciones.

Alguien llamó a la puerta. Un momento más tarde apareció la cabeza canosa de Tom el Rimador.

—¿Todo bien, Subseñora?

—Estoy bien.

—No te culpes, chiquilla. Es una tonta. —Entró en la habitación, apoyando el peso del cuerpo en la pierna buena—. Hari conoce a gente en la ciudadela, en sitios donde se reúne lo menos granado de Mánchester. He pensado que podríamos ir juntos e intentar buscar a ese Jonathan Cassidy que mencionó Danica.

—De acuerdo. —Me puse en pie—. ¿Tú estás bien?

—Aún algo cansado después de la sesión de espiritismo. Me exigió mucho. —Vaciló un momento—. Yo... aún no entiendo cómo se pudo hacer. Tuve la sensación..., bueno, perdóname, Subseñora, pero tuve la sensación de que había algo más de lo que nos estaba contando el Custodio.

Suspiré.

—Tom, si hay algo que te puedo decir sobre los refaítas, es que siempre hay algo más de lo que consideran que te pueden contar.

El lugar de encuentro de los delincuentes amigos de Hari resultó ser una fonda llamada Quincey's. Ocupaba un estrecho edificio en la esquina de una calle, con una sucia fachada de terracota y ventanas iluminadas por la temblorosa luz de las velas. Debía de estar a punto de amanecer, pero, por las siluetas que se veían a través del cristal, aquello debía de estar hasta los topes. A unos metros de allí, un demacrado vendedor ambulante vendía bollitos y sopa en un puesto.

En el interior, las paredes eran oscuras, cubiertas de azulejos, y un amaurótico tocaba al piano *El acorde perdido*, una canción prohibida que siempre me había gustado. Las notas parecían esforzarse para hacerse oír por encima de las voces. Alguien le tiró un puñado de clavos al músico —público difícil—, pero él siguió cantando.

Hacía tanto calor que había vapor en las ventanas. Hari nos llevó al piso de arriba, hasta una mesa de banco corrido, en un lateral. Sacó un puñado de billetes.

—Cortesía de la Reina Escurridiza. Una muestra de su gratitud por vuestra..., eh..., cooperación.

Yo estaba a punto de rechazarlo, pero Maria lo agarró.

Los otros se quitaron las máscaras, pero yo me dejé el respirador puesto. No eran tan tonta como para mostrar la cara en un lugar así, fuera una guarida de delincuentes o no.

—Me muero de hambre. Voy a buscar algo de comer —anunció Maria, poniéndose en pie, pero yo la agarré de la muñeca.

—A ver si puedes descubrir algo sobre Cassidy —dije—. Pero sé sutil.

—Como si no lo fuera siempre.

Se abrió paso entre la multitud para llegar a la barra. Yo me quedé sentada con Eliza y Tom, examinando el entorno. En lo alto había una pantalla que retransmitía un partido local de *lacrosse* sobre hielo, el deporte de invierno nacional en Scion. Jaxon nunca nos dejaba ver partidos en la guarida, al considerarlo una «frivolidad», pero muchas veces Nadine se escapaba al bar de oxígeno más cercano para verlos. El *lacrosse* sobre hielo despertaba pasiones entre los amauróticos de Londres; aquí, en cambio, muchos de los que lo veían eran videntes. Cuando los Manchester Anchors se anotaron un punto, la mitad de los espectadores se dejó caer sobre la barra, mientras los otros gritaban, eufóricos, y se daban palmadas en la espalda.

—Paige —dijo Maria cuando volvió (aunque apenas la oía, con todo aquel ruido)—, el tipo de la barra dice que a Cassidy se lo conocía porque robaba armas y las vendía en el mercado negro. Al final, sus jefes del SciPAM lo pillaron con las manos en la masa. Cuando se lo llevaban al calabozo, escapó; se rumorea que está escondido, pero nadie sabe dónde.

—Claro. ¿Algún dato útil sobre él?

—Es calvo, amaurótico y siempre lleva un trapo sobre la cara. Eso es todo. Sí, ya, nos ayuda mucho. —Se sentó en el banco junto a Eliza—. He preguntado por las fábricas de SciPAM. Según parece, ya hay diecisiete, de diferentes tamaños, y todas se dedican a la producción de munición. Y no hay motivo para que Scion se haya pasado un año fabricando munición, a menos que estén planeando otra incursión.

—O eso, o están intentando armar a todos sus soldados con escáneres —señalé.

—Dudo mucho que para hacer eso necesiten diecisiete fábricas. En cualquier caso, deberíamos quedarnos aquí y eliminarlas.

—¿Las fábricas? —exclamó Tom—. ¿Las diecisiete?

—Sí, las fábricas. Las diecisiete. Acabar con ellas.

—Vale —dije, atónita—. ¿Y cómo hacemos eso?

Maria encendió su mechero.

—Soy piromántica, Paige. —Con un movimiento de la mano llamó a un espíritu, que este trasladó la llama hasta la punta de su cigarrillo—. Te prometo que puedo controlar un pequeño incendio.

Eliza le tiró de la mano.

—Maria, aquí hay carroños —la regañó—. ¿Qué estás haciendo?

—A nadie le importa, cariño. Mira.

193

Señaló a una mesa cercana, donde había una vidente con una bola de cristal en la mano. En un cartel, se podía leer:

ANTINATURAL GENUINA.
PREDICCIÓN DE RESULTADOS DE LOS PARTIDOS
DE *LACROSSE* SOBRE HIELO

La antinatural en cuestión estaba rodeada de amauróticos muy interesados, y no parecía que ninguno de ellos tuviera intención de denunciarla.

La conversación se interrumpió mientras un camarero nos servía la comida en la mesa, junto a unas tazas de chocolate caliente.

—Lo que yo digo —prosiguió Maria cuando el camarero se fue— es que si no podemos entrar en las fábricas...

—No vamos a quemar nada —la interrumpí—. Si destruimos las fábricas, destruimos la pista que podría llevarnos al núcleo.

—¿Tienes alguna idea mejor?

Volví a escrutar la sala.

—Tenemos que encontrar a ese Cassidy. Dani no me habría dado su nombre si no pensara que podía ayudarnos.

—Yo creo que también podríamos contactar con Catrin Attard —propuso Maria.

Eliza ladeó la cabeza.

—La hermana de Roberta —le expliqué—, condenada a la horca. Si contribuyó al alzamiento de los centinelas, sin duda estará dispuesta a plantar batalla a Scion.

—La Reina Escurridiza nos advirtió de que no nos pusiéramos en contacto con su hermana. —Tom miró por encima del hombro—. No deberíamos desoír sus órdenes en ese aspecto. Este es su territorio.

—No podemos tener tantos reparos con eso del territorio, Tom —repliqué.

Él soltó un gruñido.

—Si nos encuentra curioseando, podría echarnos. Además, por lo que se dice, Catrin está en una cárcel de Scion.

Me masajeé la sien. Si íbamos a entrar en SciPAM y no queríamos morir en el intento, tendríamos que planificarlo todo muy bien.

—Tengo una idea acerca de dónde podríamos encontrar a Cassidy —dije—. Aunque en realidad no hay garantía alguna.

—En esta revolución, no hay nada que nos dé ninguna garantía —me recordó Maria.

—Hari mencionó un barrio llamado Ancoats. Dijo que allí vivían muchos obreros irlandeses.

—¿Y? —preguntó Eliza, frunciendo el ceño.

—*Cassidy* es una adaptación al inglés de un apellido irlandés.

—Como el tuyo —dijo ella, relajando el rostro.

—Exacto. —El apellido Mahoney era una de las pocas cosas del legado familiar a la que mi padre no había renunciado—. Si se oculta en Ancoats, quizá la gente de allí se muestre dispuesta a revelarle su ubicación a una de los suyos.

—Bien pensado —dijo Maria.

Me acabé el chocolate.

—Mientras yo voy allí, tenemos que seguir otras líneas de investigación. Tom, quiero que intentes hablar con alguno de los obreros. Pregúntales qué hacen ahí dentro, a ver si alguien quiere hablar. Maria, Eliza, descubrid si Catrin Attard sigue viva y dónde la tienen encerrada. Y aseguraos de no llamar la atención de Roberta ni de los escurridizos.

Con todas esas líneas de investigación abiertas, teníamos que encontrar algo que nos acercara un poco más a los secretos del Senshield. Si no lo conseguíamos y volvíamos a Londres con las manos vacías, probablemente no siguiera siendo Subseñora mucho más tiempo.

12

La fortaleza

*D*ejé que me convencieran para volver a la casa de Hari a dormir una horita, decisión que lamentaría amargamente. Poco después de que regresáramos, un amigo de Hari llamó para decir que iban a hacer una inspección de la fábrica de SciPAM más cercana, lo que suponía un aumento de la actividad del Gobierno durante las horas siguientes. Hari se negó categóricamente a dejarnos salir hasta que hubieran acabado.

Cuando llegó la mañana, yo ya estaba caminando arriba y abajo por la buhardilla, consumida por la frustración. Parecía que el reloj se burlaba de mí. Cada segundo que pasaba era un segundo más que la Orden de los Mimos seguía atrapada, y hasta ahora nuestra misión no había servido para nada. No podía imaginar cómo lo llevaría Nick.

A mediodía perdí la paciencia y llamé a la puerta de la habitación de Hari.

—Un momento —respondió él, pero yo ya estaba entrando.

—Hari, no podemos espe...

No pude acabar la frase; las cejas se me dispararon hacia arriba.

Las cortinas de la ventana estaban corridas. Hari estaba en la cama, apenas había tenido tiempo de levantar la vista, y con el brazo rodeaba a Eliza, que tenía la cabeza apoyada en su hombro. Ambos estaban despeinados y tenían cara de sueño.

—¡Por todos los demonios, Paige! —exclamó Eliza cuando me vio, y tiró de las sábanas para cubrirse los hombros desnudos.

Yo carraspeé, sin saber qué decir.

—Subseñora... —dijo Hari, tanteando la mesilla en busca de sus gafas—. Perdón..., eh... ¿Va todo bien?

—De lujo. Si habéis... acabado —dije—, ¿te importaría comprobar si ya podemos salir?

—Sí, claro.

Me retiré todo lo rápido que pude. A mis espaldas, oí que Eliza mascullaba algo que sonó como «esto no lo superaré».

Tendría que haber aprendido ya hacía muchos años a no entrar en lugares cerrados sin permiso. Esa costumbre me había metido en muchas situaciones complicadas cuando iba a recaudar dinero para Jaxon.

Jaxon... Me lo imaginaba fumándose un puro en el Arconte, sonriendo, socarrón, viendo como el ejército iba tomando el control de Londres.

Ya en la cocina, me puse varias capas de ropa mientras esperaba a que llegaran los otros. Hari apareció al cabo de un par de minutos, con una camisa limpia y la cabeza gacha.

—La inspección acaba de terminar —dijo—. Ya podéis ir, si queréis.

—Bien —respondí, ajustándome la chaqueta—. Deberíamos estar de vuelta dentro de unas horas.

—Yo estaré trabajando. Venid al mostrador cuando volváis y os daré la llave.

En el vestíbulo me encontré con Maria y Eliza —esta última sonrojada—, y, juntas, nos pusimos en marcha hacia la estación del monorraíl, bajo una lluvia fina. Mientras esperábamos nuestros respectivos trenes, Eliza susurró:

—Lo siento, Paige.

—No tienes que pedir disculpas. No soy la brigada antisexo.

Ella contuvo la sonrisa.

—No. Pero no debería distraerme. —La lluvia le goteaba en la cara—. Es que... hacía mucho tiempo.

—Mmm —respondí, soplándome las manos.

—No hagas nada temerario cuando estés sola por ahí —me dijo, dándome un suave codazo al ver llegar mi tren—. Cuando te subes a un tren, tienes la mala costumbre de no volver.

—¿Cuándo he hecho yo algo temerario?

Me lanzó una mirada escéptica, pero yo subí al tren antes de que pudiera responder.

El cielo de Mánchester no debía de ser nunca azul. Contemplé la ciudadela por la ventana, observando la actividad bajo la vía del monorraíl. Cuando el tren giró una esquina y pasó junto a otra fábrica de SciPAM, me acerqué a la ventana hasta que mi aliento empañó el cristal. Al otro lado de la valla un pequeño grupo de obreros estaban haciendo gestos airados a los centinelas.

Aquel lugar era una olla a presión.

El tren fue alejándose, y yo no pude evitar pensar en el Custodio. No había notado el cordón desde antes de abandonar Londres. Al principio se me había ocurrido pensar que se habría roto por algún motivo, pero seguía ahí..., solo que estaba inmóvil. Quizá fuera normal no sentirlo mientras él estaba en el Inframundo, abriéndose paso por entre las ruinas de ese reino al otro lado del velo.

Resultaba extraño recordar mis incursiones en She'ol, hacía ya tanto tiempo, ahora que estaba tan absorta en los asuntos de los humanos. Estarían buscando a Adhara Sarin, para convencerla de que yo era capaz de dirigir a la Orden de los Mimos en nuestra lucha contra los Sargas. Quizá ya la hubieran encontrado. Sin embargo, cuando pidiera pruebas de mi capacidad como líder, el Custodio no tendría nada que ofrecerle. Aún no. Él creía en mí, sin fisuras, y yo prácticamente no había encontrado con qué corresponderle.

Al pensar en él, sentí un dolor punzante tras las costillas. El silencio en el otro extremo del cordón resultaba inquietante, como si hubiera perdido uno de mis sentidos.

El barrio de Ancoats se encontraba a la sombra de la mayor fábrica de SciPAM de toda la ciudadela. Bajé del monorraíl y me abrí paso por entre la nieve, sintiendo el azote del viento en la cara, dando gracias por la protección que me aportaba el respirador. Al pasar junto a todas aquellas casas, pegadas unas a otras y con la madera medio podrida, tan pequeñas que casi se podía tocar el tejado con la mano, me encontré con un garabato naranja pintado sobre la piedra: MAITH DÚINN, A ÉIRE. Ver algo escrito en gaélico allí, en Scion, me puso los nervios de punta, y luego desencadenó en mí una irrefrenable nostalgia del lugar que no veía desde que tenía ocho años.

La gente del barrio se movía como sonámbulos. La mayoría vestía unos raídos uniformes de obrero y tenían la mirada perdida. Otros estaban sentados a la puerta de las casas, envueltos en unas mantas roñosas, con la mano tendida pidiendo limosna. Entre ellos había una joven que rodeaba con los brazos a dos niños pequeños. Tenía las mejillas manchadas de lágrimas secas.

Pregunté por Jonathan Cassidy en varias tiendecitas del barrio: una carbonera, una zapatería y una mercería minúscula. En los tres casos me encontré con una actitud esquiva y murmullos de «no, aquí no». En cuanto salí de la mercería, en el cristal apareció un cartel de

CERRADO. Sentía la tentación de quitarme el respirador y demostrarles que no lo buscaba para entregarlo a Scion, pero no podía estar segura de que no corriera peligro.

Mi búsqueda enseguida me llevó a la taberna que había mencionado Hari, que estaba en la esquina de Blossom Street. La estrecha puerta no tenía ventana ni manilla. Un cartel con la pintura consumida decía *Teach na gCladhairí*, «Casa de los Cobardes», con una anguila de vientre amarillo enroscada entre las letras.

Al entrar noté un leve rastro a moho y cigarrillos en el ambiente. Las paredes, empapeladas con un estampado floral, estaban cubiertas de cuadros con imágenes de paisajes tempestuosos. Me quité la capucha y me senté a una mesa redonda en una esquina. Una amaurótica huesuda me gruñó desde la barra con gesto agrio:

—¿Quieres algo?

Me aclaré la garganta.

—Café. Gracias.

Se fue a la cocina. Me quité el respirador y me subí el pañuelo de cuello, que era de color rojo. Un minuto más tarde, la camarera me colocó una taza delante, junto con un plato de pan de soda. El café tenía el aspecto y el olor del vinagre.

—Ahí tienes —dijo.

—Gracias. —Bajé la voz—. Me preguntaba si podrías ayudarme. ¿Viene por aquí un tal Jonathan Cassidy?

Me miró con cara de pocos amigos y regresó a la barra. La próxima vez debería probar a enseñar la cartera.

Había otros clientes en la taberna, todos sentados en torno a sus mesitas. Alguno tenía que saber dónde se ocultaba el tal Cassidy. Para disimular, cogí la pringosa carta y le eché un vistazo.

—Deberías probar el estofado.

Me giré hacia la voz. Era un amaurótico con barba. Había entrado justo después de mí, y le acababan de servir.

—¿Perdón?

—El estofado.

Le eché un vistazo.

—¿Es bueno?

Se encogió de hombros.

—Está estupendo.

Era tentador, pero no podía quedarme mucho tiempo.

199

—La verdad es que no sé si me fío del cocinero —dije—. El café huele como si lo usaran para escabechar.

El hombre soltó una risita. La mayor parte de su rostro quedaba a la sombra de una gorra de plato.

—¿Eres de Scion Belfast?

—De Tipperary.

—Pues has perdido el acento. Debes de llevar mucho tiempo lejos de allí.

—Once años —respondí, y observé que el acento iba volviendo a marchas forzadas, solo por hablar con él.

—¿Tú eres de Galway?

—Sí. Llevo aquí dos años.

—Y supongo que tú tampoco conoces a un tal Jonathan Cassidy.

—Ya no —dijo—. Lo he dejado atrás.

Volví a mirar hacia la barra, pero me giré de nuevo, al darme cuenta de lo que quería decir. Me tendió la mano.

—Glaisne Ó Casaide.

Se la estreché. Tenía la palma cubierta de callos.

200 —Me cambié el nombre cuando llegué aquí, pero lo cierto es que no podía cortar del todo el vínculo. Estoy seguro de que sabes lo que es, Paige Mahoney.

Me quedé inmóvil, como si el mínimo movimiento pudiera hacer que revelara mi identidad al resto del barrio. Aquel hombre era un fugitivo, como yo, pero no siempre hay honor entre ladrones.

—¿Cómo lo has sabido?

—Una mujer de Tipperary que se cubre con un pañuelo, buscando a alguien buscado por Scion. No hay que ser un genio. Pero no se lo diré a nadie. —Se giró a mirar por la ventana—. Todos tenemos nuestros secretos, ¿no es así?

Cuando le vi el otro lado de la cara, tuve que hacer un esfuerzo para no reaccionar. Tenía la mejilla necrotizada, así como un hueco por el que se veían las encías negras, sin dientes.

—Fosfonecrosis. Es lo que pasa cuando trabajas con fósforo blanco —dijo—. No puedo ir a un hospital. Es uno de los problemas de no tener la documentación necesaria, y de cobrar poco. Y luego se preguntan por qué intenté ganar algo de dinero por mi cuenta.

Al hablar se le veía aún más el interior de la boca. Reconocí el color rosado de la lengua.

—He oído que una jovencita iba preguntando por mí. Y he supuesto que tendrías un buen motivo —dijo—. Cuando mi amiga la mercera me ha dicho que eras tú, te he seguido. Bueno, ¿qué quieres?

Era mi oportunidad. Eché una mirada rápida al local y me senté a su mesa.

—Sé que trabajaste para SciPAM. Que les robaste. Me han dicho que en una de esas fábricas se están fabricando los escáneres portátiles Senshield —dije, casi susurrando—. ¿Es cierto?

Tardó un buen rato en responder, asintiendo una sola vez.

—Es cierto. En lo que llaman planta B de SciPAM. Es el único lugar donde los hacen —dijo—. Pero no vas a conseguir que nadie de dentro hable contigo, si es lo que pretendes. Cuando te asignan a ese lugar, te sentencian a cadena perpetua. Los obreros comen, duermen y mueren ahí dentro.

—¿No salen nunca?

—No, desde hace un año. Es una fortaleza. Son muy pocos los inconscientes que solicitan un puesto de trabajo allí, así que tienen que reclutar mano de obra a la fuerza en otras fábricas, normalmente sin previo aviso. —Se metió una cucharada de estofado en la boca—. No entra ni sale nadie. Ni siquiera el venerable Emlyn Price sale mucho de allí, aunque no tengo duda de que es libre de moverse como le venga en gana. Tiene allí su despacho.

El ministro de Industria en persona. Todo aquello olía a secreto militar. Por fin estábamos ante algo importante.

—Si de allí nunca sale nadie, ¿cómo sabes que es allí donde fabrican los Senshield?

—Lo sabemos, sin más. Todos lo sabemos.

—¿Alguna vez has oído algo sobre cómo funcionan esos aparatos, o acerca del funcionamiento del sistema Senshield? De dónde saca la energía, por ejemplo...

Soltó una risa ronca.

—Si contara con esa información, ya la habría vendido. Gracias a Price, está a buen resguardo en la Planta B. Ni siquiera los escurridizos pueden afirmar que saben lo que pasa ahí dentro, y eso que saben casi todo lo que se cuece en Mánchester.

Fruncí el ceño.

—¿Y tú cómo sabes tanto de los escurridizos? Tú eres...

—Es imposible no conocerlos. Roberta no nos crea especiales problemas, pero no le preocupan demasiado los que no son antinaturales. Piensa en los suyos. Su hermana, por otra parte... —dijo, y de pronto puso una mueca de asco.

—Me da la impresión de que Catrin no te cae demasiado bien.

Ó Casaide usó el pan de soda para apurar los restos de su estofado.

—Es una mujer terrible. Dicen que no le sentó nada bien que su padre no la escogiera como sucesora, así que lo compensa aterrorizando a los que considera débiles.

Habría encajado muy bien en el mundo de Hector de Haymarket.

—Este es uno de los barrios en los que más se ceba. Si me dieran un penique por cada vez que pide dinero por «protegernos» de los mismos matones que envía ella para atormentarnos...

—¿Escoge a sus presas al azar?

—Normalmente, sí, pero la tiene tomada con nosotros, especialmente. Mantuvo una larga rivalidad con un escurridizo de Dublín. Catrin ganó el combate final, pero, antes de apuñalarlo en el estómago, recibió un buen latigazo. Los escurridizos usan los cinturones como arma, ¿sabes? —Imitó el movimiento de un látigo con las manos—. Desde entonces, nos castiga por el hombre que le dejó la cara marcada. —Ensombreció el gesto—. Mañana la cuelgan en Spinningfields, y ese peso que nos quitamos de encima.

Lo más curioso era que, a pesar de lo que acababa de averiguar, no descartaba pedir ayuda a esa mujer.

La camarera pasó a toda prisa con un cuenco de gachas en la mano.

—Antes he visto a un grupo de obreros protestando a las puertas de una de las fábricas —dije—. ¿Sabes quién es líder? ¿Hay algún otro actor principal en todo esto, además de las hermanas Attard?

Negó con la cabeza.

—Eso no son más que altercados ocasionales. Aunque últimamente son más frecuentes, desde que el bastardo de Price estableció objetivos de producción.

—Parece que ese tal Price es el origen de todas las desgracias de la ciudad.

—Lo es. Antes de que él llegara, las cosas ya iban mal, pero no tan mal.

Emlyn Price. Pensé en él. Roberta Attard había dicho que hacía un año que era ministro de Industria, momento que coincidía con el aumento en la producción de munición y la aceleración del proyecto Senshield. Si era el responsable de que Mánchester cumpliera con el calendario de producción, sería un elemento clave para el éxito de Vance.

—Gracias —le dije—. Me has sido de gran ayuda.

Había conseguido lo que buscaba. Ya casi estaba en pie, lista para volver con los otros y decirles que la Planta B era nuestro objetivo, cuando un último pensamiento hizo que tomara asiento otra vez.

—Dejaste Irlanda hace dos años —dije en voz baja—. ¿Qué ha hecho Scion allí desde que yo me fui?

Ó Casaide se caló ligeramente la gorra.

—Tú te fuiste hace mucho tiempo. Supongo que lo recuerdas tal como era entonces. La Isla Esmeralda. —Soltó una amarga carcajada—. Qué montón de mierda.

—Vi las revueltas de Molly. Yo estaba en Dublín.

Se quedó callado un rato.

—Supongo que te fuiste más o menos en 2048 —dijo finalmente.

Asentí.

—Justo a tiempo. Después de colgar a los últimos líderes de la revuelta, se llevaron a los rebeldes que quedaban a enormes campos de trabajo. Había uno en cada una de las provincias de Irlanda, donde también enviaron a todo el que tuviera la fuerza necesaria, cualquiera que no fuera necesario para mantener el país en marcha de otro modo. Yo estuve en el campamento de Connacht cuatro años, talando árboles sin recibir nada a cambio, más que pan.

Iba registrando las palabras, pero no conseguía sacarles sentido. Ya había oído que la mayor parte del país estaba dominada por Scion, salvo por focos que controlaban los rebeldes, pero pensaba que la situación sería parecida a la de Inglaterra. Propaganda antinatural, no hay lugar más seguro...

—Tardé demasiado en conseguir escapar. Llegué a la costa y viajé de polizón en un barco que transportaba madera a Liverpool. Luego conseguí ganarme la vida aquí. Durante un tiempo.

No dejaba de comer. A mí, mientras tanto, se me disparaban las ideas. En Irlanda estaban obligando a la gente a hacer trabajos forzados, exprimiéndolos para alimentar la visión de Nashira, la de un mundo gobernado por Scion.

—No lo entiendo —dije—. En ScionVista siempre hablaban de «los pálidos». Pensé...

—Pensaste que era la única zona que tenía controlada Scion. Es una bonita mentira que cuentan a los ciudadanos, para convencer a cualquiera de que los irlandeses somos violentos. No existen «los pálidos». Scion controla Irlanda.

La siguiente pregunta no habría tenido que hacerla. Estaba en lo cierto: no debería ensuciar mis recuerdos. Era mejor que no lo supiera, mejor conservar mi infancia en una urna de cristal, donde nada pudiera mancillarla.

—¿Has oído...? —Me paré, pero luego seguí—. ¿Has oído hablar de Feirm na mBeach Meala?'

—No.

Claro que no.

—Era una granja lechera en Tipperary. Familiar —dije, sabiendo que negaría con la cabeza.

—Los dueños se llamaban Éamonn Ó Mathúna y Gráinne Uí Mhathúna.

—La habrán perdido. A la mayoría de las granjas familiares las absorbieron otras más grandes. Granjas industriales.

204

Mi abuelo siempre se había opuesto a las granjas industriales. Él trataba a sus animales con cariño. «Calidad mejor que cantidad —me dijo una vez, mientras embotellábamos leche—. Si presionas a la vaca, estropeas la nata». Esa granja era la vida de los abuelos; la razón por la que habían trabajado sin parar desde que se habían casado, cuando eran apenas unos adolescentes.

—Gracias —le dije—. Gracias por contármelo.

—No te preocupes —respondió, dándome una palmadita sobre la mano—. Te deseo toda la suerte del mundo con lo que estás intentando hacer, Paige Ní Mhathúna, pero es mejor que no pienses más en Irlanda. Esta taberna se llama así por algo. —Se giró—. Todos hemos dejado a algún ser querido entre las sombras.

Mánchester pasaba a toda velocidad al otro lado de la ventanilla del monorraíl, un mural de formas grises contra el cielo. Lo observaba en silencio.

El lugar de origen de mis recuerdos había desaparecido. Debía de haber imaginado que Scion, que comerciaba con carne humana, no tendría compasión con los niños de Irlanda. Recordé a los soldados marchando por el Glen de Aherlow, prendiendo fuego a todo lo que encontraban.

Bajé del tren y sentí el azote del viento en el rostro. Me sentía las costillas como si estuvieran rotas, como si fueran incapaces de sostener mi peso. Yo me había ido, y mis abuelos se habían quedado. Eso no podía remediarlo. Aun cuando no estuvieran muertos, perder la granja los habría matado por dentro. Me obligué a no pensar en ellos muriendo en un campamento de trabajo o intentando defender desesperadamente sus tierras.

Me convertiría en una roca. Por la gente de aquí, por mis abuelos, por mí misma. Aplastaría a Scion, igual que ellos habían aplastado el país que tanto amaba, aunque fuera una empresa que me llevara lo que me quedaba de vida.

Y empezaría por aquí. Costara lo que costara.

Para cuando llegué a Essex Street, ya se había hecho de noche. El Red Rose estaba atestado de gente; la mayoría estaba absorta siguiendo otro partido de *lacrosse* sobre hielo y llevaban chalecos con los logos de los MANCHESTER ANCHORS o los MANCHESTER CONQUERORS.

Tras abrirme paso por entre la maraña de codos y espaldas, encontré a Hari, que me indicó que me acercara a la barra. Cogí el té que me entregó, en un vaso de poliestireno, y la llave de la casa segura, y subí las escaleras, dejando un rastro de copos de nieve. Tom me esperaba en el vestíbulo.

—¿Ha habido suerte, Subseñora?

—Sí. —Me quité el respirador. El cabello se me había quedado aplastado contra la frente y la nuca—. Parece ser que tenemos que buscar el modo de entrar en la planta B de SciPAM.

Le conté lo que había descubierto. Él se acarició la barba y frunció los párpados mientras escuchaba.

—Se están tomando muchas molestias para mantener en secreto lo que ocurre ahí dentro —dijo cuando hube acabado—. ¿Por qué?

—Senshield es el arma clave de Vance. Tiene que protegerla. Un Senshield portátil, especialmente, tiene que mantenerse en secreto: si los centinelas sospecharan que van a quedar obsoletos, Scion tendría que afrontar algo más que unas revueltas a pequeña escala. Creo que quiere asegurarse de que puede armar a todos los soldados con escáneres, y luego despedir a los centinelas.

—Quizá tengas razón. Bueno, buen trabajo. Yo no he tenido suerte —dijo—. Me vestí como un pordiosero y me situé en la salida de la planta D. No conseguí que hablaran muchos operarios, pero los que lo hicieron me dijeron que ahí dentro no sucedía nada fuera de lo normal. Los centis me obligaron a marcharme al cabo de un rato, así que me fui a la Planta A: mismo resultado.

—Eso es porque ahí no hay nada que saber —dije—, a menos que trabajes en la Planta B.

Sonrió, apesadumbrado.

—Y de ahí no sale nadie que pueda contar nada.

En ese momento llegaron Eliza y Maria. Ellas habían visitado la editorial de los videntes en Withy Grove, para intentar averiguar todo lo posible sobre Catrin, pero había sido en vano. Aunque los redactores del *Querent* miraban con simpatía la causa de la Orden de los Mimos, seguían la misma filosofía que en Grub Street: la revolución, a través de las palabras. Les puse al día de lo que había descubierto, y luego les dije que se pusieran algo caliente y comieran cualquier cosa. Necesitaba espacio para pensar.

Sola en el desván, me senté y marqué dos lugares en el plano. El primero era la Planta B de SciPAM, que estaba en la sección contigua de la ciudadela. El segundo era la cárcel de Spinningfields, a cuatrocientos metros de la casa, el lugar donde se encontraba Catrin Attard.

Me quedé un buen rato ahí sentada, a oscuras, considerando mis opciones.

Sin contar el ataque fallido al almacén, este sería el primer gran golpe de la Orden de los Mimos. Había información en esa fábrica, y yo estaba decidida a robarla.

Pero primero tenía que entrar. Yo era una onirámbula, capaz de atravesar paredes y puertas cerradas, pero mi debilidad —la necesidad de oxígeno— me imponía un límite de tiempo. Mis máscaras de soporte vital no estaban diseñadas para resistir más que unos minutos; necesitaba más tiempo para investigar por la fábrica y para destruir el núcleo, si es que estaba allí. Sin embargo, aún no tenía suficiente control sobre mi espíritu como para penetrar en el cuerpo de otra persona todo ese tiempo sin que mi organismo saliera dañado.

Tendría que entrar en la fábrica en persona. Y para hacerlo, especialmente si no quería que se enterara Roberta, necesitaría ayuda.

Catrin Attard estaba deseosa de luchar contra Scion, a juzgar por su efímera colaboración con los centinelas. Como era una Attard, seguro que contaría con los conocimientos y los apoyos necesarios para

206

hacerme entrar en la Planta B de SciPAM. Había un montón de buenas razones para dirigirme a ella. Y estaba a punto de acabar colgada de una soga.

Catrin y Roberta Attard. Esas dos hermanas eran como dos mitades de Héctor: una con su sed de sangre; la otra con su reticencia al cambio.

Terebell habría querido que hiciera todo lo necesario para encontrar el núcleo de los Senshield. Seguro que en esa fábrica habría alguna pista. Lo presentía.

Me levanté y eché a caminar por la habitación. Al pasar junto a la ventana, un toque de color me llamó la atención. Había una escurridiza frente a la casa segura, observando. Su pañuelo de color lavanda se veía perfectamente, incluso a través de la polución.

Roberta. Había enviado a los suyos a vigilarme, y no le importaba que me diera cuenta.

Decidida, volqué el contenido de mi mochila en el suelo, buscando mi máscara de oxígeno. A pesar del duro golpe que había supuesto el torneo, había ido perfeccionando mi don en los últimos meses. Quizá estuviera en mejor forma de lo que pensaba. Y solo había un modo de comprobarlo.

En el almacén había aprendido una dolorosa lección, cuando me había presentado sin más pruebas que lo que Danica había oído. Esta vez me aseguraría de que no cayéramos en una trampa.

Conocía la localización de la Planta B, pero tardé un rato en encontrarla a través del éter. Cuando tuve claro que ese era el lugar, atestado de mortecinos onirosajes parpadeantes, debilitados por la fatiga, penetré en la primera persona que encontré.

De pronto me vi rodeada por un laberinto de máquinas. El brillo tóxico de un horno se reflejaba en todas las superficies. El olor era atroz: un ardiente hedor ferroso, tan intenso que daba la impresión de que las paredes sangraban. Y el ruido: una ensordecedora cacofonía de levas y mecanismos, un latido inerme que hacía que me vibraran los dientes. Me sentía como un bocado de carne en las fauces del infierno. Mi anfitriona, que había conseguido mantenerse erguida, estaba empapada en sudor, frente a una bandeja con láminas de metal. Las personas que tenía a ambos lados movían rápidamente los dedos, manipulándolas.

Al menos aquello era una fábrica de verdad, en plena actividad, no otro decorado creado por Vance. Miré alrededor en busca de alguna

207

pista sobre el Senshield, algún rastro de tecnología etérea. Siempre tardaba un rato en ver claramente después de saltar a otro cuerpo, pero lo único que vi fue un centinela armado montando guardia en la puerta.

—Contraseña.

La dureza de aquella voz me hizo estremecer. Otro centinela, con el rostro escondido tras un respirador, pasó a primera línea de la estación de trabajo. Yo estaba tan atónita que no se me ocurrió nada que decir:

—¿Qué?

—La contraseña, venga.

Los otros operarios se encogieron. Al ver que no decía nada, enmudecida de la sorpresa, dijo:

—Ven conmigo.

El otro centinela giró la cabeza y me miró, muy serio.

—Comandante, posible infiltrada antinatural.

—Lo siento —dije, casi sin voz—. Es que... se me ha olvidado.

El centinela agarró a mi anfitriona por el hombro y se la llevó de la estación de trabajo. Presa del pánico, me lancé al éter, dejando atrás el cuerpo que había tomado prestado para volver al mío a toda prisa.

Me arranqué la máscara de oxígeno de un manotazo y caí rodando hacia un lado, jadeando.

Scion había encontrado un modo de impedir que accediera a sus edificios. Debía habérmelo esperado, tras colarme en el Arconte empleando un cuerpo y haber amenazado al Gran Inquisidor. Habían tomado medidas para protegerse de ese punto débil. Lo único que tenían que hacer era prestar atención. Si alguien se comportaba de un modo extraño, le podían pedir una contraseña acordada previamente. Y si la persona no era capaz de darla, la identificarían como posible víctima de posesión.

Me sentía desnuda. Mi don era la única arma con que contaba que podía hacerles daño.

Eso tenía que ser cosa de Vance, asesorada por Jaxon. Él sabía que yo no podía acceder a los recuerdos, que no podría averiguar una contraseña. Conocía los indicios a los que había que estar atentos: la mirada perdida, las hemorragias nasales, los movimientos espasmódicos.

Por mi parte, aún no había aprendido a actuar de un modo natural tras penetrar en un anfitrión.

Me quité el suéter y respiré, esperando a que el sudor se me enfriara en la piel. La operaria se habría desmayado después de que yo abandonase su cuerpo; quizá no se les ocurriera pensar que había sido yo. Podían achacar al calor o al agotamiento que se le olvidara la contraseña.

Aun así, estaba claro que teníamos que actuar rápido, esa misma noche.

Encontré a los otros en la cocina, sentados en torno a la mesa, dando buena cuenta de una de las tartas de patata caseras de Hari. En cuanto Eliza me vio, corrió a mi lado.

—Has estado en otro cuerpo.

Asentí y me senté. Me palpitaban las sienes.

—Quiero sacar a Catrin Attard. Oídme bien —añadí, cuando vi la mueca que hizo Tom—. Necesitamos ayuda para entrar en la planta B, y acabo de descubrir que no puedo hacerlo con mi espíritu.

—¿Por qué? —preguntó Eliza, frunciendo el ceño.

—Porque lo he hecho, y han estado a punto de pillarme.

209

—Mierda —exclamó Maria, soltando el aire por entre los dientes.

—No creo que se dieran cuenta de que era yo, pero sospecharán. Tenemos que ir en persona, y rápido.

—Vale. Supongo que tienes un plan.

—La planta B está vigilada por centinelas. Sabemos que Catrin Attard tiene amigos entre los centis. Es el momento de intentar conseguir que se pongan de nuestra parte: si se van a rebelar o van a ayudarnos en algún momento, que sea ahora. Voy a hacerle una oferta a Catrin: si nos ayuda a entrar en la fábrica, la saco de la cárcel.

—Tienes suerte de que Glym no esté aquí —murmuró Tom.

—Nunca he descartado colaborar con los centinelas. Dije que, si los necesitábamos, me lo replantearía. Y ahora los necesitamos. —Me dejé caer sobre el respaldo de la silla—. Si alguien tiene alguna otra idea, adelante.

Tom y Eliza guardaron silencio; sabía que no dirían nada. Esa era la única pista que teníamos.

—¿Y quemarla? —propuso Maria una vez más.

Eso es lo que puedes esperar cuando creas un ejército con delincuentes.

Fue sencillo encontrar la prisión de Spinningfields, como todos los lugares donde abunda la muerte. Aprovechando que mi espíritu aún estaba dúctil con la actividad reciente, lo lancé al vigía de la torre de guardia, que estaba tomándose una taza de té justo en ese momento. El líquido caliente se le cayó encima, mojándole los muslos.

Por dentro, la prisión estaba diseñada como si fuera un reloj, con la torre de guardia en el centro, y cinco plantas de celdas alrededor. Levanté mi nuevo cuerpo de la silla, jadeando por el esfuerzo que suponía hacerlo por segunda vez el mismo día, y bajé de la torre, con cuidado de evitar a los vigías que hacían la ronda.

Las escaleras que llevaban a las pasarelas crujieron cuando las pisé. Pasé junto a videntes y amauróticos malnutridos y silenciosos, como los bufones del Poblado, muchos de ellos con síntomas visibles de intoxicación por flux. Un suspirante se balanceaba, en cuclillas, en la esquina de una celda, tapándose las orejas con las manos.

Mientras buscaba, intenté adoptar un paso más fluido, una actitud más activa, pero al ver mi propia sombra tuve claro que me estaba moviendo con la naturalidad de un cadáver resucitado. Tendría que trabajar en ello. Cuando detecté la presencia de una capnomántica, me paré. Había una mujer tendida en el suelo, con los pies sobre la cama.

—Pensaba que me daríais una última comida —dijo, con voz áspera.

Al ver que no respondía, la prisionera giró la cabeza. Tenía la piel cetrina, y los labios teñidos por el flux.

—Ah, ya, probablemente tengáis razón —añadió, con una risotada—. No querréis que vomite y os ponga perdido el patíbulo.

Una pelusa marrón le cubría el cuero cabelludo, lo suficientemente corta como para dejar a la vista un pequeño tatuaje de un ojo en la nuca. Cuando se apoyó en el codo, la luz del pasillo le iluminó el rostro. Era todo lo que necesitaba para confirmar su identidad. Una línea de tejido cicatrizado se le extendía desde el arranque del cabello hasta casi la mandíbula, dejándole el ojo izquierdo inutilizado y endureciendo lo que en otro tiempo imaginé que serían unas facciones delicadas. Frunció el párpado del ojo que le quedaba.

—¿A ti qué te pasa, atontado? —Ladeó la cabeza—. Ah, ya veo. Has venido a ver a la maravilla mutilada.

—Sabes que ScionIdus va a llegar a Mánchester. Pase lo que pase. —La lengua de mi anfitrión se movía con pesadez—. He oído que eres la que más posibilidades tiene de hacer algo para evitarlo.

—¿Esto qué es?

—Una oportunidad.

Soltó una carcajada, y alguien protestó desde otra celda:

—Cierra la boca, Attard. Algunos queremos dormir.

—Tendrás mucho tiempo para dormir cuando estés muerto —replicó ella, provocando un coro de risotadas procedentes de las otras celdas. La sonrisa desapareció de su rostro. Bajó la voz—: Una oportunidad, dices.

—Quiero que me ayudes a entrar en una de las fábricas y robar información —respondí—. También quiero que dejes de intimidar a la gente de esta ciudadela. A cambio, te sacaré de este sitio. Puedes despedirte de la horca.

Catrin se apoyó en la pared, aparentemente relajada, pero su ojo bueno era como un remache de hierro. Bajo aquella cicatriz y esa expresión socarrona, se escondía sin duda el miedo a la soga.

—He oído que Paige Mahoney era onirámbula —dijo—. Y dudo que haya más de una.

—No hay.

—Hmm. Realmente debes necesitar que te echen una mano si has venido a mí y no a mi malvada hermana mayor —dijo—. O no, ahora que lo pienso, estoy segura de que le habrás pedido ayuda, y ella te habrá dado una patada en el culo. —Se examinó las uñas—. Aunque acceda a tus demandas, no tienes ninguna garantía de que mantenga mi palabra. No sabes lo que haré cuando salga de este agujero. Debe de ser algo aterrador para ti, onirámbula. No poder controlarlo todo, en todas partes.

—Tú no sabes lo que puedo controlar —repliqué—. No sabes dónde o cuándo podría ir a por ti.

Su sonrisa socarrona me provocó un escalofrío. Se tiró de los cordones de sus botas de reclusa.

—Esta oferta tiene fecha de caducidad, Attard —dije.

Volvió a recostar la espalda.

—¿Ah, sí?

—Sí. Y tú también.

Eso pareció hacerla pensar. Allí lo único que le esperaba era la horca.

—Te ayudaré a entrar en una fábrica —dijo finalmente—. Y en vista de que me vas a librar de la soga, quizá me anime a rebajar el im-

211

puesto de protección y a dejar en paz a esos irlandeses. No obstante, si hay algo a lo que los escurridizos no podemos renunciar, es a la venganza —añadió—. Si me sacas de aquí, habrá lío entre Roberta y yo, seguro.

—¿Por qué?

—La vi ahí de pie mientras me arrestaban, mirando. Le pedí ayuda a gritos, y ella se dio la vuelta, sabiendo lo que me caería por traición. Quizá vaya siendo hora de que le muestre a esta ciudadela que papá eligió mal.

—Desde luego tienes tus propios problemas, Attard.

—¿Y tú no?

No pude por menos que sonreír.

Catrin Attard se puso en pie.

—Bueno —dijo, con voz tersa—, prometo ser muy muy buena. ¿Cómo piensas sacarme de aquí?

—Tú haz exactamente lo que te diga.

13

Puño de Hierro

*L*a cárcel de Spinningfields tendría un diseño muy inteligente, pero desde luego no contaba con el personal necesario. Saqué a Catrin mientras los otros guardias estaban de espaldas y la dejé en manos de Maria y Tom, que esperaban cerca de la entrada. Ellos se asegurarían de que no se fuera por su cuenta sin cumplir primero con su parte del trato. Catrin se puso el abrigo que le dio Maria y le dijo que la llevara a un lugar llamado Barton Arcade. Eliza y yo las seguiríamos en otro coche. Dejé a mi anfitrión en el exterior de la cárcel y regresé a mi cuerpo.

Aquello se me daba cada vez mejor.

Barton Arcade era una elegante galería comercial del siglo xix junto a una calle principal, hecha con hierro forjado, piedra y cristal, como un antiguo invernadero. En otro tiempo, la piedra seguramente había sido blanca, y el cristal seguro que tendría brillo de no ser porque la contaminación industrial llevaba décadas cubriéndolo. Varios de los paneles estaban rotos y cubiertos de grafitos, y una glicina muerta trepaba por una de sus dos cúpulas, estrangulando el esqueleto metálico.

Catrin Attard nos esperaba junto a la puerta, vigilada por Maria.

—La famosa Paige Mahoney —dijo, jadeando—. En persona no resultas tan amenazante como en las pantallas, ¿no?

—No dispongo de demasiado tiempo, Attard —respondí—. Te agradecería que nos dejáramos de tonterías.

Tenía la mayor parte del rostro cubierto por una máscara, pero noté su sonrisa sarcástica cuando dijo:

—¿Y esta quién es?

—La segunda al mando —dijo Eliza, con gesto duro.

—Uuuh, estupendo.

Inclinó la cabeza indicándonos la entrada a su escondrijo. Por lo que se veía, aquello debía de haber sido en otro tiempo una pequeña tienda, presumiblemente para los supervisores y cualquiera que tuviera algo más que un puñado de peniques en el bolsillo. Unos escaparates cubiertos de polvo prometían perfumes de marca y joyas.

Y allí dentro nos esperaba un extraño, cuya silueta contrastaba con la luz de la luna que entraba por el tejado.

—Tus amigos me han dicho que te interesaría contar con la ayuda de los centinelas, así que se me ha ocurrido llamar a un amigo —dijo Catrin, apoyándole una mano en la espalda—. Este es el mayor Arcana, mi contacto en la División de Vigilancia Nocturna.

Era exactamente lo que quería de ella; sin embargo, cuando el centinela se acercó, noté que me ponía rígida. Tenía la nariz y la boca ocultas tras un respirador, como yo.

—Paige Mahoney —dijo con la voz distorsionada—. Es todo un honor.

Me tendió la mano, que le estreché con precaución. Podía soportar la idea de trabajar con centinelas si eso nos acercaba al Senshield, pero no era fácil dominar un instinto tan arraigado.

—Dígame, mayor, ¿aún sigue dando caza a los suyos?

—Ya no. Cat me convenció para que desertara —dijo. Las arrugas de su frente se alisaron cuando ambos se miraron, recordándome lo incómoda que se veía a Caracortada cuando miraba a Hector—. Y tuve mis motivos para unirme a la DVN. Uno de ellos fue Roberta Attard. Con ella como líder, los escurridizos no se adaptarán al cambio. Y todos sabemos que el cambio se acerca.

—Me pregunto si aún seguiría en el otro bando si las máquinas no estuvieran amenazando su trabajo.

—Quizá sí. Me servía para llenar la barriga y tener un lugar donde dormir —dijo, sin cambiar de tono y haciendo caso omiso a la mirada acusatoria de Tom—. Muchos videntes tienen la sensación de que su única opción es seguir en el cuerpo. Si os puedo ayudar a destruir Senshield y proteger su medio de vida, lo haré.

Eso de sacrificar el honor a cambio de años de vida a la sombra de Scion debía de unir mucho. Catrin le tocó el brazo levemente y atravesó la sala.

—Me has ayudado a salir, Mahoney, así que debes de querer que se monte un buen jaleo en esta ciudadela —dijo—. La pregunta es... ¿qué tipo de jaleo?

—Ya te lo he dicho. Necesito entrar en una fábrica.

214

—¿Cuál?

—SciPAM. Planta B.

Me miró fijamente a la cara, como si jugáramos a ver a quién se le escapaba antes la risa.

—La irlandesa es ambiciosa —dijo—. ¿Y qué esperas encontrar ahí dentro?

—Escáneres Senshield portátiles.

Soltó un bufido socarrón, pero el mayor Arcana cogió aire con fuerza, haciendo vibrar el respirador.

—Estamos intentando encontrar el núcleo de Senshield —le dijo Eliza— para poder destruirlo. Paige cree que si conseguimos ver cómo se fabrican los escáneres, quizá podamos determinar la ubicación de su fuente de energía. Con un poco de suerte, incluso podría estar dentro de la planta B.

Lo dudaba bastante, pero por esperar no perdíamos nada. Ya iba siendo hora de que tuviéramos un poco de suerte.

—Escáneres portátiles. Ya lo vimos. En las cartas. —El mayor Arcana estaba murmurando para sus adentros—. El as de espadas. La exposición a la verdad. Tú eres la que porta la espada... para acabar con las sombras que Scion ha tejido a nuestro alrededor. —Se me quedó mirando un buen rato para luego girarse de golpe, como si saliera del trance—. Todos esos años de lealtad que les hemos entregado...

Con dolor recordé la lectura de tarot que me había hecho Liss antes de su muerte, en la colonia. Catrin apoyó una mano sobre la cintura de Arcana y tiró de él, acercándoselo.

—Estoy segura de que el mayor querría ayudarte —me dijo, rodeándolo con el brazo—, pero tengo una condición.

—No hay condiciones, Attard —respondí—. Te he liberado a cambio de tu ayuda.

—Y ahora estoy negociando, como buena hija de Nerio Attard que soy. —Catrin tenía una mirada felina en el rostro—. Quiero entrar contigo. Esa es mi condición. Quiero contribuir a liberar a los videntes de Senshield. —Vio que tensaba la mandíbula e hizo una pausa—. Por supuesto, si dices que no, podría ir a Roberta y contarle lo que estás haciendo. Estoy segura de que no le sentaría muy bien.

Debería haber sabido que negociar con ella no iba a ser tan fácil. No podía permitir bajo ningún concepto que Catrin Attard se nos uniera; sería un lastre.

215

—Mayor —dije, girándome hacia él—, usted no necesita el permiso de Catrin para ayudarnos. Si cree que el as de espadas hacía referencia a mí...

—Haría prácticamente lo que fuera para acabar con Senshield —reconoció—, pero no voy a actuar en contra de Cat.

Vi claro que Cat curvaba la comisura de la boca. No pude evitar preguntarme cómo se habrían conocido aquellos dos, y sobre todo cómo habían llegado a conectar: el centinela en conflicto y la Attard más instigadora de las dos, ahora convertidos en aliados. Por mucho que me disgustara la idea de que viniera con nosotros, no me quedaba otra que aceptar.

—Está bien —dije, y esa sonrisa volvió a aparecer en sus labios—. No obstante, si vienes, tienes que seguir mis órdenes al pie de la letra.

—Oh, por supuesto, Subseñora.

Planeamos el golpe en aquella galería comercial en ruinas, a la luz de la luna. El mayor Arcana tenía un contacto que llevaba varias semanas destinado en la planta B. A las seis de la mañana, cuando hicieran el cambio de turno, nos dejaría pasar por la puerta y nos colaría en la fábrica por la cocina.

—El paso siguiente será localizar los escáneres portátiles —apunté con decisión.

—Debe de haber una especie de almacén. A ver si lo encontramos.

—O una zona de carga —sugirió Tom—. Eso sería lo mejor: descubrir dónde los guardan antes de enviarlos.

Asentí.

—Es esencial ser sigilosos. Hemos de tener especial cuidado de no cruzarnos con Emlyn Price.

—Paige —dijo Maria de pronto—, tú has estado dentro. ¿Los operarios llevaban respiradores?

—Yo no los vi.

—Si estuviste dentro, no puedes entrar con nosotros. El uniforme no va a ocultar tu rostro.

Tenía razón. Mi presencia haría saltar por los aires toda la operación. Deseaba entrar por motivos absolutamente egoístas: quería tener la sensación de que aportaba algo especial. De hecho, había encabezado la incursión en el almacén por el mismo motivo, y eso le había concedido a Scion su mayor ventaja desde hacía años. Una líder que se precie aprende de sus errores.

—Muy bien —accedí—. Entraré en el complejo con vosotros, pero no entraré en la fábrica. Me ocultaré cerca de la puerta mientras vosotros buscáis los escáneres. Por si necesitáis ayuda.

—Yo me quedaré contigo, Subseñora —se ofreció Tom.

—Tengo que ir a ver a mi socia —dijo el mayor Arcana—. Quedamos frente a la planta B a las seis menos cuarto.

—Esperemos que mi querida hermana no se entere de esto —dijo Catrin—, o nos arruinará el plan.

—Esperemos que tú tampoco nos lo arruines —repliqué.

—Quizá no estemos de acuerdo en cómo gestionar una ciudadela, Mahoney, pero hay una cosa en la que sí estamos coincidimos —respondió, dirigiéndose a la puerta—: Senshield es nuestra gran amenaza.

Pasamos los últimos minutos intentando que el equipo de infiltrados tuviera el aspecto de un grupo de operarios. Catrin y Maria ya tenían el cabello corto; discutimos brevemente sobre la posibilidad de afeitarle el cabello a Eliza para que tuviera un aspecto más auténtico —se quedó blanca al oír aquello, pero no protestó—; al final, decidimos que no hacía falta. Muchas obreras se arriesgaban a mantener el cabello largo, y era poco probable que eso levantara sospechas. En lugar de eso, se lo ensuciamos con grasa y se lo recogimos a la altura de la nuca.

Mientras ocultábamos nuestras armas, les conté lo poco que sabía sobre la tecnología etérea: podía identificarse por una franja de luz blanca; quizá detectaran su presencia en el éter. Más que encontrar indicios sobre el núcleo, su prioridad era robar un escáner portátil para que pudiéramos examinarlo en algún otro lugar.

Justo antes de las seis nos encontramos con el mayor Arcana junto a la enorme pared de ladrillo que rodeaba la planta B de SciPAM. A través de la puerta principal —la única puerta de entrada—, pude ver que el edificio seguía el mismo diseño que otros de su tipo: metal negro, ángulos rectos, unas cuantas ventanas cuadradas en el primer piso y una puerta que debía de tener tres metros de altura. Era un diseño gris, brutalmente austero, en el que no habían buscado en absoluto la belleza.

—Mi contacto llegará enseguida. Ha convencido a otros centinelas que apoyan nuestro movimiento para que abandonen sus puestos unos minutos —dijo Arcana—. No se pondrán de nuestra parte, pero mirarán para otro lado. Yo os estaré esperando en la furgoneta cuando necesitéis salir. Buena suerte.

Catrin tiró de él y le plantó un beso en la boca antes de que se marchara, y él desapareció entre el esmog.

Esperamos con la espalda pegada a la pared, lejos de la vista de cualquiera que estuviera dentro. Intenté hacer caso omiso a la vibración que sentía en el estómago. Esta vez estaba segura de que estábamos en el sitio correcto. Cada murmullo que emitía la ciudadela me indicaba esta dirección.

Pasó un rato. Pensé que no vendría nadie a buscarnos, que habrían descubierto a nuestro contacto..., hasta que alguien apoyó el dedo en el escáner al otro lado de la puerta.

Nuestra cómplice era una mujer menuda de piel oscura. Sin decir palabra, nos hizo entrar. A diferencia de los centinelas que se veían por las calles, no llevaba armadura ni armas de fuego, aunque sí el habitual casco con visor. La única arma que se le veía era una porra. Nos apartó de la entrada principal para evitar miradas indiscretas, sin apartarse de la pared de la fábrica. Yo me esperaba oír un grito en cualquier momento, o verme cegada por un foco, pero aquello seguía estando lo suficientemente oscuro como para ocultar nuestros movimientos, y no salió nadie a nuestro encuentro.

Cuando llegamos a la entrada de las cocinas, la centinela volvió a usar la huella dactilar para desbloquearla.

—El turno de noche está a punto de acabar —dijo, hablando por primera vez—. Uníos al grupo que sale de los barracones para iniciar la jornada y mezclaos con ellos. Puedo daros veinte minutos; luego tendré que sacaros otra vez. Pasado ese tiempo, tengo que fichar en los barracones. Si llegara tarde, me quedaría aquí atrapada.

Veinte minutos. Con eso el equipo no tendría tiempo de registrarlo todo. Me daba rabia tener que mantenerme oculta, pero Maria tenía razón: mi rostro era demasiado conocido.

—¿Sabes dónde están almacenados los escáneres portátiles? —le pregunté a la centinela.

—Me temo que no. A partir de ahora os las tendréis que apañar vosotros solos.

Eliza fue la primera en colarse en la oscuridad, al tiempo que se pasaba una mano nerviosa por el cabello. Catrin la siguió. En el momento en que Maria iba tras ellas, la agarré del brazo.

—No la pierdas de vista —le dije al oído, señalando a Catrin con un gesto.

—Por supuesto.

—Tom y yo os esperaremos aquí. Recuerda: llegados a este punto, todo lo que encontréis es un premio.

Ella me dio una palmada en el brazo y desapareció en el interior. La centinela cerró la puerta.

—Tengo que seguir con mi ronda —nos dijo a Tom y a mí—. No dejéis que os vean. Observaréis que no todos los vigilantes se muestran tan comprensivos con vuestra causa.

—Gracias —dije, y se fue.

Tom y yo nos agazapamos tras un depósito de residuos industriales cercano, para esperar. Serían unos veinte minutos muy largos.

—Esa Catrin no me inspira ninguna confianza —murmuró Tom.

El viento ululaba al rozar el tejido barato de mi mono de trabajo, enfriándome las costillas.

—Yo no confío en casi nadie —respondí—, pero si queremos ganar esta guerra necesitamos la máxima colaboración posible.

Nos pegamos el uno a la otra para calentarnos mutuamente, sin apartar la vista de su reloj de pulsera. Cada minuto que avanzaba el minutero era una agonía.

Yo no estaba hecha para la espera en la retaguardia.

A los cinco minutos pasaron otros dos centinelas, pero ninguno de ellos miró detrás del contenedor. Ocho minutos. Diez. Quince. Dieciséis. A los dieciocho empecé a ponerme nerviosa.

—Si no llegan a tiempo... —murmuró Tom.

—De aquí no nos vamos sin uno de esos escáneres.

Apenas había acabado de pronunciar esa frase cuando sonaron tres sonidos de alarma desde el interior de la fábrica, a cuál más agudo: «Planta B de SciPAM, os habla el ministro de Industria. Sabed que se ha detectado la presencia de un intruso y se ha activado el protocolo de seguridad. Todas las puertas de la planta y de la zona de carga se cerrarán dentro de treinta segundos. —La voz de Puño de Hierro resonó en todo el edificio—. Todo el personal debe permanecer en sus puestos e informar inmediatamente de cualquier actividad o presen-

219

cia no autorizada a un centinela o un supervisor. De no hacerlo, incurrirá en un delito de alta traición. Recordad, la seguridad de la máquina que tenéis asignada es esencial».

Nos miramos mutuamente. En cualquier otra situación, Tom abogaría por tener mucho cuidado, pero Maria estaba ahí dentro, y eso lo cambiaba todo. Fijé la atención en el éter y los encontré casi de inmediato, no muy lejos.

—Sígueme —le dije, y fuimos corriendo hacia la entrada, atravesando la cocina vacía, hasta acabar en un pasaje con un techo increíblemente alto.

Una luz fluorescente iluminaba el suelo de hormigón de un extremo al otro. En la pared había unas letras que indicaban que era el pasillo que llevaba a los barracones.

Un chirrido grave me llamó la atención. A nuestra izquierda se estaba cerrando una enorme puerta interior, nuestra única vía de acceso a los demás. Más allá estaba el horno que había visto al colarme en el onirosaje de aquel trabajador; ya sentía en la cara el calor que emitía, infernal y sofocante. Echamos a correr desesperadamente, aunque nuestras pisadas no se oían con el rugido y el repiqueteo de la maquinaria. Apenas pude golpear la puerta con las palmas de las manos en el momento en que se cerraba.

—Mierda —dije, dando un paso atrás y levantando la vista—. Tiene que haber un modo de abrir las puertas.

—Sí, claro. —Tom estaba jadeando—. En el despacho del supervisor. En la planta superior.

Se oyeron unos pasos. Centinelas.

Nos separamos. Giré a la derecha, por un desvío del pasillo central. No tenía salida, pero la doble puerta de un montacargas me ofrecía una vía de escape. Apreté el botón para llamarlo, convencida de que en cualquier momento aparecería por la esquina un escuadrón de centinelas que me freiría a disparos. Cuando llegó el montacargas, me lancé dentro y me eché sobre la botonera. Tres plantas. Apreté superior y me agazapé contra un lado del ascensor.

El montacargas subió traqueteando. Tenía el estómago encogido, cada latido de mi corazón era un puñetazo que me recordaba que quizá fuera el último. Estaba en un edificio de Scion, respirando el mismo aire que un alto cargo del Arconte, atrapada en un lugar con las puertas cerradas. Tuve que hacer un esfuerzo sobrehumano para controlar el pánico.

Cuando las puertas se abrieron, salí a un pasillo de color blanco roto, con suelos de vinilo, como en cualquier otro edificio de oficinas. Un cartel decía ADMINISTRACIÓN. La luz era mínima. Apretando el cuerpo contra una esquina, intenté concentrarme en el éter. Tom estaba inmóvil, algo más lejos de mí que el resto del grupo: debía de haberse escondido en el sótano. Maria y Eliza estaban juntas; por lo cerca que se encontraban los operarios, debían de seguir en la planta baja de la fábrica y no habrían detectado su presencia.

Era Catrin quien había hecho saltar las alarmas. Tendría que haberme imaginado que sería ella quien pondría en riesgo la misión.

Estaba cerca de mí. Muy cerca. En aquella planta. Rodeada por tres onirosajes desconocidos. Metí la mano en el bolsillo y rodeé el mango de mi cuchillo con la mano.

Price estaría aquí arriba.

Al final de otro pasillo me encontré con una puerta en la que ponía: SUPERVISOR, flanqueada por ventanas que iban del suelo al techo. Cuando miré por una de ellas, la primera persona que vi fue a Catrin Attard, sangrando por una herida recién abierta en la sien. Tenía las muñecas atadas a los brazos de una silla; un centinela a cada lado la agarraban de los hombros.

Delante tenía a alguien, de pie, con las manos apoyadas en la mesa que las separaba. De pronto, Catrin me miró. Quise agazaparme y ocultarme, pero al ver que Catrin miraba, su interrogador se giró. Me encontré delante a un hombre que no tendría ni treinta años; sería poco mayor que yo y llevaba un uniforme de oficial de Scion.

Price.

Era demasiado tarde para esconderse. Puño de Hierro me atravesó con sus ojos grises, más claros que los míos. Tenía el cabello oscuro, la piel suave y pálida, y llevaba unos gemelos de oro en los puños.

—Paige Mahoney —dijo, con un tono casi amistoso—. No esperaba encontrarme a alguien tan... interesante.

221

14

El lugar más seguro

—*D*éjame entrar, Price.

—¿Y por qué iba a hacer algo así? —Sus guardaespaldas me apuntaban al pecho con sus pistolas. La voz me llegaba amortiguada por el vidrio, pero aun así le oía perfectamente—. Aquí dentro me siento más seguro. Mantengamos una puerta entre los dos, ¿no te parece?

Tenía delante varios cuchillos, colocados sobre la mesa. Sin duda, eran los que Catrin llevaba en su mono.

—Yo soy más de las relaciones cara a cara —dije.

Prince se rio.

—Sí —respondió, dejándose caer sobre una silla acolchada—. Ya sé que has intentado entrar en la fábrica esta mañana. Me impresiona tu valentía. Intentar entrar aquí dentro en persona...

Sin previo aviso, poseí al hombre que tenía al lado. A través del cristal —y de mis nuevos ojos— vi como mi propio cuerpo perdía la fuerza y caía al suelo como un castillo de naipes. El otro guardaespaldas enseguida apuntó a mi anfitrión, pero yo ya tenía la pistola apuntando a la cabeza de Price. Vance se habría quedado lívida si de pronto su ministro de Industria moría, en un momento tan delicado para el proyecto Senshield.

—Ahora ya podemos hablar cara a cara, más o menos —dije yo con dureza. No tenía pensado interrogar a nadie, pero ya que estaba allí tenía que descubrir todo lo que pudiera. Y si quería hacer hablar a Price, debía convencerle de que era capaz de matarlo—. Ya sé que es aquí donde fabricáis los escáneres portátiles. Vas a decirme dónde están. —Hice una pausa—. Vas a decirme cómo se conectan con el núcleo del Senshield. Y vas a decirme cómo desconectarlos.

Era como un disparo en la oscuridad, pero no me esperaba aquella reacción. Price me miró, incrédulo, y luego soltó una carcajada algo infantil. Me lo quedé mirando, impasible.

—Espera, espera... No creerás que se conectan desde aquí, ¿no? —Meneó la cabeza—. Oh, vaya. Parece que estamos un poco confundidos. No creerías de verdad que con colarte en esta fábrica ya tendrías a Senshield en tus manos, ¿no? Los... escáneres portátiles, como los llamas tú, se fabrican aquí y son letales, sí, pero no están equipados con tecnología etérea —dijo, disfrutando con cada sílaba que salía de su boca—. Me temo que los conectan al núcleo... desde otro sitio.

Si no me estaba contando la verdad, desde luego resultaba muy convincente. Aun así, valía la pena insistir un poco. Le presioné la pistola contra la cabeza.

—Mentiroso.

—Y pensar que la comandante en jefe te consideraba una amenaza. Siempre he admirado el respeto que tiene Vance por la inteligencia de sus enemigos, pero esto va a suponer una decepción para ella. —Sonrió—. Ella ya sospechaba que vendrías, ¿sabes?

Por eso se esperaban mi visita. Por la intuición de la comandante en jefe. Vance los había advertido de que Paige Mahoney estaba husmeando en torno al Senshield, y que esa planta era uno de sus potenciales objetivos. Les había enseñado qué podrían esperarse del enemigo.

—A mí ella también me ha decepcionado —repliqué como si nada—. Si te hubiera preparado mejor, ahora no te estaría apuntando a la cabeza con una pistola.

Catrin observaba la conversación con la cabeza echada hacia atrás y los hombros relajados, como si estuviera viendo una obra de teatro. Aparte del corte en la cabeza, no parecía que le hubieran hecho daño.

—Suéltala —le ordené al otro centinela. Él no se movió—. Aflójale las ataduras, o le meto una bala en la cabeza a tu jefe.

—Lo hará —le dijo Catrin—. Esta tía está muy loca.

El centinela obedeció; mientras tanto, yo no aparté la vista de ella. Catrin se puso en pie y se frotó las muñecas. Luego cogió uno de sus cuchillos de la mesa. En el momento en que se giró de cara a Price vi un brillo especial en sus ojos.

—Bueno, aquí lo tenemos. Emlyn Price, Puño de Hierro. El hombre que convierte la sangre en oro. Por aquí eres toda una leyenda, ¿sabes? Se podría decir que eres el rey de esta ciudadela. —Le levantó la barbilla con un dedo—. Aunque todos sabemos cómo acaban los reyes aquí, en Scion.

223

Price no parecía asustado; eso había que reconocérselo. Su sonrisa tranquila se mantuvo inmutable.

De pronto, una visión que me cegó entró en mi onirosaje. Una imagen oracular. Tom me había enviado una imagen perfectamente definida de un teclado, seguida de la visión de unas letras grabadas: PLATAFORMA DE CARGA.

Los escáneres. Los había encontrado. Y por lo que parecía necesitábamos un código para acceder a ellos.

—¿Ves esta cicatriz en mi rostro? —le dijo Catrin a Price. La visión desapareció—. Sí, es difícil no verla, lo sé. Pues resulta que mi amiga Paige querría saber dónde está el núcleo del Senshield. Y si no empiezas a hablar enseguida, me encargaré de que tengas una cicatriz idéntica a la mía. ¿Qué te parece, Price?

—Podéis torturarme todo lo que queráis —respondió él, sin alterarse—, pero os aseguro que todo lo que me sacaréis serán datos falsos. —Volvió a mirarme a mí—. Estamos preparados para todo tipo de eventualidades.

Lo que pasó a continuación le borró la sonrisa del rostro: con la velocidad del rayo, Catrin levantó el brazo y le atravesó la mano con el cuchillo. Me estremecí por dentro. Price se quedó mirando la mano y la hoja encajada entre sus nudillos; luego soltó un rugido agónico.

—¿Dónde está el núcleo? —le pregunté.

—Liverpool —dijo, apretando los dientes—. Está en Liverpool.

—¿Seguro?

Me obligué a mirarle a los ojos. No era más que otra marioneta, otra pieza de la maquinaria de Vance. Cuando Catrin hundió la hoja aún más, Price hizo un sonido que me revolvió las tripas.

—Cardiff —dijo—. Belfast.

—Ya basta —ordené—. No tenemos forma de saber si dice la verdad.

—Oh, ya lo sé —respondió Catrin, que soltó el cuchillo—. Solo me estaba divirtiendo.

Price fijó la vista en su mano, jadeando. La hoja le tenía pegado a la mesa.

Sin embargo, estaba preparado para algo así. Alguien como Vance debía poder confiar en que sus subordinados estuvieran dispuestos a sufrir, e incluso a perder la vida, con tal de proteger sus secretos militares. Aunque eso no significaba que Puño de Hierro no tuviera puntos débiles. No todos los secretos podían extraerse con un cuchillo.

Abrí la cerradura de la puerta y volvía a ocupar mi cuerpo. Tras entrar de nuevo, pasando por encima del cuerpo desmoronado del guardaespaldas que había utilizado para entrar, cogí una silla y me senté frente al ministro de Industria. Hurgué por los límites de su onirosaje; de uno de sus orificios nasales empezó a salirle sangre.

—Primero, volvamos a los escáneres. Sé que están en la plataforma de carga, pero necesitamos que nos des el código para acceder —dije—. No me obligues a preguntártelo dos veces, ministro.

—Me temo que Hildred os lleva un paso de ventaja en eso —respondió él, con la frente perlada de sudor—. Solo hay un código para abrir la plataforma de carga. Y si lo introducís mal, se destruirá su contenido.

Mi primera reacción al oír aquello fue de miedo, pero se disipó tan rápidamente como llegó.

—No te creo.

—¿Por qué? —respondió, con evidente curiosidad.

—Porque Vance no destruiría una cantidad enorme de sus equipos así, sin más. Porque todos sabemos la prisa que tiene por poner esos escáneres en la calle. Y luego está el asunto de cómo destruir toda esa carga. Dudo que tengáis previsto un procedimiento que suponga volar la plataforma de carga, poniendo en riesgo toda la planta. Vance no derrocharía tantos recursos así como así.

—Al final resultará que eres más astuta de lo que pensaba. Ya no te veo tan cándida. Hildred y tú os parecéis, ¿sabes? Ella también aprende del enemigo... y de los errores del pasado. —La sangre de la mano ya formaba un reguero sobre la mesa—. Si estuvieras en nuestro bando, quizá hubiera podido ser tu mentora.

—Ya he tenido bastante con un mentor.

—Bueno, bueno, bueno... Ese orgullo... Hasta Hildred tiene mentores. —A juzgar por lo húmedos que tenía los ojos, el dolor debía de ir en aumento.

—Preferiría hablar menos de mentores y más del código, Price —respondí—. Si crees que no me lo vas a decir, te aseguro que estás equivocado. Está oculto en tu mente, donde Vance cree que está seguro. Pero, afortunadamente para mí, yo lo sé todo sobre mentes. Los videntes las llamamos «onirosajes».

—No puedes acceder a mis recuerdos.

—No, pero puedo ver cosas. —Cerré el puño y me incliné por encima de la mesa—. Déjame que te lo demuestre. —Lancé de nuevo mi espíritu hacia él, penetrando en su onirosaje. Una vena se le hinchó entre las cejas—. Donde más seguro te sientes es en un jardín, lejos de la contaminación. Hay dedaleras y rosas, y en el centro aparece un estanque donde se bañan los pájaros, a la sombra de los robles. Sueles verlo en sueños. ¿Es tu casa de Altrincham?

Se la aceleró la respiración.

—Impresionante —dijo—, pero todos sabemos lo que puedes hacer, onirámbula. —Bajó la voz hasta convertirla en un susurro casi inaudible—. La soberana nos lo ha contado con todo lujo de detalle.

—Imagino que ahí tu familia también se debe de sentir segura —dije, confiando en que no hubiera visto mi estremecimiento—. Debes de echarlos de menos cuando estás aquí. ¿Están esperando que vuelvas a casa?

Su rostro reflejó una sombra de aprensión; las pupilas se le contrajeron.

226

—Quiero el código. Si no me lo das, te prometo lo siguiente: cuando salga de aquí, iré directamente a ese bonito jardín de tu mente y mataré a tu esposa y a tus hijos. Volverás a casa y te los encontrarás muertos, y no podrás evitar preguntarte por qué no me has dado el código. Unos cuantos números. Vance no tendría que enterarse siquiera.

De algún modo, conseguí mantener el control sobre mi tono de voz. Price lanzó una mirada fugaz a sus guardaespaldas, que seguían inconscientes.

—No creo que hagas algo así, Mahoney —dijo—. No eres una asesina de nacimiento.

—Los asesinos también se hacen.

Se puso serio. Lentamente, extendió la mano sana hacia un panel de control. La alianza le brilló en el dedo mientras apretaba un botón.

—Eso era el desbloqueo de la puerta. El código de acceso a la puerta interna de la plataforma de carga es 18010102.

—¿Y la de la externa?

Se la dio.

—Gracias. Catrin, conmigo.

—¿Vas a dejarlo así, sin más? —protestó ella—. Alertará a Vance.

—Ella ya lo sabe.

Me puse en pie.

El silencio de Price fue toda la confirmación que necesitaba. Le cogí una pistola al guardaespaldas que tenía más cerca y comprobé que tuviera balas antes de girarme y darle la espalda al ministro de Industria.

No volví a respirar hasta que no hube doblado la esquina. Price me había creído, me había mirado y había visto en mí a alguien capaz de matar inocentes. Lo peor fue darme cuenta de que casi yo misma había creído mis palabras, que me había creído capaz de hacerlo si no obtenía lo que quería. No podía acabar convirtiéndome en un monstruo. No podía permitir que nadie más me mirara y viera en mí una futura Hildred Vance.

Ya estaba a medio camino del montacargas cuando su onirosaje tembló y desapareció de mi radar.

Para cuando llegué a la oficina del supervisor, Price ya estaba muerto. Había sangre por todas partes, por la mesa y por la alfombra; le manaba del cuello, manchándolo todo. Catrin Attard estaba de pie a su lado, con un cuchillo en la mano.

—Serás... —Me agarré al marco de la puerta, con los nudillos blancos de la tensión—. Inconsciente, ¿qué demonios has hecho?

—No tenía nada más que ofrecer.

Su calma fue inquietante. Aquello no era en absoluto un asesinato en caliente.

—Es lo que buscabas desde el principio —dije; de pronto, me di cuenta.

Catrin asintió.

—¿Matar a Price? Ese ha sido siempre mi objetivo: el mío y el de Arcana. Pero es la primera vez que he visto la oportunidad, y además contaba con un chivo expiatorio por si la cosa iba mal. —Sonrió, y tuve claro quién iba a ser ese chivo expiatorio—. Es un gran riesgo, asesinar a un alto cargo del Arconte. —Se limpió el cuchillo en el uniforme—. Si la respuesta en las calles es de miedo y rabia, siempre puedo echarte la culpa a ti. Ni siquiera tienen por qué saber que he estado aquí. Pero si lo consideran un acto heroico, me aseguraré de que todo el mundo sepa que ha sido la hermana Attard la que ha liberado por fin a Mánchester de Puño de Hierro, quien lo ha liquidado con su propio cuchillo.

Vio mi gesto perplejo y sonrió de nuevo.

—Ya verás, Mahoney. Los escurridizos me seguirán en masa. Soy la heredera legítima. Soy la que está dispuesta a hacer lo que haga falta por esta ciudadela. Dentro de unos días, seré la Reina Escurridiza.

—Has perdido el juicio —dije—. Vance la emprenderá con toda la ciudadela para vengarse de esto.

—Al final habría venido igualmente. Y lo bueno es que los escurridizos estarán listos. —Sonrió de oreja a oreja, mostrando los dientes—. ¿A quién mataste tú para conseguir tu corona, Mahoney?

Negué con la cabeza, asqueada conmigo misma por no haber visto venir aquello, y la dejé con el cadáver. Eché a correr, intentando controlar la respiración. Price se había equivocado conmigo. Seguía siendo cándida, continuaba siendo la misma que había caído en aquella trampa en el almacén. Tenía que haber confiado en mi instinto, usar a Attard para penetrar en la fábrica y luego obligarla a esperar fuera.

Ahora había que aprovechar todo aquello. No teníamos mucho tiempo antes de que alguien descubriera el cuerpo y reactivara el protocolo de seguridad.

El montacargas me llevó de nuevo a la planta baja. Cuando salí, vi que el caos nos ayudaría a huir sin que nos vieran. Me colé entre los obreros y llegué a otro pasillo, el que había tomado Tom cuando nos habíamos separado.

Encontré a los demás ocultos junto a la enorme puerta que daba a la plataforma de carga. Sin pararme a respirar siquiera, introduje el código de ocho dígitos en el teclado.

—¿Dónde está Catrin? —preguntó Eliza.

En cuanto la puerta empezó a abrirse, me colé por debajo.

—Olvídate de ella. No tenemos mucho tiempo.

Al otro lado, introduje el mismo código. Los otros pasaron bajo la puerta y quedamos encerrados.

Maria encendió un interruptor. La luz tembló por todo el techo y, con un murmullo, las lámparas se encendieron. La plataforma de carga, en la que habrían cabido varios camiones, estaba llena de cajones de madera apilados casi hasta el techo. Varios amauróticos levantaron las manos cuando les apunté con la pistola que había robado.

—Subseñora... —dijo Maria.

Su tono de voz me sorprendió. Le pasé la pistola a Eliza y fui a su lado, junto a uno de los cajones, que tenía la tapa algo abierta. La empujamos para hacer mayor el hueco y abrimos el grueso envoltorio hasta llegar al contenido.

Allí dentro había un rifle.

Me lo quedé mirando un instante, sin entender.

—Rifles —dije, con la boca seca—. Pero los escáneres tienen que estar aquí, tienen que...

—Así es —respondió Maria, que me pasó una hoja de papel plastificado—. Tienes uno justo delante.

Lo cogí con ambas manos, atónita.

Lo que Maria me había dado era el diagrama de un arma llamada SL-59. Cada uno de sus componentes tenía explicaciones someras, como si el diseñador no hubiera querido entrar en demasiado detalle. Mostraba claramente un compartimento bajo la mira del rifle, que debía de tener algún tipo de cápsula dentro. Una cápsula etiquetada como CONECTOR SENSHIELD TDR.

Tardé un rato en comprender, y luego en asimilar, lo que estaba viendo.

Maria levantó el rifle con cuidado.

—Parece un rifle normal —dijo—, salvo por esto. —Dio un golpecito al compartimento vacío—. Una vez instalado el conector, tienes un escáner Senshield integrado. —Frunció el ceño—. No..., no acabo de entenderlo.

—Sí que lo entiendes. Perfectamente, lo que sucede es que no quieres creértelo.

El lema de Scion siempre había sido «no hay un lugar más seguro». Se esforzaban por crear una imagen de paz; se habían basado en ello durante dos siglos para demostrar a sus ciudadanos que el sistema funcionaba, que estaban más seguros que nadie en el mundo. Habían hecho un pacto tácito: nosotros eliminamos a los antinaturales, no hacéis preguntas, y a cambio estaréis protegidos.

Un escáner Senshield montado en un fusil suponía el inicio de una nueva época. La ley marcial no había sido en ningún momento una medida temporal implantada mientras durara la lucha con la Orden de los Mimos; Scion quería convertir Gran Bretaña en un Estado militar puro y duro. Estaban decididos a declarar una guerra abierta a los antinaturales, si era necesario, y ahora tenían la forma de luchar contra nosotros sin temer los daños colaterales.

—Paige —dijo Eliza—, mira esto.

Señaló una etiqueta en la tapa del cajón. Sobre el símbolo del Senshield y la fecha estaba el destino. Pasé el dedo sobre aquellas letras, el motivo de que nos hubiéramos infiltrado en aquella fábrica.

ATT.:	COM. PRIMERA DIVISIÓN INQ.
PRIORIDAD:	URGENTE
REF. PROYECTO:	OPERACIÓN ALBIÓN
PROCEDENCIA:	PLANTA B SCIPAM, CIUDADELA DE SCION
	EN MÁNCHESTER, REGIÓN NOROESTE
DESTINO:	CENTRO LOGÍSTICO CENTRAL, CIUDADELA DE SCION
	EN EDIMBURGO, REGIÓN TIERRAS BAJAS

—Edimburgo. Los están enviando a Edimburgo. Debe de ser ahí donde los conectan con el núcleo —dijo Eliza, que soltó un gran suspiro—. Eso es, Paige.

Lo que sentí dentro de mí no fue precisamente esperanza. Era difícil sentir esperanza en una sala llena de máquinas de guerra, con el peligro acechándonos cada vez más. Volvía a observar todos aquellos cajones apilados, el nivel de organización y preparación que había alcanzado Scion con el paso de los años, mientras nosotros habíamos estado ocupados con nuestras cosas, sin prestar atención a la sombra que se extendía sobre nuestras cabezas. Y ahora solo había un modo de detener aquello.

Maria metió la mano en el cajón.

—Rápido —dijo—, coged uno cada uno.

Echamos mano a las armas, ocultándolas bajo los abrigos. De pronto volvió a sonar la alarma, y nos estremecimos al oírla. Por toda la plataforma de descarga se encendieron luces rojas.

—Quizá sea un buen momento para mencionar que Catrin ha matado a Price —dije—. Supongo que estamos a punto de sufrir las consecuencias.

—¡Venga! —nos apremió Tom, que ya estaba junto a la salida introduciendo el código de apertura. La puerta se abrió con un chirrido—. ¡Subseñora, rápido!

No tuvo que decírnoslo dos veces. Cruzamos la plataforma de carga a toda velocidad, lastrados por el peso de las armas, y llegamos a la puerta exterior. Maria se coló por debajo. Tom estaba en el otro lado, sosteniendo la colosal puerta sin más ayuda que su propia fuerza. El sudor le caía por el rostro mientras empujaba con el hombro. Eliza fue la siguiente en pasar, y a punto estuvo de perder el rifle, que se le resbaló del brazo. En el momento en que los centinelas abrían fuego, Tom soltó la puerta. Yo lancé el rifle por delante y me colé por el hueco, hundiéndome en la nieve, justo antes de que un estruendoso repiqueteo metálico contra el hormigón hiciera que me llevara los brazos a la cabeza. Recogí el rifle. Tom tiró de mí para ponerme en pie.

La puerta de la fábrica estaba abierta; la contacto del mayor Arcana nos había dejado una vía de huida. Corrimos, hundiendo las botas en la nieve fresca. Cuando apareció un centinela, a nuestra izquierda, Maria le lanzó un cuchillo al muslo. Ya estábamos cerca de la salida, pero de pronto Tom bajó el ritmo, jadeando pesadamente.

—Tom —dije, tirando de su brazo y pasándomelo por encima del hombro—. Venga. Puedes hacerlo. Solo un poco más.

—Déjame, Subseñora —dijo, agotado.

—No. Esta vez no.

Volvieron a sonar disparos a nuestras espaldas y la sirena de la alarma sonó con más fuerza. Maria abrió la puerta de par en par. Unos pasos desesperados más y conseguimos salir y meternos en la furgoneta que nos esperaba en la esquina. Hasta que el mayor Arcana no pisó el acelerador a fondo, no caí en quién iba sentada en el asiento del acompañante, aún manchada con la sangre de Emlyn Price.

Catrin Attard me miró a través del retrovisor.

—Un placer trabajar contigo, Subseñora —dijo con una voz suave, fijando la vista en el fusil-escáner que llevaba apretado contra el torso—. Me alegro de que ambas consiguiéramos lo que queríamos.

231

15

La ciudad del humo

6 de diciembre de 2059

*O*tra noche, otro viaje.

Esta vez íbamos de camino a las Tierras Bajas.

Hari nos había ayudado a huir de la ciudadela. Lo mejor era que no supiera exactamente lo que habíamos hecho, así Roberta no podría pensar que había tenido nada que ver. Aun así, resultaba evidente que sabía que había pasado algo. Nos deseó mucha suerte, le dio un beso en la mejilla a Eliza y nos dejó al cuidado de otro miembro de la red de Alsafi, que nos metió en la parte trasera de un vehículo blindado del Banco de Scion en Inglaterra con destino a Edimburgo. Me quedé cerca de los fusiles-escáner robados, como un animal protegiendo a su prole.

Tenía el cuello y la frente bañados en sudor. Podría ser que Catrin se dedicara a proteger a los suyos si Vance buscaba revancha, o que siguiera con la escalada de violencia que le había dejado aquella cicatriz. No tenía forma de saberlo. Quizá nunca llegara a averiguar el efecto que había tenido mi incursión en aquella ciudadela.

Teníamos que continuar avanzando, seguir cada pista en nuestra aparentemente interminable búsqueda del núcleo del Senshield. Íbamos siguiendo el rastro de miguitas por el bosque...

—Tom —dije, en la oscuridad del vehículo en movimiento—. ¿En las Tierras Bajas hay una comunidad de videntes organizada?

Tom había guardado silencio desde nuestra huida. Le oí respirar hondo antes de responder.

—No estoy seguro. Había un grupo en Edimburgo que protegía a la gente durante el reinado de Vance. En su mayoría eran osteománticos, liderados por alguien que se hacía llamar la Profetisa. Si siguen ahí, quizá puedan ayudarnos.

Hablaba más despacio de lo habitual.

—Tom, ¿estás bien? —preguntó Maria.

—Estoy bien. Solo necesito dormir un poco.

Yo no podía pensar en dormir. Sentía la cabeza pesada, las ideas fatigadas, pero tenía el rostro de Vance grabado en la mente. Flotaba en la oscuridad, incorpóreo y siempre presente, como una visión provocada por una dosis de flux. Me sentía demasiado observada como para cerrar los ojos.

Vance sabría adónde nos dirigíamos, estaba segura. Sabía que le seguía el rastro al Senshield. Descubriría que nos habíamos llevado los rifles, unos rifles que formaban parte del envío a Edimburgo. Eso era más que suficiente para ponerla tras nuestro rastro, pero a mí no me quedaba otra opción que seguir pista tras pista.

Eliza fue la primera en caer rendida, seguida por Tom, que tenía un sueño inquieto. Por mi parte, me tendí de lado, con la cabeza apoyada sobre el brazo, intentando no pensar en cuántos cajones habría en aquella plataforma de carga. En cuántos fusiles.

A mi izquierda oí el ruido de algo que se movía, acompañado por el brillo de una linterna. Maria estaba desenvolviendo uno de los fusiles-escáner.

233

—No he tenido ocasión de examinar esto a fondo en la plataforma de carga —dijo a modo de explicación. Pasó los dedos por el cañón—. SL-59. La «S» es de Scion. En cuanto a la segunda letra, suele ser la inicial del diseñador. —Inspeccionó diferentes partes del arma—. Ah, ahí está..., Lévesque.

—¿Lo conoces?

—Solo de referencias. Corentin Lévesque, un ingeniero francés.

—Y aparte del espacio para el... conector, ¿el fusil tiene algo raro?

—No, no que yo vea.

El siguiente paso debía llevarnos a la solución del enigma. Tenía que enseñarnos cómo se conectaban los escáneres con el núcleo. Bajé la cabeza, volví a apoyarla sobre el brazo y, a pesar de que seguía viendo el rostro de Vance flotando frente al mío, como un portento, me sumí en un sueño irregular.

La Ciudadela de Scion en Edimburgo, capital de la región de las Tierras Bajas, estaba cubierta por una capa de bruma marina. Tras haber respirado la polución de Mánchester, aquel aire me parecía casi dulce, pero también era mucho más frío, al ir acompañado de un fuerte viento del mar del Norte. El conductor que nos había llevado hasta allí me entregó una llave y nos dijo dónde encontraríamos la casa segura.

De madrugada, las calles estaban tranquilas, lo cual era una suerte, teniendo en cuenta lo que llevábamos encima. Allí no había rascacielos. Era como un sueño inducido por el opio de un pasado lejano; una ciudad de puentes e iglesias medio derruidas. La bruma se enredaba entre los viejos edificios de piedra, que tenían los tejados cubiertos de nieve. A veces, Edimburgo recibía el apodo de Ciudad del Humo, y ahora sabía por qué: había chimeneas por todas partes, y daba la impresión de estar atravesando una nube. La ciudadela ocupaba el casco antiguo, un barrio sin orden ni concierto donde vivían los obreros y los trabajadores de servicios, y la Ciudad Nueva, más moderna y cara.

Sobre el borde de un promontorio volcánico, una fortaleza en ruinas destacaba sobre el perfil de la ciudadela.

—El castillo de Edimburgo —comentó Eliza—. Dicen que aún viven en él los espíritus de los monarcas escoceses.

—¿Tú también te has leído los libros de historia de Jaxon?

—Todos. Jax me enseñó a leer con ellos.

Aún no conseguía entender a Jaxon. Era fácil pensar en él como el enemigo, el traidor. Sin embargo, era el mismo que había enseñado a leer a una artista huérfana. Eliza no necesitaba saber leer para conseguirle dinero.

Nuestra pequeña comitiva subió por las escaleras encajadas entre las casas, apenas iluminadas por pequeños faroles.

—Me alegro de ver Escocia —dijo Tom, con la voz ronca. Su rostro iba perdiendo color—. Pero no veo la hora... de echarme una siesta.

Maria le frotó la espalda.

—Te estás haciendo mayor para esto.

La risa de él fue más bien como un gemido.

Avanzamos por la ciudadela, pasando por una estación de tren, cruzando un puente, subiendo por una callejuela. Cererías y farmacias, cuchillerías y peluquerías, panaderías y librerías se amontonaban unas junto a otras en aquella cuesta de piedra.

La casa segura estaba en un pasaje a mitad de la calle, protegida por una verja de hierro. Cuando leyó las letras doradas de la entrada, Eliza ladeó la cabeza.

—¿Casa del Ancla? Es una broma, ¿no?

—El mejor nombre para una casa segura —dijo Maria—. ¿Quién se atrevería a meter a los rebeldes en la Casa del Ancla?

La verja soltó un crujido agónico. La casa segura estaba en lo alto de un tramo de escaleras. Tenía las ventanas tapadas con cortinas, los alféizares cubiertos de musgo; un farol que chisporroteaba junto a la puerta. Tuve que apretar con el hombro para abrirla. Olía a moho.

El interior tenía un aspecto tan melancólico como el exterior. El papel de las paredes era de color burdeos, con diseños florales oscurecidos por décadas de mugre acumulada. Los muebles estaban tan viejos que daba la impresión de que pudieran romperse apoyando una moneda encima. Sobre una mesa había unos cuantos numa polvorientos, protegidos por un fantasma que enseguida se alejó de nosotros, malhumorado. En cuanto entramos en el vestíbulo y nos quitamos los abrigos, Tom empezó a resollar. Le cogí la mano. Fría como el mármol.

—Tom, ¿qué te pasa? —le dije—. ¿Es la pierna?

—Sí. Está... dándome la lata. Pero viviré, Subseñora.

El mero hecho de hablar le dejó sin aliento. Le apreté el brazo.

—Lo llevaré arriba —dijo Maria con la voz tensa—. Eliza, coge los analgésicos. Están en mi mochila.

Mientras Tom subía las escaleras, apoyándose pesadamente en la barandilla, le tiré a Maria de la manga y le susurré:

—No es la pierna. Le pasa alguna otra cosa.

—¿Cómo lo sabes?

—No recibe suficiente oxígeno. Conozco los síntomas.

Se quedó rígida.

—¿Tienes tu máscara?

Se la entregué, y ella siguió a Tom escaleras arriba.

Eliza pasó a mi lado con un calentador de cama. En el momento en que alargué la mano para agarrar el pomo de otra puerta, de madera de roble, mi sexto sentido se activó. Tres onirosajes: uno humano, dos refaítas. ¿Cómo no me había dado cuenta antes?

Con la respiración contenida, abrí la puerta y me encontré a Nick y a Lucida sentados en dos viejas butacas junto al fuego. Y, en la esquina, contemplando el baile de las llamas, estaba el Custodio.

Nick se puso en pie y me miró con una sonrisa fatigada en el rostro. Yo lo rodeé con mis brazos.

—Estás helada, *sötnos* —dijo, agarrándome con fuerza.

235

—Cómo me alegro de verte, pero... —Lo solté, al entender qué significaba la presencia de los refaítas—. Lucida y tú deberíais estar en el Nivel Inferior.

—No pasa nada —dijo Nick—. Terebell envió refuerzos. Pleione y Taygeta están ahí.

Me relajé un poco. Taygeta Chertan era la compañera de Pleione, una de los Ranthen que habían acudido a apoyarme en el torneo. Tenía un aspecto tan intimidante como Terebell, con aquella mirada penetrante, y no era de las que se callaba, lo cual la hacía perfecta para mantener al sindicato a raya.

—¿Cómo van las cosas en el Nivel Inferior? —pregunté, sin tener muy claro si quería saber la respuesta.

La sonrisa que Nick había esbozado al verme desapareció.

—Van... mal —respondió—. Tenemos que sacarlos de ahí. Por nuestro propio bien.

Si no quería darme detalles, es que la cosa debía de estar muy mal.

—¿Dónde está Ivy? ¿Se ha adentrado en el Fleet?

Nick regresó a su butaca.

236

—Glym anunció que la habías sentenciado a quedarse con los habitantes de las cloacas para proteger al sindicato, lo cual te granjeó cierto apoyo. Aunque no es que te hayan perdonado del todo —añadió—, pero sienten un poco más de simpatía por ti que hace unos días.

Unos días atrás estaban dispuestos a destriparme viva, así que eso no era gran cosa.

—Róisín estaba preocupada por la salud de Ivy, así que se presentó para ocupar su lugar. Aunque a regañadientes, parece que la mayoría lo aceptó. Estaba a punto de marcharse cuando nos dimos cuenta de que Ivy había desaparecido. —Levanté las cejas—. Uno de los habitantes de las cloacas nos dijo que le había preguntado dónde podía encontrar a su rey, y que luego había ido hacia allí cargada con suficiente comida para unos días. Dejó esto en su catre.

Me pasó un papel de fumar enrollado; había algo escrito en una caligrafía tensa, temblorosa: «No puedes salvarnos a todos, Paige».

—No resulta agradable —dijo Nick—, pero no creo que hubiera otra solución.

Recordé aquellos túneles oscuros y opresivos, el silencio apenas roto por el goteo del agua.

—No la había, si queríamos que Ivy viviera. —Me metí la nota en el bolsillo—. Voy a sacarla de ahí.

—Róisín fue tras ella. De momento se tienen la una a la otra. Cuando hayas vuelto, después de acabar con el Senshield, tendrás suficiente poder como para negociar por sus vidas.

—Y espero que también más apoyos. —Eché una mirada a los dos refaítas—. Supongo que habéis encontrado a Adhara Sarin y que por eso os han permitido regresar.

—Sí —dijo el Custodio—. Terebell está intentando forjar una alianza con ella, con la ayuda de Mira y Errai. Decidió enviarnos a los demás al otro lado del velo para ayudarte.

Le miré, quizá un instante más de lo que debiera, buscando heridas en su rostro. Sin embargo, parecía que tenía el mismo aspecto que antes.

—Lo cual nos deja libres para ayudarte —declaró Nick—. Así que ponnos al día. ¿Qué encontrasteis en Mánchester?

Habría preferido no descargar aquel lastre sobre sus espaldas, pero no podía mentirle.

—Bueno..., Dani tenía razón. Están fabricando escáneres portátiles —Fui a buscar uno de los fusiles al vestíbulo y lo puse sobre la mesa—. Solo que... no creo que fuera consciente de lo versátiles que iban a ser.

Nick se puso en pie lentamente.

—Pero esto es... —Tragó saliva—. Esto es un fusil. ¿Tú dices que esto está equipado con tecnología Senshield?

—Lo estará, en cuanto se active.

—Nashira se prepara para la guerra —dijo el Custodio.

Al oír su voz, levanté la vista. Nick se giró a mirarle.

—¿Para la guerra con quién, exactamente?

—Los clarividentes —El Custodio miró al rifle sin inmutarse—. Esta versión del escáner le da a Scion la oportunidad de matar a los antinaturales sin correr el riesgo de que se produzcan daños colaterales. Si llegaran al combate físico con la Orden de los Mimos, podrían atacaros sin que ningún amaurótico saliera herido. Significa que pueden aplicar la ley marcial sin que los ciudadanos «naturales» tengan nada que temer.

—De modo que puedan seguir asegurándoles a los amauróticos que «no hay lugar más seguro» —dije—, mientras que para nosotros no queda ningún lugar seguro.

—Eso es.

Nick cerró los ojos.

—Me da miedo preguntarte cómo conseguisteis esto, Paige...

Le expliqué cómo había ido nuestra búsqueda por Mánchester: mi intento de negociación con Roberta; la visita a Ancoats; el incómodo acuerdo con Catrin y el mayor Arcana; el asalto a la fábrica y el asesinato de Emlyn Price. Cuando acabé, me dolía la garganta de tanto hablar.

—Sigo pensando que no podías haber hecho nada más peligroso —dijo Nick, que se pellizcó el puente de la nariz—. Que salieras de esa fábrica con vida...

—A partir de este momento, Vance centrará su atención en Mánchester —dijo el Custodio.

—No. Castigará a Mánchester, pero vendrá aquí en persona —repliqué—. A estas alturas ya sabrá adónde hemos ido. —Acerqué las manos al fuego—. Sugiero que busquemos a la comunidad de videntes de la ciudad, si aún existe, y les preguntemos si saben dónde está el centro logístico donde se activan estos rifles. Aunque no lo sepan, creo que no sería mala idea ponernos en contacto con ellos, para contar con alguien si necesitamos ayuda. Con un poco de suerte, a ellos también les habrá llegado el mensaje de la sesión espiritista. —Nick asintió—. Una vez que hayamos encontrado...

—Nick.

Maria estaba en el umbral; en su rostro, no había ni el menor rastro de su habitual buen humor.

—¿Podemos hablar un momento? —preguntó.

Nick frunció levemente el ceño y la siguió. Cuando oí que subían las escaleras, me giré hacia los dos refaítas.

—Sed honestos —dije—. ¿Vosotros creéis que Adhara se aliará con nosotros?

—Si ve un motivo para hacerlo, sí —respondió el Custodio.

Su tono daba a entender que aún no lo veía, que no estaba dispuesta a unir sus filas a las mías. Y no podía culparla; aparte de liderar el alzamiento en la colonia, lo único que había hecho hasta ese momento era tomar el control del sindicato e iniciar su transformación en un ejército de delincuentes cabreados. No podía presumir de ninguna victoria significativa contra Scion. Con los hombros caídos, me di media vuelta y fui a buscarme una habitación.

Una vez arriba, dejé caer los pesados fusiles-escáner sobre una cama. Se levantó una nube de polvo. En el alféizar de la ventana había dos teléfonos prepago y un cargador, que presumiblemente había donado el propietario de la casa segura.

—Paige.

Nick estaba en el umbral, limpiándose las manos con un trapo.

En cuanto le vi la cara, supe que algo iba muy mal.

—Tom —dije.

—Se está muriendo, cariño.

El trapo estaba manchado de sangre.

—No puede ser —murmuré—. ¿Cómo?

—No habrías podido darte cuenta. Tom se encargó de que así fuera. Recibió un balazo cuando salisteis de la plataforma de carga. Tiene una hemorragia interna desde hace horas... Me extraña que haya aguantado tanto.

—Estaba sosteniendo la puerta para que pasáramos. Debió de ser entonces cuando... —Resoplé, abatida—. ¿Puedo verlo?

—Ha preguntado por ti.

Me llevó a una puerta al otro lado del rellano. Al otro lado se abría un hueco enorme en el éter.

En el interior de la minúscula habitación, encontré a Maria sentada en una silla, con la cabeza apoyada en las manos. Tom yacía en una cama demasiado pequeña para él, con el sombrero en la mesilla y la camisa abierta. Ya tenía la palidez de un cadáver. Su ancho tórax estaba cubierto de moratones, y bajo el pectoral izquierdo tenía manchas de sangre coagulada. Abrió los párpados casi sin fuerzas.

—Subseñora.

—Tom. —Me senté al borde de la cama—. ¿Por qué no nos has dicho nada?

—Porque es un idiota testarudo —respondió Maria, con voz ronca.

—Sí, y orgulloso —dijo él, con una voz que era apenas un suspiro sibilante.

Maria se apresuró a ponerle agua en un vaso, y a punto estuvo de derribar la jarra.

—No quería frenaros, Paige..., y quería ver Escocia otra vez, una última vez.

Le froté el dorso de la mano con el pulgar. Quizá en su lugar yo tampoco habría dicho nada, si pensaba que podría ver Irlanda de nuevo.

—De crío trabajé limpiando las máquinas de una hilandería en Glasgow, antes de irme al sur. Vi lo que era capaz de hacer Scion por el dinero —dijo, respirando irregularmente—. Décadas más tarde, todo sigue igual. Tiene que acabar. Tiene que acabar ya.

Maria le puso el vaso en los labios. Tom bebió un poco y volvió a apoyarse en las almohadas.

—Paige, no quiero que tengas que verme morir, pero hay un último favor que quiero pedirte —dijo, y esbozó algo parecido a una sonrisa—. Uno pequeñito. Acaba con Scion.

—Lo haré —respondí en voz baja—. No me detendré. Un día volveremos a llamar a este país por su nombre.

Consiguió levantar una mano enorme y tocarme la mejilla.

—Son palabras valientes, pero en tus ojos veo que tú misma dudas. Hay un motivo por el que te aceptamos como Subseñora, y hay una razón por la que al Ancla le cuesta tanto encontrarte. Ellos saben que no pueden controlar a alguien como tú, que lleva el fuego dentro. No dejes que lo sofoquen. Nunca.

Le apreté la mano.

—Nunca.

Con la muerte de Tom, perdí a uno de mis comandantes más fieles. Una de las pocas personas realmente honestas que había en el sindicato.

No teníamos tiempo para llorar su pérdida. No nos quedaban horas para asimilar su muerte. Salí con Maria a la calle y le hice compañía mientras se fumaba su primer cigarrillo de aster desde hacía días. Diez minutos para fumar era todo el tiempo que podía concederle antes de que volviéramos a las calles, a cumplir con nuestra tarea.

—Era un buen hombre. Un alma amable. —La lluvia le surcaba el rostro—. Otra vez lo mismo. Perdí a muchos amigos durante las revueltas de los Balcanes. Al menos, Tom sabía a qué nos enfrentábamos realmente. A los refaítas.

Yo seguía sin saber gran cosa de aquella invasión. Maria ladeó la cabeza bajo la lluvia.

—En 2039 —dijo— invadieron Grecia. Y luego, en 2040, vinieron a por nosotros.

—¿Cuántos años tenías?

—Quince. Con mi amigo Hristo, dejé Buhovo, mi ciudad natal, y me alisté en el ejército de la juventud en Sofía. Ahí es donde conocí a Rozaliya Yudina, la mujer de la que te hablé. Era... carismática, una librepensadora que buscaba la justicia..., un poco como tú. Roza nos convenció de que teníamos que luchar, aunque no fuéramos antinaturales. Insistía en que cualquier organización que etiquetara a un grupo de personas como indeseables acabaría haciendo lo mismo con otros. Decía que tratar a cualquier persona como si no fuera humana era pervertir la propia sustancia de la humanidad. —El dolor le tensó el rostro—. El entrenamiento fue duro, y sabíamos que teníamos pocas posibilidades, pero por primera vez en mi vida me liberé de mi padre; era libre para ser yo misma. Yoana Hazurova, no Stoyan Hazurov, el hijo que nunca había querido.

»Cuando supimos que ScionIdus se acercaba, construimos nuestro propio cañón. Robamos las armas de los policías muertos. Defendimos Sofía. —Aspiró con fuerza—. Duramos diez días, antes de que nuestro país se rindiera. Hristo huyó a la frontera turca... Dudo mucho que llegara.

—En tu recuerdo recogías un arma. —Una gota de agua me congeló la nariz—. No ibas a usarla contra los soldados.

—Ah, te diste cuenta. Desgraciadamente, se atascó. Los soldados me dieron una paliza de muerte, y luego me metieron en la cárcel. —El gesto se le torció de amargura—. Varios años más tarde, el nuevo Gran Inquisidor de Bulgaria ordenó trabajos forzados para los prisioneros. Yo hui a Sebastopol y me pasé meses viajando al oeste, decidida a encontrar una gran comunidad de videntes. Y el inframundo de Londres me acogió. —De su cigarrillo se alzaba una voluta de humo de color lila—. No duramos mucho, lo sé. Pero con cada amigo que perdíamos y cada casa que ardía, luchamos más y más duro.

—¿Qué era lo que os hacía seguir adelante?

—La rabia. La rabia es el combustible. Y la gente necesita ver el sufrimiento, cómo se derrama la sangre de los inocentes. Pero también necesitan ver a alguien que se levanta y lucha, Paige.

—¿Y quién decide quién sufre y quién se levanta?

—Tú tienes que levantarte. Debemos liberarnos de Senshield ahora, cueste lo que cueste. No podemos parar ahora. Si regresas a la capital con un comandante muerto y ninguna prueba de que le has causado algún daño al núcleo...

—Ya.

En ese caso no habría nada que me protegiera. Por muy Subseñora que fuera, la lealtad daría paso al resentimiento y al odio. Hasta mis aliados en la Asamblea Antinatural me abandonarían. ScionIdus nos aplastaría a todos. Cada hora contaba, ahora más que nunca.

—¿Te ha dicho... antes de...? ¿Te ha dicho Tom dónde tenían su base los videntes? —le pregunté.

—Sí. En las Bóvedas de Edimburgo.

—¿Dónde están?

—Se accede por una calle llamada Cowgate, bajo el South Bridge, pero la entrada está oculta, y Tom no tenía muy claro dónde quedaba.

—Ya voy yo. Tú... acábate tu aster.

—No. Me llevaré a Eliza y empezaré a recabar información sobre el centro logístico por otros sitios. —Dejó caer el canuto y lo pisó para apagarlo—. Vance ya debe de llevarnos ventaja; no podemos permitir que llegue demasiado lejos.

De vuelta en la casa, saqué un plano de Edimburgo y lo extendí sobre una mesa. Los refaítas habían salido, seguramente en busca de videntes incautos de los que alimentarse. Estaba agotada, pero aun así podía sentir el miedo acumulándose en mi interior. Habían pasado ocho horas desde el momento en que habíamos salido de la fábrica. Vance ya podría estar en Edimburgo, sin duda.

Nick bajó las escaleras, con un aspecto tan fatigado como el mío.

—¿Dónde vas, *sötnos*?

—A buscar las Bóvedas de Edimburgo. Tom cree, creía, que es allí donde se escondía un grupo de videntes que llevan décadas activos en esta ciudadela. —Pasé el dedo por el plano, siguiendo la serie de pasajes y callejones que salían de la Gran Milla, y luego un poco más al sur, hasta que encontré Cowgate. No quedaba lejos—. Dijo que estaban en algún lugar de por aquí. ¿Te vienes?

—Por supuesto. —Echó mano de su abrigo—. Vance podría presentarse en cualquier momento. ¿Es una tontería preguntar si el centro logístico aparece en el mapa, de modo que nos ahorremos tener que pedir ayuda a los videntes de la ciudad para encontrarlo?

—Eso sería demasiado fácil.

Me subí la cremallera del plumón y me ajusté las botas. Se oía el tictac de un reloj en algún lugar de la casa. No teníamos tiempo..., pero había una cosa que tenía que decirle.

—Nick —dije—, nunca... hemos hablado de la sesión de espiritismo. De lo que le ocurrió a tu hermana.

Él apartó la cara de la chimenea al tiempo que se encogía de hombros, con lo que no podía verle el gesto.

—No hay mucho que decir. —Vio mi cara y suspiró—. Los soldados estaban patrullando por el bosque de Småland, cerca de donde vivíamos en aquella época. Lina había ido a aquella zona sin permiso, para acampar con unos amigos y celebrar su cumpleaños. Habían comprado unas botellas de vino danés en el mercado negro. Mi padre me envió a buscarlos. Pero ya era demasiado tarde. —Cogió aire y suspiró—. Después, Tjäder lo justificó diciendo que habían comprado el vino para inducir su antinaturalidad. Håkan, el novio de Lina, era el mayor. Tenía quince años.

Bajé la mirada. El reinado del terror de Birgitta Tjäder en Estocolmo era bien conocido: ella interpretaba cualquier infracción de las leyes de Scion como alta traición, pero no podía llegar a entender qué mente retorcida podía ver a un grupo de chavales que bebían vino como criminales que merecían de la pena de muerte.

—Lo siento mucho, Nick —dije con suavidad.

—Me alegro de que fuera en la sesión de espiritismo. Significa que ahora Lina está en el recuerdo de todos —dijo, con la voz tensa—. Tjäder estaba a las órdenes de Vance. Cualquier cosa que podamos hacer contra ella valdrá la pena.

Sentí el cordón áureo y levanté la vista. El Custodio estaba en la puerta, con los iris de los ojos brillantes después de haber comido.

—¿Conoces Edimburgo, Custodio? —pregunté.

—No tan bien como conozco Londres —dijo—, pero tuve ocasión de visitarla durante mis tiempos como consorte de sangre.

—¿Has oído hablar de las Bóvedas de Edimburgo?

—Sí. —Nos miró a los dos—. ¿Queréis que os lleve?

243

16

Las Bóvedas

*P*ese a la situación en la que nos encontrábamos, no podía dejar de apreciar la belleza del casco antiguo, de sus heterogéneos edificios, con chapiteles y tejados que se elevaban hacia el cielo, como si quisieran llegar tan alto como las colinas cercanas, o tocar el cielo que el sol había calentado hasta convertirlo en un cuadro de ámbar y coral. El Custodio nos llevó por unas escaleras junto a la casa segura y pasamos junto a un grafito escrito en pintura blanca: ALBA GU BRÀTH. Un llanto por un país perdido.

—Paige —dijo Nick—, ¿qué es lo que os pasa al Custodio y a ti?

El Custodio caminaba muy por delante de nosotros, demasiado lejos como para oírnos si hablábamos bajito (a menos que los refaítas tuvieran un oído extraordinariamente fino, algo que desde luego no me sorprendería).

—Nada.

Por su aspecto, daba la impresión de que Nick habría querido seguir preguntando, pero al ver que sus largas zancadas le habían alejado demasiado de los humanos, el Custodio se había parado para que le pudiéramos alcanzar.

Yo pensaba que en público me estaba comportando con él como siempre, pero resultaba evidente que algo me había delatado. Mientras caminaba al lado del Custodio tomé conciencia de mi gesto, de mi expresión corporal, del latido de mi corazón.

—¿Cuándo fue la última vez que estuviste aquí? —le pregunté.

—Hace ocho años.

Llegamos a la Gran Milla, donde se veía la luz de unas farolas de hierro forjado entre la niebla, una niebla limpia y pálida, el aliento del mar. Bajo nuestros pies había anchos adoquines moteados que brillaban con el agua de la lluvia. Los restaurantes y las cafeterías se iban llenando con los habituales de última hora de la tarde, que se arracimaban en torno a las grandes estufas del exterior, agarrando con fuerza sus vasos humeantes; allí cerca, un joven tocaba una melodía con un arpa celta. Algo más allá patrullaba una escuadrilla de centinelas de día. Con aquella niebla tan espesa, el Custodio podía pasar por humano, aunque era el más alto de toda la calle.

Nosotros le seguimos por una cuesta hasta llegar a un barrio de chabolas que se extendía bajo un puente, oculto tras un bosque de ropa tendida, donde los olores a comida y a alcantarilla permeaban el aire cargado de humo.

Del puente colgaban banderas irlandesas deshilachadas —verde, blanco y naranja—, y por las ventanas se oían voces con acentos como el mío. Estaba prohibido mostrar la antigua tricolor irlandesa bajo ninguna circunstancia, así que deduje que los centinelas no debían de pasar nunca por allí.

Las familias se arremolinaban en torno a hogueras hechas en el exterior, calentándose las manos, mientras un hombre de rostro arrugado iba sacando prendas de ropa de un barril y pasándolas por los rodillos de un escurridor. Un cartel justo encima decía: COWGATE.

Otro pedazo de infierno para los irlandeses. Scion había permitido que un puñado de ellos huyeran del terror de la ocupación, para que acabaran pudriéndose en estercoleros como aquel.

Mi padre debía de saber que, si no habíamos acabado en un lugar así, era únicamente por que se habían apiadado de nosotros, entre otras cosas por su habilidad para conservar un trabajo entre sus filas. Antes incluso de que saliéramos de Tipperary no dejaba de recordarme que no debía hablar nunca la lengua de mi madre, ni siquiera en privado; ni tampoco recordar las historias que me había contado mi abuela, ni cantar melodías irlandesas. Tenía que ser una inglesa de pura cepa. Tenía que olvidar.

A su modo, intentaba protegerme. Quizá un día aprendiera a perdonarle, pero eso no significaba que estuviera de acuerdo con lo que había hecho. No había ningún motivo para que no pudiéramos recordar nuestro pasado, ni a nuestros muertos, en la intimidad del hogar.

Nick me tocó el hombro, sacándome de mis pensamientos.

El Custodio nos esperaba en una calle que salía de Cowgate. Sentí sus ojos sobre mi rostro, pero convertí mi gesto en una máscara.

—Las Bóvedas de South Bridge —dijo—. También conocidas como Bóvedas de Edimburgo.

245

La entrada era un pasaje estrecho con un arco. Sin carteles. Parecía la entrada a un callejón, sin más; nadie podría pensar que sería otra cosa, pero yo sospechaba que no habríamos podido encontrarlo en ningún mapa.

En el ambiente flotaba un hedor a pescado y a humo, todo mezclado. Retrocedimos, tosiendo.

—Aceite de pescado. Los que viven aquí lo queman como combustible para sus lámparas —dijo el Custodio.

El pasaje estaba muy oscuro; era como un corte en mi campo de visión.

—Adelante, pues —dije.

Agaché un poco la cabeza y entré.

En el interior, era peor de lo que habría podido imaginar. La luz del sol nunca llegaba a aquellos pasillos de piedra.

El techo era bajo y curvado. Avancé con la mano pegada a la pared, aplastando conchas de ostra y excrementos de rata con las botas. El aire olía a rancio y me ponía la piel de gallina, pero no era aquello lo que creaba aquel ambiente opresivo. Allí hasta la última gota de éter estaba atestada de espíritus antiguos, resentidos.

Del techo caían gotas de agua que formaba charquitos en las esquinas.

De vez en cuando veíamos alguna lámpara de aceite de pescado que emitía una luz mortecina con la que conseguimos entrever a los habitantes de las Bóvedas. Los sintecho amauróticos, durmiendo en cámaras atestadas junto a las paredes, agazapados junto a sus escasas posesiones. Niños acurrucados en torno a una vela de sebo, jugando con tapones de botella y a entrecruzar los dedos y hacer figuras de cordel.

El techo se volvía más bajo a cada paso. Nick respiraba agitadamente.

—No veo ningún aura —dijo.

Ya hacía tiempo que la última lámpara había desaparecido. Tanteé el perfil de ladrillo de otro arco y alargué el brazo, introduciéndolo en la oscuridad. Una ráfaga de aire frío me puso el vello de punta.

—Un momento. —Di un paso adelante—. Hay onirosajes en algún punto, por debajo de nosotros. Yo creo que hay...

Mi mano tocó algo que cedió y mi bota pisó el vacío.

Un reflejo salvador me hizo girar sobre mí misma en lugar de seguir adelante, con lo que me evité caer de cabeza, pero acabé deslizán-

246

dome por una rampa que me llevaba hacia el abismo, mientras intentaba frenar presionando con los talones y las manos contra las lisas paredes, aspirando frenéticamente el aire que me soplaba en el rostro. Un saliente de la piedra me hizo un corte en la mejilla. Otro me rascó la cadera y el muslo, hasta que golpeé con el costado izquierdo contra unos tablones. Impacté con el duro suelo de piedra y salí rodando. Cuando conseguí frenar, estaba rodeada de fragmentos de madera.

Pasé un buen rato sin moverme por miedo a haberme roto algo, hasta que de pronto el cordón áureo vibró, y la sorpresa hizo que respirara de nuevo. Apreté los dientes, me apoyé en los codos y me puse en pie.

—¡Soñadora!

La voz de Nick venía de arriba, y resonaba en la oscuridad. La nariz se me llenó de polvo, y estornudé. En cuanto conseguí ponerme en pie, me golpeé la cabeza contra la piedra y me agaché de nuevo.

—Mierda de...

—Parece que está viva —observó el Custodio.

Levanté la mirada al techo.

—Estoy bien —dije, pasando la mano por la pared—. Pero no veo nada.

El haz de una linterna pasó de un lado al otro, mostrándome los tablones que había atravesado, entre los que había un cartel que decía: SECTOR RESTRINGIDO DE TIPO E.

—Perfecto —dije, apoyándome en la pared—. Siempre he querido morir sola en un sector restringido de tipo E.

—¿Qué? —gritó Nick.

—Que es un sector...

—¡Paige, ya sabes que eso significa que la estructura es inestable! ¿Por qué no estás asustada?

—Porque creo que tú ya estás lo suficientemente asustado por los dos —respondí.

—Quédate ahí. No muevas ni un músculo.

Se retiraron, y volvió a hacerse el silencio más absoluto. La oscuridad era total, como en una tumba.

Bueno, yo no iba a quedarme allí de brazos cruzados, dijera lo que dijera Nick. Me puse en pie con cuidado, tanteando las paredes con las manos.

Por lo que distinguía al tacto, parecía que estaba en un túnel de metro y medio de ancho. A poca distancia del lugar por donde había

247

caído, había lo que parecía ser una pared hecha de una especie de barriles de madera. Quizá pudiera trepar hasta arriba, pero estaba muy alto y había mucha humedad, y la oscuridad era total.

Mientras buscaba alguna otra salida a tientas, mi sexto sentido disparó las alarmas. Sentí los onirosajes de los videntes antes de oír sus pasos. Apenas tuve tiempo de taparme la cara con la bufanda antes de que aparecieran en el túnel.

Las paredes se iluminaron con enormes haces de luz que penetraron en las sombras. Cuando la luz de una linterna me enfocó el rostro, me protegí los ojos con la mano.

—¿*Dè tha sibh a' dèanamh an seo?*

Al ver el cuchillo con que me apuntaban, levanté las manos. El hombre era un vil augur, enjuto y con el rostro descubierto. Allí abajo no debía de tener motivos para ocultar su identidad. Escuché atentamente lo que dijo a continuación:

—¿*A bheil Gàidhlig agaibh?*

Bajé un poco las manos. Aquel idioma sonaba muy parecido al gaélico, pero las palabras no eran exactamente las mismas. Pensé que me estaría preguntando qué hacía allí, y hablara o no..., un momento, claro: aquello era gàidhlig, la antigua lengua de Escocia, prohibida mucho tiempo atrás por Scion. Tenía raíces comunes con el gaélico, pero eso no hacía que yo supiera hablarlo.

—*Táim anseo chun teacht ar dhuine éigin* —dije, hablando despacio: «He venido buscando a alguien».

El cuchillo descendió unos centímetros.

—Profetisa —dijo el hombre—, hemos encontrado a una irlandesa. Creo que querrá unirse a nosotros.

Profetisa. Tom había mencionado aquel título. La líder de la comunidad de videntes de Edimburgo.

En el otro extremo del pasaje, cinco videntes encapuchados guardaban silencio, cada uno de ellos con un farol de hierro en la mano. La mujer que iba delante, envuelta en un chal de sarga, tenía el aura de una cartomántica.

Tenía el cabello salpicado de mechones blancos y recogido en un moño; los ojos, oscuros y muy juntos. Me miró frunciendo los párpados.

—¿Cómo has llegado hasta aquí? —me dijo en inglés—. ¿Quién te contó lo de la pared falsa?

—Nadie. La encontré... sin más.

Se quedó mirando los tablones destrozados.

—Un descubrimiento algo doloroso, sin duda.

—Necesito hablar urgentemente con la líder de los videntes de Edimburgo —dije—. ¿Eres la Profetisa?

Me miró de arriba abajo sin decir nada, luego le dijo algo en voz baja a uno de sus compañeros y se acercó a la luz. Otros dos videntes me agarraron de los brazos y se me llevaron por los pasajes.

Noté una mano que me presionaba la cabeza por detrás y la agaché para pasar bajo otro arco. A continuación, apareció una pequeña cámara con lámparas de aceite en cada recoveco. Dentro encontré un grupo de augures viles sentados, cogidos de las manos, en torno a un triángulo de huesos en el que danzaban unos espíritus. Otros videntes descansaban, sentados o tumbados en unos profundos nichos equipados con la mínima ropa de cama, o comiendo directamente de alguna lata. La mayoría de ellos estaban enfrascados en animadas conversaciones. Oí el nombre «Attard» y frené en seco.

—¿Qué es eso que dicen sobre Attard?

Los videntes que tenía más cerca se callaron. La Profetisa me apoyó una mano en la espalda.

—Acabamos de recibir noticias de Mánchester —dijo—. Supongo que no te has enterado.

—Roberta Attard, la reina de los Escurridizos, ha muerto —me dijo un médium—. Y no te imaginarás cómo ha sido.

—No la tengas en ascuas —apuntó una osteomántica, con una sonrisa socarrona.

—La han asesinado —dijo el médium—. Ha sido su hermana.

Debieron de llevarme a otra bóveda, pero yo no recordaba haber movido los pies. Cuando quise darme cuenta, ya estaba sentada, y alguien me ofrecía una bebida caliente de color ocre que olía levemente a miel y a clavo.

—¿Estás bien?

Tenía las manos heladas. Agarré el vaso con fuerza, pegando los dedos al cristal.

—Te has quedado pálida de pronto. Espero que Roberta no fuera amiga tuya —dijo la cartomántica de cabello negro.

—Catrin... —Me aclaré la garganta—. ¿Cómo sabéis que fue Catrin quien la mató?

Me soltó el hombro y se sentó sobre un cojín delante de mí. Sus compañeros encapuchados se mantuvieron a su lado.

—La noticia nos ha llegado esta mañana, desde Glasgow —dijo—. Catrin Attard se había sumado a una incursión de la Orden de los Mimos en una fábrica y había matado al ministro de Industria, el hombre al que llamaban Puño de Hierro. Roberta se lo echó en cara y las dos acabaron luchando por el liderazgo de los escurridizos. —Meneó la cabeza—. Una pena. Todo el mundo dice que Roberta era una buena mujer. Quería lo mejor para su pueblo.

Yo no dije nada.

Una Subseñora debía plantearse aquello en términos puramente tácticos.

Y quizá, en esos términos, aquello fuera una buena cosa, un progreso. Catrin era una guerrera. Ahora que su hermana ya no estaba, podía preparar a la comunidad de videntes para que se movilizara contra Scion. Estaban en guerra, y la guerra nunca era agradable.

Aun así, saber que mi intervención había acabado con la muerte de Roberta, aunque no hubiera sido esa mi intención, me revolvía el estómago. Catrin la habría matado de un modo brutal, en público, para demostrar que su padre tenía que haberla escogido a ella, que estaba dispuesta a hacer lo que fuera por los escurridizos. Ya me había advertido. Me había dicho que ambas hermanas acabarían enfrentadas.

Yo había puesto el inframundo de Mánchester patas arriba, y ahora no tenía ni idea de lo que le pasaría.

—Bebe —dijo la Profetisa, señalando con un gesto el vaso que tenía en la mano—. Ponche caliente. A mí siempre me reconforta.

Tuve que aceptar lo de Mánchester. Había llegado el momento de revelarles el motivo de mi visita. Cuando levanté la mano para dirigirme a la Profetisa, vi unas caras tras ella.

Había fotografías colgadas de una pared de la bóveda, amarillentas y desgastadas por el tiempo. En una de ellas se veía una familia de tres entre la bruma, con unas colinas verdes de fondo. La mujer tenía una expresión melancólica en el rostro; el hombre llevaba un chubasquero y lucía una sonrisa que no se reflejaba en sus ojos. Ambos tenían cogida de las manos a una niña que tenía el mismo cabello negro, rizado y recogido en coletas con dos cintas, a los lados de la cabeza.

Aunque la había conocido muchos años después de que le tomaran aquella foto, sabía quién era.

—¿Conociste a Liss Rymore? —pregunté.

—Sí. —La Profetisa se me quedó mirando—. ¿Y tú quién eres?

Vacilé antes de quitarme la bufanda que me cubría parcialmente el rostro. Los videntes encapuchados se miraron unos a otros antes de volver a mirarme a mí.

—Dios santo —murmuró la Profetisa, ajustándose el chal sobre los hombros—. Paige Mahoney.

Asentí.

—¿Estuviste en Mánchester? ¿Dirigiste tú la incursión en la fábrica?

—Sí, lo hice. Quería robarle un secreto militar a Scion. Lo que encontré allí me ha traído hasta aquí, a Edimburgo —respondí—. Estoy cerca de descubrir la información que necesito, muy cerca, pero preciso aliados del lugar, gente que sepa que no tenemos otra opción que luchar. Si queréis ser útil a la Orden de los Mimos, ayudadme a encontrar lo que busco.

Ella levantó las cejas.

—¿Fuiste tú quien envió las visiones?

—Lo hizo un amigo mío. Un oráculo.

—Y dejaste que Catrin matara al ministro de Industria.

Fruncí los labios.

—Catrin Attard tomó su propia decisión —respondí al cabo de un momento—. Lo que le hizo a Price y a Roberta no fue por orden mía.

Otra de las videntes presentes la agarró del brazo.

—Un momento, Profetisa —dijo.

Le habló demasiado rápido como para que pudiera entenderla bien, pero distinguí *fealltóir*, una palabra en gaélico, usada durante las revueltas de Molly para referirse a los irlandeses que habían colaborado con Scion.

—No soy ninguna traidora —repliqué.

La Profetisa levantó aún más las cejas.

—Entiendes el *gàidhlig*, ¿no, Subseñora?

—Lo entienda o no, tendría que demostrar que es quien dice ser —dijo el hombre de barba que tenía al lado; me miró con desconfianza—. Podrías ser una espía de Vance. Alguien que se parece mucho a Paige Mahoney y que solo quiere encarcelarnos por traición.

251

—No seas tonto. La Subseñora es una onirámbula —replicó la Profetisa—. ¿Has visto alguna vez un aura roja como esa? —Por lo que parecía, toda Gran Bretaña sabía de mi don—. Además, conoce a Liss.

Se situó junto a la pared de la fotografías y tocó con suavidad la foto de Liss. De pronto, vi el parecido.

—¿Eres... —sentía la boca seca—, eres la madre de Liss?

—Casi. Su tía. Me llamo Elspeth Lin. —Volvió al cojín y se sirvió una bebida—. Entonces, ¿conoces a mi sobrina?

La verdad le dolería, pero tenía que contársela. No era justo dejar que albergara falsas esperanzas.

—Siento que tengas que oír esto de una extraña, Elspeth... Liss está... en el éter.

La sonrisa desapareció del rostro de Elspeth.

—Ya temía haberla perdido —murmuró—. Me eché las cartas hace unas semanas. Cuatro de espadas. Vi a Liss en un torbellino de colores, alejándose. —Se sacó una baraja de cartas del tarot de debajo de la camisa—. También te vi a ti, Paige. Una ola enorme te bañaba los pies, y unas alas oscuras se te llevaban volando. Esa carta representa tanto un inicio como un final. La respuesta a una llamada.

Fue pasando cartas de la baraja y me dio una en la que ponía escrito JUICIO. Mostraba a un ángel de cabello rubio tocando una trompeta, rodeado de columnas de humo. Los muertos de color gris salían de sus tumbas, alzando las manos, mientras unas olas altas se elevaban contra un cielo de color azul pálido.

—Una carta poderosa —dijo—. Vas a tomar una decisión importante, Paige. Muy pronto.

La sostuve en la mano un buen rato. Las lecturas siempre me habían inquietado, pero quizá fuera hora de enfrentarme a mi futuro.

—Debes contarme lo que le ocurrió a Liss —dijo, tensando los músculos del cuello—. Dime que al menos fue rápido.

Yo sentía un nudo en la garganta.

—Murió en septiembre, en un campamento de prisioneros al norte de Londres, tras diez años de cautiverio. Yo estaba con ella. —Cada palabra me costaba un gran esfuerzo—. Yo recité el canto fúnebre.

Elspeth inclinó ligeramente la cabeza. Le di un trago a la bebida, endulzada con miel. Aún me dolía que Liss, que era la que me había dado las fuerzas necesarias para morderme la lengua y entrar en el juego cuando lo único que habría querido era gritar y patalear, no hubiera conseguido salir de aquella prisión. Tendría que estar allí.

—Ya veo. —Suspiró con fuerza, deshinchando el pecho—. No podemos quedarnos llorando por los que nos han dejado. Primero tenemos que luchar por cambiar el mundo que acabó con ellos. Si eras amiga de alguien tan dulce y buena como Liss, con más razón tenemos que ayudarte.

Le devolví la carta del juicio.

—Liss me hizo una lectura elíptica antes de morir, pero se quedó a medias —dije—. Quizá podrías ayudarme a descifrar lo que decían las cartas.

Elspeth me entregó la baraja, y yo le cogí su *numen* de las manos, con delicadeza. Para una adivina era una señal de gran confianza y respeto dejar que otra vidente manipulara el objeto que la conectaba con el éter. Delicadamente, busqué seis cartas y las puse en orden: el cinco de copas, el rey de bastos invertido, el Diablo, los Amantes, la Muerte invertida y el ocho de espadas.

—Para la lectura elíptica se usan siete cartas —dijo Elspeth.

—La última se perdió.

253

—Hmm. A Liss siempre se le dio mucho mejor que a cualquier otra de las mujeres Lin. Podía ver cosas. Nadie más en la familia tenía ese poder.

Dio un golpecito con el dedo sobre cada una de las cartas.

—¿Sabes lo que significa alguna de ellas?

—Las dos primeras, creo.

El cinco de copas era mi padre en duelo, seguramente por mi madre. El rey de bastos, estaba segura, era Jaxon, y hacía referencia al poder que había tenido sobre mi vida.

—Eso tiene sentido. Tu pasado y tu presente. La tercera carta indicaría tu futuro en el momento de la lectura. —Elspeth la cogió de encima de la baraja—. El Diablo.

—Liss me dijo que representaba la desesperanza y el miedo, pero que yo había escogido ese camino voluntariamente —apunté—. Que es algo de lo que podría escapar, aunque no lo supiera.

Elspeth levantó la carta, acercándola a la luz.

—Estás luchando contra Hildred Vance, que sin duda es una fuente de desesperanza y miedo, y da la impresión de que estaba presente en el futuro de todos nosotros —dijo, muy seria—, pero nadie se entrega a ella voluntariamente, y mucho menos la Subseñora de la Orden de los Mimos. Así que no puede referirse a ella. —Estudió la carta como si el diablo fuera a cambiar de cara y a revelar su verdadera identidad—. Fíjate en los otros personajes de la imagen. El diablo se alza sobre un hombre y una mujer.

Le dio la vuelta para que la viera. La figura pintada, con cuernos, era tan siniestra como insinuaba su nombre, con una mueca en la boca y unos ojos blancos que miraban fijamente. Pero a ambos lados había sendas figuras desnudas, atadas al pedestal, y por tanto entre sí, con una cadena plateada.

—Las dos figuras de la carta del diablo se parecen mucho a la pareja de la carta de los amantes, que viene a continuación. Casi podrían ser los propios amantes. Mira bien. El diablo los controla. Los manipula.

Aquellas palabras hicieron que la frente se me cubriera de un fino velo de sudor.

«Los controla. Los manipula». El diablo podía ser Terebell. Tanto el Custodio como yo estábamos encadenados a ella: él, por su sentido de la lealtad; yo, por mi necesidad de dinero. Y también estábamos encadenados el uno a la otra, aunque nuestra cadena fuera dorada.

—También hay alguien situado por encima de la pareja en la carta de los amantes, aunque aquí no hay cadena. —Elspeth señaló una figura alada que flotaba sobre el hombre y la mujer—. No tengo muy claro qué representa esta figura en este caso, pero... alguien está observando constantemente a esta pareja.

Liss no me había dicho gran cosa sobre la carta de los amantes, salvo que la propia carta me diría qué hacer. «Hay tensión entre el espíritu y la carne —me había dicho—. Demasiada». En ese momento, yo no lo había entendido, pero después me toparía con un amante... o con alguien que podía haber llegado a serlo, al menos.

Como refaíta, el Custodio era el pivote entre el espíritu y la carne. Siempre nos habíamos sentido observados, y sabíamos lo que ocurriría si nos descubrían. Si él representaba el camino que yo debía seguir, al intentar distanciarme de él, diciéndole que teníamos que mantenernos apartados, me había equivocado; le había dado la espalda al consejo que me daban las cartas.

Y, sin embargo..., él también podría ser el diablo... o un maestro titiritero a su servicio, manteniéndome encadenado a él, a Terebell.

¿Se suponía que tenía que ser mi amante, o mi perdición?

—Tal como lo veo yo —dijo Elspeth—, debes seguir el camino de los amantes. Mantente cerca de la persona que creas que representa la carta, y asegúrate de identificarla correctamente. Si te apartas de quienquiera que sea, sospecho que te volverás más vulnerable al diablo. —Recogió todas las cartas—. Espero que pronto veas claras las respuestas, Paige.

Yo tenía el ceño fruncido. Ahora tenía aún más dudas que antes.

Reaccioné. No podía quedarme pensando en aquello, cuando estaba tan cerca de resolver el misterio de la fuente de energía que alimentaba la red Senshield. Cuando otro diablo podía estar observándonos, preparándose para lanzarme otra red encima: un diablo llamado Hildred Vance.

—Hay otro motivo por el que he venido hasta aquí —dije, y paseé la vista por entre los videntes—. Necesito saber dónde se encuentra exactamente el Centro Logístico Central de Edimburgo.

Elspeth me miró, circunspecta.

—¿Por qué?

—Ahora... no puedo explicártelo. Pero es importante.

Frunció los labios.

—No encontrarás el centro logístico en ningún plano —dijo—, pero los que llevamos años viviendo aquí sabemos muy bien dónde está: en Leith, una zona militar junto al puerto, fuera del alcance de los ciudadanos. No intentes entrar. Acabarás muerta o entre rejas.

Pero el simple hecho de salir a la calle ya implicaba correr el riesgo de acabar muerta o entre rejas. Si dejaba que eso me asustara, nunca haría nada.

255

17

Sangre y acero

Nick y el Custodio acabaron encontrándome después de abrirse paso por un laberinto de túneles. Salimos de las Bóvedas y nos topamos con la luz de un sol bajo que había disipado gran parte de la niebla y que ahora se reflejaba en la nieve. Yo iba armada con una pistola militar que me había dado Elspeth, cuyos videntes habían conseguido ir acumulando una buena reserva de armas a lo largo de los años, robándolas de los vehículos destinados al centro logístico militar. Me había asegurado que, si necesitábamos asistencia, suministros o algún lugar donde escondernos durante nuestra estancia en Edimburgo, podíamos volver.

Durante el viaje de vuelta a la casa segura, me vino a la mente el rostro de los que estaban sufriendo bajo el yugo de Scion. La Orden de los Mimos, escondida en el Nivel Inferior. Los obreros de las fábricas, rapados y golpeados. Los irlandeses, condenados al ostracismo. Los centinelas, amenazados por una tecnología que podría destruirnos a todos.

Sin embargo, también pensé en otros: los vivos, los desafiantes. Elspeth Lin, la última de una familia que Scion había destrozado, decidida a contraatacar. Mis comandantes en Londres. Los Ranthen. Las personas que me acompañaban ahora mismo. No sabía si podríamos detener toda aquella maquinaria, pero se había encendido una chispa en su interior. Y hasta la llama más pequeña podía devastar el edificio más sólido.

Algunos tendrían que sufrir. Algunos tendrían que plantar cara.

Eliza y Maria nos esperaban en el salón. Por su gesto de frustración, deduje que sus investigaciones en la ciudadela no habrían dado fruto. Cuando entramos, Eliza se puso en pie.

—¿Habéis encontrado a los videntes?

—Sí —respondí—. Y nos ayudarán.

El alivio se hizo patente en su rostro.

—¿Y el centro logístico?

—Está en Leith, en la costa. Ahora vamos.

Maria ya estaba introduciendo el nombre del distrito en el rastreador.

—Ah —exclamó—. Sí. Mira lo que ocurre cuando intentas acercar la imagen a Leith. —Me mostró la pantalla: el distrito era una mancha borrosa sobre la costa, no muy lejos del centro de Edimburgo, difuminada—. Scion no quiere que los satélites vean lo que pasa allí.

—Motivo de más para que vayamos. Eliza, tú te quedas aquí —dije—. Necesitamos a alguien fuera por si nos metemos en un lío.

—Id con cuidado —dijo ella.

En cuanto oscureció, salimos para Leith. En lugar de un metro subterráneo o un monorraíl, Edimburgo tenía una red de tranvías automáticos que funcionaban las veinticuatro horas. Los refaítas fueron por su cuenta, puesto que preferían moverse entre las sombras, pero el resto encontramos un tranvía que llevaba a Leith y nos sentamos en la parte de atrás, lejos del resto de pasajeros. Bajamos en la última parada, donde ya nos esperaban Lucida y el Custodio.

Una valla nos separaba de Leith, y estaba cubierta de carteles rojos. Lo único que podía ver del otro lado eran más edificios. Localicé una cámara que sobresalía de una pared y retrocedí, resguardándome bajo una entrada:

ATENCIÓN

INSTALACIÓN MILITAR DE SCIONIDUS

EL ACCESO A ESTA ZONA ESTÁ RESTRINGIDO

POR ORDEN DE LA COMANDANTE EN JEFE.

ESTÁ AUTORIZADO EL USO DE MEDIDAS LETALES.

—Vamos a entrar —dije.

—¿Cómo? —preguntó Maria, perpleja. Yo levanté una ceja—. Ah —dijo, con una sonrisa socarrona—. Claro.

El vigilante que montaba guardia tras la reja estaba solo. Tardé más de lo que habría querido en colarme en su onirosaje, y se quejó mucho cuando me impuse a sus defensas, pero conseguí mantenerlo sometido el tiempo suficiente para hacerle llegar hasta la verja y que

257

la abriera. En cuanto consiguió pasar, Maria se le echó encima y lo noqueó con la culata de su propia pistola. Yo regresé a mi cuerpo en el mismo momento en que Nick me llevaba en brazos hacia el interior. A nuestras espaldas, la puerta se cerró con un susurro. Se encendió una luz roja.

Nick me puso en pie. Estábamos en el distrito militar, avanzando por unas calles oscuras que debían llevar hasta el centro logístico. El Custodio y Lucida iban por delante de nosotros, listos para silenciar a cualquier soldado que pudiera aparecer, mientras Nick estaba atento por si aparecían cámaras o escáneres. A cada paso, aumentaba la sensación de que nos estaban observando. ¿Habría previsto nuestra llegada Vance? ¿Estaría ya allí?

A pesar del frío, sentía la nuca sudada. Un movimiento en falso podría hacer que nos mataran a todos. Percibí la presencia de gente en los edificios, pero no había nadie en las calles. Aquella zona del distrito militar debía de ser puramente administrativa, una pantalla de humo que ocultaba el verdadero secreto.

Mi impresión quedó confirmada cuando llegamos a un muro de hormigón de más de tres metros de altura. En lo alto había una reja, coronada por una corola de púas metálicas que sumaban otros tres metros de altura a la barrera. Aun así, también había carteles que avisaban de que usarían medidas letales para impedir el paso.

No iba a ser rápido entrar en aquel lugar.

—Necesito que alguien me dé un empujón —dije.

—Espera. Primero iré yo —dijo Maria, atándose el abrigo en torno a la cintura—. Custodio, eres el más alto. ¿Te importa aupar a una señorita?

El Custodio miró a Lucida, visiblemente escandalizada por la idea. Maria, que era ajena a la aversión que sentían los refaítas al contacto físico con los humanos, se lo quedó mirando.

—Ya lo hago yo —dijo Nick, juntando las manos.

Nick era fuerte, pero no pudo levantar a Maria lo suficiente. Ella intentó agarrarse a la pared, pero a punto estuvo de hacer que cayeran los dos. Finalmente, Nick la bajó mientras contenía un exabrupto.

—Lo siento —dijo Maria, ya en el suelo, y observó al Custodio con una sonrisa socarrona—. Tendrás que hacerlo tú, grandullón.

Sentí ganas de soltar una risa histérica. Lucida no estaba encantada con la situación, pero no estábamos en posición de debatir. El Custodio elevó a Maria con facilidad y dejó que apoyara los pies sobre su hombro. Ella se agarró al borde del muro y trepó.

En los momentos en que la perdí de vista, contuve la respiración. Casi me esperaba oír un disparo, pero enseguida volvió a asomar la cabeza por encima del muro.

—Venga —me susurró.

Evitando la mirada del Custodio, me subí a su mano y luego trepé a sus hombros. Él me agarró de las pantorrillas para darme más estabilidad, y me provocó un escalofrío que me recorrió la espalda. Estiré el brazo para agarrarme a Maria y dejé que cargara con parte de mi peso. Mis botas rascaron la superficie lisa del muro buscando tracción. Una vez arriba, Maria me dio una palmadita en la espalda.

—Echa un vistazo ahí abajo, Subseñora —dijo con la voz algo ronca—. Pero... intenta no chillar.

Me puse en cuclillas y me agarré a la valla.

Nunca olvidaría lo que vi del otro lado.

Tanques. Cientos de tanques. En formación perfecta, creando unas columnas perfectas frente a un almacén de un negro profundo. A su alrededor pululaban soldados con chalecos blindados y armados hasta los dientes. Ni en mis momentos más funestos habría podido imaginar que existiera una fuerza de aquella magnitud. La gente de Edimburgo, al otro lado de aquellos muros, no podía ni imaginarse que en su ciudadela hubiera tantas máquinas de guerra.

Aquello era lo que producían las fábricas de Mánchester, el motivo por el que se había derramado tanta sangre humana.

A mi derecha apareció el Custodio. Cuando vio aquello, se le iluminaron los ojos. Después llegó Nick, que sacó sus binoculares. Le dejé observar todo un minuto antes de hacerles un gesto y señalarles la unidad más cercana. En la espalda de los chalecos blindados, los soldados llevaban la inscripción SEGUNDA DIVISIÓN INQUISITORIAL, y ahora veía que los rifles que llevaban tenían una tira de luz blanca junto al cañón.

Activos. Los rifles-escáner habían llegado hasta aquí desde Mánchester como simples armas de fuego; ahora eran aparatos de tecnología etérea.

Al fondo, apenas visibles tras los focos, se distinguían los cascos metálicos de varios barcos de guerra. De algunos bajaban aún más soldados por las pasarelas, mientras que otros iban recibiendo tropas.

259

—Segunda División Inquisitorial —dije en voz baja, leyendo de nuevo los chalecos blindados de los soldados—. Esa es la fuerza de invasión internacional, no de seguridad nacional.

Las imágenes se abrieron paso en mi mente. La luz del sol sobre el río. Pancartas recortándose contra el cielo azul. El brillante cabello pelirrojo de mi primo en el momento en que se giraba y se encontraba de bruces con su destino.

—La última incursión de Scion fue en 2046 —informó Maria—. La siguiente habría tenido que llegar ya hace tiempo. —Estaba pálida—. Así es como pretende celebrar Vance el Año Nuevo. La sombra del Ancla ha caído sobre algún país del mundo libre y pretenden aplastarlo.

Me giré hacia el Custodio.

—¿Los Sargas no dijeron nada sobre nuevas invasiones?

—Su objetivo es el dominio total del mundo de los humanos —dijo él—. En mi presencia no mencionaron objetivos específicos, pero ningún lugar está a salvo de su ambición.

Nos quedamos allí un buen rato, asimilando el inmenso poder de nuestro enemigo. Los tanques, la artillería y las tropas que se movían por toda partes, como una maquinaria perfecta.

—Un momento. —Nick estaba mirando por los binoculares otra vez, en dirección a dos figuras a lo lejos. Cuando los bajó, vi la tensión reflejada en su rostro—. *Helvete.* Es Tjäder.

Maria le quitó los binoculares de las manos antes de que yo pudiera hacerlo. Un momento más tarde, los bajó.

—Y alguien más. —Me miró—. Alguien que te encantará ver.

Le cogí los binoculares, y ella no opuso resistencia alguna.

Estaban hablando junto a uno de los buques de guerra, rodeado de soldados. Recordaba a Birgitta Tjäder de la colonia; pálida y de pómulos marcados. Llevaba la espesa melena recogida en una trenza, y su chaleco blindado era de color claro. Bajo el brazo sostenía un casco. Tjäder era conocida por ser la jefa de vigilancia de Estocolmo, pero también era la comandante de la Segunda División Inquisitorial, la que había dado la orden de que mataran a la hermana de Nick.

Sin embargo, lo que hizo que de pronto no sintiera las piernas fue ver quién era la otra persona. La oficial de Scion que estaba junto a Tjäder era una pequeñaja que apenas le llegaba al hombro. Pese a la distancia, la reconocí. Aquel cabello claro de punta; su gesto impávido, como de refaíta; aquellos ojos de un negro profundo, casi sin espacio para el blanco, bajo unas cejas perfiladas, unos ojos que absorbían información, sin dejar que se le escapara nada. La última vez que había visto aquella cara había sido en la pantalla del almacén, y yo estaba atrapada en una red.

Hildred Vance, la mujer destinada a conquistar el mundo para los refaítas. Por fin la veía en carne y hueso.

Esta vez no iba a atraparme desde la distancia. Esta vez era evidente que había venido a por mí personalmente.

Llevaba un traje a medida y una capa de cuello alto con el forro rojo carmín, como las que llevaban los altos oficiales de Scion.

Mientras la observaba, ella levantó la vista, y tuve la impresión de que me miraba directamente a la cara. El estómago me dio un vuelco.

—Tenemos que irnos —murmuré.

—¿Qué pasa? —preguntó Nick, tenso.

Vance ya se había girado otra vez, pero yo seguía temblando.

—Sabe que estamos aquí arriba. —Tragué saliva con dificultad—. Me ha mirado directamente.

Maria casqueó la lengua, quitándole hierro al asunto.

—Todo el mundo tiene esa sensación cuando la ve.

—Bueno, pues esto ha sido definitivo —soltó Nick—. Ahora no entramos.

—El núcleo de Senshield podría estar ahí dentro —dije, pensando en voz alta—. Puede ser que activen los escáneres en ese almacén. Justo ante nuestras narices. —Ahora que Vance volvía a prestar atención a Tjäder, volví a la valla—. No me perdonaría haber llegado hasta aquí para nada. Tengo que entrar.

—No, iré yo —dijo el Custodio.

Los demás nos lo quedamos mirando, incrédulos.

—Has perdido el juicio. Aunque pudieras atravesar la valla...

Él agarró dos de los barrotes de la reja y tiró de ellos, separándolos y dejando un hueco lo suficientemente grande como para pasar. No pude acabar la frase, pero me quedé con la boca seca como una piedra. Lo decía en serio.

—Custodio, no vas a entrar ahí. Como Subseñora, te ordeno que no entres.

No apartó los ojos del centro logístico.

—Permiso para ignorar tus órdenes, Subseñora.

—Permiso no concedido. Permiso negado categóricamente.

261

—Paige, no tenemos elección —intervino Maria—. Si nos vamos ahora, perderemos la oportunidad de descubrir qué es lo que alimenta la red Senshield. Es lo que querías desde el principio. El único modo que tenemos de ayudar a la Orden de los Mimos. —Me agarró del brazo—. Todos estamos en esto contigo. Todos queremos contribuir.

El Custodio se quedó donde estaba, a la espera.

En cierto modo, tenía sentido que fuera él. Si le disparaban, sobreviviría. Era lo suficientemente fuerte como para evitar que le capturaran los humanos. Contaba con el elemento sorpresa si alguien lo veía, lo que le daría tiempo suficiente para reaccionar, y era capaz de moverse en silencio y con agilidad por un edificio muy vigilado. En pocas palabras, era un refaíta, y eso hacía que fuera mejor candidato que cualquiera de los humanos para la misión.

—Permiso concedido.

No se lo pensó. Con un único movimiento, atravesó la reja y bajó del muro. Maria se arrastró por el hueco y miró abajo, sosteniéndose la capucha sobre la cabeza.

Yo me quedé tumbada boca abajo sobre el hormigón, junto a Maria y a Nick. Allí, en la costa, el viento soplaba implacable. Vi que Tjäder y Vance desaparecían en el interior del enorme almacén y observé cómo se paraban los soldados a saludar a la comandante en jefe.

No quería al Custodio ahí dentro. La idea de que estuviera cerca de Vance me producía náuseas. Limpié la humedad de mi reloj y vi cómo pasaban los segundos, imaginando a los soldados vaciando sus cargadores frente a él y llevándoselo a rastras.

Regresaría. Tenía que regresar.

Me negaba a pensar qué pasaría si no volvía.

Una mano de piel gruesa apareció sobre el muro, haciéndonos dar un respingo a todos.

Un momento más tarde apareció el Custodio, con algo bajo el brazo.

Solté el aire contenido. Vino a nuestro encuentro, al otro lado de la reja.

—¿Te ha visto alguien?

—Si me hubieran visto, supongo que ya lo sabríamos.

—¿Y el núcleo? —pregunté, aún con voz trémula—. ¿Está ahí?

Me miró fijamente a los ojos.

—El núcleo no —dijo—. Pero está esto.

Me mostró un fusil-escáner, como los que habíamos robado de la fábrica, pero con una diferencia crucial: la tira blanca. Estaba activado.

El Custodio me miró a los ojos, interpretando mi reacción.

—Quizá sea mejor hablar de esto en la casa segura.

—Has visto algo ahí dentro —conjeturé.

—Sí.

Me dio una pistolera. Me quité el abrigo un momento para abrochármela, estremeciéndome al notar el frío contra el torso. Maria puso el fusil-escáner dentro y lo aseguró.

—Venga. —Mi abrigo era amplio, pero apenas conseguía ocultar la forma del fusil—. Vamos a echar un vistazo a esta cosa.

El vigilante seguía inconsciente cuando pasamos a su lado. Salir del distrito resultó aún más fácil de lo que había sido entrar, pero echamos a correr en cuanto superamos la valla. De pronto fuimos conscientes del peligro que habíamos corrido. Nos separamos de los refaítas y tomamos otro tranvía hasta el centro de la ciudadela. Bajamos cerca del puente de Waverley —uno de los dos que cruzaban el valle que atravesaba el centro de Edimburgo, separando el casco antiguo de la ciudad nueva—. Cuando llegamos a la Casa del Ancla, estábamos empapados de lluvia.

Eliza estaba sentada en el sofá, tiesa como un clavo. Cuando nos vio, resopló, aliviada.

—Ahí estáis.

Nick se agachó y la rodeó con un brazo.

—Estamos bien.

—¿Habéis visto el centro logístico?

—Sí. Alégrate de no haberlo visto tú —dijo Maria—. ¿Han vuelto los *refas*?

—Están arriba. Han dicho que estaban haciendo una sesión de espiritismo.

Maria despejó la mesa.

—Vale —dijo—. Veamos qué aspecto tiene un escáner Senshield portátil activado.

Con delidecadeza, posé el fusil-escáner sobre la mesa. Maria fue la primera en ponerle las manos encima.

—Un SL-59 activado —dijo—. Nuestro peor enemigo.

Pasó un dedo por la tira luminosa. Una vez separado el cargador y analizadas las balas, manipuló el arma con una facilidad fruto de la práctica. Pese a saber que estaba descargada, Eliza se tensó cuando le apuntó con ella.

—Perdona, cariño —dijo Maria—. Solo quiero saber a qué nos enfrentamos. El fusil no parece que tenga nada de particular, así que supongo que es la mira... —Miró a través—. Ah, fíjate.

Me dejó echarle un vistazo. El mundo, visto a través de la mira del SL-59, había perdido todo su color. Pero alrededor de Eliza había un leve brillo que debía de ser su aura. Nick, en cambio, estaba oscuro.

—¿Puedo?

El Custodio estaba junto a la puerta con Lucida, que últimamente parecía estar siempre detrás de él. Maria se encogió de hombros y le entregó el fusil-escáner para que lo examinara. Yo nunca había visto a un refaíta con un arma de fuego en las manos; resultaba inquietante. Tras contemplarlo unos momentos en silencio, retiró la mira y cogió una cápsula que había detrás, arrancando una maraña de cables. La luz blanca desapareció, y el fusil volvió a ser un simple fusil.

264

—No encontré ni rastro de un núcleo único allí dentro —dijo—, pero en el almacén les estaban instalando estas cosas a los fusiles.

Sostuvo la cápsula en la palma de la mano. Era plateada y tenía forma de almendra, del tamaño de un comprimido farmacéutico.

—¿Qué es? —pregunté—. ¿Una batería etérea?

—No —respondió el Custodio—. No hay espíritu dentro.

—Veamos.

El Custodio me entregó la cápsula. La superficie cedía un poco al apretarla. Me la pasé entre el pulgar y el índice hasta que reventó, liberando una pequeña cantidad de líquido: un aceitoso líquido verde amarillento. Lucida exclamó algo en *gloss*.

—¿Qué es esa cosa? —preguntó Eliza.

—Ectoplasma. —Me la pasé por los dedos—. Sangre refaíta.

Al tocarla sentí que la piel se me enfriaba. El éter brilló a mi alrededor, y la cabeza me daba vueltas.

El Custodio estaba tenso como nunca. Noté una reacción mínima a través del cordón: asco.

—No hay batería etérea que pueda usar sangre refaíta. Esto es otra cosa. Fijaos que el ectoplasma es luminoso —dijo—. Normalmente, al cabo de un rato, la sangre fuera del cuerpo de un refaíta se oscurece, cristaliza y pierde sus propiedades. Esta se ha mantenido activa.

—¿Cómo? —pregunté.

—No lo sé.

El Custodio se puso a caminar lentamente en torno al fusil. Sus ojos brillaban con más intensidad a cada paso. Me lo quedé mirando.

—¿En qué estás pensando?

—Solo hay dos refaítas que tengan posibilidad de acceso y suficiente conocimiento sobre el éter como para haber podido contribuir a la creación de esta tecnología. Nashira y Gomeisa Sargas —dijo, y siguió caminando.

Nadie se atrevió a decir nada mientras él reflexionaba.

—Tal como te dije en la colonia, Paige, Nashira tiene un don similar al de un vinculador, aunque mucho más peligroso, porque no solo puede controlar a un espíritu, sino que es capaz de robarle el don que tenía en vida —dijo por fin—. Supongamos que ha encontrado un espíritu con un don que permita detectar el éter: podría vincularlo a todos los escáneres Senshield, a cada fusil, a través de esto —dijo, señalando en dirección a mis dedos con un movimiento de la cabeza—. Usando su propia sangre. Poniendo una gota en cada escáner, ha podido vincular cada escáner a este espíritu e infundirle ese don. El espíritu es el núcleo. Alimenta toda la red Senshield, cada escáner: todo, usando como vehículo la sangre de Nashira. Eso es lo que supongo yo.

—Pues... es toda una suposición —observó Maria.

Me limpié el líquido con la chaqueta. No me hacía ninguna gracia que hubiera podido fluir por el cuerpo de Nashira.

—La sangre de un vinculador también es como un pegamento etéreo —murmuró Eliza—. Eso es lo que solía decir Jaxon. Podía poner una gota de su sangre sobre un objeto para obligar a un espíritu a que se mantuviera pegado al objeto.

—Pero no podría vincular un espíritu con tantos lugares diferentes —señaló Nick.

—Sin embargo, Nashira no es una vinculadora normal, ¿no? Debe de ser una... supervinculadora.

Noté que Lucida se había puesto rígida al oír el nombre de Jaxon.

—¿Y Nashira haría algo así? —dije. No tenía muy claro que fuera capaz—. ¿De verdad permitiría que los humanos le sacaran litros de sangre y la pusieran en cientos, en miles de escáneres?

El Custodio seguía con la mirada fija en el fusil.

—Quizá —dijo.

—¿Eso significa...? —No podía afrontar aquella posibilidad—. ¿Eso significa que no hay «núcleo» físico? ¿Qué no es más que un espíritu? ¿Uno de sus ángeles caídos?

—¿Y dónde lo tendrían? —intervino Maria—. ¿Aquí, en Edimburgo?

—No necesariamente —respondió el Custodio—. El espíritu podría estar en cualquier parte. Pero... lo más probable es que esté con Nashira. Dondequiera que se ecuentre.

Las piernas ya no me aguantaban. Me dejé caer en una silla.

—¿Estás diciendo que tenemos que acabar con Nashira? —pregunté en voz muy baja—. ¿Esa es la respuesta?

—O desterrar al espíritu.

—¿Se le puede desterrar? No sabemos ni cómo se llama.

—Quizá. Todo esto son conjeturas.

—¡Pues necesitamos algo más que una puta conjetura! —estallé—. Sea lo que sea lo que alimenta a los Senshield, no está aquí. Pensábamos que encontraríamos el núcleo en el centro logístico y no lo hemos encontrado. Lo único que tenemos son suposiciones y otro puto fusil. Casi conseguí que os mataran a todos en Mánchester para llegar hasta aquí; por mi culpa mataron a Tom, y... ¿para qué? ¿Para esto? —Les mostré la sangre en mis dedos—. ¿Para tener una conjetura?

Nadie respondió. Me giré para darles la espalda, al sentir que los ojos se me llenaban de lágrimas.

—Paige —dijo Maria—, hemos estado dando palos de ciego desde el principio, pero eso no significa...

—Esperad. —Eliza levantó una mano—. ¿Oís eso?

Escuchamos. Estaban haciendo un comunicado a través del sistema de pantallas. Me calé la capucha y salí al exterior.

La nieve me acarició el rostro. Era noche cerrada; Scion no solía hacer comunicados a aquellas horas. Cuando llegamos a lo alto de las escaleras, nos encontramos junto a una pequeña multitud. El rostro de Hildred Vance llenaba la enorme pantalla de transmisiones de la Gran Milla: «...Gran Inquisidor ha oído vuestras peticiones para que se les dé un trato justo e igualitario a todos los delincuentes asociados a la Orden de los Mimos. Esta noche, como comandante en jefe, espero demostraros las ventajas de la ley marcial».

Vance contemplaba la ciudadela, con su voz multiplicada por los numerosos altavoces repartidos por Edimburgo. Solía hablar con un fondo blanco detrás, al igual que otros altos cargos de Scion cuando se dirigían al público, pero esta vez parecía estar en algún sitio al aire libre. Enseguida reconocí el lugar; estaba frente al monumento gótico de Inquisitors Street, al otro lado del puente de Waverley. Había visto ese lugar de camino al centro logístico y al volver.

Estaba haciéndome saber que estaba aquí, en la ciudadela.

«Hace dos días hemos sabido que Paige Mahoney, líder de la Orden de los Mimos, había huido de la capital y había viajado al noroeste para extender su violento mensaje de odio contra el Ancla. Tengo un mensaje para Paige Mahoney; no puede insultar al Ancla impunemente».

El crescendo de voces a nuestro alrededor eclipsó sus siguientes palabras. Lo siguiente que oí fue: «... ejecución se llevará a cabo inmediatamente, de acuerdo con la ley marcial. Así morirán todos los enemigos del Ancla».

Su rostro desapareció de la pantalla, que se quedó en blanco. Cuando volvió la imagen, me quedé helada.

No fue la imagen del verdugo. No fue la espada dorada que tenía en las manos, levantadas para asestar el golpe. Fue la imagen del hombre que tenía el cuello sobre la picota. Con la cara destapada. Las manos atadas a la espalda. Un hombre que parecía mucho más viejo que la última vez que lo había visto, con los ojos inyectados en sangre, sin afeitar y con mechones plateados en el cabello. Unas letras sobreimpresionadas en la pantalla informaban al país:

DIRECTO: EJECUCIÓN DE COLIN MAHONEY.

PROGENITOR ANTINATURAL Y TRAIDOR.

«No grites».

Las palabras sugieron de algún rincón de mi mente: el instinto de supervivencia. Si gritaba, todo el mundo sabría que estaba ahí. A nadie más le importaba Cóilín Ó Mathúna. No quedaba nadie. Nick me estaba diciendo algo, agarrándome de los hombros, pero yo no podía apartar la mirada de aquel rostro arrugado y tenso de la pantalla. Cada gota de sudor, cada temblor de sus labios, se veía tan claro que casi me daba la impresión de estar con él en Lychgate, esperando el golpe.

267

Los últimos recuerdos suyos eran de cuando lo había necesitado y él había apartado la mirada. Cuando le había tendido los brazos y él me había dado la espalda. Pero ahora, en sus últimos momentos, sentía más que nunca que era su hija. Recordé la noche antes de que me dijera que íbamos a dejar nuestra casa —once años atrás, hacía un mundo—. Me llevó al campo y me hizo mirar al cielo, donde los meteoros lloraban por Irlanda. Y sus palabras procedían de un recuerdo enterrado mucho tiempo atrás, palabras que ya tenía olvidadas.

«Mira, *seillean*. Mira. —Por su voz parecía perdido, algo que yo en ese momento no entendí—. El cielo se está desplomando sobre nosotros».

Cuando cayó la espada, no cerré los ojos.

Eso se lo debía. Tenía que ver lo que había hecho.

No recuerdo cómo volví a la casa segura. Tengo un vago recuerdo de que me picaba la lengua, la sensación de que estaba flotando entre la conciencia y la inconsciencia. Mis pensamientos se convirtieron en un estallido de rubí y de oro, en un laberinto de espinas sin escapatoria posible.

En algún lugar, en aquella sofocante oscuridad, oí a mi abuela cantando una nana en irlandés. Intenté llamarla, pero las palabras me salían de la boca a trompicones para luego romperse, sin poder batir las alas y alzar el vuelo. Cuando abrí de nuevo los ojos, estaba bajo una manta en el sofá; la chimenea estaba llena de brasas. Me quedé mirando cómo brillaban un buen rato, hipnotizada.

Ahora era huérfana. Mi padre y yo no habíamos tenido una conversación seria desde hacía mucho tiempo, desde antes de que se me llevaran a la colonia, pero ahora me daba cuenta de que siempre había estado presente en mis pensamientos. Era la personificación de un mundo más sencillo; alguien con quien me habría podido reconciliar una vez que hubiera acabado todo esto, cuando entendiera que yo solo había luchado por conseguir que la vida fuera mejor. Pasara lo que pasara, estaba convencida de que tenía una familia con la que habría podido volver al final.

Apenas pude oír la voz vítrea de Lucida en el pasillo:

—No tenemos tiempo que perder. No entiendo por qué no se mueve.

—Se llama duelo —dijo Nick—. Era su padre. ¿Vosotros no tenéis padres?

—Los refaítas no tenemos crías.

Nick suspiró.

—Si vamos a hacer esto, alguien tiene que asegurarse de que no nos sigue. Conozco a Paige. No va a dejar que corramos peligro si no lo corre ella también.

—Esta vez yo vengo con vosotros —dijo Eliza—. Quiero demostrarle que puedo hacerlo.

Bajaron la voz al oír que me movía; el sofá se tambaleó sobre sus frágiles patas. Sentía un dolor palpitante en la cabeza. Ya estaba volviendo a dejarme llevar por mis pensamientos cuando una mano me tocó la frente.

—¿Paige?

Nick estaba en cuclillas a mi lado, con el ceño fruncido. Asintiendo, me apoyé en los codos y me senté en el sofá. Bebí de la taza de té que me dio.

—Lo siento muchísimo, cariño.

—Sabíamos que sucedería. Estaba muerto desde el momento en que hui de la colonia. —Tenía la garganta seca, lo que hacía que casi no tuviera voz—. Debería sentirme aún peor.

—Estás en shock.

Sería por eso por lo que no me temblaban las manos. Sería por eso por lo que me sentía quemada por dentro.

Maria y Eliza entraron en el salón. Eliza se sentó a mi lado y me agarró la mano, mientras Maria se dejaba caer en el sillón. Al principio, deseé poder evitar sus gestos de apoyo; no podía soportarlos. Era yo quien había matado a mi padre, no Vance. Yo era su asesina, el motivo por el que había muerto, y no merecía compasión.

Cerré los ojos. No podía permitirme pensar así. Scion había empezado a hundir a mi familia mucho antes de que supieran siquiera mi nombre, empezando por Finn, en Dublín. Habría podido hacer mejor algunas cosas —habría podido esforzarme más en llegar hasta mi padre para rescatarlo de sus garras—, pero no era mi mano la que sostenía aquella espada.

—Voy a matarla —murmuré—. A Vance.

—No. Eso es exactamente lo que no debes intentar. —Maria me agarró del brazo—. Esto es otro movimiento en la guerra psicológica que Vance te ha declarado, la que empezó cuando te usó para modificar Senshield. Estás demasiado cerca de su secreto, y ahora quiere acabar contigo.

Intenté escucharla, pero solo veía la sangre en la espada.

—La has impresionado. No se esperaba que una chica de diecinueve años sin ninguna formación militar pudiera evitar ser capturada durante tanto tiempo. Ahora va a intentar sacarte al exterior por última vez.

Nick apoyó una mano sobre mi hombro.

—¿Cómo?

—Es evidente que eso era una grabación —dijo Maria—. No hay duda: el cielo estaba más claro de lo que está ahora. Se encontraba junto a un monumento conocido. No es por casualidad. Quiere que Paige vaya hacia allí, sedienta de venganza. Ahí es donde habrá tendido su próxima trampa.

Tuve que hacer un esfuerzo para no moverme.

—Pero ¿por qué lo ha matado? —dije, con los ojos secos—. ¿No era mejor mantenerlo con vida para hacerme chantaje?

—Uno: porque ha considerado que le era menos útil vivo que muerto. Dos: porque ya tiene pensado su próximo movimiento. Es exactamente lo que le hizo a Rozaliya —dijo—. Primero te nubla el juicio. Luego, sabiendo que eres vulnerable, ataca. Debes mantener la calma, Paige. Tienes que evitar reaccionar como espera ella.

Cerré el puño y lo apreté hasta que los nudillos se me quedaron blancos.

—No vamos a volver a Londres con las manos vacías —dije—. Quiero destruir esos escáneres.

—Eso es exactamente lo que estábamos pensando. Podemos prender fuego al almacén —apuntó Maria con energía.

La miré, preocupada.

—¿Tú eres una piromántica o una pirómana?

—Venga ya, no estamos hablando del centro de Mánchester —se defendió—. El fuego es eficiente y no deja rastro. El fuego es nuestro amigo.

Desde luego me habría gustado enviarle un mensaje a Vance, aunque fallara; aunque fuera un plan loco y desesperado, un plan que nunca habría aprobado en circunstancias normales.

—Muy bien —dije, al cabo de un momento. No estaba en disposición de discutir—. Arrasadlo.

Maria soltó una risita triunfante.

—¿Y cómo vamos a acercarnos lo suficiente al almacén como para provocar ese gran incendio? —preguntó Nick, que había estado escuchando con tono burlón—. Está muy vigilado; no sé si os acordáis.

—Nos las arreglaremos —dijo Maria, decididamente optimista.

—Podemos pedir ayuda a la comunidad de videntes de Elspeth.

Cuando intenté ponerme en pie, el gesto de Maria cambió; alargó la mano y me agarró con fuerza del hombro.

—Tú no puedes venir, Paige. Esta vez no.

—Soy la Subseñora —dije con la voz ronca—. Si es nuestro último recurso...

—Paige —me interrumpió Nick—, acabas de perder a tu padre. Eres la persona más buscada de este país, y más aún en esta ciudadela.

—Y eres demasiado vulnerable a la manipulación de Vance —añadió Maria, suavizando la voz—. Estamos todos de acuerdo, cariño. Tienes que mantenerte lo más lejos posible de todo esto.

Viendo la cara de todos los demás, tuve claro que no iban a aceptar excusas. Me giré hacia el Custodio.

—Muy bien —accedí—. Me iré a la colina, me alejaré de todo. Allí ni siquiera podré ver ni oír las pantallas de transmisión de la ciudad. Custodio, ¿vendrás conmigo?

—Buena idea —dijo Nick, visiblemente aliviado—. No deberías ir sola.

Era evidente que el Custodio estaba intentando deducir qué estaría tramando, qué motivo podía tener para elegirle a él en lugar de a cualquiera de los otros. Sería la primera vez que estuviéramos solos desde nuestro acuerdo. Por fin respondió:

—Muy bien.

—Excelente —dijo Maria, que se metió las armas en las pistoleras—. Venga, pues, equipo. Vamos a darle a Scion una noche para recordar.

18

Vigilia

El Custodio y yo echamos a caminar bajo la lluvia, cargados con provisiones suficientes para pasar la noche. Nos dirigíamos a la colina que se alzaba tras la Haliruid House, en otro tiempo palacio real y ahora residencia oficial del Gran Inquisidor en las Tierras Bajas, aunque dudaba que visitara el palacio a menudo. El resto se habían puesto en marcha en dirección al almacén en un estado de emoción febril. Tras días de susurros y maquinaciones, por fin iban a destruir un edificio de Scion... o a intentarlo, cuando menos.

Caminamos sin decir una palabra. El parque del recinto de la Haliruid House estaba densamente poblado de pinos. Los rodeamos y ascendimos por la agreste ladera azotada por el viento. Cuanto más ascendíamos, más densas eran las nubes que formaba el vapor de mi aliento; para cuando llegamos a un punto elevado con vistas, ya tenía el cabello cubierto de gotas de humedad. La protección térmica que llevaba bajo la ropa retenía parte de mi calor corporal, pero no podía dejar de tiritar.

Acampamos bajo un saliente, resguardados de la lluvia. Desde allí teníamos buenas vistas de la ciudadela. Saqué una lata de alcohol gelatinoso y la puse entre los dos.

—¿Tienes un encendedor? —pregunté, rompiendo por fin el silencio que se alzaba entre ambos.

Metió la mano bajo su abrigo y sacó uno. Prendí el combustible de la lata, que creó una llama azul.

Empezó nuestra noche de vigilia. Se suponía que ahí arriba debía de estar a salvo de Vance, pero ella me estaba esperando en la ciudadela, preparando su trampa. No podía imaginarme qué sería esta vez. Lo único que sabía era que estaría pensada para conseguir mi captura y, de paso, mi muerte. No tenía ninguna intención de dejarme escapar.

Sobre nuestras cabezas, el cielo era un abismo, una boca que amenazaba con tragarse la Tierra. Ahí arriba casi podía fingir que no existía nadie más que nosotros dos.

Sentía una tensión en el estómago. Mi fracaso y mi padre, unidos en un nudo apretado.

—Siento tu pérdida, Paige.

Me moví un poco, aunque solo fuera para evitar congelarme.

—No sé si puede hablarse de una pérdida. No lo perdí; ellos se lo llevaron.

Me observó y luego apartó la mirada.

—Perdona. Algunos... matices del inglés aún se me escapan.

—La gente dice esas cosas. Pero no tiene sentido.

Ahora éramos socios, nada más. Yo era la Polilla Negra, Subseñora de la Orden de los Mimos, la gran fugitiva, y, a todas luces, el gran fracaso. Y él era Arcturus, Custodio de los Mesarthim, comandante de los Ranthen, renegado y traidor de sangre, comprometido únicamente con la causa.

Lo último que iba a hacer era abrir mi corazón ante él.

—El recuerdo más claro que tengo de mi padre es de cuando tenía cinco años. Había ido a Dublín en un viaje de negocios —dije—, y yo estaba contando los días para que regresara a Tipperary. Cada mañana le preguntaba a mi abuela cuánto faltaba para que volviera. Me sentaba a la mesa de la cocina con ella y hacía dibujos de él. —Recorrí el trazado de los cordones de mis botas con un dedo—. Al final regresó. Yo ya lo notaba. Aunque era muy pequeña, podía detectar los onirosajes. No a tanta distancia como ahora, pero desde bastante lejos.

»Sabía que venía. Percibí su onirosaje. Fui a esperarle al confín del terreno de mis abuelos, hasta que vi el coche a lo lejos. Corrí hacia él. Pensé que me cogería en brazos, pero me rechazó. Dijo: «Aparta, Paige, por Dios». Yo era muy pequeña. No podía entender por qué no estaba contento de verme... Seguí queriéndolo, durante años. Lo intenté. Y entonces, en algún momento, simplemente... dejé de intentarlo.

El Custodio me observaba.

—No creo que le recordara demasiado a mi madre, ni que me culpara por su muerte. No era nada de eso. Yo creo que él sabía que era antinatural y que eso... le angustiaba. Mi primo lo sabía. —Extendí los dedos sobre la llama—. Lo siento, no quería convertirte en mi paño de lágrimas.

—Nuestro acuerdo creo que no me obliga a ser indiferente ante lo que te pase.

El viento me secó los ojos.

—Sé cómo murió tu madre —dijo el Custodio—, pero no cómo se llamaba. Me resulta raro.

No había pronunciado su nombre en voz alta durante años, por miedo a herir los sentimientos de mi padre.

—Cora —dije—. Cora Spencer.

El único miembro de mi familia fallecido que no había muerto a manos de Scion.

—Tienes la sensación de que no estás tan enfadada como deberías por la muerte de tu padre.

—Era mi familia —dije—. Debería estar desolada. O consumida por la necesidad de vengarme, que es lo que Vance querría.

—Yo no puedo darte un consejo. No soy hijo de nadie. Lo que sí te diré es que no puedes obligarte a sentir dolor. A veces, la mejor forma de honrar a los muertos es seguir viviendo. En la guerra, es el único modo.

Se hizo el silencio. Fue un silencio tenso, pero sus palabras consiguieron aliviar la tensión.

Pensé en las cartas. El Diablo, los Amantes. Él podía ser cualquiera de las dos, o las dos, o ninguna.

—Sabías lo que sentía —dije—. ¿Siempre lo sabes?

—No. En raras ocasiones, percibo de algún modo tus sentimientos. Por un momento, veo tu mente. Pero enseguida desaparece —confesó el Custodio—. Sea lo que sea el cordón, es todo un enigma. Igual que tú, Paige.

—Mira quién habla. Nunca he conocido a nadie tan deliberadamente críptico.

—Hmm.

Miré hacia el mar, donde estaban los buques de guerra de Vance. El viento se colaba en nuestro refugio, helándome el cuello. La conversación me había distraído de lo que tenía que hacer.

—Si quieres, usa mi abrigo.

Me temblaban hasta las rodillas.

—¿Tú no lo necesitas?

—No para calentarme. Pero llamaría la atención que no llevara abrigo con este tiempo.

274

No parecía que tuviera frío, así que asentí. Cuando me lo entregó, me lo puse sobre la chaqueta, intentando pasar por alto el leve olor a él que desprendía la tela.

—Gracias —dije, ajustándomelo—. Me habían dicho que en Escocia hacía mucho frío, pero se quedaban cortos.

—La temperatura ha bajado con la aparición de nuevos puntos fríos. Los velos que separan nuestros mundos siguen erosionándose.

De nuevo se hizo el silencio, inevitable como la marea. Tenía rígidos los hombros y la espalda.

—Bueno, ya está. —Me humedecí los labios cortados—. ¿Cuánto tiempo hemos resistido ante el Ancla? ¿Tres meses?

—Esto no es el fin.

El viento me revolvió el cabello, echándomelo sobre la cara. Me agazapé, sumergiéndome aún más en su abrigo.

—Custodio, hay... un motivo por el que te he pedido que vinieras hasta aquí conmigo. —Le miré a los ojos—. En primer lugar, quería decirte que... lo siento.

Nunca había sido sencillo leer sus gestos, pero ahora las sombras lo hacían imposible.

—¿Qué es lo que sientes, Paige?

Respiré hondo y cogí aire.

—Los Sarin han dejado claro que solo darán apoyo a la Orden de los Mimos si tiene un fuerte liderazgo. Yo quería demostrar que era la líder que necesitabais..., que podría cambiar las cosas. He fracasado.

Me pasé el pulgar por las viejas cicatrices de la palma de la mano. No tenía fuerzas para levantar la vista y ver cómo volvía a apagarse el fuego de sus ojos.

—Creíste en mí. Desde el primer momento, creíste que era la persona que podía dirigir la Orden de los Mimos, la que podría sacar a los videntes de la colonia. Hasta yo acabé creyéndomelo. Pero fracasé. Les fallé a ellos y te he fallado a ti. Así que cuando volvamos... —hice un esfuerzo y conseguí decirlo— voy a entregar mi corona. Y quiero que escojáis a otra persona para que sea vuestro socio humano.

El Custodio no dijo nada. Levanté la cabeza.

—No voy a dejaros en la estacada. No voy a abandonar la Orden de los Mimos, pero ha quedado claro que no soy la persona que necesitáis para dirigirla. Necesitáis a alguien que se pueda granjear el apoyo de los videntes después de esto, alguien que pueda conseguir una

275

victoria lo suficientemente consistente contra Scion como para convencer a Adhara de su valía. Probablemente, vuestra mejor opción sea Maria. Ella entiende la guerra, y se lleva bien con la mayoría de la Asamblea Antinatural. Aunque es temeraria. Si no es ella...

—Paige.

—... Eliza lo haría bien. Conoce Londres, y es más fuerte de lo que ella misma se cree. También está Glym, si quiere seguir. Y Nick. Sobrevivió durante años en el Estocolmo de Tjäder. Os haría sentir orgullosos. Cualquiera de ellos lo haría.

El Custodio no se movió. Me arriesgué a echarle una mirada, intentando atisbar algo, ver su expresión.

—Paige Mahoney —dijo—, nunca pensé que tú, de entre todos, pudieras llegar a demostrar ser digna de tu casaca amarilla.

Estaba demasiado agotada como para sentirme herida.

—Tienes razón —dije. El frío hacía que me costara hablar—. Soy una cobarde. Los..., los abandoné...

—¿A quiénes?

—A mi familia. ¿Sabes lo que pasó en Irlanda, Custodio? ¿Sabes lo que hizo el Ancla en Tipperary?

—Pensé que ya lo sabías —dijo él, sin cambiar de expresión.

—No —dije, riéndome sin fuerzas—. Pero no importa. Sé qué es lo que tengo que hacer. Si queremos que la Orden de los Mimos tenga alguna oportunidad, he de abdicar.

Sus ojos se encendieron entre las sombras.

—Idiota —dijo, en voz baja—. ¿En tan mal concepto te tienes?

—Llámame idiota otra vez —respondí, igual de bajo que él.

—Idiota. Te has tragado el mismo veneno que Vance está vertiendo en el vino de sus ciudadanos.

El Custodio apartó la lata de combustible encendida de entre nosotros y se sentó a mi lado. Levanté la vista y me lo quedé mirando.

—No dejé que prestaras tu recuerdo de ScionIdus para la sesión de espiritismo —dijo—. Ahora quiero que lo recuperes.

—¿Por qué?

—Porque es hora de que lo recuerdes.

El cordón áureo estaba tenso como la cuerda de un violín, vibrando ante la proximidad de nuestros cuerpos. Él era el arco, y yo era la música.

—Dime cómo debo hacerlo —dije.

—Solo tú lo sabes.

Su aura se entrelazó con la mía. También sus brazos. Buscó en el interior de mi memoria.

Vi una luz dorada que lo llenó todo y sentí el nauseabundo sabor del cobre. El suelo desapareció bajo mis pies. Noté un sabor amargo en la boca hasta que el dique reventó y, de pronto, me encontré buceando en el tiempo y en el espacio, con el cuerpo hecho jirones, fracturándose y soldándose una y otra y otra vez...

Y entonces...

Kayley Ní Dhornáin en la calle, en Dublín, con su cabello de un caoba encendido bajo el sol. Finn, mi primo, desapareciendo de la vista, desgañitándose, profiriendo gritos incoherentes. La blusa de Kay es negra, pero la mancha de sangre brilla. Ella no ha llegado a ver la pistola que la ha matado.

Manos, unas manos pequeñas, zarandeándola. Mis manos. «Kay». Oigo un llanto, el llanto de una niña. «Kay, despierta, despierta».

Las banderas de Irlanda por todas partes. Un hombre, uno de los amigos de Finn, levantando los brazos al cielo.

«¡Para! —suplica— ¡No iba armada!».

Él tampoco va armado. Lo matan de un disparo. El hombre que sabe que su libertad es una amenaza.

Pánico.

A su edad, la niña apenas lo entiende. Choca, empuja, atraviesa la multitud, un ente vivo, monstruoso. Los adultos están aterrados, tan aterrados como los niños. Una masa compacta de cuerpos la presiona por todos los lados. Bocas que gritan, manos que empujan. «Piedad». Empujando, cayéndose. Una estatua de bronce que brilla bajo el sol. Trepando, aferrándose a Molly Malone. «No dejes que te vean». Arrastrándose bajo la carretilla de metal. «Uno, dos, tres». Las mejillas empapadas de lágrimas. «Vamos a por ti, Paige».

Más allá, un gigante observa. Luces en sus ojos. La ve.

«Finn, ayúdame, por favor».

Mis ojos temblaron bajo los párpados. La mente petrificada. El Custodio arrodillado conmigo en la tierra húmeda, agarrándome de los brazos.

Un juguete tirado en un charco de sangre, sin nadie que lo reclame. Vagando por las calles de la muerte, más allá del puente. Un soldado sin rostro. Corriendo.

Nada. Cuando la tía Sandra la encontró, era una muñeca. No una niña.

Flores en el funeral de los seres queridos, ramos de flores silvestres sobre los ataúdes. Uno está vacío. Querían que los enterraran junto al árbol. Lo justo es respetar su memoria, a pesar de que falte su cuerpo, a pesar de que su padre aún está furioso con él por haberse llevado a la niña a aquella carnicería. La cría que le devolvieron manchada de sangre, muda y dibujando monstruos en los cuadernos de la escuela. Desde aquel día, su familia canta la canción, la canción de Molly Malone y su fantasma. La primera vez que habla, en la tumba.

«Finn —dice—, voy a hacer que paguen por esto».

El Custodio me envolvió el rostro con las manos.

Había conseguido penetrar muy dentro, hasta las más profundas bóvedas del recuerdo.

«Escúchame, Paige. Tenemos que cambiarnos el nombre. —Los rasgos de su padre están borrosos, distorsionados—. Paige, esto no ha acabado. En el colegio tienes que decir tu nombre de otro modo. Marnee. Como un nombre inglés».

A Dhaid, scanraíonn an áit seo mé.

Ya no hablamos irlandés. Nunca más.

Iba cayendo en un remolino compuesto por décadas de recuerdos, dando vueltas sin parar. Cada vez más abajo, cada vez más profundo.

«¡Molly Mahoney! ¡Molly Mahoney!». Manos retorciéndole el cabello. «Huele a muerte. Han matado a nuestros soldados». Gestos burlones. «Sucia campesina. Vuélvete a tus ciénagas, paleta irlandesa». Es la primera vez que oigo llamar a alguien así. Me parece tan cruel... Como una sentencia, como una maldición. Una chica algo mayor tirando de ella, una chica con sus padres en el ejército. Una chica que ese día tenía a su madre en Dublín. «¿Dónde está tu cabello pelirrojo, Molly Mahoney? Te lo has manchado con la sangre de mi madre, ¿verdad? No queremos a escoria como tú en este colegio. Mi padre dice que nos mataréis a todos».

Marcando esas sílabas. *Mar-nee. Mar-nee.* Un disco rayado. No reconoce esa palabra. Ni su nombre, ni ningún nombre. Un día les mostrará todo ese fuego que lleva dentro, un fuego que arde en el interior de su cráneo y que la llena de rabia hasta arriba. Un día los perseguirá hasta acabar con ellos.

«Un día les enseñaré lo que es tener miedo».

Basta.

Una sucesión de recuerdos, un tapiz de colores. En algún lugar del vórtice, me reconocí. Basta de todo eso. Con la última brizna de mi pensamiento consciente, me rebelé contra la influencia del Custodio y me liberé de la corriente. El cordón áureo se prendió fuego y...

La oscuridad.

El agua borboteando sobre las piedras, inmóvil y cristalina. Pero sin reflejo; solo un abismo hasta las profundidades, y un lecho de perlas inmaculadas.

Nada vive. Todo es.

Un bosque de nubes. Un lugar por donde salir. El instinto le guía hacia allí. Por encima, el crepúsculo: la hora azul, tiempo del Inframundo. Un tiempo sin tiempo.

Siluetas de árboles entre la bruma, más altos que cualquier árbol de la Tierra.

Amaranto. Antes del conflicto. Velos entre este mundo y el suyo.

Nada vive aquí, y nada muere.

Un extraño. Bailando. No es de los suyos, pero sí afín a su espíritu. Una melena de cabello oscuro sobre el sarx. El contoneo de sus cuerpos. El encuentro de sus onirosajes. La presencia de ella, su olor en el agua. Su nombre es una canción en los labios de él, un nombre que no puede pronunciarse en la lengua siniestra. Terebell y Arcturus, nombres que llevarán cuando empiece la guerra.

Al otro lado del velo, los mortales duermen. Cuando acaben sus vidas, los refaítas estarán esperando. Libres de dolor, libres de enfermedades. Seres insignificantes. Vagando. En busca de un lugar donde el ocaso les traerá el sueño, donde el hambre nunca acaba, donde el suelo acaba envolviendo la carne...

Me liberé de aquel recuerdo y me puse en pie de un salto, apartándome de él hasta que nuestras auras se separaron. Tenía los pómulos cubiertos de sudor y de lágrimas. Las voces resonaban en mis oídos; aún notaba el sabor del miedo, el olor de la sangre y del humo. La pesadilla había acabado, pero todo aquello era real.

—¿Cómo..., cómo has podido hacer eso sin salvia?

—No necesito salvia. Es solo una ayuda —respondió él—. Nada más.

—En realidad, no es tu *numen*.

—No.

Mi garganta era un puño apretado. Cada músculo de mi cuerpo estaba contraído por efecto del terror.

—Paige.

—Lo recuerdo todo. Vi... —Una lágrima solitaria me cayó hasta la mandíbula—. Una refaíta. En Dublín.

—Gomeisa Sargas estaba ahí para comprobar el éxito de la Incursión, y le gustó lo que vio. Desde entonces, la mente de Hildred Vance ha sido su mejor arma.

Después de aquello, mi joven mente debió de bloquearse, encerrando aquellos recuerdos en mi zona hadal. Los ríos de sangre, tan numerosos que tiñeron las alcantarillas de rojo. Los soldados marchando por el puente; los de la vanguardia sobre sus caballos de guerra; su cálido aliento formando nubes en el aire de la mañana. Niños y bebés, hombres y mujeres..., todos muertos. Desde debajo de la estatua de Molly Malone, había visto a los soldados arrastrando los cuerpos y tirándolos al río, consciente de que, si me movía un centímetro, si emitía el mínimo ruido, acabaría como ellos. Una carnicería orquestada por Hildred Vance, mientras Gomeisa Sargas tiraba de los hilos.

Y volvería a ocurrir.

Podía suceder de nuevo en cualquier momento.

No podía detener las lágrimas. Intente controlar la respiración mientras me limpiaba los ojos con la manga.

—Te he visto en el Inframundo.

La luz de sus ojos tembló por un momento.

—El cordón áureo debe de haberte permitido ver el reflejo de mi interior.

—Estabas bailando con Terebell.

—Fue mi compañera —dijo—, hace mucho tiempo.

Estaba demasiado entumecida como para procesar aquello, pero en parte ya lo sabía. No había otro motivo para que fuera tan protectora con él, para la intimidad con que le hablaba. No se mostraba así con ninguno de los otros Ranthen.

—¿Por qué dejó de serlo?

El Custodio volvió a dirigir la vista a la ciudadela.

—No es algo de lo que deba hablar.

Sentí una suave presión en las sienes.

—No había caído en que pensabas en *gloss* —dije—. Sabía que no podía entender tu voz, ni tus pensamientos, pero con el cordón áureo mi espíritu ha conseguido interpretar en parte el idioma. Como una especie de traducción mental. Era como…, como oír una canción que hubiera conocido tiempo atrás.

Me fallaron las fuerzas y parecía que iba a caerme, pero el Custodio me agarró de los brazos, sujetándome, y volvimos a arrodillarnos.

—Todo eso ha pasado de verdad —dije con la voz quebrada—. No podemos… No puedo dejar que Vance vuelva a hacer algo así, no puedo…

—Aún estás aquí. Y también la Orden de los Mimos.

Sin pensarlo me encontré apoyada contra su cuerpo, buscando el latido de su corazón. Su abrazo era lo suficientemente fuerte como para darme calor, pero no tanto como para que no pudiera separarme, que era lo que debía hacer. Tenía que hacerlo.

—¿Por qué me has enseñado todo eso?

Me posó la mano en la nuca.

—Porque necesitabas recordar. Recordar por qué debes ser Subseñora. —Su voz vibró entre los dos—. Tú sabes lo que es ser ciudadana del mundo libre y también lo que es ser ciudadana de Scion. Lo que es ser de Londres y una hija de Irlanda. Prisionera de Sheol I. Dama del I-4. Entiendes todo lo que nos jugamos en la guerra que vendrá, y por qué es necesaria. Sabes lo que es vivir fuera y dentro de Scion. Sabes cómo podría llegar a ser el mundo si les permitimos que ganen más poder.

—Otras personas han…

—Nadie más en el sindicato ha vivido lo que tú has vivido con Jaxon Hall, que ahora podría ser la mano derecha de los Sargas. Solo tú has visto cómo Nashira mataba a un niño porque te negabas a ser su arma. —No podía apartar la mirada de sus ojos—. Estás deseando destruir a Scion. Vengar todo lo que te han hecho. Desmontar el mundo que han creado y darle una nueva forma. Los Ranthen te han escogido. Yo te he escogido. Y, lo más importante, tú te has escogido a ti misma. La noche del torneo, decidiste que eras tú, y no Jaxon, quien tenía que dirigir el sindicato.

Me había quedado sin argumentos. La incursión en mis recuerdos más oscuros me había dejado sin fuerzas.

El Custodio me colocó bien el abrigo sobre los hombros. Yo me apreté contra su cuerpo y le dejé que me acariciara los rizos mojados.

SAMANTHA SHANNON

Ninguno de los dos frenó al otro. Nos quedamos así hasta que la pequeña llama de la lata se apagó, sacudida por el viento y por la lluvia.

—Lo haya decidido yo o no —dije, en voz baja—, eso no cambia el hecho de que hemos fracasado.

—Ya has resurgido de tus cenizas antes —respondió—. El único modo de sobrevivir es creer que siempre lo harás.

El movimiento de su mano enguantada sobre mi cabello me ayudó a respirar de forma más pausada. Por un momento, un momento frágil, me agarré a su cuerpo, dejando que su calor me ayudara a amortiguar el dolor del pasado. Lo deseaba otra vez, lo deseaba con una intensidad desconocida, pero no podía hacerlo. No había cambiado nada. Así que me liberé de su abrazo, sintiéndome como si estuviera rompiendo algo. Recogí el encendedor e intenté prender la lata de alcohol otra vez, pero no lo conseguí.

El silencio entre nosotros estaba cargado de palabras no pronunciadas. Cuando volví a mirarle, tenía los ojos encendidos.

—Paige.

—¿Sí? —dije, con voz suave.

Un temblor en el éter me hizo reaccionar. Me giré de golpe en dirección a Leith.

La alteración procedía de lejos, demasiado lejos como para echar a mi espíritu a volar, pero se iba acercando poco a poco. El éter se llenó de temblores más leves, como las ondas de una pisada cerca del agua, o la reacción de los pájaros alarmados por un disparo.

El Custodio se dio cuenta de mi reacción:

—¿Qué ha pasado?

El corazón se me aceleró. No oía más que esa llamada a las armas procedente de mi interior.

Estaba a punto de pasar algo.

19

Sacrificio

El teléfono prepago que llevaba en el bolsillo sonó. Reaccioné con torpeza, aún descolocada, y apreté el botón de descolgar.

—Están avanzando —dijo Maria—. El ejército. Están avanzando hacia la ciudadela.

—¿Qué? —Me puse en pie—. ¿Os han visto?

—No tiene nada que ver con nosotros. Ni siquiera hemos conseguido llegar al centro logístico... —La voz se perdió, pero luego volvió—: ... salir de aquí.

Agarré el teléfono con más fuerza.

—¿Dónde estáis?

—Quedamos en el puente de Waverley —dijo, y colgó.

—Mierda. —Me metí el teléfono en el bolsillo—. El ejército: vienen para aquí, ahora mismo. Están marchando sobre Edimburgo. ¿Qué demonios está haciendo Vance? ¿Por qué iba a enviar a los soldados para cazar a unos cuantos rebeldes?

El Custodio me tocó la mejilla y me miró a los ojos.

—Recuerda lo que ha dicho Maria. Debes suponer que cualquier cosa que planee, por desproporcionada que sea..., todo lo que haga estará destinado a dar contigo.

Me lo quedé mirando, tragando saliva.

Me había pasado una década enterrando todo lo relacionado con ScionIdus y la Incursión bajo tierra, metiéndolo en una caja de seguridad donde no pudiera verlo. Me había comportado como una niña agobiada por el miedo. Todos los recuerdos que creía tener no eran más que una pantalla de la violencia real que había presenciado, una violencia de la que no podría pasar página si la red Senshield permanecía activa.

Pero aún podíamos detenerla.

Y tenía la impresión de que sabía cómo.

—Custodio —dije—, si consigo entrar en el onirosaje de Vance y me usas como vehículo, ¿podrías llegar a ver sus recuerdos?

—No deberías penetrar en el onirosaje de Vance.

Levanté la cabeza.

—Si quieres que sea una verdadera líder, te sugiero que sigas mis órdenes, Arcturus.

Su rostro seguía siendo una máscara, pero la luz le volvió a los ojos. Los escruté, adentrándome en las profundidades de aquel fuego.

—No debemos acercarnos más de lo necesario —dijo.

Estaba claro que me iba a ayudar. Le agarré la mano con fuerza, con ganas de decirle muchas cosas que sabía que no le diría.

Volvimos a bajar la colina corriendo por entre los pinos. Una media luna nos miraba, sonriendo. Mientras corría apartando ramas, la adrenalina me invadió, de la cabeza a los pies, eliminando todo el dolor de mis viejas heridas. Volví a la vida, impulsada por el miedo. Aquello tendría su precio, pero Hildred Vance nos entregaría información que podríamos usar en su contra, la información que había estado buscando por todo el país. Hildred Vance, que había matado a mi padre. Hildred Vance, que había supervisado la caída de Irlanda.

Me detuve en los confines del parque, sin poder creerme lo que estaba viendo. Una multitud se había congregado ante las puertas de la Haliruid House: eran cientos, reunidos en torno a una fuente en la enorme vía de entrada, todos ellos gritándoles a los centinelas, armados con pancartas: LAS MÁQUINAS DE GUERRA EN LONDRES, NO EN LAS TIERRAS BAJAS. SANGUINARIA VANCE. DESTRUID EL CENTRO LOGÍSTICO. NO MÁS BOMBAS EN ESCOCIA. En las pancartas había polillas negras dibujadas, bien visibles.

Una protesta popular.

¿De dónde había surgido todo aquello?

El rugido de la multitud era extraordinario. El Custodio se quedó a mi lado. Bajé la cabeza, me cubrí la cara con la bufanda y retrocedí hasta ocultarme entre las sombras bajo los pinos. Había percibido el onirosaje de Vance en el centro logístico; ahora volvía a detectarlo. Desplacé la mente y la busqué.

—Está cerca —dije.

—¿Lo suficientemente cerca?

Abrí los ojos.

—Sí.

Frente a la Haliruid House iban congregándose vehículos de la DVN. Los neumáticos chirriaban al frenar. Cuando de uno de ellos salió un comandante, uno de los manifestantes le tiró un globo hinchado que, al golpear contra su escudo antidisturbios, explotó, manchándolo de tripas y asaduras.

—¡Carniceros! —gritó una voz.

De un coche, salió una mujer que, sin mediar palabra, disparó al manifestante en el vientre. El hombre se dobló en dos como una navaja, y los centinelas empezaron a abrir fuego, pero en ese momento otro grupo de manifestantes se acercaba por el lateral del edificio. Tenía que concentrarme, filtrar los ruidos. Me apoyé en el Custodio, me puse la máscara de oxígeno en la cara y me liberé de mi cuerpo, lanzándome al éter, como una piedra que rebotara en la superficie del agua, hasta entrar en el onirosaje de Vance.

Una cámara de mármol blanco, con techos altos y una regia escalinata. Líneas limpias, elegantes. Monocromo.

El espíritu de Vance estaba en lo alto de la escalinata. Por lo que parecía, se veía a sí misma tal como aparecía en el espejo, hasta la última línea de expresión de su rostro. No había ni rastro de rabia por sus crímenes, ni la mínima conciencia. Siendo amaurótica, no tenía modo de ver su propio onirosaje, ni de controlar conscientemente su forma onírica. Su espíritu era una especie de máquina gris, programada para responder a cualquier amenaza de invasión lo mejor posible sin necesidad de recibir órdenes. Fui corriendo hacia ella y la tiré al suelo. Sus manos me agarraron de los brazos.

—Tú —dijo, con voz sibilante.

Su mandíbula se movió como si estuviera conectada a una bisagra. El susto hizo que estuviera a punto de soltarla.

—Yo —murmuré.

Físicamente, estaba demasiado lejos de ella como para sacar a su espíritu del centro de su onirosaje. Lo único que podía hacer era agarrarme a él con fuerza.

La forma onírica de Vance tembló y provocó un terremoto en su onirosaje. Alguien debía de haberle enseñado a defenderse, pero yo ya estaba acostumbrada a enfrentarme a las formas oníricas de los videntes. La de una amaurótica, aunque se tratara de Hildred Vance, era fácil de superar. Me agarré a su cabeza, y de pronto vi que las manos de mi forma onírica estaban manchadas de sangre hasta las muñecas.

El cordón áureo se tensó, conectando a Vance con el Custodio. Sentí la presión al notar que me usaba como vehículo para cubrir la distancia que le separaba de la comandante en jefe. El arcano poder de su don me atravesó, como un conductor lo hace con la electricidad, con tal fuerza que mi forma onírica se puso a temblar. Cuando paró, me aparté de ella, nauseada. Había tocado la esencia de la mujer que había ordenado la muerte de miles de personas.

Ya estaba retrocediendo, dejándome llevar por mi cordón argénteo, cuando Vance me agarró. Unos ojos negros me miraron de frente, dos puntos brillantes en la cabeza de su forma onírica.

—Los mataré a todos —me advirtió—. Ríndete...

Me debatí, liberándome. Sin embargo, mientras huía, la amenaza resonaba en mis oídos. Aquella mujer era capaz de cualquier cosa.

Me lancé hacia el onirosaje del Custodio, justo a tiempo para ver el recuerdo por mí misma. Y ahí estaba la imagen, congelada en su mente: la fuente de energía, el núcleo de Senshield, mi santo grial personal, el final del camino: mecánico, pero, aun así, precioso. Una luz encerrada en una esfera bajo una pirámide de cristal. Un espíritu, encerrado y sometido. Tecnología etérea en su máxima potencia.

Y yo sabía dónde estaba.

Me arranqué de la cara la máscara de oxígeno.

—¿Lo has percibido?

Él tenía los ojos en llamas.

—Sí.

No pude reprimir una risa extática.

—Custodio, ese era el núcleo. Existe realmente.

En realidad, no pensaba que aquella maniobra improvisada pudiera tener éxito, que descubriría realmente dónde estaba el núcleo. Pero lo había visto.

Ahora lo sabía.

El núcleo estaba custodiado en el edificio más protegido de toda la República de Scion: en el interior del Arconte de Westminster, cuna del imperio y lugar de trabajo de cientos de altos cargos; en la Ciudadela de Scion en Londres. Había llegado hasta aquí solo para descubrir que tenía que volver al punto de partida. No me importaba. Había valido la pena.

Porque ahora, además, sabía otra cosa. Algo que había revelado la memoria de Vance, una fractura en su armadura. Era un temor que no podía quitarse de encima y que no podría vencer por mucho dinero que invirtiera en ello.

Senshield no era indestructible. Tenía un punto débil.

Era todo lo que necesitaba saber.

Teníamos que reunirnos con los otros. Abriéndonos paso por entre manifestantes y coléricos ciudadanos, avanzamos a toda velocidad por las calles del casco antiguo. Unas horas antes, las calles estaban en calma; ahora se había declarado una protesta en plena noche, aparentemente surgida de la nada. Empezaba a tener una sensación de *déjà vu*. Cuando llegamos al puente, me detuve de golpe.

—¿Qué es esto? —murmuré.

El Consistorio de Edimburgo estaba ardiendo. Las llamas salían por las ventanas. La esfera del reloj estaba en rojo, indicando el nivel máximo de agitación civil, y habían colgado una enorme pancarta en la fachada. Unas letras más grandes que un refaíta declaraban: NO HAY LUGAR SEGURO, NO NOS RENDIREMOS. Justo delante, en Inquisitors Street, se había formado un cuello de botella. Cientos de personas estaban atrapadas entre los centinelas que defendían el edificio en llamas y la presión de la gente que empujaba. Los presionaban por todos lados, como animales en un cercado. Otros empezaban a trepar por el monumento gótico de la calle para huir de la presión, o intentaban alcanzar el puente para poder perderse por el laberinto de callejuelas del casco antiguo. Se oían gritos y llamadas de socorro por todas partes.

Me quedé mirando la pancarta que tenía delante.

Los otros nos esperaban en el puente. Nick sujetaba a Eliza. Lucida, que llevaba una capucha que le ocultaba el rostro, se fue directa al Custodio y le habló en *gloss*.

—Eliza —dije, yendo a su lado—, ¿qué ha pasado?

—La han disparado —respondió Maria.

—Estoy bien —dijo ella, con la frente y el cuello cubiertos de sudor—. No es más que un rasguño.

Por el gesto de Nick, supe que no lo era.

—Uno de los soldados nos vio. Nos los encontramos de frente, de camino al centro logístico. —Sus pupilas eran como puntos finales—. Tengo que ocuparme de ella.

287

—Hemos hecho lo que hemos podido —dijo Maria, abatida—, pero es lo que hay, Paige. No podemos enfrentarnos a los soldados.

Eliza contuvo un quejido y se presionó el costado con la mano.

—Nos vamos —dije—. ¿Las estaciones están abiertas?

—Están abiertas, pero... —Maria señaló a la multitud—. No tenemos elección. Vámonos.

Nick cogió a Eliza por un brazo. Yo la agarré del otro y comprobé que los refaítas vinieran con nosotros mientras nos colábamos entre la multitud.

La gran caída de la Subseñora, seguida ahora por su gran retirada. Subseñora o no, en medio de aquella horda me sentí tan desvalida como lo había estado en Dublín cuando era una niña.

—Soñadora —me gritó Nick, acercándose a mi oído—, ¿puedes...?

Sus labios siguieron moviéndose, pero con el estruendo no oía nada.

—¿Qué? —respondí, gritando yo también.

—¿Están cerca los de ScionIdus?

El éter estaba tan agitado que me resultaba casi imposible concentrarme en mi sexto sentido. Desplacé la mente. Una vez eliminados los estímulos auditivos, me dirigí al extremo de mi zona hadal. Mi espíritu podía detectar cualquier actividad en el éter a más de un kilómetro de distancia, pero no tuve que ir ni la mitad de lejos para percibir una legión de onirosajes congregándose al otro lado de los edificios.

Soldados.

Volví en mí, jadeando. El vapor de mi aliento se mezcló con el de Nick cuando me preguntó:

—¿Qué pasa?

—Están aquí. Ya están aquí.

La lluvia repiqueteaba en las calles a nuestro alrededor, y el cabello mojado se me pegaba al rostro. Nick rodeó a Eliza con un brazo, estrechándola contra su cuerpo, y con la mano que le quedaba libre agarró la mía. Maria se abrió paso entre dos hombres y se acercó a nosotros. A nuestras espaldas, las pantallas de transmisión pasaron de hacer anuncios de seguridad pública a ofrecer imágenes de la calle, como para mostrarnos la locura de nuestras acciones.

El sistema de avisos públicos se activó con tres tonos, y la voz de Scarlett Burnish resonó en toda la ciudadela: «La ley marcial está en vigor en la Ciudadela de Scion en Edimburgo. Los soldados del Scion-

Idus neutralizarán a cualquier ciudadano que se resista a las medidas de seguridad del Inquisidor. Los comandantes de ScionIdus tienen ahora el mando de las Divisiones de Vigilancia Diurna y Nocturna. Se ordena el cese de toda actividad sediciosa. Todos los ciudadanos deben volver a sus casas inmediatamente».

Pánico. Recordaba su sabor, su olor, como si fuera ayer. La multitud empujaba hacia todos lados, creando un movimiento ondulante de un extremo de la calle al otro, transmitiéndose de una persona a otra, derribándolas como fichas de dominó en fila.

Alguien gritó «*Alba gu bràth!*», y me vi aplastada contra un desconocido, sintiendo el peso de Nick sobre mí hasta el punto de que me dolían los pulmones. Él presionó con el hombro contra el manifestante más cercano, gruñendo por el esfuerzo que le suponía crear un espacio para que ambos respiráramos. Busqué al Custodio entre la lluvia. Pensé que ya se habría ido —que me habría abandonado— hasta que una mano enguantada cogió la mía.

Se oyeron gritos diciendo a la gente que saliera de allí, que se fuera a casa, que hiciera lo que Burnish había ordenado. Se vio un fogonazo de color escarlata; proyectiles pasando por encima de nuestras cabezas. En algún lugar, entre la confusión, un niño se echó a llorar.

Entonces lo oí.

Pasos. En perfecta formación, sincronizados. Por encima de cientos de cabezas, vi la vanguardia de la formación. Iban a caballo, como antes. Y al frente de la caballería estaba Birgitta Tjäder.

«La ley marcial está en vigor en la Ciudadela de Scion en Edimburgo. Cualquier resistencia se considerará un acto de complicidad con la preternatural Orden de los Mimos. Se usará sustancia sx para dispersar a los simpatizantes».

Sustancia sx. Sabía exactamente qué era. Había dejado cicatrices en todos los que la habían probado, si es que no habían muerto ahogados al momento.

—¡Es la mano azul! —gritaron algunas voces—. ¡Dejadnos salir!

Por delante vi a Maria, que estaba trepando por encima del molinete. Eliza se giró a mirarme y la siguió.

—Paige, venga —dijo, jadeando—. No te separes.

Nick me apretó la mano tan fuerte que me dolió, mientras el nudo de cuerpos calientes se estrechaba a nuestro alrededor. Hombros contra hombros, cabezas golpeándose con otras cabezas, espaldas contra

289

pechos. Se acercaban más centinelas, y oficiales del ejército sobre grandes caballos negros. Sus armaduras, sus cascos de combate y sus pesadas armas hacían que los centinelas parecieran soldaditos de juguete. Hasta sus caballos llevaban armadura, igual que en Dublín.

En Dublín...

En medio del pánico, una idea afloró en mi mente.

Todo esto ya había ocurrido.

Vi el monumento gótico en ruinas. El agridulce sabor químico de la mano azul ya flotaba en el ambiente, haciendo que la cabeza me diera vueltas..., pero es que ya me daba vueltas antes, como un torbellino, girando en torno a la evidencia, dándole forma de idea. Por encima de la calle, dos helicópteros de ScionIdus daban vueltas en el aire, como aves de rapiña. Un haz de luz iluminó la calle, cegándome por un momento. Si me veían, me llevarían ante Nashira. Al Arconte...

«La ley marcial estará vigente en la Ciudadela de Scion en Londres hasta que Paige Mahoney esté bajo custodia inquisitorial».

Todo esto ya había ocurrido.

Una masa de cuerpos sin aire, presionándome por todas partes.

Bocas que chillan, manos que empujan.

«Piedad».

«Todo lo que haga estará destinado a dar contigo».

En ese momento en que no veía nada, lo vi todo como desde una gran distancia. Sabía lo que tenía que hacer. Era el único modo de salvarnos a todos. El único modo en que podía resurgir de las cenizas.

Nick seguía agarrándome de la mano, pero no estaba preparado para lo que hice a continuación.

Me solté con un tirón brutal, me abrí paso por entre un montón de gente y corrí. Él gritó mi nombre, pero no me detuve.

El sudor y la lluvia eran como cristales fundidos sobre mi piel. La gente que estaba más cerca del incendio se cocería en sus propios jugos corporales antes de que los soldados llegaran hasta ellos. Ya me encontraba cerca del lugar donde la gente estaba más apretada cuando noté que el Custodio iba tras de mí. Era demasiado rápido: el único, aparte de Nick, capaz de correr más que yo. Disloqué mi espíritu con una fuerza violenta, atravesando el éter con fuerza.

El cordón áureo me hizo vibrar los huesos, la carne, todo mi ser. Me sangró la nariz.

—Vuelve atrás, Custodio —le dije.

Me giré hacia él, agarré mi revólver y apunté a su pecho, haciéndole parar. Sentí un sabor metálico en la garganta.

—No intentes detenerme. Lo digo en serio. Te meteré una bala en el corazón. —La voz me temblaba—. Y no me importa si eso no te mata. Me dará tiempo suficiente.

—No puedes detener esto, Paige —dijo él—. Hagas lo que hagas.

Levanté la pistola aún más.

—Un paso más...

—Nashira no te dejará marchar una vez que te tenga entre sus garras —dijo, y en su voz me pareció detectar... el eco de una emoción, de un temor. Habría pensado que estaba a punto de venirse abajo, si no fuera porque era un refaíta. Si hubiera sido humano—. Te encadenará en la oscuridad, y te extraerá la vida y las esperanzas. Tus gritos serán música para ella. —Me tendió una mano, con los ojos encendidos—. Paige...

Hubo algo en cómo pronunció mi nombre que a punto estuvo de conseguir que me viniera abajo.

—Por favor...

Me aparté de él.

—Tengo que hacerlo.

—Si esperas que me quede mirando cómo te entregas a los Sargas, vas a tener que llenarme de plomo —dijo, suavizando la voz—. Hazlo.

La sangre que me goteaba por la barbilla me llegó hasta el hueco del cuello. Lentamente, tiré del percutor.

—Dispara, Paige.

Los labios me temblaban. Estaba rígida. Una bala solo lo frenaría; no lo mataría.

No importaba.

Bajé el arma y el Custodio asintió, casi imperceptiblemente..., pero no fui a su lado. En lugar de eso, me arranqué el collar que me había dado, el que me había protegido contra el duende en el torneo —una reliquia de los Ranthen— y se lo tiré.

Luego eché a correr.

El cordón áureo tembló mientras me alejaba a la carrera, avanzando más rápido que nunca, sintiendo un punto de dolor en un costado. El Custodio fue tras de mí. Justo en el momento en que me iba a pillar, me lancé de cabeza a la multitud, sumergiéndome entre brazos, hombros y caderas, y abriéndome paso con todas mis fuerzas, arrastrándo-

291

me por entre las piernas de la gente cuando no encontraba más salida. Era más ágil que cualquier refaíta; pese a la habilidad del Custodio para mezclarse con la gente, tardaría un buen rato en abrirse paso por entre aquella multitud sin provocar otra oleada de pánico.

Él no lo entendía. No comprendía lo que iba a hacer.

Había demasiada gente a mi alrededor. Respirando con dificultad, levanté mi revólver y disparé.

Aunque los soldados estaban cerca, mi disparo fue el primero que se oyó en la calle esa noche. La gente empezó a chillar y a encomendarse a Dios. Empujé con las palmas de las manos las espaldas sudorosas de la gente que tenía alrededor. Me abrí paso, sofocada, gritando «apartad» en medio de aquel torbellino de voces humanas. Cuando volví a disparar, los cuerpos se desplazaron hacia los lados. De pronto, me encontré un camino enfrente, y justo en ese momento me vi en las pantallas de transmisión.

Las cámaras me seguían: la mujer de la pistola, la manifestante violenta. Los flashes me cegaron, convirtiendo a la gente que tenía delante en simples siluetas, grabándome unos anillos blancos sobre los párpados. Veía rostros desfigurados, monstruosas muecas de miedo.

—¡¡Soy Paige Mahoney!! ¡¿Me oís?! —grité—. ¡¡Soy Paige Mahoney, a quien estáis buscando!!

El cordón áureo sonó como una campana. La primera granada de gas llegó volando y soltó su contenido.

—¡¡Alto!!

Del recipiente de metal salió un humo de color azul cobalto. Los gritos de agonía atravesaron la penumbra mientras la mano azul extendía sus garras, tiñendo el aire de la noche, apestando a peróxido y a flores podridas, un olor que hacía que se me revolviera el estómago. Me quité el pañuelo que me tapaba la cara, dejándolo caer al suelo, y me eché atrás la capucha. El viento me agitó el cabello, echándomelo contra el rostro, mientras me destacaba de la multitud y levantaba los brazos ante el consistorio en llamas, apretando los puños.

—¡¡¡Yo soy Paige Mahoney!!!

Esta vez sí que oí mi voz. La lluvia me había empapado la ropa, y del cabello me caían chorros de agua.

El humo se desplazó, flotando en el aire, como en un sueño, entre la gente y los soldados, y todo se detuvo de pronto; los gritos cesaron, los chillidos quedaban lejos. Aquel olor a químico me había intoxica-

292

do los sentidos. Empecé a sentir un dolor sordo en la base del cráneo y se hizo el silencio. Los oficiales seguían apuntándonos con sus armas.

Y ahí estaba Vance, sobre su caballo, dirigiéndolos a todos. Nos miramos fijamente. A su lado, Tjäder levantó una mano y un soldado desmontó.

Esto tenía que funcionar.

Debía funcionar, o sería el fin.

El oficial era poco más que una silueta. Un casco brillante que reflejaba la luz del incendio. En el lugar donde tendría que haber ojos solo había un brillo rojo, y una máscara de gas cubría el resto. Yo era pequeña e inmensa a la vez. Era esperanza y me estaba desvaneciendo.

No iba a mostrar miedo.

El soldado levantó el rifle y se lo apoyó en el hombro. Entre la multitud, alguien gritó «no».

Era demasiado tarde para volver atrás. Mi corazón empezó a latir más despacio. Me quedé mirando el cañón del rifle. No iba a mostrar miedo.

Pensé en mi padre y en mis abuelos. En mi primo.

No iba a mostrar miedo.

Pensé en Jaxon Hall, dondequiera que estuviera. Quizá levantaría una copa y brindaría por su Soñadora Pálida.

Pensé en Nick y en Eliza, en Maria y en el Custodio. Era imposible que no lo vieran.

No iba a mostrar miedo.

El soldado me apuntó directamente al corazón con el fusil. Dejé caer los brazos y abrí las manos, mostrando las palmas. Un último aliento blanqueó el aire.

«Una ola enorme te bañaba los pies, y unas alas oscuras se te llevaban volando».

293

Interludio

La Polilla y el Loco
o las tristes calamidades de la guerra

por el señor Didion Waite

Oh, lectores de Scion, habréis oído hablar
de la legendaria figura de la Palabra Escrita:
su título, *Vinculador Blanco*; su nombre, Jaxon Hall,
que no responde ante nadie ni soporta a los tontos.
¡Ah, el poderoso mimetocapo,
gran hombre de MONMOUTH STREET
de elegancia impecable, ¡el orgullo de LONDRES!
¿Te sorprendería, acaso, leal lector,
que alguien así no llegara a liderarnos?

En un año aciago este mago de la palabra
decidió que había que dividir a los videntes.
¡Algunos le llamaron genio! Otros, loco.
Algunos murmuraban que era mal escritor
(y lo cierto es que *Didion Waite* le superaba con creces,
hasta en la más simple carta de amor),
pero todo el mundo parecía adorarle, y llegado el día
gobernó desde Seven Dials ebrio de absenta.
¡Mientras el Vinculador reunía a sus Siete *Sellos*,
desoyó las súplicas de los aprendices, pobres desdichados!

Y cuando el cruel y hediondo Héctor apareció decapitado,
el buen mimetocapo por fin abandonó el lecho.
Bailó en el Ring de las Rosas y luchó por la Corona,
y sus enemigos, grandes y pequeños, cayeron todos.
¡Pero hacia el final, cuando la victoria era cierta,
una osada joven apareció en escena!

Y cuando la tal *Polilla Negra* desveló su rostro,
resultó ser la *Soñadora Pálida*, su propia heredera,
la onirámbula, traidora: ¡algo escandaloso!

Sometió a su maestro con el espíritu y la espada.
pero evitó el baño de sangre y le perdonó la vida.
Y los presentes pudieron oír la historia de esta irlandesa,
la realidad del Ancla, y lo que esconde el Velo de la Muerte.
¡Los monstruos la apoyaron! ¡La nombraron los videntes
Subseñora, reina de los taumaturgos!
A partir de aquel momento, con rabia liberada,
se levantó de entre el polvo la ORDEN DE LOS MIMOS.
El *Vinculador*, encendido, se unió al ARCONTE
y la *Reina Onirámbula* puso rumbo al Norte.

Y, ¡oh, qué espectáculo! ¡Oh, qué prodigio!
¡Pero pobres antinaturales! ¿Qué será ahora de nosotros?
Durante dos siglos hemos ido errantes dando tumbos,
acicalando nuestros nidos y tejiendo nuestras ruecas.
¿Debemos ocultarlos en la noche, esperando ser perseguidos?
¿O con el ÉTER a nuestras espaldas plantar cara al destino?
La *Onirámbula* ha dejado el trono abandonado,
dejando a sus súbditos en la oscuridad perdidos.
Y *Weaver* ha jurado acabar con nuestra joven reina,
justo ahora, lector, cuando más la necesitamos.

TERCERA PARTE

La muerte y la doncella

20

Tumba

*S*i esto era el éter, era muy diferente de como yo lo recordaba.

El dolor irradiaba desde la herida. Yo era una niña en un campo rojo, muy rojo. Nick me llamaba del otro lado de un mar de flores, pero las amapolas eran demasiado altas y no podía llegar hasta él. El espíritu estaba entre los pétalos, dándome la mano, susurrándome un mensaje que no conseguía entender. Cuando le tendí la mía, fue el Custodio quien la cogió. Ahora yo era una mujer, la amazona pálida, la sombra que traía la muerte. La noche me tiñó el cabello de luz de estrellas. Él bailó conmigo como había hecho antes, su piel caliente en contacto con la mía. Lo quería a mi lado, a mi alrededor, en mi interior. Así que lo busqué con los brazos, pero sus dientes me arrancaron el corazón.

Se desvaneció. El amaranto también me había llegado a la mente.

Mientras me desangraba, Eliza Renton daba vueltas, con un vestido verde, bajo una torre. Un rayo desgajó el chapitel más alto y una corona de oro cayó al suelo, rompiéndose en pedazos.

La torre se alzaba en un futuro no demasiado distante, eclipsando el sol. Y, en algún lugar, Jaxon Hall se reía.

Cada carcajada resonaba en el interior de mi cráneo, en el vacío. Yo pensaba que esto era el éter, pero sentía el peso de mi cuerpo, olía el sudor de la piel. Tenía arena en los dientes, papel sobre los labios.

El palpitar de la sangre me ensordecía. No tenía recuerdos de aquel lugar, no sabía qué hacía allí, qué había hecho antes.

Justo debajo del esternón sentía un segundo latido: grueso, gris, en lo más profundo de mi cuerpo. Se hizo más intenso en cuanto intenté sentarme, aunque fue en vano: no podía. El único sonido que era capaz de producir era una especie de estertor. Presa del pánico, arqueé la espalda y eché las manos adelante, y sentí el roce de unos grilletes metálicos en las muñecas. Estaba... encadenada. Tenía las manos encadenadas...

«Te encadenará en la oscuridad, y te extraerá la vida y las esperanzas». Me estremecí al recordar su voz, su mano tendida, ofreciéndome seguridad. «Tus gritos serán música para ella».

Una luz blanca me quemó los ojos. Percibí el antiguo onirosaje antes incluso de oír los pasos.

—XX-59-40. —El éter tembló a mi alrededor; conocía aquella voz, que transmitía una arrogancia más allá del alcance de cualquier mortal—. La soberana de sangre te da la bienvenida al Arconte de Westminster.

El Arconte.

Cuando los ojos se me acostumbraron a la luz, reconocí al refaíta: un varón con el cabello claro de la familia Chertan. Al instante, mi espíritu saltó desde mi frágil onirosaje y se lanzó contra las múltiples capas de armadura de su mente, pero no tardé mucho en rendirme. Sentí un chispazo entre las sienes y se me escapó un débil gruñido.

—Yo no te lo recomendaría. Acabas de salir de un coma.

—Suhail —murmuré, con la voz rasposa.

—Sí, 40. Volvemos a encontrarnos —dijo—. Y esta vez no tienes a ningún concubino que te proteja.

Una gota de agua me cayó en la nariz, haciéndome parpadear. Llevaba un vestido negro hasta la rodilla. Estaba encadenada a un tablón por las muñecas y los tobillos. Otra gota de agua me cayó en la frente, procedente de un balde de agua colgado justo encima.

La gota china. Se me agitó la respiración.

—La comandante en jefe me ha pedido que te informe de que tu patética rebelión ha quedado en nada —dijo Suhail Chertan, elevando la voz para hacerse oír entre mis jadeos—. Y también que te diga esto: todos tus amigos han muerto. Si te hubieras entregado antes, estarían vivos.

No podía escucharle. No era cierto. No podía ser cierto. Levanté la cabeza todo lo que pude.

—No pienses que habéis ganado, escoria refaíta —murmuré—. Ahora mismo, mientras hablamos, tu hogar se está pudriendo. Y vosotros también os pudriréis, cuando tengáis que arrastraros de nuevo hasta el infierno al que pertenecéis.

—Tus prejuicios contra los refaítas me sorprenden, dada tu historia de lujuria con el concubino. O, mejor dicho, el traidor de carne

—puntualizó, suavizando la voz. El agua me seguía cayendo sobre el cabello, gota a gota—. La soberana de sangre me ha prohibido infligirte ningún daño permanente en el cuerpo o en el aura, pero... siempre hay modos de provocar dolor.

Empezó a caminar a mi alrededor. Me retorcí, tirando de las cadenas, pero aquel primer esfuerzo ya me había dejado agotada.

—No tienes por qué asustarte, Subseñora. Al fin y al cabo, eres la soberana de esta ciudadela. Nada puede hacerte daño.

Me odié por no poder evitar agitarme con violencia.

—Empecemos por una pregunta fácil —dijo Suhail—: ¿dónde está mi viejo amigo, el traidor de carne?

«Nos gusta pensar que somos muy valientes, pero al final no somos más que humanos».

Mis manos se convirtieron en puños. Hay gente que se rompe los huesos intentando liberarse de la mesa de torturas.

—Te lo preguntaré otra vez: ¿dónde está Arcturus Mesarthim?

—Sigue intentándolo —respondí.

Acercó la mano a una palanca.

—Parece que tienes sed —dijo, situándose por encima de mí, tapándome la luz—. Quizá la Subseñora quiera algo de beber. Para celebrar su breve reinado.

La tabla se ladeó hacia atrás. Con una delicadeza casi reverente, me tapó la cara con un trapo.

Antes de marcharse, Suhail apagó las luces. Yo estaba rígida en la tabla, empapada y tiritando, cubierta de vómito, y no podía ni levantar un dedo. Tenía el vestido y el cabello empapados de agua helada. En cuanto dejé de oír sus pasos, me eché a llorar.

Me había hecho muchas preguntas. Sobre los Ranthen y sus planes. Acerca de lo que había hecho en las Tierras Bajas. Quién me había ayudado a llegar a Mánchester. Dónde se escondía la Orden de los Mimos. Qué sabía de Senshield. Me preguntó si tenía a alguien en el Arconte que me ayudara. Cuántos de los supervivientes de la Era de Huesos seguían vivos, y dónde estaban. Infinidad de preguntas.

Yo no había dicho nada, no había traicionado a nadie. Pero él volvería mañana, y al día siguiente. Y al otro. Esperaba torturas, y poder soportarlas, pero no me esperaba estar tan débil que no pudiera usar en absoluto mi don, que el dolor corporal no me diera ni un segundo de tregua. El coma debía de haberme afectado; desde luego, me había dejado el onirosaje frágil como un papel de fumar.

Tenía sueño. Pero mantuve los ojos abiertos, diciéndome que debía concentrarme. Seguramente no disponía de mucho tiempo antes de que me ejecutaran. Unos días, como mucho.

Primer paso: sobrevivir a la tortura.

Suhail no tardó en volver con más preguntas. A pesar de que ya no era la primera vez, no estaba preparada para que el líquido helado me llenara la boca y se abriera paso como un cuchillo hasta mi estómago. Ni para el miedo que me hacía luchar contra mis cadenas hasta tener las muñecas en carne viva. Ni para los gritos guturales que no podía controlar, aunque sabía que gritando no haría más que abrir la garganta al paso del líquido. Ni para las arcadas de vómito con las que reaccionaba mi cuerpo. Me estaba ahogando en tierra firme una y otra vez, como un pez agonizando, dando coletazos sobre una tabla.

302

Suhail se convirtió en la mano que vertía el agua. Me dijo que olvidara mi nombre. Allí no era Paige. Era 40. ¿Cómo es que no lo había aprendido la otra vez? A veces me tocaba la frente con una porra de metal sublimado que tenía el mismo efecto en mi espíritu que una picana para ganado. Cuando gritaba, se repetía el aluvión. Me susurraba que aquel interrogatorio no me haría daño, que no supondría la destrucción física de mi cuerpo, pero yo no lo creía. Sentía las costillas hechas astillas; tenía el estómago hinchado, lleno de agua; la garganta, abrasada por el contacto del ácido. Cada vez que se iba, hacía grandes esfuerzos por mantener los ojos abiertos.

Seguir viva me suponía un esfuerzo físico agotador. Respirar ya no era un acto reflejo, sino un esfuerzo consciente.

Pero tenía que vivir. Si no conseguía vivir un poco más, todo lo que había hecho para llegar hasta allí... sería en vano.

El día y la noche eran ahora agua y silencio. No había comida. Solo agua. Cuando se me llenó la vejiga, no tuve otra opción que dejar fluir el líquido templado. Me había convertido en un recipiente de agua, nada más. Cada vez que volvía, Suhail me recordaba que no era más que un animal inmundo.

A cada minuto que pasaba, esperaba que los otros no intentaran salvarme. Nick podría ser tan tonto como para intentarlo. Habían corrido un riesgo impresionante para sacarme de la colonia, pero era imposible que pudieran infiltrarse en una fortaleza de máxima seguridad como el Arconte. Cada vez que Suhail se cansaba de atormentarme, yo visualizaba cómo podrían intentar el rescate. Los escenarios que me planteaba siempre acababan en un baño de sangre. Me imaginé a Nick muerto en el suelo de mármol, con una bala en la sien, sin poder sonreír nunca más; al Custodio, encadenado y torturado sin pausa en una sala como aquella, donde le negarían incluso la gracia de la muerte para escapar del tormento; y a Eliza en Lychgate, como mi padre.

La noche siguiente, o el día siguiente, Suhail se alimentó de mi aura mientras actuaba. Hacía mucho tiempo que no servía de comida a un refaíta. Un pánico ciego me hizo tirar de los grilletes hasta que los músculos del cuello y de los hombros me ardieron. El doble ataque a mi organismo me dejó tan débil que, cuando acabó, apenas pude toser para sacar el líquido que se me había metido en los pulmones. Cuando Suhail me quitó el trapo de la cara, tenía los ojos rojos, como una brasa encendida.

—¿De verdad no tienes nada que decir, 40? —me preguntó—. En la colonia eras mucho más parlanchina.

Usé el resto de agua que me quedaba en la boca para escupirle. Su mano cayó con fuerza contra mi mejilla. El dolor se me extendió por el rostro y toda la cabeza me vibró con el impacto.

—Qué lástima —dijo— que la soberana de sangre te quiera intacta.

Un segundo bofetón me dejó inconsciente.

Cuando me desperté, estaba boca abajo en una celda. Suelo de cemento, paredes lisas, nada de luz.

Esta vez, Suhail se había esmerado. Notaba que tenía una gran magulladura en torno al ojo izquierdo, y sentía la mejilla caliente e hinchada.

Junto al catre había una taza con agua. Tardé un buen rato en arrastrarme por el cemento y cogerla, y más aún en llevármela a los labios. El primer sorbo me provocó una arcada. Volví a intentarlo. Y otra vez. Sumergiendo el labio superior en el cristal, dejé que el agua me ablandara la piel cortada. Y luego un poco más. Solo la punta de la lengua. Vomité sobre mi brazo. La garganta se me cerraba instintivamente, por si llegaba el chorro de agua a presión.

No. Podían haberle echado algo al agua. Me aparté y me dejé caer boca arriba, agarrándome el dolorido vientre. No me convertirían en una autómata inconsciente.

Al ver que no bebía, enviaron a un centinela con una aguja.

Me pincharon algo que me provocó una amnesia temporal; en los momentos de lucidez sospeché que sería una potente mezcla de áster blanco y algún tranquilizante.

Segundo paso: resistir a las drogas.

Después de que me introdujeran aquella aguja en el músculo, ya no podía recordar cómo desplazar el espíritu; ni siquiera recordaba que pudiera hacerlo. Fue como si la droga hubiera borrado de mi mente el conocimiento de mi don. Cuando la tenía en la sangre, no sabía quién era ni qué quería; la mente se me quedaba en blanco. Cuando la dosis dejaba de surtir efecto, llegaba otro centinela y me suministraba una nueva.

Y así se creó un patrón: un ciclo de sedación.

Tenía una sed prácticamente constante, y al mismo tiempo, terror al agua. Me venían a la cabeza imágenes de balsas heladas en las que zambullirme, de aguas cristalinas, de aquel arroyo que había visto en la memoria del Custodio. No sabía muy bien si eran las drogas, o si estaba alucinando por la deshidratación.

Al día siguiente, me metieron en otra sala y dejaron que un escuadrón de centinelas me diera una paliza. A cada golpe, me preguntaban: «¿Dónde están tus aliados?», «¿Quién te ha estado ayudando?», «¿Quién cojones te crees que eres, antinatural?». Si no respondía, me daban otra patada, acompañada de algún escupitajo e insultos varios. Me tiraron del cabello y me partieron el labio. Uno de ellos intentó que le lamiera las botas; me revolví con rabia, y en la refriega otro de ellos me agarró la muñeca, tan débil, con demasiada fuerza. Por cómo el comandante me apartó al darse cuenta, el esguince no había sido intencionado.

Nadie usaba mi nombre. Ahora era 40.

Tras la paliza, me quedé tirada durante horas, en estado de shock, agarrándome la muñeca. Cuando por fin conseguí reaccionar, vi un rostro encima de mí. Me encogí al ver la luz de la linterna y me protegí los ojos.

—Llevas un buen rato durmiendo, 40.

Aquella voz, ligeramente nasal, con cierto tono de presunción.

—Carl —dije con voz ronca.

—No, Carl no. 1. —Pasos—. ¿Sabes dónde estás, 40?

Sin esperar a que respondiera, la persona que había conocido como Carl Dempsey-Brown me miró fijamente a los ojos y prosiguió:

—A los traidores políticos los tienen aquí antes de llevárselos a Lychgate. La última persona que pasó por aquí fue tu padre.

No podía imaginarme a mi padre, tan callado y sumiso, encerrado en aquel lugar, rodeado de su propia mugre.

Carl me sonrió. Me lo quedé mirando, el último chico que había visto en el penal. Aún con su túnica de seda roja cruda. Tenía una perilla incipiente, y el cabello más largo, peinado tras las orejas. Del cinto llevaba colgadas unas cuantas jeringuillas cargadas de flux azul y verde.

—Tienes suerte de que aún no te hayan matado —dijo—. No tardarán mucho.

Dejé vagar la mirada por el techo; apenas podía abrir los ojos hinchados.

—¿Te han ascendido?

—Más bien me han recompensado. Sabes que han pillado al concubino, ¿no? —añadió. Me quedé inmóvil—. Hace unos días, mientras estabas en el sótano. Parece ser que se entregó, para que pudieras vivir.

Su presencia había evitado que el centinela me diera la inyección letal. Mi espíritu se agitó levemente.

—Ha cometido una idiotez, por supuesto. La soberana de sangre no te dejará escapar otra vez. —Carl se rio—. ¿Sabes, 40?, lo cierto es que tendrías que haberte quedado en la colonia. Se está mejor aquí dentro que fuera. —Aspiró aire por la nariz—. Y ahí fuera las cosas van a ponerse aún peor.

Se limpió la nariz con la manga. Cuando vio sangre sobre la seda, soltó un gemido, aterrado.

—¡No! ¡Para! —Su cuerpo salió disparado contra la pared—. No está permitido que hagas eso; está prohibido...

Al cabo de unos segundos, lo tuve arrinconado, con una aguja a un centímetro del ojo. Sus pupilas se dilataron cuando se dio cuenta de que era una de sus propias jeringas, que le había sacado del cinto como quien saca un caramelo del bolsillo.

—¡Comandante! —chilló.

305

Oí el tintineo de un manojo de llaves a la altura de su cintura. Las agarré con mano temblorosa.

Una centinela abrió la puerta de golpe. La ataqué con mi espíritu, o lo intenté; al hacerlo, sentí una explosión de dolor detrás de los ojos. No surtió efecto. Sabiendo que había perdido aquel asalto, le clavé la jeringa con fuerza a Carl en el brazo, haciendo que chillara, justo antes de que un dardo me diera en el cuello.

El suelo me golpeó con fuerza.

Tenían al Custodio. Me retorcí en el rincón, en cuclillas, bañada en sudor, clavándome los dedos en el cabello grasiento. ¿Cómo podía haber sido tan tonto? No pensaría que Nashira accedería a un intercambio. Nos quería a los dos. Desde el primer momento. ¿O sería una mentira más?

Busqué el cordón, pero no hubo respuesta. No lo encontraba por ningún lado.

Los refaítas no podían morir, pero podían ser destruidos. Quizá Nashira pensara que ya no le servía de nada y lo había condenado a un fin lento. No. No lo tenían en su poder, no podían tenerlo. Carl mentía. Era Vance otra vez, que intentaba desquiciarme. Iba a usar todas las armas de su arsenal para intentar que perdiera la cabeza.

Debía de pensar que mi punto más débil era el Custodio, no Nick o Eliza.

Me arrastré hasta la puerta e intenté ver a través de los barrotes. Mi celda daba a un cruce de túneles donde los centinelas a veces se paraban a hablar durante las rondas. En la pared había una pantalla de transmisiones en la que aparecía mi fotografía sobre una tira por la que iban pasando noticias:

PAIGE MAHONEY AJUSTICIADA EN EDIMBURGO.

La seguridad ya no estaba amenazada.

Lentamente, me dejé caer hacia atrás y apoyé la espalda en la pared. Con los ojos cerrados, recordé los angustiosos momentos antes del tiroteo. El olor de la mano azul.

Y me pregunté si Vance creía realmente que me había vencido. Si pensaba que su plan había funcionado.

La imagen me llegó como un fogonazo: los caballos, el humo, los soldados, los chillidos de la gente, los gritos de los inocentes. Todo aquello ya había ocurrido antes. Todo aquel caos era un montaje; una trampa psicológica, como la que había usado contra Rozaliya..., solo que esta vez a una escala mucho mayor.

Allí, en las calles de Edimburgo, Vance había recreado la incursión de Dublín, solo para mí. Estaban todos los elementos: una calle cualquiera en la que se había creado el caos, el ejército, los manifestantes, una protesta que se había convertido en una masacre. Todo orquestado por la comandante en jefe.

Había construido un *flashback* real, con Edimburgo como escenario y muchos de sus habitantes haciendo de actores sin saberlo, gente arrastrada a aquel engaño. Pero necesitaba algo más para asegurarse de que me viniera abajo y me rindiera. Necesitaba que estuviera inestable, en un estado de dolor y rabia constantes. Por eso había matado a mi padre en directo.

Tenía que convertirme de nuevo en una niña, perdida en las calles en plena estampida. Debía creer que, sacrificándome, podría evitar que aquel día de mi infancia volviera a repetirse.

Muy lista. Y extraordinariamente cruel. Estaba dispuesta a usar a inocentes para sus juegos mentales, a dejar que se quemaran edificios, a poner en peligro a cientos de personas solo para atrapar a una. Y le habría podido funcionar si el Custodio no me hubiera mostrado aquel recuerdo de Dublín. Al hacerlo, sin querer me había refrescado la mente. Los detalles que tendrían que haberme dado el empujón final eran evidentes; había reconocido la puesta en escena de Vance. Un decorado. Una imitación.

Entonces fue cuando me di cuenta.

Si Vance me capturaba, me encerraría en el Arconte y me llevaría ante Nashira. Nashira, que, si el Custodio no se equivocaba, controlaba el espíritu que alimentaba la red Senshield.

Lo único que tenía que conseguir era mantenerme con vida el tiempo suficiente como para llegar hasta allí.

307

21

Pellejos humanos

*E*l Arconte de Westminster no estaba diseñado para dormir. A cada hora sonaban las cinco campanas del campanario y el estruendo hacía temblar las paredes.

Llevaba días sepultada en mi celda, con la única compañía de un cubo donde hacer mis necesidades.

Tenía una nube instalada en mi mente, y de vez en cuando aparecía un centinela con una jeringa para encargarse de que no se disipara. Me tenían convertida en poco más que un cadáver. Había un periodo de claridad, cuando la dosis empezaba a bajar su efecto, en el que me traían la comida. Esperaban que aprovechara ese rato para comer y beber antes de que otra aguja me hiciera perder el uso de las manos. Tenían que llevarme ante Nashira. Ella querría verme antes de mi ejecución, para poder echar algo de sal en mis heridas.

Dudaba que me llevaran ante ella sedada. En ausencia de otras opciones, tendría que intentar acabar con ella con la intervención de mi espíritu. Era una locura, pero si no podía encontrar el lugar donde tenían escondido el espíritu para liberarlo, lo único que me quedaba era destruir a su dueña.

Nashira temía mi don; por eso lo deseaba tanto.

Podía hacerlo. Tenía que hacerlo.

—... esto sigue. Parece que la ley marcial va a durar. —Dos centinelas, un hombre y una mujer, pasaban por delante de mi celda durante su ronda—. ¿Dónde te toca esta noche?

—Lord Alsafi me ha pedido que haga guardia en la Galería Inquisitorial. Esta noche estoy con ellos.

Levanté la cabeza.

Alsafi.

No contaba con que estuviera aquí. Quizá no necesitara enfrentarme a Nashira. Si pudiera hacerle llegar mi mensaje —lo que había descubierto de Senshield al introducirme en la mente de Vance—, quizá él podría actuar antes que yo, encontrando el espíritu y liberándolo.

Todo eso estaba muy bien, pero no disponía ni de un trozo de papel.

Llegó la comida: el plato repiqueteó contra el suelo de la celda. Me arrastré hacia allí y me puse a comer aquel engrudo con los dedos.

El atentado contra la vida de Nashira debía ser el último recurso. Ahora que aún podía pensar, intenté analizar la imagen de Senshield que el Custodio le había extraído a Vance: un globo transparente con una luz debajo. Una luz blanca. Tenía algún tipo de envoltorio físico, algo que contenía al espíritu que alimentaba los escáneres. Si lo destruía, sin duda liberaría al espíritu.

Me concentré más. Sobre el globo había una segunda estructura de cristal: una pirámide que reflejaba la luz, y tras esa pirámide se veía el cielo abierto, así que tenía que estar en algún lugar elevado. Aparte de eso, solo había visto unas paredes claras. No sabía dónde era, y no conocía lo suficiente la disposición interna del Arconte como para buscarlo.

Alsafi podía convertirse en mis ojos.

Solo que no había tiempo ni modo de llegar hasta él. En cualquier momento podían llevarme al patíbulo. De haber estado más fuerte, habría podido intentar hablar con él a través de su onirosaje, pero estaba bajo mínimos; Vance ya se había encargado de debilitarme todo lo posible para que no pudiera usar mi don. En cierto sentido, lo había conseguido: no podía lanzar mi espíritu al exterior. Ni a medio metro de mi cuerpo.

Pero se le había olvidado —o no sabía— que podía usar mi don de otras maneras. No sabía que podía regresar a mi forma más pura: un radar mental, capaz de detectar actividad etérea sin necesidad de levantar ni un dedo. Y ahora, por primera vez desde hacía varios días, lo hice.

El mero hecho de concentrarme en mi sexto sentido era una agonía, cuando tendría que ser un simple acto reflejo... Había sobrevivido a la debilidad física en la colonia. Podía hacerlo aquí también. Por fin me sumergí en mi interior, desconectando mis otros sentidos.

No estaba en plena forma, pero podía sentir el éter. Y no tardé mucho en detectar la turbulencia en el Arconte de Westminster.

El núcleo estaba ahí. Tenía razón.

Desde el agujero negro que era mi celda, rastreé los onirosajes del Arconte. El de Vance iba de un lado del edificio al otro. Varias veces lo seguí durante horas, intentando deducir dónde se paraba más. Pasaba mucho tiempo en un sitio; probablemente, sería un despacho o algo así.

Oí pasos en el pasillo: los centinelas regresaban de sus rondas. Había ido registrando toda la información posible sobre ellas; aquellos dos eran los guardias que más pasaban por allí.

—... la noche de Fin de Año va a ser muy larga.

—A mí no me va mal. Paga extra. Por cierto, quizá presente una solicitud para hacer noches el año que viene.

—¿Noches? ¿Por qué? ¿Hay algo que yo no sepa?

Las sombras se movieron al otro lado de la puerta. Bajaron la voz.

—Esos nuevos escáneres. Cuando estén operativos, se dice que todos los antinaturales quedarán obsoletos. En cuanto Okonma firme las órdenes de ejecución, los liquidarán.

Oí el golpe de una suela de goma contra el cemento.

—Estaba pensando en presentar mi petición —dijo el hombre—. Para nosotros, la ley marcial va a ser un infierno. Más horas extra, semanas de siete días... En los barracones dicen que van a recortarnos la paga para que puedan dar más a los *krigs*. Nos convertiremos en unos burros de carga.

—Baja la voz.

Guardaron silencio un buen rato. La droga volvía a nublarme la mente, como un canto de sirena. Me pellizqué la fina piel de la muñeca para obligarme a mantener los ojos abiertos.

—¿Has visto a todos esos extranjeros en el edificio? He oído que son españoles. Embajadores de su rey.

—Mmm. Han estado todo el día con Weaver, en su despacho. —Un leve repiqueteo en la puerta—. ¿A quién crees que tienen aquí dentro?

—¿No te lo ha dicho nadie? Es Paige Mahoney.

—Sí, ya, buen intento. Está muerta.

—Has visto lo que quieren que veas. —Oí que corrían la mirilla—. Mira.

—La antinatural que se enfrentó a un imperio —dijo la mujer, tras una pausa—. A mí no me parece gran cosa.

Pasó el tiempo. Fueron llegando más comidas. Y más drogas. Y de pronto, un día —si es que era de día, si es que aún existían los días—

me despertaron con un chorro de agua, me sacaron a rastras de aquel subterráneo y me metieron en un cubículo.

—Adelante —dijo un guardia.

Me tambaleé, apartándome de la ducha. El centinela más alto me dio un empujón, lanzándome contra los azulejos.

—Lávate. Escoria.

Tardé un momento en reaccionar, pero hice lo que me decían.

Estaba más flaca. Mi piel tenía un tono gris que solo podía ser efecto del flux. Magulladuras, morados y puntos azules y verdes indicaban los puntos de los brazos donde me habían pinchado, y en las piernas tenía marcas de las patadas y los puñetazos de los centinelas. Bajo el pecho tenía una mancha como una mora, con una herida en forma de anillo justo debajo del esternón.

Debía de haber sido una bala de goma. Me quedé allí, como un maniquí, con las piernas temblándome.

En cuanto salí de la ducha, los centinelas me pusieron un vestido limpio y me sacaron del cubículo. Muy pronto, el cemento dio paso a un mármol de color rojo. Al caminar, las plantas de los pies me dolían. Me llevaron por pasillos iluminados por el sol, y la luz hacía que me dolieran los ojos. La cabeza me daba vueltas como un tiovivo.

Poco a poco fui despejándome. Mis pies patinaban por el suelo. Había llegado el momento. Mis últimos pasos.

—No —dijo una centinela—. Aún no vas a morir.

Aún no. Todavía tenía tiempo.

En algún lugar del Arconte sonaba una música. Se oía cada vez más fuerte a medida que subíamos unas escaleras. *La muerte y la doncella*, de Franz Schubert.

Una placa sobre una pesada puerta decía SALA DEL RÍO. Uno de los centinelas llamó con los nudillos y abrió. En el interior, una luz ámbar entraba por las ventanas que daban al Támesis, abriéndose paso por entre las cortinas adamascadas de color rojo sangre e iluminando bustos de mármol y un jarrón de cristal con capuchinas.

Me quedé de piedra. Llevaba un chaleco del mismo rojo que las cortinas, con unos elaborados bordados en forma de hojas. No levantó la vista de su libro al hablar:

—Hola, querida.

Las piernas no me respondían. Los centinelas me agarraron de los brazos y me dejaron caer sobre una butaca.

311

—¿Quiere que la inmovilicemos, supervisor mayor?

—Oh, no. Eso sería una bobada. Mi antigua dama no sería tan tonta como para intentar escapar. —Jaxon aún no había levantado la vista—. Pero si deseáis ser mínimamente útiles, podéis recordarles a vuestros subordinados que me traigan el desayuno que pedí hace veintiséis minutos.

Las viseras de los centinelas les ocultaban la mayor parte del rostro, pero oí que uno murmuraba algo como «malditos antinaturales» en el momento en que salía por la puerta.

Sobre la mesa que tenía a mi izquierda había un montón de papeles desordenados. Entre nosotros, sobre un mantel de encaje, había una tetera plateada que reflejaba una cámara de vigilancia.

Jaxon por fin dejó su libro. En el lomo se leía *Prometeo y Pandora*.

—Bueno —dijo por fin—. Aquí estamos, Paige. Cómo han cambiado las cosas desde la última vez... Has llegado muy lejos.

Lo miré de arriba abajo. Tenía el rostro cetrino y algo flaco, y las raíces del cabello se le habían teñido de gris. Había perdido al menos cinco kilos desde la última vez que lo había visto.

—Vaya —dije—, ¿entonces estoy aquí para que me puedas dar la última puñalada? ¿Un último placer antes de que todo acabe?

—Nunca sería tan vulgar.

—Sí, sí que lo serías.

Hasta su sonrisa socarrona había perdido fuerza. Cualquiera que fuera el título que le hubieran otorgado, no dejaba de ser un humano entre refaítas. Aunque fuera su aliado, nunca sería su homólogo. Y si había una cosa que Jaxon odiaba, algo que le revolvía las tripas, era ser el subordinado de alguien.

Aquello debía de estar comiéndoselo por dentro.

—Antes de que pasemos a cosas importantes —dijo—, quiero preguntarte una cosa: ¿adónde te has llevado mi sindicato?

Bueno, al menos había ido al grano.

—ScionIdus ha observado una llamativa ausencia de videntes por la calle. Eso nos ha hecho suponer que se habrán trasladado. Pero ¿dónde? —Se apoyó en el respaldo de su butaca—. Confieso que eso me desconcierta. Londres es mi obsesión, un lugar que pensaba conocer hasta el mínimo detalle... Sin embargo, de algún modo, has encontrado la manera de esconderlos a los ojos del Ancla. Ilústrame, Subseñora.

—No pensarás que te lo voy a decir.

Mantuve la voz serena, pero por dentro estaba temblando. Volvió a mirarme fijamente, observando mi lamentable aspecto.

—Muy bien. Si quieres hacerte la misteriosa..., tendremos que encontrar otro tema de conversación. Te toca a ti —dijo. Al ver que yo no decía nada, me sonrió de un modo que me transportó de golpe a Seven Dials—. Venga, Paige. Siempre fuiste tremendamente curiosa. Debes de tener muchas preguntas..., preguntas que te reconcomen por dentro.

—No sé por dónde empezar. —Hice una pausa—. ¿Dónde están Nadine y Zeke?

No es que fuera la duda más apremiante, pero era importante.

—A salvo. Vinieron a verme después de que los echaras a la calle.

—Si están en Sheol II...

—Casi se podría decir que Sheol II ya no existe. —Se rascó el antebrazo con despreocupación—. Pero les echaste el guante a los otros, ¿verdad? A Danica, siempre tan pragmática..., aunque he oído que ha huido de la ciudadela. Chica lista. Nick y Eliza... demostraron ser grandes admiradores tuyos.

313

Levanté una ceja.

—¿Celoso?

—No especialmente. A juzgar por las grabaciones que he visto de Edimburgo, recibieron su justo merecido.

Tenían que estar vivos. Tenían que estarlo.

Jaxon echó el cuerpo adelante y me tocó el mechón negro que tenía en el flequillo. Era el último rastro que me quedaba del tinte que me habían dado para ocultarme al salir de la colonia.

—¿Un *memento*, querida?

—Un recordatorio —dije, echando la cabeza atrás—. De que un día dejé que me controlaras.

Él chasqueó la lengua.

—Oh, me halagas.

Llamaron suavemente a la puerta, y entraron unos criados con el desayuno del supervisor mayor. Seguía siendo el mismo sibarita de siempre. Tostadas con compota de bayas; pastelillos y mantequilla; luego una jarrita plateada con crema de leche, una cafetera, un plato con huevos duros al curry y pan fresco en rebanadas gruesas. Jaxon hizo salir a los criados con un gesto de la mano.

—«Toda revolución empieza con el desayuno» —dije, citando sus propias palabras—. ¿Es esta tu revolución, Jaxon?

—Tenía la impresión de que era la tuya. Una revolución fallida —dijo—. Pero lo has intentado.

—Esperaba verte más durante todo este tiempo. Cuando te vi en el Arconte, te llenabas la boca hablando de lucha.

—Llegué a la conclusión de que no tenía mucho sentido iniciar un simulacro de guerra contigo. Sabía que el sindicato te haría pedazos por su cuenta, si Vance no acababa contigo antes. —Me escrutó con aquellos ojos azul pálido—. ¿De verdad pensabas que podrías acabar con Scion con una banda de delincuentes como única ayuda, en su propio terreno? Esto es la vida real, cariño, no una quimera. —Echó crema de leche en una taza—. Come. Deja que te cuente una historia.

—¿Sobre qué?

—Sobre mí.

—Jax, no me queda mucho tiempo de vida. Preferiría no pasar mis últimos días oyéndote hablar de ti mismo.

—¿Preferirías pasarlos tirada en una celda, llorando por tu amor imposible con Arcturus Mesarthim?

—No seas ridículo.

—Paige, Paige. Te conozco. Nashira me contó lo de vuestro abrazo —dijo, y sentí un calor ascendiéndome por la nuca—. Quizá no lo quieras admitir, pero tu corazón es tan blando como dura es tu fachada.

—Más vale que no hagamos juicios infundados, Jaxon. Tú, más que nadie, sabes lo duro que tengo el corazón.

—Cierto. Supongo que te habrá sido útil. Probablemente, yo también elegiría un refaíta de sangre fría si tuviera el tiempo o las ganas de vivir una historia de amor trágica.

Añadió café a la crema.

—Bueno, empecemos. La historia del humilde joven, recogido en las calles, del que sin duda habrías oído muchos comentarios cuando estabas en la colonia.

No me molesté en protestar.

—Cuando era algo más joven que tú, empecé a escribir el panfleto que un día me cambiaría la vida: *Sobre los méritos de la antinaturalidad*, el primer documento que clasificaba con precisión los órdenes de la clarividencia, ordenándolos por rangos. Espero que no me hayas insultado pensando que me lo dictaron los refaítas —añadió—. El trabajo, la investigación, las horas de reflexión, la genialidad... son míos. Así fue como me descubrieron.

En el tocadiscos sonaba una versión de *Drink to Me Only with Thine Eyes* para soprano.

—Muy pronto atraje la atención de los refaítas, probablemente porque gran parte de lo que decía mi texto era correcto. Me detuvieron por la creación y la distribución de literatura sediciosa. Tras un breve arresto en la Torre, me llevaron a Sheol I, donde pasé a ser casaca rosa casi de inmediato. Mi número era el 7. Supongo que los Ranthen seguirán llamándome así.

—No —dije—. Te llaman el architraidor.

Chasqueó la lengua de nuevo.

—Nunca pensé que los refaítas fueran capaces de tal histrionismo.

Pensé en las cicatrices que había notado en el cuerpo del Custodio, las que aún le quemaban, y odié aún más al hombre que tenía delante.

—Enséñamela —dije—. Enséñame tu marca.

—¿Por qué? —preguntó, levantando las cejas.

—Para que sepa que todo este patético montaje no es otro más de los jueguecitos mentales de Hildred Vance.

315

—Oh, ni siquiera Vance sería capaz de crear algo tan magnífico y tan bien hilado. Aun así, haces bien en pedir pruebas.

Jaxon Hall nunca dejaba pasar una ocasión para hacer una escena. Con una sonrisa apenas insinuada, echó el cuerpo adelante, se quitó el chaleco y se abrió la camisa, mostrándome su pálido tórax. La dejó caer hasta debajo de los hombros y se giró, mostrándome la espalda.

Y ahí estaba. La cicatriz se había cerrado mucho tiempo atrás, pero los números de su espalda eran perfectamente legibles. XVIII-39-7.

—¿Estás satisfecha?

Asentí con desgana. La verdad es que nunca lo había dudado, pero la marca era la prueba irrefutable de que era cierto.

—Las incomodidades de la colonia resultaban tolerables, a cambio de los frutos del conocimiento —dijo, mientras se abotonaba de nuevo la camisa—. Nashira, que me acogió bajo su ala, confirmó muchas de mis observaciones sobre los Siete Órdenes. Me enseñó más. Sobre los dones de los refaítas. Sobre el mío. A mis veintiocho años caí prendado de la mente de aquella criatura; de hasta qué punto entendía el éter y de su voraz deseo de comprenderlo a fondo. Confieso que su conocimiento me sedujo.

—Hacéis una pareja preciosa.

Él sonrió.

—Solo nuestras mentes. Me ascendieron a casaca roja sin tener que levantar un dedo siquiera contra los emim —dijo, y le dio un sorbo al café—. Una semana más tarde me convertí en el supervisor interno de la colonia. En términos generales, la vida se volvió bastante agradable.

—Así que traicionaste a los Ranthen para asegurarte de que eso no cambiaba.

—Traicioné a los Ranthen para sobrevivir —dijo, con una mueca socarrona apenas insinuada—. Muy pronto me llegaron rumores de un alzamiento en la colonia. Tenía dos opciones: o ayudar a Arcturus Mesarthim o delatarlo ante la soberana de sangre. La única de esas dos opciones que garantizaba mi supervivencia era la segunda. —Posó de nuevo la tacita en el platillo—. La candidez es un gran defecto entre los inmortales, y Arcturus adolecía de una candidez de proporciones abismales en lo referente a la naturaleza humana.

—Cuando yo llegué, ya no era así.

—Sin embargo, conseguiste seducirlo para que confiara en ti. Repito: un cándido. Debió de sentirse terriblemente decepcionado cuando descubrió quién eras. La heredera —dijo— de su némesis.

—No te sobrevalores, Jax. Para ser némesis hay que estar a la misma altura.

—Debes de tenerlo en muy buen concepto. Me da la impresión de que mis advertencias sobre su verdadera naturaleza cayeron en saco roto. —Juntó la punta de los dedos—. Informé de lo que había descubierto. Ya sabes qué ocurrió después. Les dieron una pequeña... lección —añadió, acariciando la palabra con la lengua—. Dejaron a los traidores Ranthen a solas con el espíritu del Destripador durante días.

Eso tenía que haberlo oído mal.

—El Destripador —repetí.

—Delicioso, lo sé. Uno de los duendes que Nashira tiene en su poder, el mismo al que te enfrentaste en el torneo; es el que los videntes han estado intentando cazar durante un siglo. —Volvió a girarse hacia la ventana, de modo que la luz le iluminara el rostro—. Casi me siento tentado de escribirle a Didion para contárselo. Pero no, es mucho más divertido ver cómo lo busca inútilmente el resto de sus días.

No era de extrañar que el Custodio y los Ranthen no hubieran querido confiar en mí. No era de extrañar que siguieran sin hacerlo.

—Eres un monstruo. —Era lo único que podía decir.

Él levantó un dedo.

—Superviviente. Traidor. Títere, sí. Pero no un monstruo. Así somos los humanos, Paige. Solo los Sargas pueden regular nuestra locura. —Volvió a posar la mano sobre el brazo de su butaca—. ¿Recuerdas lo que dijo Nashira sobre mí en noviembre? ¿Lo de cuánto tiempo había pasado desde la última vez que nos habíamos visto?

Pensé en aquel día.

—Dijo... que habíais estado separados veinte años. —Decidí ponerme un café. A fin de cuentas, lo mismo daba morir con un poco de cafeína en las venas—. ¿Problemas en el paraíso?

—Quería que fuera su supervisor mayor, dado mi talento para descubrir videntes con grandes poderes. Alguien que guiara a los casacas rojas. Se me permitió abandonar el penal, pero como empleado de Scion. Debía de entregarles al menos un clarividente de uno de los órdenes superiores cada dos meses.

—Un pago regular. —Hice una pausa—. El mercado gris.

—Exacto. Yo fui su creador.

—¿Y el Ropavejero...?

—Es un socio —dijo con voz tranquila—. Dejé que Nashira creyera que la obedecería. Hasta que, una noche, hui. Cambié de aspecto. Un hábil cirujano plástico de los bajos fondos creó este rostro. —Se presionó la mejilla con un dedo—. Necesitaba dinero para alcanzar mi sueño de hacerme con el I-4. Mantuve el contacto con los Sargas mediante llamadas a la Residencia de Balliol, prometiéndoles que seguía con mi trabajo, pero me negué a volver a quedar en persona.

—¿Cómo le echaste el guante al I-4?

—Denuncié a la que era su mimetocapo y a su caballero, a los que arrestaron en menos de un día. Luego me presenté ante la Asamblea Antinatural —dijo—. Encontré un lugar donde vivir en Seven Dials. El «siete» es por mi número, por mi nombre. Contraté al Ropavejero para que me asistiera con los pagos. Él amplió nuestra red, tal como supiste en las semanas previas al torneo.

—Pero ¿para qué creaste los Siete Sellos? —pregunté—. Ya tenías tu mercado gris. ¿Es que tenías pensado mandarnos a todos a Sheol para ganar más?

—Todo mimetocapo necesita una banda.

—Tú no eres un mimetocapo normal.

Él se quedó en silencio, mirando por la ventana, con el rastro de una sonrisa en los labios. No era tan difícil deducirlo.

—Sí que tenías pensado enviarnos aquí. A alguno de nosotros, al menos. Organizaste mi detención. —Casi no me salían ni las palabras—. Te encargaste de que Nick estuviera ocupado para que no pudiera llevarme a casa, de modo que tuviera que tomar el tren sola. Te encargaste de que hubiera un control en aquella línea. Cuando me escapé, me dijiste que me quedara en el apartamento de mi padre. Y luego les diste el soplo.

—Imaginativo, Paige, pero incorrecto. ¿Por qué iba a querer yo que te detuvieran? Recuerda... —Se encendió un puro—. Recuera que fui yo quien te rescaté.

Seguía sin mirarme. Moví la mano hacia la mesa y, con delicadeza, separé un papel del montón.

—¿Quién, si no?

—Hector —dijo Jaxon, mientras mis dedos trabajaban a toda prisa, haciendo un rollito muy fino con el papel—. Salió a tu encuentro en el andén, si lo recuerdas, para avisar a Scion de cuándo subías al tren. Supongo que lo hizo para fastidiarme. Nuestro Subseñor quería una comisión mayor sobre el mercado gris, y yo me había negado a dársela. Así que se hizo con mi preciada dama y se embolsó el dinero que le dio Scion a cambio. Más tarde, a petición mía, el Ropavejero se encargó de eliminarlo a través de la Abadesa. En principio, yo quería eliminarlo de una forma más limpia (quizá con un disparo), pero para castigarlo por su codicia me aseguré de que su muerte fuera... bastante sangrienta.

Hector.

Toda aquella sangre en su salón, los cuerpos decapitados..., todo porque Jaxon quería vengarse después de que le hubieran robado su posesión más preciada.

Yo.

—Y así se te despejaba el camino para ser Subseñor —dije.

Él inclinó la cabeza.

—En el momento de tu arresto, yo ya no colaboraba con los Sargas; ya se habían cansado de que me negara a seguir sus reglas. Dejaron de pagarme mi sustancioso salario, lo cual me dolió, porque me había acostumbrado a las exquisiteces... y al poder. Y, aun así, no te traicioné. Te salvé la vida, corriendo un peligro considerable. Cuando me traicionaste tú, en el torneo..., fue entonces cuando decidí regresar con mis creadores. No solo para poder mantener mi estilo de vida, antes de que me acusaras de avaricia, sino también para continuar mi educación. —El humo se elevó desde sus labios en una pirueta—. Podemos aprender mucho de los refaítas.

Por fin se dio la vuelta para mirarme otra vez. Ya me había guardado el rollo de papel dentro de la manga.

No tenía ninguna garantía de que nada de lo que me había dicho fuera verdad, pero la historia cuadraba.

Quizá me hubiera salvado la vida, pero eso no significaba que le importara. Le importaba su orgullo. Sabía que había sido la envidia de otros mimetocapos por tener una dama tan especial. Yo valía mucho dinero, un dinero que Hector le había robado.

—Si todo lo que voy a aprender de ellos es a ser como tú —dije—, olvídalo.

—Es demasiado tarde, Paige. Ya eres como yo —respondió—; no vas a cambiarlo tiñéndote el pelo.

—Si me disculpa el supervisor mayor, me gustaría regresar a mi celda —dije, muy seria—. Echo de menos la calma. No tengo tiempo que perder con estos juegos.

En el momento en que me puse en pie, él también se levantó; me puso un dedo bajo la barbilla, dejándome de piedra. Tiró de mí, haciendo que percibiera el olor a puro y a perfume dulzón.

—En ese caso, iré al grano y te explicaré el por qué te he hecho venir hasta aquí. Había un motivo, aparte de la historia —susurró—. Nashira está a punto de firmar tu orden de ejecución.

Me lo esperaba, pero aun así oírlo de viva voz me impactó.

—Entonces supongo que esto es una despedida —dije, y, muy a mi pesar, la voz me tembló un poco.

—No necesariamente. Quizá yo pudiera conseguir la suspensión de la ejecución.

—¿Cómo?

—Podrías serle muy útil a los Sargas, Paige. Les he dicho que quizá te pudiera convencer para que te unieras a este bando, a mis órdenes. Yo seré el supervisor mayor de Shcol II, encargado de seleccionar a los videntes para la nueva colonia —dijo, sin soltarme—. Ven con-

319

migo a París. Me ofreceré para ser tu mentor. Serías mi protegida y recibirías la casaca roja.

Otro Sheol. El regreso al infierno.

—Y Nashira estaría de acuerdo con esto...

—Ella no quiere matarte. Al menos hasta que tu espíritu haya... madurado un poco más. —Me agarró con más fuerza—. Piénsalo, Paige. Mimetocapo y dama, juntos otra vez. Aún puedo enseñarte mucho sobre clarividencia, y quedan muchas cosas que podemos aprender juntos. Y piensa en la alternativa. Tu don (tu don, tan precioso y singular) en manos de Nashira.

—En cualquier caso, lo tendrá —respondí—, viva o muera. Me usará como arma. Mejor enfrentarme a mi sino cuanto antes.

—Tienes que dejar de ser tan noble, Paige. Eso no te va a salvar —dijo, y yo no podía dejar de mirarle a los ojos—. Puedes convencerte a ti misma de que no te pareces en nada a mí. Que si yo soy blanco, tú eres negro, la reina que se quedó en el lado virtuoso del tablero. Pero un día tendrás que tomar una decisión, como todos. Un día deberás elegir entre tus propios deseos, tus impulsos más oscuros, y lo que sabes que es lo correcto... y te endurecerás. Comprenderás que todos somos diablos en el pellejo de un ser humano. Te convertirás en el monstruo que vive en el interior de cada uno de nosotros.

Retrocedí ligeramente. No era la primera vez que sus palabras sonaban a predicción.

«El diablo».

¿Es lo que había sido todo ese tiempo?

¿Era el diablo de mi interior —el diablo que habitaba bajo mi piel— el enemigo al que me enfrentaba?

Mantuve la compostura, pero por dentro era un rompecabezas de ideas enfrentadas. Al igual que una polilla, me veía arrastrada hacia la luz. Temía la humillación y el dolor que me infligiría Nashira. Tenía miedo de no resistir el dolor, de perder la cabeza.

Podía decir que sí, con la idea de huir. Había jugado a los jueguecitos de Jaxon durante cuatro años; podía continuar haciéndolo. Pero Nashira ya habría pensado en ello. Seguro que habría ideado algún recurso para tenerme controlada.

Y yo conocía muy bien a Jaxon.

—Me cuesta creer que Nashira haya accedido a esto sin pedirte nada a cambio —dije.

Él sonrió.

—Dime dónde está la Orden de los Mimos.

Esta vez, haría caso a las cartas. Si accedía, estaría haciendo un pacto con ese diablo de mi interior.

—Ni por asomo —contesté—. No hay nada en el mundo que me puedas ofrecer para convencerme.

—Me decepcionas.

—El sentimiento es mutuo. En *Sobre los méritos* decías que tenemos que luchar, fuego contra fuego, para sobrevivir —dije—. ¿Es que has perdido el coraje, autor misterioso?

Me miró, muy serio, y me soltó.

—Lo único que he perdido es la candidez. Siempre he mirado por el bien de nuestros seres queridos.

—¿Y qué bien nos puede suponer trabajar para los refaítas?

—Nos necesitan. Y nosotros a ellos. Ibas a lanzarte a una guerra vana con ellos. Y la guerra no mejorará las condiciones de los clarividentes, Paige. Lo que necesitamos ahora es una época de estabilidad y de cooperación.

—¿Es eso lo que les has dicho a tus jefes?

—La República de Scion no está en guerra.

—He visto el centro logístico, las fábricas —dije—. La Segunda División Inquisitorial se está preparando para la guerra, y no soy tan engreída como para pensar que es por mí. ¿Qué es lo que van a invadir esta vez?

Se quedó un rato con la mirada fija en el agua del Támesis.

—Scion mantiene una relación de entendimiento tenso con el mundo libre —reconoció—. Scion los tolera y, a cambio, ellos toleran a Scion, a pesar de alguna incursión ocasional. —Hizo una pausa—. Quizá hayas visto embajadores de dos países del mundo libre en el Arconte. Weaver los ha invitado para mostrarles las ventajas de Senshield, para convencerlos de que los ayudará a identificar a los antinaturales en sus propios países con gran precisión, en la esperanza de que esos países se conviertan pacíficamente y se integren en Scion. Si no lo hacen..., bueno, digamos que mis esperanzas de paz pueden verse afectadas.

Al darme cuenta de lo que eso significaba, se me tensaron los músculos del abdomen.

Alguien llamó a la puerta. Jaxon se giró hacia mí.

—Se nos ha acabado el tiempo. Nashira te hará una última oferta —dijo—. Si deseas vivir, acéptala. Piensa en ti.

Llamaron otra vez.

—Supervisor mayor —dijo una voz.

De pronto, sentí una gran pena por el hombre que habría podido ser. Me acerqué y le toqué el rostro con un dedo, imaginando cómo sería antes de que el bisturí le hubiera dado otra imagen.

—Lo siento —dije—. Siento ver al Vinculador Blanco sometido de esta manera, convertido en un peón sobre el tablero de otros... La verdad es que es una gran decepción.

—Oh, puede que pienses que soy un peón en este tablero, pero también juego en muchos otros. Y recuerda mis palabras: el fin de la partida no está cerca. —El sol se le reflejó en los ojos—. Aun así, da la impresión de que, en mi breve vida como peón, te he enseñado una lección muy valiosa, querida mía: los humanos siempre decepcionan.

22

Ultimátum

Jaxon me lo acababa de confirmar. Scion ya estaba listo para expandir su imperio otra vez, tal como habíamos pensado.

El centinela en el exterior de mi celda había mencionado a los españoles.

Su objetivo era España. España y posiblemente Portugal, si es que había embajadores de los dos países en el Arconte.

No sabía mucho del mundo libre, pero sí sabía que Scion había hecho promoción globalmente de las virtudes de su sistema con la esperanza de que otros territorios se sometieran por propia voluntad. Había funcionado en Suecia. Uníos a nosotros, decían, y liberad a vuestro país de la plaga de la antinaturalidad. «Uníos a nosotros, y vuestro pueblo estará a salvo». Algunos países, como Irlanda, habían sido tomados por la fuerza; pero sería más fácil, más limpio, si conseguían evitarse el gran coste que tenía una invasión.

Por supuesto, Scion tenía muchos obstáculos que superar si deseaba convencer al resto del mundo de que se uniera al Gobierno del Ancla. Cualquier Gobierno del mundo libre con sentido común desconfiaría de un emergente imperio militarizado. Algunos tendrían reservas morales en cuanto a los métodos de Scion, aunque ellos siempre se habían preocupado de ocultar al exterior las decapitaciones y los ahorcamientos. Otros quizá ni se creyeran que existía la clarividencia, y aunque lo creyeran, tal vez temieran que identificaran erróneamente a gente inocente como antinaturales. Nadine y Zeke habían mencionado que era una de las cosas de Scion que más preocupaban en el mundo libre.

Ahora, en cambio, Scion tenía la respuesta perfecta. Tenían el sistema Senshield, un medio preciso para aislar a los criminales. ¿Por qué no iban a hacerse con el control —preguntarían— si tenían un método infalible para distinguir a los antinaturales de los inocentes, un modo de eliminar a los individuos más peligrosos de la sociedad?

Senshield.

Todo giraba en torno a aquello.

El hecho de que hubieran acudido embajadores debía suponer la prueba final. Los fusiles-escáner serían un secreto bien guardado, pero si les mostraban un escáner Senshield a los españoles, si les demostraban lo eficiente que llegaría a ser Scion, y si aun así se negaban a verle sentido a formar parte del Imperio de Scion..., en ese caso, sí, decidirían invadirlos.

Los centinelas me llevaron de vuelta a mi celda y me administraron la droga. En los preciosos segundos antes de que se me nublara la mente, oculté el rollito de papel bajo el colchón de mi catre.

Si Nashira decidía verme más tarde —y que Jaxon hubiera querido verme hoy me hacía pensar que así sería—, era muy probable que Alsafi estuviera con ella. En la colonia casi nunca se alejaba de su lado. Y quizá fuera la ocasión de contarle —de algún modo— lo que sabía.

Cuando el efecto de la droga se fue disipando y llegó la comida, saqué el papel y me acurruqué junto a la puerta, para que no pudieran verme por la mirilla. Cuando tuve claro que no pasaba ningún centinela, abrí la mano y me quité los puntos del corte que me había hecho Styx con los dientes, y luego usé la sangre para garabatear tres palabras en el papel:

CÓLQUICO   RUIBARBO   PAMPLINA

Para cuando regresó el centinela, ya había escondido la nota. Me sometieron a la tortura del agua por no comerme la comida.

Alsafi dominaba el lenguaje de las flores.

Cólquico: «mis mejores días han quedado atrás».

Ruibarbo: «consejo».

Pamplina: «encuentro».

Ya era tarde cuando volvieron a sacarme del sótano a rastras. Ya estaba oscuro, y había más actividad en el Arconte. Pasamos junto a personalidades que reconocí de las noticias. Ministros con traje negro y camisa blanca impecable abotonada hasta arriba. Centinelas y sus comandantes. Soldados. Los miserables reporteros de Scarlett Burnish con sus casacas rojas, escribiendo cosas en sus tabletas de datos, preparándose para contar sus mentiras. Miembros de los tribunales inquisitoriales recorriendo los suelos de mármol con sus zapatos con hebillas de acero y sus capas con capucha rematadas con pieles blancas. Algunos se paraban a mirar y susurraban comentarios.

La propia Scarlett Burnish estaba al final de un pasillo, perfectamente peinada, como siempre, con un montón de documentos en la mano. Llevaba un ajustado vestido de terciopelo con un complicado remate en el cuello, y el cabello le caía en ondas por la espalda.

Con ella iba una mujer que recordaba vagamente de haberla visto en ScionVista. Era menuda y de ojos negros, tenía la nariz pequeña y puntiaguda, y la piel tan pálida que casi le brillaba. El cabello, de un castaño muy oscuro, lo llevaba recogido en un tocado alto adornado con rubíes. Su vestido, de seda color borgoña y con encajes de color marfil, caía en varias capas hasta el suelo, dejándole al descubierto el cuello, salvo por un collar de oro rosado y diamantes en forma de lágrima. Las varias capas del vestido no conseguían ocultar el vientre hinchado.

—Tienes muy buen aspecto, Luce. ¿De cuántos meses estás ya? —le preguntaba Burnish.

—Muy pronto serán cuatro.

Al oír el acento recordé. Luce Ménard Frère, esposa y asesora del Gran Inquisidor de Francia.

—Oh, qué maravilla —dijo Burnish, deshaciéndose en sonrisas—. ¿A tus otros hijos les hace ilusión?

—Los dos más pequeños están muy contentos —respondió Frère, riéndose—, pero a Onésime no le hace ninguna gracia. Siempre piensa que el recién llegado le va a quitar a su mamá. Por supuesto, cuando nació Mylène, fue el primero en arrullarla como si fuera un pajarillo...

Al verme pasar con los guardias, dejaron de hablar. Frère se puso una mano sobre el abdomen y les dijo algo en francés a sus guardaespaldas, que formaron una barrera delante de ella. Burnish me miró de arriba abajo, se despidió de Frère y se fue por el pasillo.

Llegamos a un último pasaje. Sobre las puertas dobles del final había una placa que decía GALERÍA INQUISITORIAL. Justo antes de cruzarlas, me saqué el rollo de papel del vestido y lo cogí con la mano.

Lo primero que me impresionó fue el enorme tamaño de aquel lugar. El suelo era de mármol rojo, como en la mayor parte del edificio.

El techo, con elaboradas molduras, quedaba muy por encima de mi cabeza. De lo alto colgaban tres enormes lámparas de araña cargadas de velas blancas.

De las paredes a ambos extremos del salón colgaban retratos oficiales de Grandes Inquisidores de décadas pasadas, mientras que los lados estaban cubiertos de frescos. A mi izquierda había una descomunal representación de estilo renacentista de la fundación de Scion, con James Ramsay MacDonald enarbolando la bandera a orillas del río y gritando ante un público eufórico; la imagen a mi derecha mostraba el primer día de las revueltas de Molly. Me quedé mirando las imágenes de los irlandeses, con la boca abierta y sus banderas ensangrentadas, y las de los soldados de Scion, pintados en tonos más claros, que les tendían sus manos en señal de amistad. Debajo, una placa rezaba: ERIN DA LA ESPALDA AL ANCLA.

En el centro del magnífico salón había una mesa de banquetes de palisandro, así como un piano de cola en una esquina. Nashira Sargas estaba sentada a un extremo de la mesa. Gomeisa, el otro soberano de sangre, estaba a su derecha, vestido con una túnica negra de cuello alto, mirándome con sus ojos hundidos. A su izquierda había una silla vacía, y al lado estaba sentado Alsafi Sualocin.

Jaxon estaba sentado frente a él, sonriendo, como si estuviéramos desayunando otra vez. No podía dejarme en paz.

Había centinelas de guardia a ambos extremos del salón, armados con pistolas de flux. Reconocí algunos de sus rostros del penal. Una de mis guardias levantó el bastón y lo golpeó contra el suelo.

—Soberana de sangre, le presento a la prisionera XX-59-40 —dijo—, por orden del comandante.

—Sentadla —ordenó Nashira.

Me llevaron junto a ellos y me dejaron en una silla de respaldo alto entre ella y Alsafi, con Gomeisa enfrente.

Otro guardia se dispuso a sacar las esposas.

—¿Debemos inmovilizar a la prisionera, soberana?

—No hace falta: 40 es consciente de que un mal comportamiento aquí le supondría más tiempo en la tabla del agua.

—Sí, soberana.

Había faltado poco. Si me hubieran esposado, habrían visto mi nota.

Apoyé las manos sobre las piernas, donde no podían verlas el resto de los presentes. Cuando los guardias se retiraron, con una reverencia, Nashira me examinó a fondo, como si se hubiera olvidado de mi rostro. Su aura corrupta era como un fuego humeante que sofocaba la mía. Sus cinco espíritus estaban allí, entre ellos el duende que había visto en el torneo. El que había torturado al Custodio.

Ella nunca había tenido cinco nada más. El sexto —el más potente— estaba en algún otro lugar del edificio.

Bajé la mirada y la posé en la bandeja con remates de oro que tenía delante.

Tenía todos los músculos rígidos. No me atrevía siquiera a mirar a Alsafi, que estaba tan cerca que habría podido tocarlo.

Una vez que saliera de aquella sala, quizá no tuviera ocasión de estar tan cerca de Nashira nunca más. Tal vez debiera seguir adelante con mi plan original, e intentar por todos los medios hacerle soltar el espíritu... Sin embargo, ya me iba dando cuenta de que era una locura pensar que podría hacerlo. Mi don había ganado fuerza con respecto a la última vez que la había visto, pero ese onirosaje estaba envuelto en una malla forjada a lo largo de siglos. En mi actual estado, recién salida del entumecimiento, era imposible que lo consiguiera.

—Bueno —dije por fin, cuando ya no pude soportar el silencio—, esta es una reunión inesperada.

327

—No hablarás sin el consentimiento de la soberana, escoria —me espetó Alsafi.

Sentí su voz tan de cerca que casi me estremecí.

—Has hecho un largo viaje desde la última vez que nos vimos, 40 —dijo Nashira—. Has atacado una fábrica de Mánchester bien protegida, has asesinado a un alto funcionario del Arconte y te has infiltrado en una base secreta oculta durante décadas. Debías de pensar que estabas muy cerca de desvelar el secreto de Senshield.

Intenté no mostrar ninguna emoción. Una mirada equivocada, un temblor que denotara inquietud, y podía llegar a darse cuenta de que aún seguía intentándolo.

Con los ojos ocultos tras el cabello, me arriesgué a echar una mirada a la que había sido la prometida del Custodio, la creadora de Scion. Vestía toda de negro, con remates dorados en las mangas y pequeños topacios decorativos que brillaban en la penumbra, como si la tela de su vestimenta fuera un pedazo de firmamento. La larga melena le caía a un lado del cuello, y cada mechón era como un haz de finos cables de latón.

—Entiendo por qué se ha convertido en tu objetivo. Pero, por supuesto..., ha sido una quimera desde el principio. El núcleo es indestructible.

«Mentirosa», pensé, recordando el onirosaje de Vance y aquel temblor de miedo.

El segundo soberano de sangre —el asesino de Liss—, que estaba al otro lado de la mesa, no decía palabra.

Gomeisa, Custodio de los Sargas, era sin duda el más inquietante de los refaítas. Ninguno de ellos parecía viejo —eran criaturas atemporales—, pero Gomeisa tenía una estructura ósea que endurecía sus rasgos, dándoles un aire de crueldad. Bajo sus pómulos prominentes tenía unos profundos hoyuelos. Sus ojos, muy hundidos, brillaban en la oscuridad.

Él había presenciado la masacre de Dublín. Había sido Vance quien la había orquestado, pero por orden suya.

—Al menos has tenido el sentido común de entregarte —dijo Nashira—. Ahora podremos evitar la guerra y el baño de sangre que la Orden de los Mimos quería extender por estas islas.

Bajo la mesa, moví la mano hasta rozar el muslo de Alsafi. Él tenía las manos juntas sobre la mesa, pero al notar el contacto se recostó ligeramente en la silla.

—22, ¿quieres tocar para nosotros?

Me di la vuelta para mirar un momento: 22, uno de los casacas rojas de la colonia, estaba en la esquina, vestido impecablemente con los colores de Scion. Tardé un momento en enfocar la vista... y en ver que tenía los labios cosidos.

—Quizá recuerdes a 22 —me dijo Nashira, sin inmutarse—. Su deber era proteger la Residencia de la Suzeranía después de que vuestra chusma huyera. Lamentablemente, permitió que un asesino Ranthen saltara el muro.

Lo recordaba. Estaba en el banquete que se había celebrado para los casacas rojas. Hizo una reverencia y se sentó frente al piano de cola.

De pronto, una mano enguantada me tocó la muñeca. Le pasé la nota que tenía entre los dedos.

—Quizá —dijo Jaxon, encendiendo un cigarrillo— deberíamos hablarle a Paige de Sheol II, soberana de sangre.

Se me aceleró el pulso. Nashira lo miró y asintió imperceptiblemente; él respondió con una sonrisa.

—Deberías saber, querida —dijo él—, que, a pesar de vuestra rebelión, los refaítas siguen decididos a protegernos, como prometieron hacer en 1859. —La punta de su puro brillaba—. Con ese fin están construyendo una nueva Sheol en Francia, para afrontar la amenaza que suponen los emim. Así que, ya ves, la Soberana ha reparado el caos que creaste en septiembre. Y ahora que has quedado fuera de la ecuación, la Orden de los Mimos no se entrometerá.

Al otro lado de la sala, 22 había estado interpretando una melodía de salón. Pero gradualmente, casi de un modo imperceptible, la música adoptó una forma diferente.

Solo dos versos, cargados de florituras, disimulados hasta el punto de que habrían pasado desapercibidos para quien no los conociera bien.

Era *Molly Malone*, pero no la versión original que la mayoría de los presentes conocían. Era la melodía que los rebeldes habían usado durante el duelo, más lenta y más lóbrega: la habría reconocido en cualquier sitio. La habíamos cantado en memoria de Finn y de Kayley. Por un instante, me recordó a mi hogar, el hogar que Scion había destruido. Aquello reforzó mi convicción.

—Ya vale de esta charada —dijo Gomeisa, poniendo fin a la música—. Es hora de informar a 40 de su destino.

Sentí que las puntas de los dedos se me congelaban.

—Sí. —Los ojos de Nashira eran como esmeraldas sin pulir brillando en la oscuridad—. Se ha acabado el tiempo de la... persuasión.

De pronto, sentía perfectamente el fluir de la sangre por mis venas.

—XX-59-40, te hemos dado numerosas oportunidades para salvarte. Nos ha quedado claro que no hay modo de reformarte, que no te retractarás de tu apoyo a la ideología de los Ranthen; que no quieres hacer caso a la amenaza que suponen los emim. Mantenerte viva supondría una mofa a las leyes de Scion. —Señaló a uno de los centinelas, que desplegó un documento escrito a mano y me lo puso delante—. Dentro de diez días, el primero de enero, serás ejecutada. Aquí, en el Arconte.

El documento era mi condena a muerte, firmada por el alto magistrado. Pasé la vista por el texto, y vi que contenía palabras como «condena» y «abominación». Jaxon tensó los músculos de la mano, apoyada en el puño de su bastón.

—Tu espíritu permanecerá conmigo —dijo Nashira—, como mi ángel caído. Quizá así aprendas a obedecer.

Me pitaban los oídos. De algún modo, tras meses desafiando a Scion, nunca se me había ocurrido que un día vería este documento. A mi padre debían de haberle presentado uno similar.

—¿Me llevo a la prisionera a su celda, soberana de sangre? —preguntó Alsafi.

Se me tensó todo el cuerpo.

—Enseguida. Quiero hablar con ella a solas.

Se produjo una pausa, y luego los otros tres se pusieron en pie y se marcharon, junto a 22, que salió acompañado por los centinelas. Su pequeño acto de rebelión, que había pasado inadvertido para todos salvo para mí, ya había acabado. Mientras salía, Jaxon me lanzó una mirada que me urgía a replantearme mi posición.

Cuando las puertas se cerraron y nos quedamos solas, se hizo un silencio que duró un buen rato.

—¿Tú crees que los seres humanos son buenos?

La pregunta resonó con fuerza en la enorme galería vacía.

Eso tenía que ser una trampa. Nashira Sargas nunca le pediría opinión a un humano sin un motivo oculto.

330

—Respóndeme —dijo.

—¿Los refaítas son buenos, Nashira?

En el exterior, la luna estaba en cuarto menguante. Ella parecía casi relajada, con los dedos de las manos cruzados.

—Desde los ocho años, te criaron en el imperio que yo misma creé —dijo, como si yo no hubiera dicho nada—. Tú lo ves como un cautiverio, como un internamiento, pero te ha protegido de verdades más crueles.

Aquella voz rasposa, el contacto de aquella aura tóxica con el éter, me puso la piel de gallina. Prosiguió:

—Me pregunto si alguna vez has oído hablar de las cazas de brujos. En el pasado, eran comunes; estaban contempladas en el derecho inglés. Cualquiera podía ser acusado de brujería, y ser sometido a juicio. Los culpables morían en la pira o ahogados, y sus acusadores se sentían limpios moral y espiritualmente, convencidos de que se había hecho justicia.

»En esa época, las ejecuciones eran sobre todo... imaginativas. Los culpables de alta traición, como tú, acababan ahorcados hasta que estaban a punto de morir y luego los bajaban. Después les abrían el vientre, les sacaban las entrañas y les cortaban los genitales ante sus propios ojos. Más tarde descuartizaban el cuerpo, y la cabeza la dejaban clavada en una estaca para que se pudriera. Los espectadores aplaudían.

Y yo que pensaba que me había acostumbrado a la violencia.

—Ningún refaíta —dijo— ha cometido nunca un acto violento de tal brutalidad contra otro. Y jamás lo haría, ni siquiera ahora.

Tragué saliva.

—Me parece recordar que una vez amenazaste con despellejar a otro refaíta.

—Palabras —dijo, quitándole importancia—. He hecho daño a Arcturus por su propio bien, pero nunca sería tan grotesca.

—Solo lo justo como para mutilarlo.

Aparentemente, no le pareció necesario hacer comentarios. Las cicatrices del Custodio, su dolor, no significaban nada para ella.

—Antes de ser soberana de sangre vivía en el gran observatorio, en el sector de los Sargas. A medida que pasaban los siglos en tu mundo, fui aprendiéndolo todo sobre la raza humana —dijo—. Aprendí que los humanos tienen un mecanismo en su interior: un mecanismo llamado odio, que se puede activar con apenas tirar de un hilo. Vi la guerra y la crueldad. Fui testigo de las matanzas y la esclavitud. Aprendí cómo los humanos se controlan unos a otros.

»Cuando llegamos a vuestro reino, usé los conocimientos acumulados en el observatorio: específicamente, sobre la intensidad con la que podéis llegar a odiar los humanos. Fue fácil dirigir la aversión de la opinión pública hacia los «antinaturales» y seducirlos prometiéndoles tenerlos bajo control. Así es como nació Scion. —Miró por una ventana, en dirección a la ciudadela—. Un imperio fundado a partir del odio humano.

Mi cuerpo estaba ya tan insensible que apenas lo percibía.

—No os he hecho nada que no os hayáis hecho vosotros. Solo he usado los métodos de la humanidad para someterla. Y pretendo seguir haciéndolo. —Nashira se levantó con elegancia y caminó frente a las ventanas, hacia el otro extremo de la sala—. Quizá pienses que soy tu enemiga. Es lo que te habrán dicho los Ranthen. Están ciegos.

Su sombra se movió por el suelo. Yo no podía apartar la vista de su silueta.

—La otra vez, cuando Arcturus decidió ayudar a los humanos, tu mentor lo traicionó. Entonces debería haber aprendido. Le castigué con el espíritu de cierto humano, para que recordara vuestra verdadera naturaleza.

Oír su nombre me dio fuerzas para replicar:

—No parece que haya aprendido la lección.

—Sigue sometido a Terebell Sheratan, incapaz de ver la verdadera naturaleza de los humanos que aún cree que puede salvar.

Hubo algo en el modo en que dijo ese nombre —Terebell Sheratan— que me provocó un escalofrío.

—Los humanos han gestionado sus propios asuntos demasiado tiempo. No habéis sabido gobernaros —dijo—. Si no lo hiciéramos nosotros, esta oportunidad de salvaros se perdería para siempre.

—He visto cómo desprecias la vida ajena —dije—. ¿Esperas que me crea que quieres salvarnos?

—Si os matáramos a todos, se desestabilizaría el umbral etéreo hasta tal punto que sería imposible repararlo. Algunos vivirán para servir al imperio. Para mantener el orden natural. El orden natural no sitúa a los seres humanos en lo alto de la jerarquía, pese a lo que creáis. Ha llegado la era de los refaítas.

Había sido una cándida. Pensaba que Nashira Sargas era malvada, sin más, una sádica, pero lo cierto era que sabía más de nosotros que nosotros mismos. Le habíamos dado las herramientas necesarias para someternos.

Sin embargo, si también le dábamos nuestra libertad, no habría marcha atrás.

—Este edificio en el que estamos —dije— lo diseñaron mentes humanas y lo crearon manos humanas. Solo con nuestra ambición, y con la libertad de crear, podemos convertir una idea en una obra de arte. Podemos hacer real lo intangible.

Ella guardaba silencio. Yo la había escuchado, y ahora me estaba devolviendo la cortesía.

—Eso es lo que hacemos los humanos. Hacemos. Rehacemos. Construimos... y reconstruimos. Y sí, a veces derramamos sangre, y hundimos nuestras propias civilizaciones, y quizá no dejemos de hacerlo nunca. Pero si queremos olvidar nuestros instintos más siniestros, tenemos que ser libres para poder aprender otros mejores. Si nos arrebatas la posibilidad de cambiar, te aseguro que nunca lo haremos. —La miré fijamente a los ojos—. Y yo estoy dispuesta a luchar por tener esa posibilidad.

Nashira se quedó mirando la ciudad, aparentemente considerando lo que le había dicho. Ante sus ojos tenía a Londres, con sus secretos, sus múltiples capas de historia y de belleza, perfectamente solapadas como los pétalos de una rosa. Cuanto más te adentrabas en su corazón, más capas te quedaban por apartar.

—El supervisor mayor me ha pedido que posponga tu ejecución —dijo la soberana de sangre—. Para ser un humano es... perspicaz. Cree que, si no permito que sigas desarrollando tu don a lo largo de los años, quizá no pueda heredarlo al máximo de su capacidad. Le he pedido al personal del Arconte que hagan una valoración. Están de acuerdo en que tus talentos aún no han madurado... o que simplemente eres débil, sin más.

El dolor había sido una prueba, pues, y no la había superado.

—De momento, eres todo lo que tengo. Mientras no encuentre otro onirámbulo, puede que considere esta propuesta. Tal vez me plantee enviarte a Francia, bajo una nueva identidad, para que vivas el resto de tu vida natural en Sheol II.

—¿Qué es lo que tengo que hacer?

Ella no movió ni los ojos.

—Dime dónde puedo encontrar a la Orden de los Mimos.

Solo dos palabras me separaban de la ejecución. Lo único que tenía que decir era: «refugio subterráneo».

Podía contarle alguna mentira y ganar tiempo. Podía darle el nombre de alguna calle al azar, o de un edificio abandonado.

—Si mientes —dijo Nashira—, observarás que soy menos compasiva a la hora de escoger el modo de ejecutarte. Y te aseguro que no te conviene.

No había escapatoria. Era la verdad o nada.

Escogí nada.

—Soy la Subseñora de la Ciudadela de Scion en Londres —respondí, levantando la cabeza—. Y lo seré hasta que me pierda en el éter. Y si hay una cosa que puedo hacer, es darles una oportunidad. Si te doy algo de la Orden de los Mimos, te estoy cediendo sus esperanzas. Y eso no se lo puedo arrebatar.

Se quedó en silencio lo que me pareció una eternidad. Antes de que ninguna de las dos pudiera volver a hablar, Alsafi volvió a aparecer en la puerta.

—¿Has acabado con la prisionera, soberana de sangre?

Nashira asintió casi imperceptiblemente. Ni siquiera parecía enfadada; solo impávida. Las piernas me temblaban, pero adopté un gesto desafiante antes de seguir a Alsafi y salir de la Galería Inquisitorial.

Me arriesgué a echar un vistazo atrás mientras caminábamos por los pasillos. No tenía ni idea de hasta qué punto me estaban vigilando; más valía que esperara a que fuera él quien hablara. Llevaba el mismo atuendo que en la colonia: un uniforme negro a la antigua, con una capa encima. Podía decirse que su rostro era más legible, tenía más vida que el de otros refaítas, con un brillo verde en los ojos. Estaba claro que tenía ocasión de alimentar su aura cada vez que le apetecía.

—No disponemos de mucho tiempo —murmuró—. Tu celda está muy vigilada. ¿Qué consejo es ese? ¿Qué tienes que decirme?

—Senshield está aquí, en el Arconte. El núcleo está bajo una pirámide de cristal —respondí—, en una sala de paredes claras. Creo que es un lugar elevado, quizá una torre, en algún lugar donde el personal del Arconte no pueda encontrárselo por casualidad, o percibirlo. También hay una luz blanca. Tan brillante que quizá se vea desde el exterior.

Por su rostro no pude saber si reconocía la imagen.

334

—Se puede destruir, pero yo no puedo hacerlo —dije—. Me tienen sedada; no puedo lanzar mi espíritu al exterior. Tendrás que hacerlo tú.

—Así que está aquí —dijo, reflexionando. Debía de ser una desagradable sorpresa darse cuenta de que lo había tenido delante de las narices todo aquel tiempo. Si yo había podido detectarlo había sido gracias a mi don, y Alsafi no era onirámbulo—. Supongo que sabes cómo desactivarlo —añadió. Al ver que no respondía, prosiguió—: No puedo arriesgar mi posición en el Arconte si no tengo nada seguro. Sacrificarse sin obtener nada a cambio sería una locura.

—No puedo estar segura —reconocí—, pero... hemos encontrado pruebas.

Tensó la mandíbula.

—Parece ser que lo que alimenta el núcleo es uno de los espíritus de Nashira, que está vinculado, probablemente a través de su sangre, a algún tipo de esfera de cristal —dije, hablando lo más bajo posible—. Si destruyes el recipiente en el que está encerrado, el espíritu debería quedar libre.

—Y tú crees que eso inutilizaría todos los escáneres.

—Sí.

No podía estar segura; y, sin embargo, lo sentía en las vísceras. Para que todos aquellos escáneres funcionaran, sin duda tendrían que tener el espíritu fijo en un lugar, para mantener estables todas las conexiones.

Alsafi siguió caminando.

—Hay precedentes de eso que dices —dijo él—. Si el espíritu de una batería etérea es liberado, la energía que generaba su presencia se dispersa, y la batería deja de funcionar. Aunque el núcleo usa una forma diferente de tecnología etérea..., desalojar al espíritu debería al menos impedir su funcionamiento. —Ralentizó el paso para ganar unos segundos—. Llamarán al verdugo enseguida. No puedo ayudarte a huir.

—Lo sé.

Se me quedó mirando.

—Cólquico. —Pausa—. No pretendes escapar.

No respondí.

Ya estábamos cerca de la puerta del sótano, a la vista de los centinelas que montaban guardia. Saludaron a Alsafi y me llevaron de nuevo a la mazmorra subterránea.

335

23

A priori

Quedaban diez días para mi ejecución. Debía de suponer una terrible espera, una cruel medida para que tuviera tiempo de pensar en la agonía que me esperaba. Una muerte limpia era demasiado lujo para la humana que había osado plantar cara a la soberana de sangre. Quizá tuviera pensado ejecutarme con uno de los métodos de los que me había hablado, para demostrar que mi fe en la humanidad era un error. Esperarían que cediera a la presión, que le rogara a Jaxon que me salvara la vida y me llevara con él a Francia.

No lo hice. Esperé la muerte en silencio, pero antes de ir al encuentro del éter quería saber si Alsafi había destruido Senshield.

Cuando llegaron las drogas, lo agradecí. Me puse en manos de los centinelas sin protestar, acogiendo las agujas que ya no sentía y que me quitaban el miedo a que mi muerte hubiera sido en vano. Cada hora más que tardara Alsafi en actuar, sería una hora más que pasaría la Orden de los Mimos en el Nivel Inferior.

Una noche los centinelas me sacaron de la cama y me colocaron de nuevo en la tabla del agua, aparentemente para divertirse. Cuando volvieron a dejarme en mi celda, empapada y agotada, me encontré la bandeja de la cena. Me acerqué y engullí todo lo que pude de aquel engrudo.

Fue entonces cuando encontré ese minúsculo trocito de papel metido en la comida. Estaba manchado, pero se podía leer:

ACEDERA

Respiré con más calma. Acedera. Paciencia. Debía de estar esperando la ocasión de llegar hasta el núcleo sin que lo descubrieran. Aquello me reconfortó durante un tiempo.

Pero siguieron pasando los días, y no tuve más noticias. Y no me llegaron más notas con la comida.

31 de diciembre de 2059. Nochevieja

Una mañana, un centinela me despertó apuntándome a los ojos con su linterna.

—Arriba, Subseñora —dijo, tirando de mí y poniéndome en pie—. Ha llegado la hora de morir.

Estaba demasiado agotada como para luchar.

Primero me llevaron a otra celda con la puerta de barrotes, en uno de los pasillos superiores del Arconte.

El Jubileo de Año Nuevo iba a ser la mayor celebración en años. Tendría lugar en el Gran Estadio, que solo se usaba para grandes eventos. Al final del pasillo había una pantalla, y distinguí algunas voces de la retransmisión.

Oí murmullos entre las paredes, cuando los dignatarios y ministros del Arconte pasaron de camino al estadio para disfrutar del espectáculo. Varios de ellos se pararon a mirarme, entre ellos el ministro de Vigilancia y el corpulento ministro de Transportes, cuya nariz le delataba como bebedor en la clandestinidad. Luce Ménard Frère y los emisarios franceses se pasaron un rato considerable observando lo aterradora que era. Y todo ese rato estuve con la mirada fija en ellos y la mente en otra parte. Cuando los franceses se aburrieron y decidieron marcharse, Frère se quedó rezagada, con una mano apoyada en su redondo vientre.

—Me alegro de que mis hijos crezcan en un mundo donde tú no estarás.

Se alejó antes de que pudiera pensar una respuesta.

Ahora ya entendía qué hacía en aquella celda. Iba a pasarme las últimas horas de vida expuesta como un trofeo de guerra.

Jaxon vino a la puerta para echar una última mirada. Daba la impresión de que estaba muy apenado.

—Así que es el final —dijo, con un tono que sonaba a la vez rabioso y solemne—. Te ofrezco una oportunidad para vivir, para evitar que tu don se pierda en la nada, y tú la desprecias.

—Es mi decisión —dije—. Se llama «libertad», Jax. Es por lo que he luchado.

—Y has luchado muy duro —dijo, con voz suave, antes de dar media vuelta—. Hasta la vista, querida mía. Te recordaré con cariño, en tu ausencia, como mi obra de arte inacabada; mi tesoro perdido. Pero recuerda esto: no me gusta dejar las cosas inacabadas. Menos aún las obras de arte, y desde luego no las partidas a medio jugar. Y puede que nuestra partida no haya hecho más que empezar.

Levanté una ceja. Estaba completamente loco.

Con una sonrisa apenas esbozada, se fue.

Por desgracia, Jaxon no fue mi última visita. Luego vino Bernard Hock, el jefe mayor de Vigilancia, uno de los pocos videntes que era aceptado en el Arconte, y que ya había visto una vez en el penal de la colonia. Entró en mi celda con cara de pocos amigos.

—No llores aún, perra —dijo, agarrándome del brazo y clavándome una aguja—. Quédate ahí, tranquilita. El verdugo llegará después del Jubileo..., entonces ya llorarás.

Me lo quité de encima de un empujón.

—¿Qué se siente cuando te odias tanto a ti mismo, Hock?

En respuesta, me soltó un bofetón con el dorso de la mano y salió de la celda. Muy pronto, el murmullo de las conversaciones del pasillo fue menguando.

Me quedé temblando en el suelo, helada. Al cabo de un rato pasaron los Sargas, acompañados de Frank Weaver y otros altos funcionarios, entre ellos Patricia Okonma, la subcomandante en jefe. Debían de seguir un recorrido diferente al del resto.

Alsafi cerraba la comitiva. Al verlo se me erizó el vello de la nuca.

Ninguno me miró siquiera, pero cuando Alsafi pasó por delante, vi, como en cámara lenta, que un minúsculo rollito de papel se le caía de la capa y aterrizaba donde yo podía alcanzarlo con la mano. Esperé a que se hubieran alejado y lo recogí.

EUPATORIUMA   IZOÁCEA   CLEMÁTIDE   MADROÑO   RASTRERO

Eupatorium: «retraso». Aizoácea: «tu aspecto me deja helado». Clemátide: si no recordaba mal, eso podía significar «claridad mental» o «artificio». Madroño rastrero: «perseverancia».

Lo leí varias veces.

Retraso: aún no había ocurrido.

Helado por tu aspecto: le estaban observando.

Me recosté contra la pared de la celda y me agarré los brazos, como si pudiera sujetarme para no caer. No sabía qué se suponía que querían decir la claridad mental ni la perseverancia, pero una cosa estaba clara: no lo había conseguido.

Y yo no podía hacerlo. Me habían drogado —cosa que inutilizaba mi don— y dentro de unas horas estaría muerta.

Con un gemido de frustración, enterré el rostro entre las rodillas.

Me habían roto; Nashira y Hildred Vance habían conseguido romperme. No era más que un radar mental averiado. Lloré en silencio, con unos espasmos que me sacudían las costillas, odiándome por haber sido tan estúpida como para entregarme al Arconte; tan arrogante como para pensar que podría sobrevivir lo suficiente como para llevar a cabo la misión.

Entre sollozos, leí de nuevo la nota, intentando controlar la respiración.

Madroño rastrero. «Perseverancia». ¿Qué demonios quería decir? ¿Cómo iba a perseverar si lo estaban observando?

Clemátide. «Claridad mental. Artificio». ¿Cuál de los dos significados debía darle? ¿Y por qué?

Apreté el puño e hice una bola con la nota.

«Nashira no te dejará marchar una vez que te tenga entre sus garras. Te encadenará en la oscuridad, y te extraerá la vida y las esperanzas».

Cuando oí música en el pasillo, levanté la cabeza. La pantalla de transmisiones que había en el exterior de mi celda retransmitía en directo la celebración del Jubileo. Las paredes del interior del estadio estaban cubiertas con banderolas negras, cada una con un enorme círculo blanco y un ancla dorada en su interior.

Las localidades con las mejores vistas estaban en las gradas. En la pista estaban los que habían comprado entradas más baratas, alrededor del enorme foso de la orquesta, circular, y estiraban el cuello para ver el escenario.

«¡Estimados ciudadanos de la Ciudadela de Scion en Londres —dijo Burnish, y su voz resonó en el espacio—, bienvenidos, en esta noche tan especial, al Gran Estadio!».

El rugido del público fue ensordecedor. Escuché atentamente.

Ese era el sonido de la victoria de Scion.

Burnish continuó: «Esta noche damos la bienvenida a un nuevo año para Scion, y a un nuevo amanecer para el Ancla, el símbolo de esperanza en este caótico mundo moderno».

Le respondieron con aplausos.

«Y ahora —prosiguió— antes de que el reloj marque la medianoche, llega el momento de reflexionar sobre dos siglos de nuestra rica historia, de la mano de algunos de los ciudadanos más destacados de Scion. Esta noche celebramos el lugar que ocupamos en el mundo, y brindamos por nuestro brillante futuro. Ampliaremos nuestras fronteras aún más y seremos cada vez más fuertes... juntos. La ministra de las Artes tiene el honor de presentar... ¡el Jubileo!».

La atronadora ovación se extendió casi un minuto, hasta que empezaron a moverse unos mecanismos en el estadio. Un espectáculo, seguramente. O un mensaje de Vance: «Observad nuestro poder imperial. Mirad lo que no habéis conseguido desbaratar».

Se elevó una plataforma, y la luz se redujo hasta dejar el estadio en penumbra.

Sobre la plataforma, una hilera de niños cantaba *Anclado a ti, oh, Scion*. Tras la ovación en pie de todo el público, saludaron y apareció un nuevo escenario decorado con los antiguos símbolos de la monarquía. Un hombre, vestido como Eduardo VII, ejecutaba una animada danza al son de la música de un violinista acompañado de actores ataviados con lujosos trajes victorianos.

Cuando salió la tabla de espiritismo, la danza se volvió más atormentada y entendí que estaban representando la historia del origen de Scion —muy manipulada, por supuesto, para eliminar a los refaítas de la ecuación—. Las luces se encendieron, y aparecieron otros bailarines en escena, ejecutando danzas acrobáticas alrededor del actor principal, arrancándole sus lujosos ropajes. Era el rey que había acabado corrompiéndose, y ellos eran los antinaturales que había liberado al mundo. Igual que en la representación del bicentenario, tantos meses atrás.

El escenario empezó a cambiar. Ahora era un teatro de sombras, y aparecieron nuevos actores que componían la silueta de torres y rascacielos que se elevaron cada vez más hasta que sus figuras quedaron por encima del escenario, donde todos los bailarines habían caído de rodillas. Era la reconstrucción de Londres, el resurgimiento de las cenizas de la monarquía. La música ganó intensidad. Scion había triunfado.

El escenario quedó vacío. Se hizo la oscuridad. Cuando volvió la luz, fue muy tenue y fría.

En el centro de la escena apareció una mujer con un corpiño de encaje y una falda negra. Llevaba el cabello recogido en un moño y se mantenía en equilibrio sobre las puntas de los pies. La reconocí al momento: Marilena Brașoveanu, la bailarina más popular de Scion-Bucarest, que actuaba a menudo en ceremonias oficiales.

Braşoveanu estaba tan inmóvil como una muñeca de porcelana. Cuando la cámara se acercó, para que los espectadores pudieran ver hasta el último detalle de su vestido, observé que la falda estaba compuesta de cientos de minúsculas polillas de seda.

Era la Polilla Negra.

Era yo.

El estadio enmudeció. Braşoveanu se deslizó por el escenario siguiendo la música de un piano, con un movimiento fluido pero errático. Entonces apareció otro bailarín —el Rey Sanguinario—, que le cogió la mano, haciendo que cayera entre sus brazos. Me quedé observando, hipnotizada, mientras la Polilla Negra bailaba un *pas de deux* con él. Era la heredera del Rey Sanguinario; heraldo de la antinaturalidad, del pecado.

La danza se volvió más rápida. Braşoveanu movía la pierna hacia delante para luego recogerla detrás de la otra rodilla, una y otra vez, mientras las luces la perseguían por el escenario al son de una música feroz, como una tormenta. El Rey Sanguinario la levantó por encima de la cabeza y luego la balanceó de nuevo entre sus brazos. La Polilla Negra se estaba dejando seducir por el mal. Los otros actores sacaron pancartas que reclamaban LIBERTAD, JUSTICIA y ORDEN NATURAL. Luego apareció un ejército que esperaba entre las sombras y todos los actores cayeron con sus pancartas, asesinados allí mismo, mientras el Rey Sanguinario paraba lentamente y depositaba a la Polilla Negra en el suelo. Ella se situó bajo el foco, con los brazos en alto. Ese era el momento de mi muerte, en Edimburgo.

Era precioso.

Habían hecho que mi asesinato fuera bonito.

Poco a poco, Braşoveanu se situó en el centro del escenario. Se había hecho el silencio. Cuando habló, levantó la cabeza y estoy segura de que vi el fuego oscuro del odio en sus ojos.

—Os necesitamos a todos —dijo, y su micrófono hizo llegar el mensaje a todos los rincones del estadio, a las casas de todos los telespectadores del país—, o todos perderemos.

Me quedé helada. Eran mis propias palabras, mi llamada a la revolución, proclamada desde un escenario de Scion: aquello no podía acabar bien. La cámara, que acababa de mostrar la Gran Tribuna, pilló a los ministros en el momento en que sus sonrisas complacientes se convertían en muecas tensas. Luego volvió al escenario. Se hizo un silencio incómodo.

Aquello no estaba en el programa.

Braşoveanu se despidió con una reverencia; luego se quitó un alfiler de plata del moño y se cortó la garganta con él.

Se oyeron gritos entre el público de a pie, los únicos que estaban lo suficientemente cerca como para ver la sangre que le caía del cuello. Me quedé atónita, sin poder apartar la mirada, mientras ella dejaba caer el alfiler. Aquella sangre era tan real como la mía.

Braşoveanu cayó sobre el escenario, con la misma elegancia con la que se había movido en vida. La orquesta siguió tocando. El otro bailarín protagonista, que llevaba un auricular, la recogió del suelo con los brazos y la levantó sobre la cabeza. Hizo una pirueta con una sonrisa de plástico en el rostro y salió del escenario bailando. Aunque el público de la pista estaba agitado, la mayoría seguía aplaudiendo.

De pronto sentí que se me ablandaba el corazón. Marilena Braşoveanu era rumana. Ella también había sido testigo de un ataque armado, y ahora, precisamente en esta noche, había derramado su propia sangre para emborronar las bellas mentiras inventadas por Scion.

Un centinela pasó la porra por los barrotes de mi celda.

—Ven aquí, 40.

Me hizo un gesto con una mano para que me acercara. En la otra tenía una jeringa. Una dosis de refuerzo de la droga.

La droga.

Se me puso la piel de gallina. Al ver aquella aguja, vi lo que no había podido ver antes, hechizada como estaba por el Jubileo.

«Claridad mental».

Tenía la mente clara como el agua. No había nada de turbio en mi mente. Veía con precisión y sentía la presencia de mi don en mi interior.

No había habido primera dosis.

—Ven aquí, chica —dijo el centinela.

Me miré las manos. No me temblaban.

«Artificio».

Alsafi. Debía de haber dado el cambiazo con las jeringas. Hock me había inyectado algo en las venas, pero sería una solución salina. Y ahora el edificio estaba casi vacío; solo había un retén en el Arconte, ya que todos estaban en el Jubileo. Hasta que no acabaran las celebraciones, solo un puñado de centinelas me separaban del núcleo de Senshield.

«Perseverancia».

El centinela sacó la pistola y me apuntó a la cabeza.

—Ven aquí —dijo—. Ahora.

—¿Qué vas a hacer? —le dije, en voz baja—. ¿Dispararme? ¿Sin el permiso de la Soberana?

La pistola se quedó donde estaba, pero ya antes había tenido la muerte delante, había mirado de frente al cañón de una pistola y había vivido para contarlo. Él soltó un improperio y volvió a enfundar la pistola. Sacó las llaves de su cinturón y buscó la de mi celda. Ese fue su error. La rabia me corría por las venas, haciéndome bullir la sangre. Estaba encendida y, como la polilla que era, empezaba a quemarme.

Cuando el centinela abrió la puerta de la celda, ya estaba lista. Le salté encima y lo arrollé con el cuerpo. Cuando caímos al suelo, le tapé la boca y la nariz con una mano, apreté y le quité la pistola. Me temblaban los brazos, y él me clavaba las uñas en el cuello y me agarraba del cabello, arrancándome la piel, pero entonces le di un culatazo con la pistola, y luego otro, y otro más, con todas mis fuerzas, hasta que vi la sangre y él dejó caer la cabeza hacia un lado. Le agarré el manojo de llaves, arrastré el peso muerto de su cuerpo al interior de la celda y cerré la puerta con manos temblorosas.

Oí pasos acercándose de algún punto a mi izquierda. Corrí en sentido contrario, con las llaves en una mano y la pistola en la otra, moviendo mis pies descalzos por el mármol, en silencio.

Ayudaría a Marilena Brașoveanu a arruinarles la noche de gloria. Si tenía que morir esa misma noche, daría la libertad a la Orden de los Mimos.

Sentía que me palpitaban las sienes. Giré una esquina, esperando que nadie estuviera prestando atención a las cámaras de vigilancia. Volvía a percibir el éter con suficiente claridad como para evitar a los centinelas que patrullaban por el Arconte, y para saber que Hildred Vance no estaba cerca.

Busqué con la mente la pirámide de cristal y la encontré enseguida. Siguiendo la señal, avancé por el suelo de mármol, cojeando, intentando no hacer caso al dolor de mis magulladuras. Percibí dos escuadrones de centinelas repartidos por un edificio enorme. En un pasillo tuve que meterme en el despacho del ministro de Economía para evitar a un centinela solitario que no había detectado hasta el último momento. Me quedé varios minutos escondida tras una cortina, bañada

343

en un sudor gélido. Un movimiento equivocado podía enviarme de nuevo a mi celda, de donde no saldría nunca más. No estaría drogada, pero me sentía débil: no debía abrirme paso hasta el núcleo por la fuerza bruta.

Cuando tuve la certeza de que el centinela no regresaba, salí del despacho y volví a aquel laberinto. Subí las escaleras hasta el piso superior. Senshield estaba en algún lugar por encima de mí.

El pasillo central de la segunda planta estaba vacío, apenas iluminado por unos apliques.

La oscuridad me calmó un poco. La señal que sentía aún más arriba temblaba, y me detuve un momento a pensar.

Si el núcleo estaba muy alto, probablemente se encontraría en una torre. En el Arconte había dos, una en cada extremo del edificio. En la Torre del Inquisidor estaban las campanas. La otra...

Examiné las llaves del centinela. No había ninguna con la etiqueta «Torre Victoria». Pero, claro, se suponía que solo Vance y los soberanos de sangre sabían dónde estaba Senshield; nadie más debía tener acceso.

344 Decidida, me puse en marcha. La mayoría de las puertas que había visto en el edificio eran electrónicas, pero si los centinelas llevaban llaves, es que también debían de tener cerraduras mecánicas por si se producía un corte de corriente; y esas cerraduras podía forzarlas.

Se activó una alarma. El pulso se me aceleró. O ya habían descubierto mi celda vacía, o el acto de desafío de Braşoveanu había activado algún tipo de alerta de seguridad. Empezaron a bajar unas persianas metálicas que fueron tapando las ventanas, y se encendieron luces de seguridad azules y blancas a ambos lados del pasillo. La adrenalina me tensó los músculos e hizo que el dolor desapareciera. Esquivé unos cuantos centinelas más hasta que llegué a un pasillo con una gruesa moqueta de color ébano y ventanas a un lado. Al final del pasillo había un arco y una puerta con gruesos remaches y una pequeña placa que decía «Torre Victoria». Se me aceleró la respiración. Ahora mismo tenía el núcleo justo por encima de mi cabeza.

Intenté accionar la manilla, aunque no esperara que funcionara.

Sin embargo, la accioné y cedió.

Lentamente, empujé la puerta con el cuerpo y la abrí. Una trampa, sin duda. Vance no habría dejado la torre indefensa mientras estaba en el Jubileo. Y, aun así, fuera lo que fuera lo que había al otro lado, era mi única oportunidad. Me sumergí en la oscuridad y cerré la puerta a mis espaldas.

Una ráfaga de aire me agitó el cabello. En la torre no había luces.

Una barandilla rodeaba una especie de pozo abierto en el suelo; el aire venía de allí abajo. Cuando me arriesgué a mirar, vi que el pozo llegaba hasta un nivel inferior con un vestíbulo de entrada. Un escuadrón de centinelas corrían por el vestíbulo con sus linternas encendidas. En cuanto desaparecieron, empecé a subir por la escalera, sacando fuerzas de flaqueza y con la cabeza dándome vueltas del agotamiento y del dolor. Me obligué a seguir adelante, agarrándome a la barandilla para ayudarme a subir cada escalón. Durante el coma y la reclusión, mis músculos se habían debilitado; mis rodillas ya casi habían olvidado cómo sostenerme. Cuando caí por primera vez, pensé que no me volvería a levantar. Con las manos tanteé el siguiente escalón, pero era como si me encontrara a los pies de una montaña, y tuviese ante mí una cumbre desafiante.

«Ya has resurgido de tus cenizas antes».

Volví a agarrarme a la barandilla. Un paso. Dos pasos.

«El único modo de sobrevivir es creer que siempre lo harás».

Cuando llegué a lo alto de las escaleras, me dejé caer de rodillas y me agarré el cuerpo, sin poder parar de temblar. Había luz cerca. Ya casi estaba. Me puse en pie otra vez.

Mis tenues pasos eran lo único que rompía el silencio. Estaba en el nivel más alto de la torre, justo debajo de la azotea.

Una pirámide de cristal, iluminada desde abajo, componía el centro del tejado. Y ahí estaba, suspendida bajo la pirámide, la imagen que había visto en el onirosaje del Custodio, la que habíamos robado de la mente de Hildred Vance. El núcleo. La entidad que alimentaba todos los escáneres, toda la red Senshield. Y ahora que la tenía tan cerca pude ver lo que era.

Un espíritu.

Un espíritu inmensamente potente atrapado de algún modo en el interior de una esfera de cristal. El éter a su alrededor estaba turbulento, cargado de vibraciones. No nos habíamos equivocado.

Había llegado.

—Paige Mahoney.

El vello de la nuca se me erizó.

Conocía aquella voz.

345

Una mujer emergió de entre las sombras, situándose bajo la pálida luz, lo que le daba un aspecto fantasmagórico.

—Hildred Vance —dije a media voz.

Debía de haber encontrado algún modo de ocultarme su onirosaje. Ellos sabían mucho más del éter que yo.

Vance estaba de pie, con la espalda tiesa como un palo, sin expresión en el rostro. Me había convencido de que sería capaz de enfrentarme a la comandante en jefe sin miedo, pero solo de mirarnos la frente se me cubrió de sudor.

La mano de hierro del Ancla, la personificación humana de la ambición refaíta. La mujer responsable de la muerte de mi padre y de mi primo.

Me quedé paralizada.

Me había perseguido por todo el país. Había usado mi aura —mi frágil conexión íntima con el éter— para reforzar su máquina. Había condicionado mi vida desde que tenía seis años.

Trece años más tarde, por fin la tenía delante.

Vance miró el núcleo y luego me miró a mí. Aquellos ojos de color negro corvino me observaron con algo que al principio me pareció desprecio, pero que no lo era. No había desprecio en aquella mirada. No había emoción. Si Jaxon tenía razón, y éramos diablos en el pellejo de un ser humano, Vance ya se había deshecho de su pellejo. Estaba en presencia de un ser humano que había pasado mucho tiempo, demasiado, entre los refaítas. Décadas.

Mi vida le importaba tan poco que no le suscitaba ninguna emoción. Ni siquiera odio. Su expresión, si es que la podía llamar así, me decía que, para ella, yo no era nada más que un objetivo de guerra que había que destruir.

—Antes incluso de verte en mi onirosaje, sabía lo que estabas buscando, lo que planeabas. Ibas a por Senshield. —Lo miró—. Confieso que has estado a punto de engañarme. Respondiste tal como estaba previsto a la manifestación de Edimburgo, una réplica de los acontecimientos de la incursión de Dublín, calculada para que te rindieras y evitaras así el mismo baño de sangre que habías presenciado cuando eras niña. Todo salió según lo previsto. Parecías derrotada, física y mentalmente. Y aun así..., y aun así yo sospechaba que habría otro motivo.

Me la quedé mirando.

—El caballo de Troya —dijo—. Una antigua estratagema. Te presentas como un regalo a tu enemigo, y tu enemigo te acoge en su casa. Caíste en que, después de tanta lucha, si te capturábamos, te llevaríamos justo donde estaba el núcleo; lo único que tenías que hacer era entregarte. —Entrelazó las huesudas manos tras la espalda—. Un deber cívico indeclinable me ha hecho alejarme por un momento. Y tú has aprovechado la ocasión para escapar. Supongo que has contado con la ayuda de algún cómplice para llegar a esta parte del edificio.

—Ninguno —respondí, y mientras lo hacía ella volvió a fijar la vista en el núcleo—. Es muy valiente por tu parte salir por una vez de detrás de la pantalla, Vance. Y tengo una pregunta para ti, si me lo permites: ¿recuerdas los nombres de todas las personas a las que les has quitado la vida?

No respondió. Debió de calcular que no le iba a proporcionar beneficio alguno.

—No solo has matado a mi padre, Cóilín Ó Mathúna. Hace trece años también mataste a mi primo, Finn Mac Cárthaigh, y a una mujer desarmada llamada Kayley Ní Dhornáin. —Al decir sus nombres en voz alta, me tembló la voz—. Has matado a miles de personas inocentes. Sin embargo, cuando estuve en tu onirosaje, era mi forma onírica la que tenía las manos ensangrentadas. ¿De verdad crees que yo he matado a más gente que tú?

Ella siguió en silencio.

Estaba esperando algo. Intenté pensar qué sería, cuando vi que miraba otra vez hacia el núcleo, muy disimuladamente. Era la cuarta vez que lo hacía.

Estaba nerviosa.

Era cierto que tenía un punto débil. Así que podía ser destruido.

El tiempo pareció detenerse mientras observaba el núcleo. Lo escruté con la vista; luego con mi don.

Tardé un momento en encontrar el ectoplasma. Estaba en un vial que emitía una luz verdosa, encerrado en el interior de la esfera, y mantenía preso al espíritu. Uno de los espíritus vinculados a Nashira, sus ángeles caídos. Percibí los miles de finas conexiones que emanaban de él, en dirección a cada uno de los escáneres Senshield de la ciudadela, del país.

No sabía su nombre, así que no podía liberarlo. Pero, probablemente, si destruía el recipiente donde estaba apresado, su energía se disiparía por el éter y se cortarían esas conexiones.

Probablemente.

Levanté la pistola. Al mismo tiempo, Vance me apuntó con la suya al torso.

—Te matará —dijo—, y no habrás conseguido nada. El espíritu seguirá obedeciendo a la soberana. Seguirá alimentando la red Senshield.

Me quedé inmóvil.

Quizá estuviera diciendo la verdad. O tal vez fuera un farol.

—Morirás en vano —insistió.

Quizá.

Pero tenía que haber un motivo por el que hablaba de pronto, contándome cómo funcionaba Senshield. Con eso no ganaba nada. Solo podía estar dándome esa información si...

Si fuera mentira.

Y Hildred Vance solo mentía cuando era necesario.

—Sabes mucho de la naturaleza humana, Vance —dije, tomándome mi tiempo—, pero has cometido un error fatal a la hora de hacer tus cálculos.

Miró hacia el núcleo y luego me observó otra vez a mí.

348

—Has supuesto —proseguí— que yo tenía algún interés en salir de aquí con vida.

Vance me miró fijamente a los ojos. Y, en algún lugar, allí dentro, en la profundidad de aquella oscuridad, se produjo un temblor, mínimo, de algo que no pensaba que fuera capaz de sentir.

Duda.

Tenía dudas.

Apreté el gatillo.

Cuando la bala impactó contra la esfera, esta se fracturó, liberando una energía condensada durante años; el vial de ectoplasma cayó y se rompió en pedazos a mis pies. Me tiré al suelo para esquivar los disparos de Vance, mojándome los dedos con sangre refaíta. Antes de que pudiera ponerme en pie, el espíritu liberado voló hacia mí y me agarró de la garganta.

Era un duende. Y estaba furioso. La Soberana le había ordenado que se quedara allí para alimentar la máquina, y yo lo había hecho imposible. Me lanzó contra la pared y caí al suelo. Tosí, ahogándome con mi propia sangre. La pistola se me cayó de la mano.

Vance era una estratega. Sabía cuándo debía retirarse. Sin embargo, en el momento en que retrocedió hacia la puerta, el espíritu me dejó de lado y atravesó la estancia a toda prisa para cerrar de un portazo. Vance se quedó inmóvil. Ella no veía el éter, no podía saber por dónde iba a llegar la siguiente amenaza. Apoyándome en las manos y en las rodillas, levanté la vista y observé lo que quedaba de la esfera. Ella tenía razón; Senshield seguía funcionando. La luz continuaba brillando con la misma intensidad que antes.

—Perteneces a la soberana —le dijo Vance al espíritu con voz autoritaria—. Yo también estoy a sus órdenes.

Me arrastré por el suelo en dirección a la pistola.

Si iba a morir esa noche, me llevaría conmigo a la comandante en jefe.

Mis movimientos distrajeron al ángel caído, que soltó a Vance, me agarró por la espalda y me aplastó contra el suelo. Una presión enorme me envolvió. De los pedazos restantes de la esfera saltaban chispas que creaban curiosas sombras en las paredes mientras el espíritu me asfixiaba por dentro y por fuera, vapuleándome el aura. Un sudor helado me cubrió la piel. No podía respirar. Lo único que veía era la luz del núcleo.

No sabía cómo contraatacar. Tampoco sabía cómo dejar de luchar. Desesperadamente, intenté lanzar mi espíritu al exterior, pero apenas tenía fuerzas. El mundo corpóreo se desvanecía a mi alrededor.

Veía manchas de vivos colores, incluso con los ojos cerrados. Mi onirosaje estaba a punto de ceder. Me quedaba sin aire, y vi a Nick sonriéndome en el patio, rodeado de flores, con el cabello iluminado por el sol. A mi padre, el último día que lo había visto vivo. A Eliza riendo en el mercado. Vi al Custodio, y sentí sus manos envolviéndome el rostro y sus labios buscando los míos tras las cortinas rojas. El amaranto en flor. Y oí la voz de Jaxon: «Puede que nuestra partida no haya hecho más que empezar».

Mientras mi campo de visión se oscurecía, un reflejo instintivo me impulsó a estirar la mano izquierda, como si pudiera quitarme al espíritu de encima. Tenía el brazo aprisionado hacia atrás, pero mantuve la mano abierta. Las cicatrices que tenía en la palma me ardieron, las mismas que me había hecho en un campo de amapolas cuando era niña.

Y sentí que algo cambiaba. Estaba quitándomelo de encima.

El dolor empezó como un pinchazo minúsculo, una aguja presionándome en el centro de la palma. Al ir creciendo, un chillido sin palabras atravesó mi cuerpo, y por un momento se liberó parte de la presión. Lo justo como para coger aliento una vez más. Con ese aire, conseguí murmurar:

—Vete.

No entendí muy bien qué pasó a continuación. Recuerdo que vi que la pirámide de cristal se rompía en pedazos. Debió de explotar en una décima de segundo, pero a mí me pareció una eternidad. Salí disparada en una dirección; Vance, en la contraria.

Entonces nos llegó una onda de un blanco cegador y perdí el mundo de vista.

24

Tránsito

1 de enero de 2060. Año Nuevo

$\mathcal{Y}$a me había despertado así una vez antes, pensando que había muerto.

El éter me llamaba para acogerme entre sus brazos, diciéndome que abandonara todas mis preocupaciones, que dejara mis frágiles huesos atrás. Entreabrí los párpados, lo justo para ver una mano pálida cubierta de esquirlas de cristal. El resto del brazo me brillaba, lo tenía cubierto de diamantes y de polvo de rubí. Hasta las pestañas las tenía escarchadas con polvo de piedras preciosas. Era como un joyero viviente, una estrella caída, no ya de carne, sino de cristal.

El viento aullaba por la parte del tejado que el ángel había atravesado. Cuando me giré a mirar el techo, oí el tintineo de las esquirlas que tenía pegadas al cabello. La luz blanca se había apagado. Lo único que quedaba de Senshield era un enorme agujero en el éter que señalaba el lugar que había ocupado un espíritu durante muchos años. Con el tiempo, volvería a cerrarse.

Había una cosa que quería saber antes de irme de allí. La mano me tembló cuando giré la muñeca. El ángel caído me había grabado una palabra en la piel:

AFÍN

Me quedé allí, tumbada en mi lecho de cristal. Un amigo me había dicho una vez que saber es peligroso. Cuando me dejara llevar, tendría todo el conocimiento del éter y el misterio se resolvería muy pronto. Y podría encontrar a los otros. Aunque ellos no lo supieran, permanecería a su lado. Los protegería. Los ayudaría en la siguiente fase de la partida, en la guerra que acababa de empezar.

Oí unos pasos sobre el cristal que me hicieron reaccionar. Un momento después, un brazo me recogió, acomodándome la cabeza y los hombros, y vi el tenue brillo de unos ojos refaítas en la penumbra.

—Onirámbula.

Sus rasgos se fueron haciendo más claros.

—Déjame —murmuré—. Déjame, Alsafi.

Él me cogió la mano izquierda y me abrió los dedos. Las marcas de la palma de mi mano quedaron a la vista.

—No vale la pena —dije. Estaba agotada—. Yo ya he llegado al final. Vete.

—Algunos no estarían de acuerdo con el valor que te das a ti misma —dijo, soltándome la mano. Cuando me pasó un brazo por debajo de las rodillas y me levantó, solté un gruñido de protesta. La piel me ardía al contacto con las esquirlas de cristal—. No ha llegado tu hora.

Me puso la pistola en la mano y se me llevó por entre los escombros. La lucha no había acabado. Cuando abrió la puerta, vi a Hildred Vance en la esquina. Tenía tan mal aspecto como yo. Sangraba, igual que el resto de los mortales. Yo quería decirle a Alsafi que diera la vuelta, que se asegurara de que estaba muerta, pero perdí la conciencia antes de conseguir hablar.

Cuando desperté, Alsafi ya estaba casi al final de las escaleras, y yo tenía la mejilla apoyada en su jubón. Cuando entró en el pasillo de la moqueta negra, levanté una mano, tocándole el hombro.

—Onirosaje —susurré. Mi don había quedado debilitado, pero lo sentía. Una refaíta—. Nashira.

Alsafi se frenó de golpe. No había otro modo de salir de aquel pasillo.

—No digas nada —dijo, acelerado—. Si me ocurre algo, ve al Despacho Inquisitorial. Allí hay un túnel por el que podrás salir del Arconte. Tengo un contacto: te están esperando.

—Alsafi...

—Y dile a Arcturus... —Hizo una pausa—. Dile que espero que esto... sirva para redimirme.

Tenía muchas preguntas, pero no tenía tiempo para hacérselas. Nashira ya estaba a la vista. Sobre el hombro se le veía la reluciente empuñadura de una espada.

Cuando me vio, los ojos se le convirtieron en dos brasas ardientes. Parecía como si acabara de salir del infierno, como si llevara el fuego en su interior.

—Alsafi.

—Soberana de sangre —dijo él, sin alterarse—. Vengo de la torre. La comandante en jefe está gravemente herida, y Senshield está destruido.

Debía de estar hablando en inglés a propósito, para que yo pudiera seguir la conversación.

—Soy perfectamente consciente de la destrucción de Senshield —dijo ella sin alzar la voz, pero había algo en su tono que resultaba aterrador—. El personal médico del Arconte se ocupará de Vance. Llévate a 40 al sótano enseguida.

Me eché a temblar. Alsafi se quedó donde estaba, y yo percibí, más que oír, su profunda respiración. Cuando Nashira se giró, él levantó la vista y la miró a los ojos.

—¿Pasa algo, Alsafi?

Noté que tensaba los músculos. Nashira dio un paso adelante.

—Debo confesar —dijo ella— que efectivamente me resulta increíble que una humana, especialmente una que está bajo custodia inquisitorial, haya sido capaz de provocar tanta destrucción en tan breve período de tiempo. 40 ha hecho muchas cosas que no debería haber sido capaz de hacer. Consiguió escapar de Londres con la ley marcial vigente. Consiguió viajar de una ciudadela a otra sin que la detectaran. Consiguió llegar hasta el núcleo de Senshield (otro paso). No habría podido hacerlo sin algún contacto.

Alsafi no vaciló. Me agarró con fuerza y echó a correr.

Alfombra roja. Paneles de madera en las paredes. Dolor por todo mi cuerpo, pequeñas llamaradas de dolor. Con la mano arrancó un tapiz, giró una llave, abrió un panel; me lanzó al túnel oscuro que había del otro lado. Me golpeé el costado izquierdo contra una pared, y una esquirla de cristal me penetró en el brazo, haciéndome soltar un chillido que me reventó la garganta. Sollozando de dolor, intenté empujar la puerta con ambas manos.

—¡Alsafi, no lo hagas!

Me tiró una tarjeta magnética que cayó en el túnel.

—¡Corre! —me gritó.

Yo me puse en pie como pude. Había una mirilla de reja en la puerta; a través de ella vi que desenvainaba una espada que llevaba bajo la capa. La usó para parar el ataque que le lanzó Nashira con la suya.

—¡Vete, onirámbula!

353

—Ranthen —murmuró Nashira.

Las espadas entrechocaron. Hojas iridiscentes como el ópalo. Me apoyé pesadamente en la pared, incapaz de apartar la vista de la rejilla. Los espíritus de ambos se unieron a la danza de guerra de los refaítas. Inmovilizada por el dolor ardiente que sentía en el brazo, observé cómo Alsafi Sualocin se enfrentaba a Nashira Sargas.

Al momento pude ver que Nashira era más rápida. Se movía como un torbellino en torno a Alsafi, con la misma fluidez con que Braşoveanu había ejecutado su baile mortal. Alsafi usaba golpes más directos, y mantenía la posición, pero no era menos elegante. Al entrechocar, las hojas de las espadas resonaban como campanas. Pese a que ella era muy rápida, Alsafi paraba todos sus golpes, sin alterar el gesto en ningún momento. Yo ya había visto luchar a los refaítas antes, en la colonia, aunque nunca con espadas. Recordaba cómo resonaban sus pasos en el éter; cuando dos refaítas rivales se acercaban, el aire se enfriaba a su alrededor, como si el éter detectara su odio, lo intensificara, lo alimentara.

Fueron desplazándose en círculo, como dos bailarines. Alsafi gruñía bajo, mientras que Nashira guardaba silencio. Ella volvió a atacar, cada vez más rápido, hasta que casi no pude ver sus movimientos; solo veía el brillo de su cabello, los destellos de su espada. Cuando le alcanzó a Alsafi en la mejilla y del corte brotó el ectoplasma, me estremecí.

Estaba jugando con él.

El siguiente golpe de Alsafi fue más duro. Se abalanzó y dejó caer la hoja de la espada de un lado al otro, pero no llegó a tocarla. Nashira abrió la mano. El resto de sus ángeles caídos acudió a la llamada, atraídos por su deslustrada aura.

Alsafi le espetó algo en *gloss*. Pasó un buen rato sin que ninguno de los dos se moviera.

Cuando el duende le atacó, una lágrima me surcó la cara. Su rostro se cubrió de cortes, marcas de un cuchillo invisible. Él se defendió con la espada, haciendo retroceder a aquella cosa, pero luego el resto de los espíritus se le echaron encima. Alsafi emitió un sonido espeluznante —un grito de dolor— al sentir cómo le picoteaban el aura, como una bandada de pájaros. Dejó caer la espada, que repiqueteó contra el suelo, y Nashira levantó la suya. Pude ver los ojos de Alsafi por última vez, encendidos de odio, justo antes de que Nashira le cortara el cuello de un tajo.

Me giré, cubriéndome la boca con la mano. El golpetazo sordo contra el suelo que se oyó no dejaba lugar a dudas.

Nashira se quedó mirando el cadáver un momento —debió de ser un momento, pero duró una eternidad—; luego giró la cabeza a un lado y a otro y los ojos volvieron a brillarle como el fuego del infierno. Viendo aquella mirada, tuve claro que me perseguiría el resto de mis días, aunque esa noche pudiera escapar. Podría pasar una década, toda una vida, pero no dejaría de ir detrás de mí. No olvidaría. Cogí la tarjeta magnética y eché a correr.

En los extremos de mi campo visual aparecieron unas estrellas oscuras. Sentía calambres en los pies al pisar, renqueante, las piedras del suelo, respirando a trompicones. Notaba un sabor salado y metálico en los labios. El dolor palpitante del brazo me provocaba arcadas. Las piernas me fallaron otra vez y acabé agazapada en un rincón, a oscuras, escuchando el irregular latido de mi corazón.

—Resurge de las cenizas —me susurré a mí misma—. Venga, Subseñora.

Cuando me levanté, mis manos fueron dejando huellas rojas en las paredes. No podría aguantar mucho más. Moriría antes de llegar al Despacho Inquisitorial.

Entonces vi la puerta; en lo alto había un rótulo con la máxima de Frank Weaver:

AMPLIARÉ NUESTRAS FRONTERAS HASTA LOS CONFINES DE LA TIERRA.

ESTA CASA NO DEJA DE CRECER

Había un onirosaje dentro. Me notaba la frente perlada de sudor. Tenía la ropa manchada de sangre, me sentía mareada y una telaraña negra se extendía por mi campo visual. No aguantaría mucho más tiempo sin perder la conciencia. Encajé la tarjeta magnética en la ranura y empujé con el hombro.

El Despacho Inquisitorial tenía una decoración recargada, con los retratos de los Grandes Inquisidores del pasado colgados de las paredes. Frente a un gran ventanal había un escritorio de madera de roble con un globo terráqueo de madera encima. Weaver no estaba por ningún lado. Avancé por la moqueta sin hacer ruido.

Había alguien de pie junto a la librería. La melena le caía por la espalda, roja como la sangre que yo tenía pegada a la piel. Cuando se giró, levanté la pistola. A la tenue luz del exterior, su piel brillaba como si fuera de cera.

—Mahoney.

No me moví.

Scarlett Burnish se apartó de la librería y levantó una mano ligeramente.

—Mahoney —dijo, y sus ojos de un azul gélido buscaron los míos—. Baja la pistola. No tenemos mucho tiempo.

Esos eran los labios que contaban las mentiras de Scion.

Ya había amenazado al Gran Inquisidor una vez. Ahora era la Gran Anecdotista a la que tenía delante, a merced de mis balas.

En esa otra ocasión se trataba de ajustar cuentas, pero ahora no necesitaba nada de eso. Ahora era cuestión de supervivencia.

Burnish levantó la otra mano, como si quisiera rendirse, y dijo:

—Mirto.

Al principio, no lo entendí. No tenía sentido que usara el lenguaje de las flores. Pero entonces...

Mirto.

«Engaño».

El contacto de Alsafi.

Scarlett Burnish, la imagen y la voz de ScionVista, que leía las noticias desde que yo tenía doce años. Ella era el contacto de Alsafi en el Arconte. Scarlett Burnish, una asociada de los Ranthen. Una mentirosa profesional.

La agente doble perfecta.

Scarlett Burnish, traidora del Arconte.

Un brillo dorado iluminó el despacho. En un movimiento tan rápido que casi no lo vi, Burnish cogió el abrecartas de la mesa de Weaver y lo lanzó. Me pasó silbando junto a la cabeza y atravesó la visera del centinela, haciendo volar esquirlas de plástico rojo. El mango quedó asomando sobre la frente del centinela, creando una imagen grotesca. Empezó a sangrar por la nariz. Se tambaleó y cayó pesadamente al suelo.

En la torre del reloj, las campanas dieron la una. El éter tembló con las reverberaciones de otra muerte.

—Rápido, Mahoney —dijo Burnish—. Sígueme.

Se acercaban otros onirosajes. Algo me hizo levantar la vista en dirección a las cámaras de vigilancia. Desactivadas. Burnish presionó la parte trasera del busto que tenía detrás, el del Inquisidor Mayfield, y al hacerlo se abrió un hueco en la pared.

—Rápido —dijo, y me hizo entrar por allí.

Casi ni había cerrado la pared a nuestras espaldas cuando entraron más centinelas en el Despacho Inquisitorial. Me tapó la boca con la mano.

Esperamos. Oímos que unas voces amortiguadas al otro lado de la pared daban órdenes, y luego los pasos de los centinelas retirándose.

Burnish me quitó la mano de la boca. Se oyó un *crac* que rompió el silencio, y un haz de luz le iluminó el rostro, haciendo que su roja melena brillara como una mancha de pintura sobre su piel. Sin decir palabra, la seguí por un largo pasaje a oscuras en el que apenas cabíamos una detrás de la otra.

Me hizo bajar por unos escalones; al llegar al fondo, me iluminó el rostro con la linterna.

—¿Para quién trabajas? —pregunté, con la voz rasposa—. ¿Los Ranthen? ¿Qué..., qué Gobierno, qué organización?

—Por Dios, Mahoney, estás en un estado... —dijo ella, haciendo caso omiso a mi pregunta, viendo los cortes y los cristales que aún tenía en los brazos—. Está bien, mantén la calma. Puedo conseguirte atención médica. ¿Dónde está Alsafi?

—Nashira. —No podía controlar la respiración—. Le dije que me dejara, le dije...

—No. —Hizo ademán de volver a subir las escaleras, pero luego se lo pensó mejor. Golpeó la pared con el puño y torció el gesto en una mueca de frustración—. Ese hijo de puta... —No acabó la frase, pero me agarró de los hombros—. ¿Ha hablado de mí? ¿Me ha delatado?

Sus manos me aferraban como una tenaza.

—No —dije yo—. No. No me lo dijo ni siquiera a mí.

—¿Lo ha capturado o lo ha destruido?

—Ha acabado con él.

Cerró los ojos un momento.

—Maldita sea. —Respiró hondo y volvió a centrarse—. Tenemos que darnos prisa. —Con un tirón se quitó su fular de seda y lo usó para cortarme la hemorragia del brazo, con cuidado de no presionar el cristal—. Por los sangrientos bigotes de Weaver, estás helada —exclamó, pero me cogió del otro brazo y se lo pasó por encima del cuello—. Espero que realmente merezcas todo esto, Subseñora.

357

Unas horas antes no habría seguido a la cara bonita de Scion a ninguna parte, pero si Alsafi confiaba en ella, yo tendría que hacer lo mismo. Podía elegir: o ella, o cualquier muerte brutal que pudiera esperarme en el sótano.

Echamos a caminar por un pasaje de hormigón, yo apoyándome en ella lo menos posible, aunque me estaban abandonando las fuerzas.

—No te duermas, Mahoney —dijo—. No te duermas.

Mientras caminábamos, se sacó del bolsillo lo que pensé que sería un pañuelo. Se lo puso sobre la cara, estirando los bordes, y se amoldó a sus rasgos, convirtiéndolos en los de una mujer del doble de su edad. Se echó dos gotas de un frasquito en los ojos y ocultó el cabello en el interior de una boina de lana. Yo no conseguía procesar todo aquello. Era evidente que era una espía, pero ¿quién la había introducido en Scion, y cuándo?

Tras lo que me parecieron años de caminar a trompicones, Burnish se detuvo e introdujo un código en un teclado numérico. Se abrió una puerta doble y entramos en un ascensor que era más bien como un ataúd con olor a moho. Subió traqueteando hasta la superficie; cuando llegamos lo que anunciaba que era el nivel de la calle, Burnish se dirigió a una puerta de madera y la abrió.

Nos encontramos en una calle nevada junto a Whitehall. Si hubiera pasado por allí, la puerta me habría pasado absolutamente desapercibida.

Estaba fuera del Arconte.

Había conseguido salir con vida.

Había un camión aparcado a unos metros. Burnish abrió la puerta de atrás y me ayudó a entrar. Justo antes de desmayarme, noté que unas manos me agarraban de los codos.

—... tenía razón. Estaba viva, todo ese tiempo. No puedo...

El suelo se tambaleó bajo mis pies. Me dolía la parte superior del brazo, pero no era nada comparado con el terrible dolor palpitante que sentía sobre el ojo izquierdo.

—Nick —susurró la voz—. Nick, creo que se está despertando.

Una mano me acarició la mejilla. De pronto, enfoqué y vi a Nick Nygård, como salido de las profundidades.

Aún estaba medio mareada; tardé un momento en darme cuenta, en verle realmente. Tenía un corte en una ceja, y el rostro, sudoroso, pero estaba vivo. Alargué la mano para tocarlo, para convencerme de que era de verdad.

—Nick.

—Shh, *sötnos*. Ya te tenemos.

Me abrazó suavemente, apoyando la barbilla en lo alto de mi cabeza. Al ser consciente de pronto de todo lo ocurrido, sentí como un puñetazo en el estómago. Intenté hablar, pero no era capaz. Lo único que podía hacer era llorar. Apenas pude emitir sonido alguno; tan solo un carraspeo forzado, aderezado con un débil llanto. A cada sollozo me dolían las costillas, sentía una presión en la cabeza y una insoportable presión en los pulmones. Notaba que Nick también temblaba. Maria me acariciaba la espalda, intentando consolarme, hablándome como hablaría a una niña:

—Todo se va a arreglar, cariño. Todo estará bien.

Lloré hasta que dejé de sentir dolor.

Volví a levantar los párpados. Estaba tendida sobre una vieja manta y no veía nada. De pronto era como si tuviera algodones en las orejas, pero oía el murmullo de una conversación nerviosa.

Tenía los brazos y las piernas cubiertos de vendajes. Alguien debía de haberse entretenido en quitarme los cristales. Volví a dejarme llevar, arrastrada por el sedante que me habrían administrado, que muy pronto dejó de hacer efecto. Cuando abrí los ojos, sentí que tenía la cabeza más clara, pero a costa de la anestesia. Ahora me dolía casi toda la parte izquierda del cuerpo.

Arcturus Mesarthim estaba sentado a mi lado, como montando guardia.

—Eres una loca, Paige Mahoney —dijo, y su voz era como el terciopelo más oscuro—. Una loca testaruda.

—¿A estas alturas aún no te has acostumbrado?

—Has superado mis expectativas.

Suspiré.

—También las de Vance, creo.

Él también había tomado decisiones cuestionables. Era él quien decía que la guerra conllevaba correr riesgos, y yo había decidido arriesgar mi propia vida.

—Perdóname por haberte apuntado con una pistola —le dije, con la voz áspera.

—Hmm.

Él me miró fijamente, con una luz tenue en los ojos. Con cierto esfuerzo, moví el brazo y entrelacé mis dedos con los suyos. Con el pulgar me acarició suavemente el pómulo, evitando los cortes y las magulladuras. En la oscuridad del Arconte había pensado que no volvería a ver su rostro, a sentir el contacto de sus manos. Y hasta este momento no me había dado cuenta de que anhelaba el contacto de sus manos.

—¿Qué te han hecho?

Su voz era un murmullo grave. Negué con la cabeza.

—No creo que pueda... —Cogí aire—. Estoy bien.

Pero no estaba bien. Era evidente. Temblaba como alguien que necesitara un chute de áster.

Me pasó la mano por el cabello, donde no tenía heridas que pudieran hacerme daño. Acerqué la cabeza.

—Te gustará saber —dijo— que Adhara, la antigua Custodia de los Sarin, ha tomado una decisión. Viendo que nuestra socia humana ha conseguido una victoria tan significativa contra Scion, ha llegado a la conclusión de que los seres humanos quizá hayan madurado lo suficiente como para merecerse renovar la alianza con los Ranthen. Sus seguidores lucharán en nuestro bando si se lo pedimos.

Intenté respirar más despacio. Por fin le había demostrado a Terebell que había hecho bien en invertir en mi liderazgo. Que había valido la pena.

—¿Dónde estamos? —murmuré.

—Vamos de camino a Dover.

—Dover. —La cabeza me pesaba terriblemente—. El puerto.

—Sí —dijo, sin dejar de mover la mano por entre mis rizos—. Duerme, pequeña soñadora.

Me quedé dormida antes de poder preguntar nada más. Cuando volví a despertarme, tardé un rato en recordar dónde estaba. Maria dormía profundamente delante de mí, y tenía la cabeza apoyada en el regazo de Nick. Estábamos cerca de la puerta trasera del camión. El dolor de mis heridas iba y venía como las olas con cada bache.

—...órdenes en algún momento de las próximas semanas. Mientras tanto, Mahoney tiene que descansar. Alsafi hizo un gran sacrificio para sacarla de allí. Espero que os aseguréis de que no es en vano.

Burnish.

—Alsafi era mi amigo. —El Custodio—. Haré todo lo posible por honrar su memoria, pero sospecho que Paige no querrá mantenerse al margen de las operaciones de guerra mucho tiempo, ni siquiera para recuperarse.

Permanecí inmóvil, escuchando.

—Si no descansa, va a estar demasiado débil como para poder contribuir a esas operaciones de guerra. —La voz de Burnish denotaba cierto enojo—. Eso no le gustará a mi patrocinador. La han torturado en el Arconte, y solo Dios sabe lo que tuvo que hacer para reventar el núcleo de Senshield. Además, dudo que se le hayan curado del todo las lesiones del torneo. La verdad, me sorprende que aún tenga fuerzas para mantenerse en pie.

—Su resiliencia es extraordinaria. En parte, esa es la razón por la elegimos como socia.

Burnish hizo un ruidito que denotaba su desconfianza.

—Es humana. Nuestra estabilidad mental es algo más frágil que la vuestra. Igual que nuestros huesos.

Silencio.

—No llegará a su vigésimo cumpleaños si no descansa. Es una ficha crucial en este juego, Arcturus. Independientemente de su don, se ha convertido en... un emblema. Hall y los Sargas no descansarán hasta que la atrapen. —El camión botó de nuevo con otro bache—. Mi patrocinador necesita lo que llama «elementos incendiarios» para generar movimientos revolucionarios en diferentes partes del imperio. Y a ella la ha identificado como uno de estos elementos. Si quiere seguir luchando contra los Sargas, lo mejor que puede hacer es unirse a nosotros.

—Y tú crees que tu... patrocinador es una buena alternativa a Scion.

—Posiblemente. Lo que importa es que quiere acabar con Scion, y nosotros también.

—Los Ranthen necesitarán conocerlo. Sea quien sea.

—Cuando llegue el momento. A lo mejor acaba siendo tan mala solución como Scion, pero estoy dispuesta a jugármela. No voy a quedarme mirando mientras le entregamos el poder del mundo a Nashira Sargas.

El Custodio tardó un rato en responder:

—Haré todo lo que pueda para convencer a Paige de que debe descansar un mes. Pero al final tiene que ser ella quien tome sus propias decisiones, aunque le duelan. No soy su tutor.

—Claro que no. Pero puedes ser su amigo. Y necesitará muchos amigos.

Me dolía un lado de la caja torácica. Me giré ligeramente para desplazar el peso, con la esperanza de que no se dieran cuenta.

—¿Y ahora qué harás, Gran Anecdotista?

Ella soltó una risita.

—Por la mañana, me presentaré en la enfermería del Arconte aduciendo que estoy en shock, después de haberme pasado horas escondiéndome de la asesina Paige Mahoney.

—Parece un riesgo considerable. Alguien podría sospechar.

—Lo mejor de vivir en un mundo sin valores es que puedes comprar a cualquier ser humano, de un modo u otro. Quien más quien menos acepta algo en pago: dinero, mercancías, la ilusión del poder... Siempre hay modos de comprar la lealtad. Créeme: nadie me acusará.

El Custodio no dijo nada más.

362 Cuando el vehículo se detuvo, se encendió una luz en el interior. Scarlett Burnish nos despertó a todos y me entregó un montón de ropa. Con la ayuda de Nick, me puse un suéter azul oscuro, un impermeable y un par de pantalones impermeables sobre las vendas, encogiéndome de dolor cuando el suéter me cubrió el brazo izquierdo. El impermeable llevaba grabado el símbolo de la Marina de Scion: el ancla rodeada de una soga.

El duro tejido me rozaba la piel, pero podía soportarlo: alguien debía de haberme aumentado la dosis de analgésico mientras dormía.

—¿Dónde está Eliza? —pregunté.

Nick no me miraba a los ojos.

—No está aquí.

De pronto, se me aceleró el pulso.

—No me digas... Nick...

—No, no... Está bien, cariño. Está viva. —Esbozó una sonrisa tranquilizadora—. Está... con la Orden de los Mimos.

—¿Por qué no está con nosotros? —pregunté, y al ver que seguía sin mirarme, lo agarré de la barbilla—. Nick.

Fue solo entonces, viéndolo tan de cerca, cuando me di cuenta de lo rojos que tenía los ojos.

—Burnish le ha dicho que se quedara, para que siguiera dirigiendo a la Orden de los Mimos con Glym. Conoce Londres mejor que ningún otro lugar; no tenía sentido que se fuera —susurró—. No teníamos otra opción que acceder. El patrocinador de Burnish quiere que la Orden de los Mimos se mantenga intacta en Londres y que nosotros tres vayamos con ellos a algún otro sitio..., en la Europa continental, supongo, dado que vamos a Dover.

—¿Para hacer qué?

—Para trabajar para ellos. Para seguir adelante con lo que hemos empezado. —Se puso su suéter—. Tú has hecho lo que te habías propuesto: has unido el sindicato y has desactivado Senshield. Tú les has dado la posibilidad de sobrevivir, más que ningún otro líder. Ahora mismo no es seguro que te quedes en Londres.

—Scion le dijo a todo el mundo que estaba muerta —dijo—. Debería estar más segura que nunca.

—El rumor de que no lo estabas no tardará en propagarse, y entonces buscarte se convertirá en una prioridad. Te convertirías en un problema para la Orden; en un lastre, incluso. —Se ajustó el impermeable—. Los Ranthen accedieron a enviar al Custodio contigo, para que pueda informar de lo que vamos haciendo.

—Así que se nos quitan de encima. Porque así lo han decidido los Ranthen y ese... patrocinador de Burnish.

Todo había cambiado muy rápidamente. Eliza estaría desconsolada al verse separada de nosotros. Éramos su familia, y yo no había podido despedirme siquiera. Por primera vez, me di cuenta de hasta qué punto había perdido el control en el momento en que Scion había hecho pública la noticia de mi muerte.

—Paige —dijo Nick con suavidad, al verme tensar la mandíbula—. Quizá sea lo mejor. Eliza va a gobernar junto a Glym. Entre los dos pueden manejar bien la situación, ahora que Senshield ha desaparecido.

Era el fin de mi reinado. Ya no era Subseñora. Antes ya tenía la sensación de que así sería, pero ahora era innegable. Al menos tendrían unos líderes fuertes: Eliza y Glym eran dos de las pocas personas en las que confiaba realmente, y que sabía que podrían mantener la Orden de los Mimos cohesionada en los meses venideros. Si hubiera tenido que decidir yo, también los habría elegido a ellos.

La puerta se abrió y Burnish regresó al camión, acompañada de un torbellino de copos de nieve. Se quedó allí de pie, con los brazos cruzados.

363

—Felicidades —dijo, mirándonos a todos y sonriendo—. Ahora formáis parte del Programa Dominó, una red de espionaje que actúa en el interior de la República de Scion. Gracias a vuestro nuevo empleo, vais a poder alejaros de Inglaterra, en dirección a la Europa continental.

Maria tenía un moratón impresionante en una mejilla.

—¿Para quién trabajas exactamente, Burnish?

—Todo lo que puedo deciros es que trabajo para una coalición del mundo libre que pretende evitar la expansión de la República de Scion. —Burnish metió la mano en un maletín—. Y ahora, o haces lo que te digo, Hazurova, o tendré que matarte de un tiro. Ya sabes demasiado.

Le entregó a Maria un fino dosier de cuero.

—Esta es tu nueva identidad. Te vas a casa, a Bulgaria —dijo—. Dentro de unas semanas recibirás instrucciones.

Maria hojeó los documentos, muy seria. El siguiente dosier que sacó Burnish fue el mío.

—Espero que hables suficiente francés, Mahoney —dijo—. Arcturus y tu vais a subiros en un mercante con destino a Calais. Allí os espera un contacto que os llevará a una casa segura en la Ciudadela de Scion en París, donde no hay presencia del ejército. —Me entregó un teléfono—. Toma esto. Alguien se pondrá en contacto contigo.

París. No sabía qué quería de mí el patrocinador de Burnish, pero si había un lugar de Scion que habría elegido como próximo destino, era aquel. Jaxon me había dicho que ahí es donde pensaban construir Sheol II, y eso significaba un nuevo mercado gris.

Yo podría detener ambas cosas.

Abrí la carpeta, que llevaba el sello de la República de Scion en Inglaterra. Mi alias era Flora Blake. Era una estudiante inglesa que me había tomado un año sabático para investigar la historia de Scion, en particular cosas sobre la creación y el desarrollo de la Ciudadela de Scion en París.

Nick, a mi lado, se agarró las rodillas, acercándoselas al pecho.

—¿Yo no voy con Paige?

—Me temo que no. Te voy a enviar de vuelta a Suecia, donde nos serás más útil. Conoces el idioma y el lugar, y sabes de primera mano cómo Tjäder gestiona allí las cosas.

Él ojeó su dosier con el ceño fruncido. Le agarré una mano con fuerza.

—Supongo que yo tengo que estar oculto —dijo el Custodio.

—Correcto. Y tendrás que pensar en tu propia tapadera. —Echó un vistazo al reloj—. Justo a tiempo.

Uno por uno, fuimos saliendo del camión. Contemplé el canal de la Mancha, casi sin creerme que fuera a cruzarlo. Los cinco nos acercamos a la orilla, donde estaban atracando los barcos e iban descargando vehículos. La mayoría de los barcos eran propiedad de ScionIdus, y llevaban nombres como *Victoria del Inquisidor* o *Mary Zettler III*. Algunos debían de haber traído a soldados procedentes de la isla de Wight. También había buques mercantes que transportaban mercancía pesada entre países de Scion, así como a un número reducido de estados del mundo libre.

—Burnish —dije, poniéndome a caminar a su lado y ajustándome la chaqueta todo lo posible sin irritarme las heridas—. ¿Me harías un favor?

—Dime.

—Una de las supervivientes de la Era de Huesos, Ivy Jacob, está en algún lugar de la red de alcantarillas que atraviesa el río Fleet. Está con una mujer llamada Róisín. ¿Puedes sacarlas de allí, discretamente, si es posible?

Hizo una pausa antes de responder:

—Si es una testigo de la Era de Huesos, le daré carácter prioritario.

Era todo lo que podía hacer por ellas ahora mismo.

Once años más tarde, iba a salir de la República de Scion en Inglaterra. Era algo que había visualizado de niña, cuando estaba en el colegio o intentaba conciliar el sueño; deseaba poder subirme a un barco un día y zarpar en busca de un futuro lleno de posibilidades. Solo que nunca me había imaginado que sería así.

Burnish nos llevó junto a un carguero colosal. Sobre nuestras cabezas se veía la siguiente inscripción: FLOTTE MARCHANDE. RÉPUBLIQUE DE SCION.

—Este es el tuyo, Mahoney —dijo—. Y es el que sale el primero.

Levanté la vista con el corazón desbocado. Era la hora. Maria esbozó una sonrisa y abrió los brazos.

—Pues esto es una despedida, pequeña.

—Yoana —dije, abrazándola—, gracias. Por todo.

—No me des las gracias, Subseñora. Dime solo una cosa. —Se apartó ligeramente y me agarró del hombro—. ¿Viste a Vance ahí dentro?

365

Asentí.

—Si ahora mismo no está muerta, al menos no va a levantarse en un buen tiempo.

La sonrisa de Maria se ensanchó.

—Bien. Ahora ve y monta un buen jaleo en París; que todo esto no haya sido en vano. Y si puede ser —añadió—, intenta que no te maten antes de que tenga ocasión de verte otra vez.

—Lo mismo digo.

Me dio un beso en la mejilla y se fue con Burnish, que estaba junto al barco siguiente.

Nick me miró, y yo lo miré a él.

Era como si el suelo se moviera bajo mis pies. Como si mi centro de gravedad se hubiera desplazado.

—Recuerdo la primera vez que te vi —dijo con voz firme—. En una visión de aquel campo de amapolas. Una niña con rizos rubios. Así era como sabía que te encontraría ese día, hace tantos años. Recuerdo cuando te cosí el brazo después de que ese duende te lo rajara. Me dijiste que esperabas que no te hubiera hecho una costura rara.

Se me escapó una risita.

—Yo recuerdo echarte de menos a diario —dije—. Cuando me preguntaba adónde habrías ido. Si te acordarías de la niña del campo de amapolas.

—Y yo recuerdo que te encontré.

Los ojos se me estaban llenando de lágrimas.

—Yo recuerdo cuando me dijiste que querías a Zeke, y recuerdo que pensé que me moriría, porque no me parecía posible que nadie pudiera quererte más que yo. —Le apreté los dedos—. Y recuerdo que me di cuenta de que no podía morirme, porque nunca te había visto tan feliz. Y porque quería verte así de feliz el resto de mi vida.

Jamás nos habíamos dicho esas cosas en voz alta. Nick apoyó la palma de su mano en mi mejilla.

—Recuerdo cuando te coronaron en el Ring de las Rosas —susurró, y no pude contener las lágrimas—. Y recuerdo que me di cuenta de la mujer en la que te habías convertido, maravillosa y valiente. Y me sentí honrado de haber estado a tu lado. Y de ser tu amigo. Y de que formaras parte de mi vida.

Él también formaba parte de mí, tanto o más que mis propios huesos, y ahora iba a irse. Lloré como no había llorado desde que era niña.

A la sombra de aquel buque mercante, nos abrazamos como si tuviéramos diez años menos, la Soñadora Pálida y Visión Roja, los dos últimos de los Siete Sellos en separarse.

El contacto de Burnish nos acompañó al barco, nos hizo entrar en uno de los contenedores y nos prometió que volvería a sacarnos en cuanto llegáramos a Francia. Poco después, un largo bocinazo de la sirena del barco anunció que zarpaba. Me quedé sentada junto al Custodio entre los cajones de madera. Esperando. Intentando no pensar en Nick, ni en el barco que se lo llevaría lejos de mí.

Nos volveríamos a encontrar. Volvería a verlo.

Londres siempre me acompañaría; seguiría vivo en mi sangre. El lugar al que mi primo me había advertido que no fuera nunca; el lugar que era mi crisálida, mi condena y mi redención. Sus calles me habían conquistado el corazón, habían conseguido que dejara de ser Paige Mahoney y que me convirtiera en la Soñadora Pálida, en la Polilla Negra y en la Subseñora, y todo eso me lo habían quitado después, cambiándome para siempre. Un día regresaría para ver esta tierra liberada del yugo del Ancla.

Cuando ya nos habíamos alejado un poco del puerto, el Custodio abrió la puerta del contenedor y salimos juntos a la cubierta. Cuando nos acercamos a la barandilla de la popa, un viento brutal me alborotó los rizos.

El carguero cruzaba el canal de la Mancha aplastando las olas y convirtiéndolas en un encaje de espuma. Descansé las manos en la barandilla. Mientras contemplaba la costa sur de Gran Bretaña, el viento gélido me golpeó las mejillas como si quisiera arrancármelas y mostrar un rostro que llevara escondido debajo.

Había liberado a este país de Senshield; le había ganado la mano a Hildred Vance. De momento, los videntes estaban más seguros que nunca. Podrían volverse a ocultar entre las sombras; podrían caminar por las calles sin que los vieran. Pero podía hacer algo más por ellos. Fundiría mi corona para hacer con ella una espada e iría a la guerra. Muy pronto, una mujer desconocida llamada Flora Blake llegaría a las calles de París, y la guerra estallaría de nuevo.

Y conoceríamos a nuestros nuevos aliados. Quienesquiera que fueran.

—Todo este tiempo he estado convencida de que éramos nosotros los que impulsábamos esta revolución, pero esto es más grande de lo que podríamos haber imaginado —sentencié—. Una vez alguien me dijo que siempre sería una marioneta..., que nunca controlaría mis propias cuerdas. Empiezo a pensar que quizá tuviera razón.

—Todos tenemos nuestras cuerdas —dijo el Custodio—. Pero una onirámbula debería saber mejor que nadie que la mayoría de esas cuerdas se pueden cortar.

—Entonces prométeme una cosa —dije, girándome hacia él—. Cualesquiera que sean las órdenes que nos den Burnish o su patrocinador, no las seguiremos sin cuestionarlas. Descubriremos primero a qué tipo de juego estamos jugando, antes de mostrarles nuestras cartas. Y permaneceremos unidos. —Busqué su mirada—. Prométeme que no nos separaremos.

—Tienes mi palabra, Paige Mahoney.

Dejamos Inglaterra atrás. Era el día 1 de enero. El inicio de un nuevo año, de una nueva vida, con un nuevo nombre. Me giré una vez más a mirar los acantilados de la costa, los blancos acantilados de Dover, dibujados por la tenue luz del amanecer.

Y esperé a que saliera el sol..., a que apareciera como siempre, como una canción en la noche.

SCION: COMUNICACIÓN INTERNA CLASIFICADA
DEPARTAMENTO DE DEFENSA INTERNACIONAL

REMITENTE: OKONMA, PATRICIA K.

ASUNTO: AUTORIDAD MÁXIMA

Aviso urgente a todos los comandantes. La comandante en jefe VANCE, HILDRED D. ha resultado herida en el desarrollo de sus funciones y no está en condiciones de ejercer el mando. Como subcomandante en jefe, asumo la autoridad máxima hasta nueva orden.

El RDT SENSHIELD ha quedado desactivado. Todas las unidades deben retomar inmediatamente el uso de la munición convencional.

La unidad hostil MAHONEY, PAIGE E. ha eludido la custodia inquisitorial con la colaboración de al menos un agente infiltrado. Estamos interrogando a todos los miembros del personal del Arconte, incluidos los que ocupan cargos de seguridad de primer nivel, para descubrir la identidad del colaborador.

Todas las autoridades fronterizas han sido alertadas de que MAHONEY, PAIGE E. ha huido. Deben tomarse todas las medidas necesarias para ocultar a la opinión pública que esta persona sigue viva. La prioridad de la OPERACIÓN ALBIÓN será erradicar a sus seguidores, conocidos como la ORDEN DE LOS MIMOS, en la capital.

Por último:

Debido al fracaso de la diplomacia con las potencias extranjeras correspondientes, se hace indispensable la acción in-

mediata en la PENÍNSULA IBÉRICA. La OPERACIÓN MADRIGAL arran-
cará con efecto inmediato. A partir del 6 de enero se sus-
penderán todas las comunicaciones no ejecutivas relativas
a esta operación.

Miremos hacia delante, ahora que empieza un nuevo año
para nuestro imperio, con el objetivo de ampliar nuestras
fronteras, y más aún, hasta los confines del mundo. Esta
casa no deja de crecer.

Gloria a la Soberana.

Gloria al Ancla.

Nota de la autora

Aunque el lenguaje de las flores usado en *La canción del mañana* se basa en la floriografía del siglo XIX, en algunas ocasiones he alterado el significado de algunas flores, como la clemátide, para adaptarlo a la historia.

Glosario

La jerga empleada por los clarividentes en *La canción del mañana* está inspirada en el léxico utilizado por el hampa londinense en el siglo XIX, con algunas modificaciones respecto al uso y el significado. Otras palabras han sido inventadas por la autora o tomadas del inglés moderno o de una transliteración del hebreo o del griego, y adaptadas al español.

Amaranto [sustantivo]: flor que crece en el Inframundo. Su esencia sirve para combatir lesiones del espíritu. Usada como símbolo de los Ranthen.

Amaurótico [sustantivo o adjetivo]: no clarividente.

Aprendiz [sustantivo]: alguien que vive con un iniciador y que trabaja para él. Al igual que los limosneros y los vagabundos, no se les considera miembros del sindicato de pleno derecho, pero pueden convertirse en nimios cuando su iniciador los libera del servicio.

Arconte [sustantivo]: el Arconte de Westminster, sede del poder de la República de Scion. Es el lugar de trabajo de la mayoría de altos cargos de Scion, entre ellos el Gran Inquisidor, y en ocasiones acoge a miembros de la familia Sargas y a sus aliados.

Asamblea Antinatural [sustantivo]: término colectivo que engloba a todos los mimetocapos del sindicato de clarividentes de la ciudad de Londres.

Bandada [sustantivo]: grupo de espíritus.

Caminanoches [sustantivo]: persona que vende su conocimiento clarividente como parte de un negocio sexual.

Canto fúnebre [sustantivo]: sucesión de palabras usadas para expulsar a los espíritus y enviarlos a la oscuridad exterior.

Centinelas [sustantivo]: también «centis». Fuerza policial de Scion, repartida en dos divisiones principales: la División de Vigilancia

Nocturna (DVN), compuesta por clarividentes, y la División de Vigilancia Diurna (DVN), con agentes amauróticos. A los agentes de la DVN se les garantiza al menos treinta años de inmunidad antes de ser ejecutados por su antinaturalidad.

Consorte de sangre [sustantivo]: el compañero o compañera de un soberano de sangre de los refaítas. Título que había tenido anteriormente Arcturus Mesarthim, cuando estaba prometido a Nashira Sargas.

Cordón argénteo [sustantivo]: conexión permanente entre el cuerpo y el espíritu. Permite a una persona permanecer durante años en una misma forma física. Es especialmente importante para los onirámbulos, quienes utilizan el cordón para abandonar temporalmente su cuerpo. El cordón argénteo se desgasta con los años, y una vez roto no puede repararse.

Cordón áureo [sustantivo]: conexión entre dos espíritus. Se puede usar para pedir ayuda y transmitir emociones. Se sabe muy poco sobre él.

Dama [sustantivo]: o «caballero», si es un hombre. Clarividente asociada con un mimetocapo. A menudo se da por hecho que es a) la amante del capo y b) la heredera de su sector, aunque no tiene por qué ser así. La heredera del Subseñor es la única dama que puede ser miembro de la Asamblea Antinatural. Paige Mahoney es la primera líder del sindicato con una dama y un caballero desde hace muchos años.

Ectoplasma [sustantivo]: también «ecto». Sangre de los refaítas. De color amarillo verdoso. Luminiscente y ligeramente gelatinoso.

Emim, los [sustantivo] [singular *emite*]: también «zumbadores». Presuntos enemigos de los refaítas; «los temidos». Se sabe que comen carne humana. Su sangre se puede usar para enmascarar la naturaleza del don de un clarividente.

Éter [sustantivo]: el reino de los espíritus, al que pueden acceder los clarividentes.

Floxy [sustantivo]: oxígeno aromatizado que se inhala a través de una cánula. Es la alternativa al alcohol en Scion. Se sirve en gran variedad de locales, entre ellos los bares de oxígeno.

Flux [sustantivo]: forma corta de *fluxion*, psicofármaco que produce desorientación y dolor a los clarividentes.

Forma onírica [sustantivo]: la forma que adopta un espíritu en el interior de un onirosaje.

374

Glossolalia [sustantivo]: también *gloss*. El idioma de los espíritus y de los refaítas.

Habitantes de las cloacas y desagüeros [sustantivo]: marginados amauróticos. Los desagüeros, en particular, buscan objetos de valor a orillas del Támesis, mientras que los habitantes de las cloacas lo hacen por las cloacas de Londres. Aunque son dos comunidades distintas, están relacionadas y tienen un líder común elegido por votación popular, que casi siempre adopta el nombre de Styx.

Iniciador [sustantivo]: tipo de vidente del sindicato especializado en formar a los jóvenes aprendices en las artes del sindicato.

Inframundo [sustantivo]: también conocido como She'ol o Reino Intermedio, es el lugar de origen de los refaítas. Actúa como terreno intermedio entre la Tierra y el éter, pero no cumple ese propósito desde la Caída de los Velos, cuando quedó degradado.

Krig [sustantivo]: término en jerga para un soldado de ScionIdus. De *krig*, «guerra» en sueco.

Lengua siniestra [sustantivo]: término refaíta para cualquier idioma hablado por los humanos.

Mimetocapo [sustantivo]: líder de una banda del sindicato de clarividentes; especialista en mimetodelincuencia. Bajo el gobierno de Paige Mahoney, se han convertido en comandantes de pequeñas «células» de clarividentes.

Mundo de la carne, el [sustantivo]: el mundo corpóreo; la Tierra.

Musa [sustantivo]: el espíritu de un escritor o artista fallecido.

Novembrina [sustantivo]: celebración anual de la fundación oficial de la Ciudadela de Scion en Londres, en noviembre de 1929.

Numen [sustantivo] [plural *numa*, originalmente *numina*]: objetos utilizados por los adivinos y los augures para conectar con el éter; por ejemplo fuego, cartas o sangre.

Onirosaje [sustantivo]: el interior de la mente, donde se almacenan los recuerdos. Está dividido en cinco «anillos» de cordura: zona soleada, zona crepuscular, medianoche, baja medianoche y zona hadal. Los clarividentes pueden acceder conscientemente a su propio onirosaje, mientras que los amauróticos solo pueden entreverlo cuando duermen.

Orden de los Mimos, la [sustantivo]: alianza entre el sindicato de videntes de Londres y algunos miembros de los Ranthen, dirigida por Paige Mahoney y Terebellum Sheratan. Su objetivo a largo plazo es derrocar a la familia Sargas y acabar con la República de Scion.

Ranthen, los [sustantivo]: también conocidos como los «marcados». Alianza de refaítas, liderada por Terebellum Sheratan, que se oponen al Gobierno de la familia Sargas y que creen en la recuperación del Inframundo. Actualmente, algunos de los Ranthem están aliados con el sindicato de videntes de Londres (véase *Orden de los Mimos*).

Refaíta [sustantivo]: habitante humanoide del Inframundo, biológicamente inmortal, que se alimenta del aura de los humanos clarividentes. [adjetivo] La condición de ser refaíta.

Salep [sustantivo]: bebida caliente almidonosa hecha con raíz de orquídea aderezada con agua de rosas o de azahar.

Sarx [sustantivo]: la carne incorruptible de los refaítas y de otras criaturas del Inframundo (llamados «seres de sarx» o «criaturas de sarx»). Tiene un leve brillo metálico.

ScionIdus [sustantivo]: fuerzas armadas de la República de Scion. La Primera División Inquisitorial es responsable de la seguridad nacional; la Segunda División Inquisitorial actúa en campañas de invasión; la Tercera División Inquisitorial —la más numerosa— tiene como misión defender y mantener el control de los territorios conquistados por Scion.

SciORI [sustantivo]: Organización de robótica e ingeniería de Scion.

Senshield [sustantivo]: nombre de marca de la tecnología para la detección radiestésica. Al inicio de *La canción del mañana*, los escáneres Senshield pueden detectar los primeros tres de las siete órdenes de la clarividencia.

Sesión espiritista [sustantivo]: [a] para los videntes, reunión para comunicar con el éter; [b] para los refaítas, transmisión de un mensaje entre los miembros de un grupo.

Siete órdenes de la clarividencia [sustantivo]: sistema de categorización de los videntes, propuesto originalmente por Jaxon Hall en su panfleto *Sobre los méritos de la antinaturalidad*. Los siete órdenes son los adivinos, los augures, los médiums, los sensores, los guardianes, las furias y los saltadores. El sistema suscitó controversia debido a que afirmaba que las órdenes más «altas» son superiores a las «bajas», pero aun así se adoptó como forma oficial de clasificación en el submundo de Londres y en otros entornos.

Siete Sellos, los [sustantivo]: la que era la banda dominante en la I Cohorte, Sección I-4, con sede en el distrito de Seven Dials. El líder era Jaxon Hall, y Paige Mahoney era su «dama».

Sindicato [sustantivo]: organización criminal de clarividentes, con base en la Ciudadela Scion Londres. Activo desde principios de la década de 1960. Gobernado por el Subseñor y la Asamblea Antinatural. Sus miembros se especializan en mimetodelincuencia con fines lucrativos.

Subseñor/a [sustantivo]: jefe de la Asamblea Antinatural y capo supremo del sindicato de clarividentes en Londres. Los términos equivalentes en las comunidades de videntes de Mánchester y Edimburgo son Rey/Reina de los Escurridizos y la Profetisa, respectivamente.

Taxi pirata [sustantivo]: taxi que acepta clientes videntes. Muchos taxistas piratas son empleados del sindicato.

Torneo [sustantivo]: batalla para disputarse el cargo como Subseñor o Subseñora. Suele convocarse tras la muerte del Subseñor o Subseñora al cargo, en ausencia de una dama o un caballero supremos que lo suceda. Paige Mahoney fue la vencedora en el último torneo tras el asesinato de su predecesor, Hector de Haymarket, y de su dama, Caracortada.

Vidente [sustantivo]: clarividente.

Vinculado [sustantivo]: espíritu que obedece a un vinculador.

Vinculador [sustantivo]: a) tipo de clarividente humano de quinto orden de clarividencia que pueden controlar a un espíritu (véase *vinculado*) grabándose su nombre en el cuerpo de forma permanente o temporal, o fijándolo a un lugar determinado con una pequeña cantidad de su propia sangre; b) nombre usado para definir a un refaíta con habilidades similares, aunque los «vinculadores» refaítas también pueden usar el don clarividente que tenía el espíritu en vida.

Agradecimientos

Este libro se ha estado gestando durante |mucho tiempo. Dos años y un poco más. En primer lugar, y sobre todo, quiero darte las gracias a ti, lector o lectora, por esperarlo tan pacientemente. Cada hora que he pasado trabajando en esta novela lo ha hecho mejor, y el tiempo que he dedicado a pulir los detalles es una prueba de que estoy orgullosa de la historia que tienes en las manos. Espero que hayas disfrutado de la tercera aventura de Paige, y que valiera la pena la espera. Ahora, a por la cuarta...

Mi siguiente agradecimiento va dedicado a mis magníficas editoras, Alexa von Hirschberg y Genevieve Herr. No tengo palabras para manifestar lo agradecida que os estoy a las dos por vuestra paciencia, vuestra sabiduría y vuestro entusiasmo. Sin vosotras, no habría podido sacarme de la chistera *La canción del mañana*.

Gracias a todos en la DGA —y sobre todo a mi agente, el incomparable David Godwin, que siempre me defiende a capa y espada— y a Heather Godwin, Lisette Verhagen y Philippa Sitters. Gracias por ser mis mejores defensores, y por comer pastel conmigo ese día en que me vi realmente superada.

Gracias a todos en Imaginarium Studios por vuestro apoyo continuado, especialmente a Chloe Sizer y Will Tennant, cuyas propuestas y cuyo apoyo no tienen precio. Y a Alexandra Pringle, Amanda Shipp, Anurima Roy, Ben Turner, Brendan Fredericks, Callum Kenny, Cristina Gilbert, Diya Kar Hazra, Faiza Khan, George Gibson, Hermione Lawton, Imogen Denny, Isabel Blake, Jack Birch, Kathleen Farrar, Laura Keefe, Lea Beresford, Madeleine Feeny, Marie Coolman, Nancy Miller, Nicole Jarvis, Philippa Cotton, Rachel Mannheimer, Sara Mercurio, Trâm-Anh Doan y al resto del equipo en Bloomsbury por vuestra dedicación con esta serie. Cada día me recuerdo la suerte que tengo de trabajar con vosotros.

Gracias a Sarah-Jane Forder por su exhaustividad en la corrección del texto, y a David Mann y a Emily Faccini por hacer que *La canción del mañana* tenga un aspecto tan espléndido como los dos libros anteriores.

Gracias a mis traductores y editores en todo el mundo, que trabajan tanto para que mis libros lleguen a manos de lectores a los que de otro modo no podría llegar.

Como autora, a veces es necesario escribir sobre lugares en los que no has vivido. Aunque visité Mánchester y Edimburgo durante el proceso de escritura de este libro, soy una londinense de pura cepa, y sabía que no podía recrear estas dos grandes ciudades sin ayuda. Gracias a Ciarán Collins, que una vez más ha respondido pacientemente a todas mis preguntas sobre el irlandés; a Louise O'Neill, por darle un repaso a mi descripción del barrio de Ancoats; a Moss Freed, por sus indicaciones sobre Mánchester; y a Stuart Kelly, por prestarse a ser mi guía en Edimburgo.

Otras personas encantadoras que han aportado sus conocimientos a este libro son Melissa Harrison, por su ayuda con lo relativo a aves y árboles; Paul Talling, de Derelict London, por el recorrido por el Fleet; Richard Andrew Vincent Smith, cuyos conocimientos sobre trenes no tienen parangón —o, por lo menos, son muy superiores a los míos: gracias por dedicarle tiempo a la revisión de la parte de Stoke-on-Trent cuando estabas en pleno proceso de corrección—; y a Sara Bergmark Elfgren, una vez más, por su ayuda con el sueco. Gracias también a los muchos desconocidos que han respondido enseguida en Twitter cuando he pedido ayuda con cosas relacionadas con idiomas y dialectos: vosotros sois los que hacéis grande a Internet.

Ilana Fernandes-Lassman y Vickie Morrish, sois el tipo de amigas que todo el mundo debería tener. Gracias por estar siempre ahí cuando emerjo del túnel de las revisiones, para comer pizza y reírnos juntas de tonterías.

En lo relacionado con mi proceso creativo siempre he sido una criatura solitaria, pero estos dos últimos años he aprendido lo útil que puede ser compartir el viaje con gente que también experimenta los altibajos que supone trasladar una historia de la mente a la página. Gracias a Alwyn Hamilton, Laure Eve y Melinda Salisbury, y al Team Maleficent: Claire Donnelly, Leiana Leatutufu, Lisa Lueddecke, Katherine Webber y Krystal Sutherland, por su amistad durante el último año. Sois todas escritoras de gran talento y es todo un honor haberos conocido.

Gracias a los libreros, blogueros de libros, *bookstagrammers*, *booktubers*, críticos, bibliotecarios y demás amantes de los libros que han hecho tanto para fomentar la serie *La Era de Huesos* y para que se hable de ella.

Y, por último, gracias a mi familia por aguantarme en mis momentos de dudas, así como en mis momentos de éxito. Este año he abandonado el nido, pero no habría podido empezar a escribir estos libros de no haber contado con vuestro apoyo para que persiguiera mi sueño.

381

Este libro se terminó de imprimir
en el mes de mayo de 2024.